华章经管

HZBOOKS | Economics Finance Business & Management

拼

付遥 著

STRUGGLE

（上）

机械工业出版社
China Machine Press

图书在版编目（CIP）数据

拼（上）/付遥著 . —北京：机械工业出版社，2019.1

ISBN 978-7-111-61385-5

I. 拼… II. 付… III. 长篇小说 - 中国 - 当代 IV. I247.5

中国版本图书馆 CIP 数据核字（2018）第 256417 号

本书是一本财经小说，展示了鸿鹄技术老板江远峰产业报国的理想以及使鸿鹄技术在激烈的竞争中脱颖而出的商业智慧和领导力。作为一家优秀的企业，鸿鹄技术引来了中外各路资本的争夺，面对公司上市、接班人、产品质量等各种问题，江远峰将其一一化解。本书通过鸿鹄技术进军美国的咨询顾问耿晔与江远峰的女儿江晚二人从相识到一起并肩进军海外市场的经历，展现了中国高科技企业中年轻一代的商业智慧和拼搏精神。

拼（上）

出版发行：机械工业出版社（北京市西城区百万庄大街 22 号　邮政编码：100037）

责任编辑：王宇晴　　　　　　　　　　　　责任校对：李秋荣

印　　刷：北京市兆成印刷有限责任公司　　版　　次：2019 年 1 月第 1 版第 1 次印刷

开　　本：170mm×230mm　1/16　　　　　印　　张：19.5

书　　号：ISBN 978-7-111-61385-5　　　　定　　价：59.00 元

凡购本书，如有缺页、倒页、脱页，由本社发行部调换

客服热线：(010) 68995261　88361066　　　　投稿热线：(010) 88379007

购书热线：(010) 68326294　88379649　68995259　读者信箱：hzjg@hzbook.com

版权所有·侵权必究

封底无防伪标均为盗版

本书法律顾问：北京大成律师事务所　韩光 / 邹晓东

目录

楔子

第1章　折戟

30年来 / 002　　　　　　璀璨星空 / 014

发布会 / 004　　　　　　哈巴雪山 / 016

接班人 / 006　　　　　　亲密无间 / 018

放鸽子 / 009　　　　　　赴美上市 / 021

闭门会议 / 010　　　　　只如初识 / 022

临时表现 / 012　　　　　何为归期 / 025

第2章　挡箭牌

父辈精神 / 028　　　　　挡箭牌 / 060

回忆和骄傲 / 030　　　　同饮共食 / 064

自知之明 / 031　　　　　听证会 / 067

迎来送往 / 032　　　　　一碗水端平 / 068

上市之约 / 035　　　　　往事如烟 / 071

商界风云 / 037　　　　　轮值CEO / 075

接班人 / 043　　　　　　贸易战 / 076

执委会 / 048　　　　　　回归 / 078

卡尔白 / 056

第3章　顾问

有难同当 / 081
铁三角 / 083
接班人 / 089
断拒上市 / 090
感情往事 / 094
人才难得 / 097
奋斗精神 / 100
咨询顾问 / 105

创业元老 / 106
咨询项目 / 107
眼光 / 117
工作范围 / 121
骗吃骗喝 / 122
一周期限 / 126
奢侈生活 / 128
惊梦 / 135

第4章　招募

金子不发光 / 137
韬铃深处 / 140
控制权 / 144
奇异面试 / 146
青春怒放 / 148
新奇面试 / 151
世界之大 / 153
片场 / 156

战车滚滚 / 157
代言人 / 160
美目盼兮 / 161
证据 / 163
赋能 / 165
流感 / 169
毕业仪式 / 173
制裁令 / 179

第5章　调查

第三枪 / 181

全球竞争 / 183

内存混用 / 184　　　　英雄泪 / 201
谈判筹码 / 187　　　　醉里挑灯看剑 / 204
欺骗 / 195　　　　　　旧情 / 208
调查结果 / 197　　　　自闭 / 210

第6章　拉展

六个问题 / 212　　　　消失的背影 / 221
盯人战术 / 215　　　　关系 / 224
神秘宝地 / 215　　　　解除代言 / 227
发布会 / 216　　　　　黎明微电子 / 230
舐犊之情 / 219　　　　八目相对 / 234
坦白 / 220　　　　　　头等舱 / 239

第7章　上市

听力受损 / 243　　　　缓和 / 256
大锅菜 / 244　　　　　商业机密 / 259
薪酬福利 / 245　　　　新四大发明 / 261
黄袍加身 / 246　　　　四合院 / 266
消失的利润 / 248　　　补救措施 / 269
合约机 / 250　　　　　听心术 / 272
诡谲之邀 / 252　　　　西雅图 / 274
贸易代表团 / 254　　　近战手枪 / 275

入股 / 275
传言 / 277
立场变化 / 278
辞退门槛 / 279
淋浴设备 / 283
末日投资 / 285

自闭症 / 286
出征典礼 / 287
弓弩打坦克 / 289
感情转移 / 290
童年 / 297
角逐 / 298

楔子

虎跳峡
1985 年 7 月 24 日

沱沱河，长江源头，起自青藏高原的格拉丹东雪峰，那里草滩茂密，峰高雪深。河水从青藏高原边缘坠落直下，在万仞高山中穿行，浩浩向东，一路奔腾到达云南虎跳峡，河面收窄，玉龙雪山和哈巴雪山巨岩壁立，峡谷深三千丈，劲风逆流而上。一块雪白巨石兀立江中，曾有猛虎踏石跃江而过，故名虎跳石，水流撞来，激起千重雪，惊涛轰鸣。

一艘红色橡皮筏如同飞舞的纸片，在磅礴的江面上飘摇而来，一人奋力击水，另一人双手紧握筏子，任由河水摆布。在惊涛骇浪中，筏子一头撞到虎跳石，倒扣在岸边，两人四仰八叉地躺着，仰头看着高耸的峡谷，一起大笑起来，惊起虎跳石上的飞鸟。

"大哥，过了这段就一马平川了。"一位 30 岁左右的小伙子脱下红色漂流服，压去空气，哗啦啦地拧出江水，他相貌老成，在人堆里显得非常朴素，就像耕地的农民。

"远峰，咱们找到长江源头，漂到这里，这辈子知足了。"另一人翻身，后背朝向天空，吐出几口水来。他名叫李茂舒，本是西南交通大学的电教室老师，他和江远峰乘火车抵达西宁，搭汽车、骑马和牦牛奔波 11 天，到达格拉丹东雪山脚下的长江源头，爬到姜根迪如冰川，插上五星红旗，接着扑倒在冰盖上倾听叮咚水声，身下的涓涓细流将汇聚成中国的第一大河，奔流到海。长江源头只是起点，而非终点，他们从这里踏上漂流长江之旅。上游气候恶劣多变，河道复杂，水浪、冰雹、雨雪交替，他们整天泡在湿淋淋的水舱内前行，上岸露宿时，头一件事是晾衣服，最大愿望就是烤火。

江远峰衣服微干，翻身向前望向长江，骤然一惊——他们漂流33天，1000多公里，经过无数险滩激流，其中当属虎跳峡最为险峻，他不禁茫然。李茂舒站起来拎着橡皮筏面对滔天巨浪，浩浩荡荡的长江撞进玉龙雪山和哈巴雪山之间，水流湍急。虎跳峡如此凶险，别说撞上礁石，那激流就能让人窒息，巨浪就能将人击昏，李茂舒不禁脱口而出："远峰，别漂，危险。"

"不漂？让那个美国人成为漂流中国长江的第一人？"江远峰反问。漂流长江并非心血来潮，他们在报纸上看见，美国激流探险队将要漂流长江，内心翻江倒海。首先征服长江的应该是炎黄子孙，于是他们组织了这个小小的漂流队，要在美国人之前完成壮举。

"你绕过去。"李茂舒指着岸边："拖着皮筏绕开虎跳峡险滩，便没有了危险。"

"欺骗长江，欺骗我们的第一大河？"江远峰蹲下来检查橡皮筏，准备下水。

"如果折在这里，谁来完成任务？"李茂舒按住橡皮筏："轮流，以后遇到险处，你漂一次我漂一次，无论有什么意外，总有一个人能漂完。"

江远峰踟蹰了一阵同意了，说："我先！"这应该不算作弊。

"要和大哥抢第一次吗？"李茂舒坚持道，提出漂流长江的是他自己，江远峰是讲道理的人，没有反驳。李茂舒命令道："来，绑筏子。"他收拾了晒干的衣服，将相机和胶卷都交给江远峰，李茂舒握着船桨，在橡皮筏前徘徊一阵子，转身说道："远峰，我有些想法，聊聊。"

江远峰一屁股坐在筏子里："大哥，你说。"

李茂舒点燃了一根香烟慢慢说道："说句心里话，我一直在想，为什么不能让美国人漂了长江？"

江远峰也想过这个问题，贫穷和落后绝不是漂流长江就能改变的："大哥，后悔了吗？"

李茂舒狠狠吸着香烟，打开塑料袋，掏出一根续上："漂流长江是一种精神，但是只有精神还不够，中国必须有拿得出手的技术，制造出好产品，这才真有意义，那个时候这个国家才会真正的强大。"

江远峰当然懂得这个道理，他祖籍浙江浦江，出生在贵州安顺一个靠近黄果树的贫困山村，父亲是乡村中学教师，在家里人都吃不饱饭的时候，仍然坚持让孩子读书。在重庆读大学时，江远峰自学了电子计算机、数字技术、自动控制等专业技术课程，还自学了逻辑和哲学，掌握了三门外语。他大学毕业后成为技术员，在引进外资项目中贡献巨大，出席了1978年的全国科学大会，并在1982年成为十二大代表。

江远峰明白了李茂舒的意思："嗯，大哥，我想好了，漂完长江就回去开一家公司。"

李茂舒吃了一惊："开公司干吗？赚钱？"

江远峰将香烟甩进长江，烟头迅速消失："大哥，我前几年参与了一个工程，法国的德布尼斯·斯贝西姆公司向中国出售化纤成套设备，有了这个生产线，我们才能生产出纺织品。如果我要研发技术制造产品，一定要有公司。"

李茂舒十分欣慰："嗯，大哥相信你，你开公司和别人不一样，别人赚钱，你却是要为这个国家做些事情。"

江远峰站起来，望着长江东去："对，开公司赚钱，我绝不放在自己腰包里，我要用这些钱请来最好的技术人员，开发出最先进的产品，不仅占领中国市场，还要卖到美国去。"

李茂舒感到十分畅快，哈哈笑起来，两人肩并肩站在巨石之巅："公司名字想好了吗？"

江远峰在漂流的时候一直在琢磨这件事："心系中华，有所作为，算是我的鸿鹄之志吧。"

李茂舒笑着问："叫华为吗？"

江远峰笑了笑答道："重名了，怕打官司，叫鸿鹄技术吧。"

李茂舒搂着江远峰的肩膀："我们漂流千里，历尽万难，亲若兄弟。"

"是！大哥。"江远峰看出了他的犹豫，他害怕了吗？

"结拜吧，在虎跳石，在哈巴雪山和玉龙雪山脚下，在滔天的长江之上！"李茂舒放下皮筏，跪在石头上，面对青藏高原的长江源头说道："不管水流来自哪里，都将汇入这滔天大河，再不分彼此，兄弟，我们也是这样。"

江远峰也跪了下来，两人一起朝向东方，举手起誓："我们同生共死，绝不让美国人先漂流了中国的第一大河！成立自己的公司、研发先进的技术、做出伟大的产品，这是我们的使命，也是我们的初心！"

李茂舒向东边跪拜几次，指天发誓："无论谁有意外，活下来的都要照顾对方的家庭，孝敬父母，抚育孩子，让他受到好的教育，告诉他，我们为什么冒险漂流长江。"

江远峰怔了一下："孩子？"

李茂舒目光中闪现出亮晶晶的神采："你嫂子怀孕四个月了，走的时候，我起了名字，中国屹立在世界的东方，这孩子就叫李屹东吧，真想现在就看看他啊。"

"大哥，别漂了，咱们回家，什么都比不上老婆孩子。"江远峰预感不好，李茂舒在临行前的晚上，和他父亲吃了最爱吃的回锅肉，跪着哭成泪人，难道这次真的将是永别？

李茂舒拖着橡皮筏走到巨石之巅，不惧脚下的滔天巨浪，回头大声说道："有了孩子，我还怕什么？"他坐进橡皮筏："来，推我一把。"

橡皮筏掉入洪流，连个响声都没有，被急流裹挟向下冲去。一只红头山雀贴着河面逆流飞行，在橡皮筏上空急剧地扇动翅膀，似乎要呼喊筏上的李茂舒，却只见一抹红色翻滚着没入水中，红头山雀向上一挣，垂直地逃离洪流，直上哈巴雪山之巅。江远峰跪在巨石顶端，大喊："大哥！"声音却被江水瞬间吞没。

1986年，为了完成长江漂流，中国长江科学考察漂流探险队、中国洛阳长江漂流探险队、中美长江漂流探险队共计有11位壮士长眠于长江，最终完成了漂流长江的壮举。

第 1 章

折戟

怒发冲冠,凭栏处、潇潇雨歇。抬望眼,仰天长啸,壮怀激烈。三十功名尘与土,八千里路云和月。莫等闲,白了少年头,空悲切!

《满江红》宋 岳飞

30 年来

霓虹璀璨，照耀不夜城，拉斯维加斯国际会展中心门前的车流川流不息，工作人员正在卸下货柜，将产品运至展台，一年两届的消费电子盛会即将开幕。一辆面包车停在门口，一个年轻人率先下来问道："老郭，展品到了吗？"

一个戴着黑框眼镜，打扮入时的中年人回答："到了，正在卸货。"

李屹东卷起袖子，将领带向衬衣口袋里一放："走，卸货。"此人正是鸿鹄技术的轮值CEO，消费业务总裁李屹东。被唤作老郭的中年人是鸿鹄技术另外一位轮值CEO。三位轮值CEO中的两位来到拉斯维加斯，可见公司对这次发布会的重视。郭厚军从另一侧绕过面包车，拦在李屹东面前："你刚下飞机，辛苦了，我们去。"

"我年轻。"李屹东呵呵笑着，他明天将发表的主题演讲是这次活动的重中之重。他向货柜走去，向正在搬运的员工喊道："大家辛苦了，一起搬。"

这些员工有人认识李屹东，见他亲自卸货，激动异常，迅速打开货柜，将布展的产品流水般地向展厅内运送。李屹东抱着一块液晶屏幕进了展厅，被郭厚军抢过来，交给员工，推着他进了演讲大厅，这是会展中心最大的房间，能够容纳2500名听众："屹东，快，走台。"

李屹东甩下西服，跃上讲台，早有助理打开笔记本电脑，将PPT投射出来，他挥手间，其余灯光熄灭，只有一束聚光灯从上而下，形成了神圣的光环，李屹东低头想着演讲词，忽然双手合十说："爸爸，您当年要抢在美国人前面漂流长江，不惜性命也要为中国人守住最后的自尊，三十年过去了，您儿子和美国的电信运营商谈了半年，我们的产品终于要进入美国市场了，天亮就宣布这个消息，您在天上看到了吗？您开心吗？"

台下的员工们眼中溢满泪花，郭厚军擦擦眼睛，笑着说："屹东，公开发言不能这么说。"

李屹东眼眶湿润，这次他亲自来拉斯维加斯也是为了告慰父亲。他眼中含泪道："我总是忍不住想起父亲，担心明天演讲的时候控制不住情绪。"

郭厚军向周围挥挥手："来，帮屹东把情绪发泄完，明天发挥出最佳演讲水平，向世界宣布这个消息。"

李屹东点点头，十几个鸿鹄技术的员工和搬运工一起上来，排队来到李屹东身边，郭厚军伸出双臂拥抱李屹东："屹东，我们为你骄傲和自豪，你这半年扎在美国，完成谈判，带领公司进入美国市场，这是只有你才能做到的事！"李屹东在郭厚军肩膀上拍拍表示感谢。

另一名员工上来拥抱李屹东："李大哥，你负责消费业务三年，我一直跟着你，手机业务做到全球第三，销售收入2700亿元，占了公司的半壁江山，了不起！"李屹东收了泪水，拍拍他肩膀："谢谢好兄弟。"

又一名员工上来说道："屹东大哥，我跟你在欧洲干过，那时产品还不过硬，我们一起在机房打铺盖卷，有问题不管几点，立即诊断和解决，硬是打垮西门子，进了最为严苛的德国市场。"李屹东那时刚加入公司，在江远峰坚持下负责欧洲市场，虽然很多人不服，但是几年之后李屹东用业绩堵住了所有人的嘴巴。

一名搬运工拍拍李屹东袖口的灰尘："李总，谢谢你帮我们搬设备，我真没想到，公司的轮值CEO会亲自来搬箱子。"李屹东哈哈大笑，拭去泪水，跳上讲台："听了你们的话，我好多了。"说完挥手让讲台上只留下一束聚光灯。李屹东平复情绪，走到中间举起手机说道："女士们先生们，欢迎你们来到鸿鹄技术的发布会，我们将为消费者们带来质优价廉的产品，并帮助运营商创造更大的价值。"

发布会

江远峰把所有的执行委员会（执委会）成员都请到了办公室，站起来走到墙边，那里挂着褪了色的红色旗帜，上面写着"龙的传人"。这是 30 多年前他和李茂舒一起缝制的，他用手抚摸，心里像开了锅，忍不住眼眶中打转的泪水：大哥，为了守住中国的第一大河，你丧生长江。现在你儿子守住了中国市场，把世界巨头打出了中国市场，还带着我们的队伍征服了欧洲、亚洲和南美市场，现在就要进军美国市场，公布与美国电话电报公司（AT&T）的合作协议，你有一个多么好的儿子啊！大哥！我对你无愧！

江远峰的目光停留在旁边的相框上，照片上自己和李茂舒在长江中奋力击水，这是记者拍下来发在报纸上的，后来江远峰要来底片，冲印出来。江远峰看看手表，用遥控器打开电视机："时间要到了，看看屹东用什么样的方式向世界宣布这个消息？"

李屹东屏住呼吸，压住心底的紧张，尽力不去想父亲，每次想到父亲，他就会哽咽起来，总不能在全世界面前丢脸，尤其在这个重要的时刻。江远峰 1987 年创建鸿鹄技术，那时电话的核心系统只有德国西门子、爱立信、加拿大北电、美国朗讯、日本富士通这些跨国公司能够制造，价格十分昂贵，装一部电话要五六千元。江远峰从小交换机开始，赚到第一桶金后，斥重金研究技术，研发出了万门程控，从农村市场走向城市市场，逐渐发展壮大，凭借价格优势与跨国公司争锋，安装电话的费用一降再降，直到免费。鸿鹄技术没有停住脚步，毅然跨出国门，这在十几年前是难以想象的。那时，李屹东大学刚刚毕业，加入公司，被江远峰派到海外，从基层做起，成长为欧洲区总裁。然而，公司遭遇了成长的瓶颈，鸿鹄技术的产品主要是交换机、移动电话基站，客户只有电信运营商，比如中国移动、中国电信，美国的 AT&T 等，销售收入大多来源于全球最大的 50 家电信运营商，难以增长。尽管江远峰反对，在李屹东坚持下，鸿鹄技术突入更为广阔的消费市场，研发、生产和制造手机，取得了

2700亿元的销售收入，占公司全部收入的45%。然而，鸿鹄技术在许多国家的市场上高歌猛进，唯独在美国市场铩羽，这并非是技术或者产品的问题，而是政治问题。美国政府借口电信网络是国家核心战略设施，阻拦鸿鹄技术进入美国，而美国市场中最为发达的就是电信市场，这已经困扰了江远峰多年。

在江远峰心中，当初为了不让美国人先漂流长江，李茂舒付出了生命的代价，进入美国市场已是他的心结，是他难以跨越的心理伤痛。但李屹东找到了新的突破点，即手机产品并非属于核心电信网络领域的产品，而是属于消费品。李屹东主动请缨，与美国的电信运营商和电子产品零售商展开谈判，并与AT&T达成合作协议，双方经过商务和法律流程，签字画押，合作消息将于今天宣布。

大会主席正在发言，李屹东抬腕看看手表，离他的发言还有十几分钟，他又想起了父亲。父亲为什么要冒着生命危险跃入长江？是否知道自己的孩子就要来到这个世界？李屹东曾向妈妈询问过这个问题，她含着泪水摇头，不愿意回答。即便让美国人漂流了长江又能怎么样？我公布了进入美国市场的消息，就去漂密西西比河！

助理一路小跑来到李屹东身边，轻轻说道："李总，AT&T的代表还没有到。"

这令他十分意外，在发布会上，李屹东和AT&T的总裁将联合发布这个消息，为此鸿鹄技术花费一亿美元在美国进行宣传，堆积如山的海报都印制完毕，促销队伍已经组成，只等这消息的发布。可是AT&T的代表为什么没来，李屹东笑着问："是不是堵车？"

助理头向AT&T代表座位的方向一点："一位都没来，好像不对劲。"

李屹东从座位上起来，弯着腰来到主会议室之外，郭厚军把黑框眼镜摘下来又戴上，说道："屹东，AT&T那边，电话打过去不解释，什么都不说。"

李屹东没遇到这种情况，极为困惑，协议都签了，鸿鹄技术的数百万部手机已经搭乘越过太平洋的货轮来到美国，正在运往AT&T在全美的数千个销售网点，在这个节骨眼上不可能变卦，眼前的情况太奇怪了。

接班人

每年的电子消费大展都会邀请大量的科技记者，中国的媒体对此也十分热衷，通宵直播，将拉斯维加斯的第一手视频传回国内。江远峰在办公室里备好了香槟庆祝，有人说有酒就必须有烧烤，江远峰乐呵呵地破了例，把海鲜烧烤甚至打边炉都搬来了办公室，热气腾腾。

江远峰打开香槟，为每个人倒满，举起酒杯，感慨地念出了岳武穆的《满江红》。"想当年，我和屹东的父亲漂流长江，心情可以用一首诗来形容：怒发冲冠，凭栏处、潇潇雨歇。抬望眼，仰天长啸，壮怀激烈。"他举起酒杯又念道："三十功名尘与土，八千里路云和月。莫等闲，白了少年头，空悲切！"

"靖康耻，犹未雪。臣子恨，何时灭！驾长车，踏破贺兰山缺。"庄雨农大约 50 岁，身材足有一米九高，短发略胖，20 世纪 90 年代就加入鸿鹄技术，负责运营商业务，这是起家的核心业务，同时他也负责公司的运营，既是创业元老，也是副董事长兼轮值 CEO，是真正的大管家。庄雨农做出指挥的样子，大家一起念道："壮志饥餐胡虏肉，笑谈渴饮匈奴血。待从头、收拾旧山河，朝天阙。"

"饮，祝贺屹东带领队伍和 AT&T 达成协议，进入美国市场，此生何憾！"江远峰抬头将香槟喝光："以前，我去日本出差，见到酒店里一次性的牙刷和牙膏，惊异得不得了，这么好的东西怎么能用了一次就扔掉？拿回国内当作宝贝送给邻居，小晚和屹东开心啊，我却非常难过。中国不但制造不了一次性的牙膏牙刷，也造不出电视机、汽车、电话机和空调，那时候刚改革开放，我们一穷二白，什么都没有。我记得，那时候女排拿了世界冠军，聂卫平打败了日本棋手，举国欢腾。这本来只是几场普通的比赛，中国人为什么兴奋？因为我们不甘落后，不甘贫穷，不甘吃不饱穿不暖，要发奋图强！我抱着'心系中华，有所作为'的想法，成立这家公司。三十功名尘与土，八千里路云和月，我们汇集 18 万人的智慧和奋斗精神，坚持不懈，才能得到这样的成绩！"江远峰眼中闪着泪花，他将做出一个艰难的决定，看着这些老下属们喝完了香槟，说道:"我已经73岁了,英雄出少年,我这个老头子还占着这个位置,实在是不应该。"

执委会成员都听出了江远峰话中的含义,他早已开始布置新一代领导班子,前几年设置轮值CEO制度,由庄雨农和郭厚军辅佐李屹东的格局已定,李屹东带领队伍出征欧洲,是拓展海外市场的功臣,尤其在手机业务上,眼看天机通信、酷派和联想沉沦,鸿鹄技术却在短短几年内成为中国市场第一,全球第三,手机业务占据公司业务的半壁江山,李屹东当居首功,众望所归。

江远峰坐下来,慢慢吃了几个肉串,回忆起过去:"我当年漂流长江后,决心创办公司,临走时去看屹东妈妈,道个别。那时,屹东不到一岁,还在吃奶,我说要开公司,屹东妈妈让我等等,从家里的床垫底下拿出一万元钱给我,说是老大哥嘱咐的。"江远峰说到这里情不自禁,泪水长流:"那个时候困难啊,老大哥刚去世,挤出一万元给我,这是从他们母子俩口中挤出来的!我狠心收了,凑了两万元创办了这家公司,当时我向屹东妈妈说,这家公司有屹东一半。我还记得,老大姐抱着儿子,开心地说道:孩子,你还不到一岁,已经是公司老板了。"

执委会成员都是公司元老,却不知道这段经历,放下手中的吃喝看着江远峰,猜测着他说这番话的目的。江远峰已做出决定,当李屹东进军美国的时候,自己就把这副担子交给他,现在已经是最好的时机:"屹东小学时就被我接来家里,我看着他长大,这孩子有出息,15岁考上了华中理工大学的少年班,26岁成为我们的副总裁,我派他负责欧洲,在座的是不是很多人不服气,认为我徇私,对不对?老庄,你说。"

庄雨农哈哈笑起来,抿着香槟说道:"老总,我现在还认为您徇私,哪有人将一个26岁的年轻人派去负责那么大市场。当时屹东面试一个德国工程师,那人在西门子做了30年,见到屹东立即给我们HR打电话,质疑我们是不是搞错了?派了一个孩子去面试他。"

江远峰十分开怀:"事实胜于雄辩啊,结果怎么样?欧洲市场现在是我们最大的海外市场,英国电信、德国电信和法国电信的核心系统都采用我们的产品。当时，屹东坚持要做手机，我第一个反对，我是运营商思维，没有消费市场思维，你们也和我一样，对吗？看不上手机业务，嫌不赚钱。屹东来问我，您当初开公司是为钱吗？赚钱是您的初心吗？这句话问住了我，我的确忘记了自己的初心，我江远峰全忘了，你们看，这是我的初心！"江远峰指着背后的书法条幅说："心系中华，有所作为，我竟然因为不赚钱而不想做手机业务！屹东问住了我，也说服了我，他从欧洲回来负责手机业务，这才三五年，手机业务做了2700亿元！公司增长全靠手机业务！而且屹东现在还要带着我们进入美国市场，这是我20年来做梦都想做到，却一直做不到的。"江远峰历数了李屹东的成绩，进入欧洲市场，发展手机业务，进入美国市场，这的确是谁也比不了的成就，江远峰这番话的目的显而易见，他要将接班人的位置交给李屹东！实际上，李屹东不仅业绩和资历无话可说，谁都知道，江远峰与李屹东亲如父子，这层关系无可撼动。如果这些理由还不够充分，还有另外一层原因证明李屹东接班的必然，他和江远峰的女儿江晚青梅竹马，两人恋爱的消息早已传遍公司，江远峰怎么能不把接班人的位置交给李屹东？江远峰终于说道："我曾经在虎跳峡立誓，谁带领我们的队伍进军美国市场，我就把这个位置交给他！你们说说，表表态。"

庄雨农是在座中资历最深的，也是轮值CEO之一，如果说谁能和李屹东竞争接班人位置，非他莫属，他第一个站出来说道："老总，我1992年加入公司，除了您我资格最老，当时屹东去欧洲我是反对的，认为他没资格，现在我说一句，我是瞎了眼！"庄雨农的话惹来一片笑声，他又说下去："老总70多岁，我50多岁，屹东30多岁，但是论能力、成绩还是精神，我远不如屹东，没资格接班，想也不想，我就跟着老总鞍前马后，您退休，我也退下来！"

江远峰看了一眼庄雨农，他这话说得太早了，董事会还没开，自己先吹吹风，庄雨农竟然提出要和自己一起退休，不知道的人还以为他心怀不满，但是江远峰知道他绝无二心，根本不可能威胁李屹东的接班人位置。庄雨农在三位轮值CEO中排名第一，还在李屹东之上，另外一位轮值CEO郭厚军在美国，与李屹东更是关系匪浅，绝不会阻拦李屹东接班。执委会成员爆发出一阵掌声，接班人的问题多年来悬而未决，现在终于一锤定音。

忽然，有人指着转播的视频说道："主席发言结束，该屹东上场，他去了哪里？"

放鸽子

聚光灯孤零零地闪耀，留着花白小胡须的大会主席十分尴尬，第三次呼唤："李屹东先生，你的时间。"回应他的只有沉默和安静，主席只好笑着说："也许去了洗手间，我紧张的时候也会这样。"台下继续用无声来回答，这不是一个好笑的理由，在世界级的展会上做主题发言，因为去厕所而迟到？怎么可能！而且李屹东早就来到会场，应该就在附近，怎么会无端消失？

主席挺不住了，看看手表，主题演讲才刚刚开始，根本不到休息时间，可是眼下真的没有选择了，说道："要不要来个咖啡时间（Coffee Break）？反正我需要。"他干脆将主题发言停止，一甩胳膊，气呼呼地向台下冲去。

台下2500名听众不明所以，大多数人都原地不动，他们需要一个解释，鼓噪起来。主席冲进贵宾室，看见李屹东，冲上去恶狠狠地说道："李先生，我以为你舍不得离开洗手间。"

李屹东猛然抬头，眼中冒出怒火，大概五六秒钟才平静下来："抱歉，主席先生，我刚刚得到通知，AT&T的CEO将不会出席主题演讲。"

主席愣了一下，这个时间是交给鸿鹄技术，他们又邀请了AT&T，发布进军美国的消息，冤有头债有主，他当然不肯放过李屹东："所以，是你们的邀请出了问题？"

李屹东又放出了下一条消息："AT&T通知我们，合作协议立即停止执行。"

主席也懵了，鸿鹄技术花了重金拿到主题演讲，就是为了宣布和AT&T的合作协议，最现实的问题是PPT已经做好，根本来不及改，可是迫于眼前的困境他只能向鸿鹄技术施加压力："李总，我宣布休息十分钟，然后你必须上场。"

AT&T由发明电话的贝尔创建,是全美第二大电信运营商,李屹东方寸大乱,这绝不仅仅是演讲的问题,数百万台旗舰产品正在发货,上亿美元的宣传费用已经投了进去,他仍然难以相信,和AT&T谈了半年,协议签字生效,哪能在最后一刻放鸽子?他擦擦冷汗,吩咐助理:"再拨一次,直接给他们的CEO,用我的电话号码。"正在此时,郭厚军的手机猛然响起来:"屹东,老总。"

执委会众人都看出了异常,李屹东没有上场做主题发言,庄雨农连线李屹东,电话很快有了回应:"屹东,发生了什么?"

李屹东声音急促:"AT&T的代表没有来,就在几分钟前,他们邮件通知我们,取消合作协议。"

江远峰手中的香槟啪地砸在桌面,庄雨农急问:"AT&T那边发生了什么?"

李屹东也摸不着头脑:"正在给AT&T的CEO打电话,稍等。"

李屹东挂了电话,会议室的庆祝气氛立即消弭,这消息太过震惊,即便这些人都是商场老手,也没想到AT&T会在这个时候放鸽子。"美国政府!"江远峰一砸桌子,2008年鸿鹄技术试图收购美国领先的数据厂商COM,被美国外国投资委员会否决;2009年与AT&T达成4G设备合约,被美国国家安全局出面干预;2010年收购摩托罗拉的无线资产被美国政府拒绝,并购宽带网络厂商2wire也失败,与Sprint达成的4G设备合约,遭到了美国商务部干预。

闭门会议

外面阳光灿烂,会议室里却一片昏暗,美国五大电信运营商总裁常在市场上大打出手,在私下场合聚在一起并不常见,但是他们无法拒绝来到这个地方——FCC,美国联邦通信委员会,管理全美国的无线电广播、电视、电信、卫星和电缆行业,直接对国会负责,美国境内所有的电子产品都要经过这个机构的认证。李屹东一直找不到的AT&T的总裁,此时此刻正在向FCC的官员辩解:"我理解FCC的规定,但是,我们与鸿鹄技术的合作不是核心网络设施,而是消费产品，FCC没有限制这方面与中国公司合作，而且他们获得了你们的技术认证。"

对面是FCC的主席和十几名国会议员，谁都知道FCC是摆设，国会议员们才是主角，一名国会助理将这份文件散发给五位CEO，这是由中央情报局（CIA）、美国联邦调查局（FBI）、美国国家安全局提供的文件，建议运营商不应向美国民众提供中国生产的手机产品。坐在运营商CEO最中间的一位60左右雪白头发的老者忽然笑了，敲着报告念出其中一段内容："FBI局长雷伊先生的这段话，请听听：任何美国企业或实体如果使用与我们价值观不同的某些国家的产品，势必会给美国的安全带来风险，对此我们十分担心。"他是全美最大电信运营商贝尔电信的CEO伦德尔。这事儿本来和他关系不大，贝尔电信从来没有使用过任何中国的网络产品。他喝了一口水："我第一次看到这样的说法，因为价值观不同不能买对方的产品，我们和欧洲、日本和韩国的价值观相同吗？好像不太一样，我该怎么形容？真是疯了！"

五名电信运营商的CEO相视而笑，他们虽是竞争对手，也觉得这份文件难以置信，可是对面的是十几位国会议员，这份文件又是中央情报局、美国联邦调查局和美国国家安全局联合签署，简直匪夷所思。忽然，伦德尔背后一名助理举起了桌面的美国国旗，她身材婀娜，面孔既有西方的线条，又有东方的优雅精致，问道："这里使用的星条旗也产自中国，还有，苹果手机也在中国制造，我们都不能用了吗？"

她的插话让议员们震惊，她是伦德尔的助理，从相貌来看应该是东西方混血，一名国会议员无法反驳，向国会警察示意："请那位女士离开。"

伦德尔转身看着他的助理，等两名国会警察移动过来，才说道："来莱，你离开。"

来莱是贝尔电信市场部的高级主管，作为伦德尔的助理参加会议，她的确没有资格在这种场合发言。她甩开两名警察站起来，向门外走去。伦德尔等她出门，举起星条旗重复了来莱的提问："这里使用的星条旗产自中国，苹果手机也在中国制造，我们都不能用了吗？"这次内部会议室针对AT&T的合作协议，没想到贝尔电信站在竞争对手一边，可见 FCC 的理由实在荒谬。

厚重的大门打开，簇拥进一人，身后是中央情报局、联邦调查局和国家安全局的几位官员，来者正是总统前任的首席战略专家朋悦。他是一个彻头彻尾的白人，却有一个中国名字，出自"有朋自远方来，不亦乐乎"。国会议员们肃然起身，五位运营商 CEO 不约而同站起来。朋悦出生在美国南部一个并不富裕的家庭，是个蓝领的爱尔兰天主教徒。他凭借阿富汗战场拿到的军功章，进入商界，成为一名投资银行的投资人，后来进入传媒行业。这个接线员的儿子创造了奇迹，却并非他的顶峰，他相中正确的总统候选人，亲自加入竞选团队，运筹帷幄，在不可能的情况下赢得总统大选，这才是他不可思议的人生顶峰。

朋悦看了一圈会议室，干脆来到对峙的两排桌子中间，取来那份报告看了几眼说道："价值观？你们想听真正的原因？我来告诉你们。"他踱步到五位 CEO 面前说道："中国正在对美国造成威胁，他们致力于主导下一代工业，已经对美国发起经济和信息战，这距离真正的战争只有一步之遥，他们的潜力比我们历史上任何对手都要巨大得多，这事关两个国家在全球范围内的对抗，可是过去 20 年我们从来没有面对过这种威胁！那些让我们骄傲的企业，朗讯、摩托罗拉和思科已经被一家中国企业在全球范围内击败，他们正在掌握互联网技术的核心，领导未来的通信技术。先生们，我代表 18 位国会议员，中央情报局、联邦调查局和国家安全局，还有美利坚合众国总统先生，要求你们立即终止合作，这家中国公司的名字，你们都知道，鸿鹄技术。我还要告诉各位，这只是第一枪，你们将看到有力的反击，这是真正的美利坚之战！"

临时表现

拉斯维加斯，大会主席急匆匆出现在贵宾室，厚厚的地毯被他踩出通通的声音："李屹东先生，时间已经到了，不管怎么样，我需要你立即上台发言！"

李屹东无望地看着手机，对方根本不接电话，AT&T 放弃协议是有预谋的，绝不是堵车这样的原因，他将手机交给助理："主席先生，AT&T突然取消合作协议，我怎么发布？"

白胡子主席暴跳如雷，电子消费展从1967年至今总共101届，从来没有嘉宾临时取消主题发言："不管你说什么，你必须给我站上去！"此时，侧门开了一道缝，听众们喧闹的声音越来越大，如果再也没人上台，众人一哄而散，主题演讲就彻底告吹。主席狠狠跺脚，指着李屹东说道："好极了，既然这样，我只好取消你们的演讲！"

李屹东紧咬嘴唇："我讲！"

郭厚军方寸大乱，拦着李屹东："你讲什么？PPT都没改！"李屹东昨晚排练了一夜的内容都是关于AT&T合作的，肯定不能用，也来不及改动。

"不用PPT。"李屹东甩下一脸惊愕的郭厚军，登上讲台，被聚光灯盯住，眼前什么都没有，就像空空荡荡的大脑，慌乱之中必须说些什么："先生们女士们，我来到这里，本来要宣布和AT&T的合作，但是我刚得到消息，协议被取消了，我甚至不知道原因。"他说起英语有些口吃，身体动作也不自然："我想分享几个想法，你们知道，美国市场90%以上的智能手机都是通过运营商销售的，这对我们是巨大的损失，对运营商同样如此，对消费者损失更大，有人剥夺了消费者选择的权利。我不理解，我们赢得了全球170家电信运营商的信任，其中包括欧洲和日本，他们相信我们的品质、隐私和安全保护措施。"

台下听众突临变故，这才知道原因，却喜欢李屹东直言相告，用掌声给予反馈。李屹东这次是临场发言，正在思考的时候，投影机一闪，背后闪现出一张美国城市的高楼，为空荡荡的讲台注入了更多色彩，李屹东扭头看看说道："我大学毕业加入这家公司的时候，创始人江远峰先生告诉我，用户第一！这永远是我们的精神！"

又一阵掌声使得李屹东找回了自信："我们将贡献更多创新，这是我们的风格，创新和开放，对此我充满激情。我们为什么来到美国？因为我们价值观是相同的，我们需要创新而非落伍，客户需要开放而非封闭，我相信将会有更多用户选择我们，因为你们只选择最好的产品！"

李屹东的发言戛然而止，听众报以热烈的掌声，他跳下讲台，离开冲来的记者返回贵宾室，将大门紧紧关闭，此时此刻，他需要一些独处的时间，他靠在门板上，两行泪水流下，他默默地说："老总，我辜负了您的期望，对不起！"

李屹东颓然跪在地上，仰天而问："爸爸，您在天上看见了吗？我真的尽力了！"

璀璨星空

在海拔 5000 多米的雪山洼地里，皓月繁星，凌晨三四点的雪山好像半透明的童话世界。

江晚醒来，扭亮帐篷顶的露营灯，此时是凌晨三点，还有时间。她取出平板电脑，戴上耳机，划开屏幕打开新闻，跳过社会和国际栏目去看科技新闻，铺天盖地的内容只有一个主题："鸿鹄技术在美国被禁"，江晚立即点进去。

> 上周美国联邦通信委员会（FCC）宣布，他们将基于国家安全因素，阻止美国运营商购买鸿鹄技术的产品或服务。对于这个计划，鸿鹄技术今日发表了一份声明作为回应，否认了FCC 所称的安全因素，并称 FCC 所言不实，将会伤害移动设备消费者。过去几个月来，美国政府一直在指责鸿鹄技术的设备有可能被中国政府所利用，危及消费者和未来 5G 网络。
>
> 在这份声明中，鸿鹄技术称自己是"100% 的员工持股企业""不会对任何国家形成任何威胁"，以及"在我们的运营和决策过程中，从来没有受到过任何一个政府的介入"。他们作为设备供应商有着 30 年的经验，如今被"超过 170 个国家和地区所信任"，并且声称"在使用我们的设备过程中，没有任何一个运营商发现过风险因素"。

声明还表示:"对于 FCC 的提案我们感到非常失望。"鸿鹄技术指出他们一直希望帮助运营商将无线网络覆盖延伸到乡村和其他偏僻区域。他们还表示:"如果 FCC 的提案被采纳,那么处在偏僻地区的用户、企业的可选产品将会变少。美国政府部门不应该根据猜测和传言来做重大的法律决策。"

今年一月开始,鸿鹄技术在美国的业务扩张遇到了重要危机。美国政府一直在劝说运营商停止使用和销售鸿鹄技术的产品。美国政府部门认为,这家公司获得了中国政府的投资。另外,他们会在设备中留有后门,从而对用户的通信活动进行监控,并且有可能在未来控制 5G 网络。

雪山寒冷,江晚缩在睡袋里侧身继续看下去,下面有一个鸿鹄技术的声明,还有不少关于李屹东的新闻,他的演讲简短有力,多次被掌声打断,被评为这届电子消费展的最佳发言。连篇累牍分析鸿鹄技术市场前景的文章大都认为被 FCC 封杀后,鸿鹄技术再也难以进入美国市场。江晚聚精会神地看着,旁边的睡袋翻了个身,一只沉重的胳膊压在江晚胸口,那人翻过身又昏沉沉睡去,江晚隔着睡袋踢了一脚:"耿大厨,起来!"

那人反而把江晚抱紧,像婴儿一样向她怀里钻,江晚收好平板电脑,从睡袋里钻出来,穿上羽绒服外罩冲锋衣,将帐篷掀开,外面星光灿烂,那是城市里的人永远看不到的景象。江晚又钻回帐篷,拍着那个耿大厨的脸蛋:"醒了,醒了,快起来。"

"哦,该做早饭了。"耿大厨从睡袋里坐起,闭着眼睛穿衣服。由于营地条件限制,不能洗澡又十分寒冷,他们都穿着厚厚的抓绒衣服睡觉。他套上羽绒服和厚厚的登山裤,从帐篷里爬出来,就要去准备早饭,他做饭做菜的手艺冠绝登山队,承包了登山队的饭菜,还得了"大厨"的绰号。

江晚收拾行装,将负重减到最低,将那个 70 升的登山包留在露营地,只背上一个小小的背包,里面有一瓶热水和两块巧克力。她戴上头顶灯,脚上包裹着雪套，这是防备山上雪深，冰雪进入登山靴，山顶温度极低，一停下来靴内的冰雪会冻掉脚趾。她抬头之际，星空璀璨。"大厨你来。"江晚拉住他，伸手掀开帐篷上的覆顶，转身回到帐篷里。登山队每人只有一个70升的大背包，不可能为每个人准备帐篷，江晚和这个陌生的男人同时加入登山队，她是唯一的女孩子，两人被分配到了一组，配合默契，关系越来越紧密，在登山队里吃喝在一起，睡在同一个帐篷。已经好长时间了，隔着厚厚的睡袋保持着合理的礼貌距离，从不逾越界限，没有人多想什么。

"干吗？小晚。"耿大厨着急起来，时间耽搁不得，他们要经过漫长的石板坡，通过碎石岭才能到达海拔4700米的雪线，距离海拔5500米的顶峰还很漫长。中午12点前必须返回，如果气温下降，石板坡结冰，就再也下不了山了，如果留在山上过夜，无论穿得多么厚，都是死路一条。

江晚缩进睡袋，耿大厨只好进去，两人依靠在帐篷中，向头顶望去，星空近在眼前，好像伸手就能抓住。江晚叹了口气："在那密不透风的城市，高楼大厦向你压来，汽车噪音咆哮，心里永远纷乱嘈杂，一刻也不得安宁。"

耿大厨转身看着江晚的眼睛，露出好看的笑容："到底什么纷乱了你的心，让你觉得嘈杂和难安？你又在逃离什么？"

江晚心情被提问破坏，钻出帐篷，背起登山包，回头说道："大厨，做饭去！"

哈巴雪山

江晚趴在避风的转弯处等待天气好转，为了征服哈巴雪山，他们在大本营住了两天，不在乎多等这么一会儿，她期待这个时刻，在精疲力竭的极限时可以忘记烦恼，这是她不断地寻找刺激的原因，也是她摆脱痛苦的方法。半年多前，她加入了这支登山队，先在北京周边训练，然后拼尽全力去征服一座座山峰，攀爬过程中，血液快速流动，神经紧绷起来，攀上山顶，心脏仿佛在跳舞，她要从那场刻骨铭心的感情失败中摆脱出来。她不断地攀登，瞄准这个位于云南的大雪山，来到山脚时，感觉到这就是寻找了很久的终极答案，她发誓要得到感悟，摆脱痛苦的情感：如果能够登上这座雪山，就斩断过去，重新开始！

登山队分裂成坚持和放弃两派，有人不想在这里喝西北风，开始抱怨和担忧，如果在中午十二点以前不能登顶，山上气温骤然下降，石板坡结冰，不能下山的结果便是冻成冰条，没有万一。坚持的人数随着中午的接近越来越少，江晚不愿意多说一句话去浪费宝贵的体力，对争论无动于衷。

山顶近在眼前，风速缓慢下来，江晚向上看去，计算距离，评估剩余体力。冰镐砸在雪中，她抬起右脚把身体向前拖去。队员们停止了争论，看着她向顶峰突击，她红色的冲锋衣在大风中摇摆。一个蓝色影子出来，紧走几步，牵住江晚，不由分说将登山绳扣在她腰间，江晚不用回头就知道是谁，牵着他的手，隔着厚厚的手套也有十足的安全感："大厨。"

"握紧。"耿大厨把江晚的手放回登山杖，距离峰顶只有两三百米，平常几分钟就能走到，现在用尽全身力气才可以挪动一步，然后停下来剧烈呼吸。

半途有个一人高的陡坡，是艰难路程中最后的挑战。耿大厨在前，双手抓着冻得坚硬的倾斜冰层，缓慢接近，靠在坡上恢复体力，悬崖下的云朵在风中变幻着形状。耿大厨右手冰镐砸入冰层，身体向上，臀部被江晚托送向上，身子翻越坡面，他躺在台阶上，恢复体力，然后趴在坡上握着江晚的胳膊，将她拉起。这是他们登山的习惯，遇到难以攀登的高坡，都是江晚托着耿大厨先上，他再回身把她拉上去。江晚踏上一块突起，抬起右脚寻找落脚的地方，忽然左脚一松，身体猛坠，左胸在冰雪上一撞又被弹开，冰镐支撑不住体重，在冰雪中撕出一道裂纹。耿大厨手中一紧，登山绳把她的身体向下带去，他将冰锥扔在一边，在江晚向下滑去的刹那，另一只手抓住了她，哗啦啦在冰雪中滑了一个上身的距离才稳住，看着惊魂未定的江晚说道："别担心，有我。"

江晚从来没有这么接近死亡，吸一口气，看着他的双眼，将全身重量交给他，重新抬起靴子将铁刺重重地砸入冰层，把身体固定在斜坡，找到了新的落脚点。这耗尽了力气，除了转动目光，动动嘴唇，什么都做不了。"休息会儿，再上。"她的声音透过口罩传出来。

"没时间了,认输。"耿大厨滑下坡面,舒服地坐在地上,露出笑容。江晚回想刚才坠落的瞬间,脑中没有任何回忆和感觉,只有一道亮光。她曾经为那段感情感到锥心的痛苦,在最危险的刹那,她却找不到类似的痛苦感觉。

耿大厨忽然说道:"人生就像登山,人活个过程,结果没有任何意义。"

江晚听出了他话中的含义,仍然不舍地看着顶峰:"冰镐丢了,不能登顶了。"耿晔站起来牵着江晚返回,他说:"如果结果没有意义,输赢重要吗?得失又算什么?还有什么不能放下?"

虽然必须趁天没黑回到营地,所以无法继续登顶,但江晚依旧困惑,体验到了登山的过程,登顶就不重要了吗?对感情也是这样吗?体验到刻骨铭心的爱情就足够了,能不能得到就不重要了吗?"来,抱抱。"这是他们登顶时的习惯,最简单的庆祝,冲顶失败,却得到感悟。两人紧紧抱在一起,隔着厚厚的防寒服根本感受不到彼此的体温。登山队开始缓慢下山。

▎亲密无间▎

登山队在天完全黑透之前回到海拔 4400 米的营地,筋疲力尽。耿大厨将帐篷展开,踩开防潮充气垫,搭起双人帐篷,一顶橘红色的帐篷出现在巨峰之下,湖泊之旁。"伤着了?"他看出来江晚在滑落时受了伤,常常不能用左侧的登山杖来支撑。

江晚左胳膊靠近胸口的位置受到撞击,山上气温极低,不觉得痛,她强忍着下来,那个位置麻木没有知觉,根据她的登山经验,这绝不是好兆头。可是受伤的部位十分敏感,江晚钻进帐篷:"大厨,你别进来。"

江晚用睡袋挡在身体周围,保持温度,脱下防风的冲锋衣和保暖的羽绒服,里层的抓绒夹克上沾满血迹,轻轻一拉,剧痛钻心。抓绒外套里还有一层速干衣,与伤口紧紧粘连在一起,只能用刀划开才能包扎:"大厨,给我刀。"

他钻进帐篷,看了一眼伤口,这里处于高山深处,回到山下至少一天,在这之前伤口必须包扎,好在营地里各种急救药品齐全,他将小刀递给江晚:"我去烧些热水,准备绷带和酒精。"

江晚脱去羽绒服,用小刀切割抓绒夹克,将衣服划开,疼得冷汗直冒。她听到外面的声音:"我进来了。"江晚将胳膊缩起来,耿大厨进来,握住江晚的胳膊察看伤势,伤口在胳膊和左胸之间,位置十分敏感,所以江晚才自己动手。他半跪在江晚面前,举起右手说道:"仰赖医药神阿波罗及天地诸神为证,我敬谨直誓,愿以自身能力及判断力,遵守此约。愿尽余之能力与判断力,遵守为病人谋利益之信条,不做一切堕落和害人行为,我愿以此纯洁与神圣之精神,终身执行职务,无论至于何处,遇男或女,贵人及奴婢,我之唯一目的,即为病家谋幸福,检点吾身,不做害人及恶劣行为,尤不作诱奸之事。凡我所见所闻,我认为应守秘密者,我愿保守秘密。尚使我严守上述誓言时,请求神祇让我生命与医术能得无上光荣,我苟违誓,天地鬼神实共亟之。"

他念了略有修改的《希波克拉底誓言》,表示只是为江晚治伤,医者仁心,希望她不要多想,江晚听到这个誓言十分暖心,改变了心意:"喂,你不是大厨吗?怎么变成了医生。"

"尽快消毒包扎,肯定没事儿,一会儿就活蹦乱跳,如果不处理,化脓就严重了。我们一起登山,互相照顾是应该的,我没有其他想法,你也不要多想,来,把胳膊抬起来。"他说话间用刀子将江晚的抓绒夹克割了下来,停手看着江晚:"我要脱内衣了。"

江晚脸上通红,暗地里却有一丝温暖,闭眼睛点头,觉得肩膀发凉,内衣被撩了起来,左臂和胸口疼痛,皱眉睁眼去看,伤口就在左胸,和鲜血凝结在一起。他半跪在自己面前,小心翼翼地解下内衣,一手托着左胸,另一手用清水洗净伤口,神色一丝不苟,认真处理伤口,完全没有戏谑和轻侮的意思。江晚的害羞缓缓褪去,就像他所说,这是医者纯粹而神圣的治疗,并无邪念。忽然,钻心疼痛传来,江晚双手掐住他后背,他正在用医用酒精消毒,快速包扎绷带,取出新衣为江晚换上,扶她钻回被窝。

"不严重，伤疤都不会有。"他擦去血迹，起来掀开帐帘："我去做饭，你歇歇，别动伤口，慢慢就愈合了。"

江晚趴在帐篷里，看着他去做饭，烧火，加水，煮面。不一会儿，他将饭盒拿来，两人狼吞虎咽吃完，欢呼一声撩开帐篷，钻进睡袋。江晚体温恢复，冰冷僵硬的身体舒舒服服，伤口也不疼了，抬头透过透明的穹顶，望着星空，回想以前沉迷于争输赢，没有享受乐趣的日子，或许应该去享受精彩的人生过程，不管结果如何。

"还疼吗？"他一直牵挂着她的伤。

"没事儿了。"江晚晃晃胳膊，他脸上的一丝担心散去，笑得好像雨过天晴。

"大厨，你笑了。"自从江晚认识这男人以来，他从来没有笑过，这次差点丢了性命，却这么高兴。

他登顶失败，心情反而好了很多："是啊，我想通了。"

江晚看着这个的神秘男子，也看着天空："什么？"

他没有回答，反而问道："人生有两个维度，一个是享受过程，另外一个是追求结果，结果重要，还是过程重要？"

她侧头想着答案："都重要。"

"如果一定要选择呢？"耿晔取出平板电脑，嵌套在帐篷上。

她不知道该怎么回答，在睡袋里侧身望着耿晔："别卖关子，说吧。"

耿晔掀开帐篷上的帘布，看着遥远的星空："这次登顶虽然失败，我却发现，人生只有过程，结果只是勾勒人生过程的记号。我们都执着于结果，忽略欣赏人生的精彩过程，只考虑行为是否有利于达成目标，却抛弃做自己的原则，强迫自己去做不喜欢的事情，不择手段，沦为输赢的奴隶，我内疚和后悔，却一而再，再而三地重复。"

江晚知道他在开导自己，侧脸看着群山和星空，说道："世上谁不这样？争名夺利，除非留在这里，与世无争。"

耿晔转过身来，在狭小的帐篷中，脸孔无限接近："除了雪山之外，还有很多旅程值得体验，比如南极。"他突然拱了她的睡袋，滚作一团，江晚轻松了，世界那么大，有那么多精彩的旅程，为什么要陷入一段感情不可自拔？两人经历了堕落雪山的危险，距离突然拉近，江晚在睡袋中拼命抵抗，像孩子一样在帐篷里尽情欢笑。

"哎，别闹，这里海拔高！"五六顶小帐篷星罗棋布，两人在这边打闹，引起了其他帐篷的注意，他们显然想歪了。

"别干坏事儿，不要命了吗？"又有队友大声喊道。

"让不让人睡觉啦！"抗议声音此起彼伏。

江晚停止了睡袋的碰撞，说道："不闹了，电影时间。"山上寒冷，他们常在下午四五点扎营吃饭，钻进帐篷里追剧，半年下来看了数不清的剧集。耿大厨掏出平板电脑，插在帐篷中间的一个布框中，这是他们为了追剧特别缝制的。

耿大厨找到剧集播放，取出四个小音箱塞进帐篷的四个顶角，江晚开心地笑起来："嚯，环绕立体声，和电影院差不多。"她用拳头砸了一下耿大厨胸口："让我靠着。"两个人登山遇险之后，关系更为紧密，江晚舒服地靠着，安安静静地看了起来，看了一集就缩回自己的睡袋："困了，明天还要早起，睡觉哇。"

▎赴美上市▎

朋悦离开FCC回到办公室，对今天的会议结果十分满意，秘书拿着小本子进来："您的客人万先生等了很久了。"朋悦点头坐下，就听见门外传来一阵笑声，一位40多岁的中国人走了进来，他头发极短，略显矮胖，带着黑色圆框眼镜，堆着笑容，双手与朋悦相握用英语问候："朋悦先生，很高兴重逢。"

朋悦在投资银行的经历，使得他拥有一段辉煌的投资生涯，而且这种辉煌持续到现在。朋悦说道："万总，感谢你来到美国，希望我们产生合作的火花。"

两人曾经多次在投资峰会和商业论坛上见过，作为声名赫赫的投资人，而且曾经担任总统特别顾问，朋悦是可遇不可求的朋友。万成在美国硅谷参访期间，突然接到邀约，飞赴华盛顿见面，却不知道朋悦要和自己谈些什么。朋悦明白他的困惑，直接说道："万总有没有看到新闻？AT&T取消了鸿鹄技术的合作协议。"

万成已经被这条新闻刷屏，他投资了六七家高科技企业，嗅觉十分灵敏："我听说了，为什么在最后一刻取消了协议？"

朋悦当然不会在中国投资人面前和盘说出详情，只说了一半："互联网和手机上有各种各样的信息，我们政府十分担心信息安全，鸿鹄技术又是一家没有上市的公司，股东和财务状况都是不透明的。"朋悦看着万成的脸说道："所以，我想和您谈一谈，有没有可能邀请鸿鹄技术到美国来上市，这本身既对鸿鹄技术的发展有利，又是一个巨大的投资机会，不知道万总有兴趣吗？"

万成求之不得，朋悦在美国资本市场极有号召力，搭上他，自己投资生涯将大放异彩，尤其鸿鹄技术每年销售收入1000亿美元，这是任何一个投资人都难以拒绝的商机，万成站起来再次与朋悦双手紧握："朋悦先生，我非常愿意，您是我非常敬仰的政治家和投资人，与您合作，我信心十足！"

朋悦早知道万成不会拒绝自己的邀请，建议道："鸿鹄技术的代表团还在美国，如果方便的话，是否可以去谈谈？然后给我一个消息。"

只如初识

雪山之巅的湖边，荧光从帐篷中透出，与璀璨的星空交相辉映。耿大厨忽然惊醒，江晚的睡袋空空荡荡，他立即掀开睡袋，快速穿上衣服，出了帐篷，向山巅眺望，一队灯光点缀在山腰，他摸出对讲机，喊道："小晚，在哪里？"

对讲机传出她的声音："大厨，你猜。"

耿晔背上行囊，检查装备，向对讲机喊道："我现在过去，你慢慢向前走，保持对讲机畅通。"

江晚跟着另外一支登山队从营地出发，还不到石板坡就被耿大厨发现，他就像钻到她肚子里，什么都瞒不住他。江晚脱离了那支小队伍，缓缓向前，有头顶灯的指引,他很快就能找到。果然走了几百米,她胳膊被拉住,他来了。江晚说道:"大厨,我知道,你肯定不会劝我回去的。"

耿大厨劝了她一晚,到了人生观的程度,她还是不听,只好作罢:"我叫耿晔。"他走到江晚旁边说出自己的名字,他们在登山队中结识,攀登了许多雪山,仍然没有正式的自我介绍。

"你很喜欢哭吗?"江晚眨了眨眼睛问,这里地势平坦,可以随便说话,一旦登上石板坡就要全神贯注地登山了。

"不懂历史的人总是这么说。"耿晔习惯了,熟悉的朋友总会用他的名字开玩笑。

"我叫江晚。"她说出了全名,他们以往不谈及登山以外的话题,昨天遇险后好像一切都变了。她不高也不矮,身材纤细如同孩子,没有凹凸有致的本钱,五官却惊人的精致,从内到外散发着柔和的气息,有让人舒服的气场。她说着好听的北京话,登山时却像粗糙的驴友,耿晔从她的背包看出了经济实力:"始祖鸟,不错。"

"我不喜欢那些名牌包。"江晚这半年总穿登山装,本想掩盖身份,仍然让他看出了端倪。

耿晔笑出声来,他以前曾追求这些,如今他不需要这些牌子来证明自己。对于奢侈品,耿晔唯独喜欢汽车,那辆路虎还在北京的朋友手中。开着拉风的越野车,每天花费两三个小时穿越拥堵的北京城上下班?还是让他们继续开吧。耿晔登山期间极少说话,眼睛却没有停止观察,江晚如同气泡般突然冒出,加入登山队,路途中常独自望着天空的星星。她言谈并不寻常,怎么会放下工作来爬山?耿晔笑着问:"要放空自己?"

"什么?"江晚反问,她不确定耿晔在说什么。

"放下心里的包袱,用另外的角度观察,世界因此而不同。不是世界变了,而是你不再是原来的自己了。"耿晔有类似的心路历程,说出了感受。

"遇见未知的自己。"江晚闭上眼睛,享受头顶的月色星光。

"哈哈,太矫情了。"耿晔昨天有了新的体验,看待自己的方式也不一样了。

"放空，未知的自己，无病呻吟。"江晚与以前的自己大不一样，其实什么都没有变，只是心态变了，她听着四周的虫鸣，心思在雪山和CBD的高楼大厦之间游移不定。

"真的可以放下吗？"耿晔既问自己也是问江晚，放弃世界，穿山越岭几个月，对于他们这个年纪的男女，似乎只有感情原因。

"翻篇儿。"江晚转移话题，问道："怎么不好好睡觉？反正你也不在乎有没有登顶。"

"你一个人多危险？"耿晔真的不在乎是否登顶，他更喜欢湖泊、雪山、帐篷和无敌的景色。

"怎么知道我还要冲顶？"江晚接近石板坡，收起登山杖，将手递给耿晔，这是他们的习惯，遇到这种地势一定会手牵手互相保护。

"你昨晚睡觉前说，明天还要早起。"耿晔猜到了江晚的计划，如果第二天不攀登，他们肯定会在营地好好睡一觉，他取出登山绳挂在江晚腰间，登山队不建议这么做，如果一人失足，登山绳要么救命，要么把另外一人扯下绝壁。

"抓紧。"江晚踏上石板坡，停止聊天，将全部注意力都用来征服这座雪山。

他们昨天登过一次，对路径十分熟悉，掌握着节奏，很快超越了前面那支登山队，天色大亮的时候已经来到雪线，比昨天提前了一个小时。日升星垂，阳光正在东方孕育，耿晔驻足观看，却被江晚拉住："专心爬山。"两人登山的动机完全不同，耿晔流连周遭的景色，江晚却一心征服雪山。踏入雪线之后，两人再也不说话，缓缓向前，来到昨天遇险的雪坡，他们吃掉最后一块巧克力，补充了热水。江晚掀开面巾："大厨，冲顶！"

耿晔竖起大拇指做了一个手势，缓缓站起，检查了腰间的登山绳，一前一后向雪山顶进发。两人耗尽体力，每一步都要喘气和休息，那种感觉是没有登山经历的人难以想象的。渐渐接近山顶，道路平缓一些，反而更加容易，就像突破难关之后的水到渠成。耿晔十分惊讶，昨天艰难万分的旅程居然变得轻松了。他们终于一步步挪到了顶峰，俯瞰群山小。江晚张开双臂，用全身力气喊道："耿晔，抱抱！"

登顶的拥抱与寻常不同，包含了更深的含义，既是庆祝也是队友间对彼此同生共死的感激，就像运动员拿了冠军之后与教练之间的拥抱，单纯又深厚。耿晔紧紧搂住江晚，忽然她用手轻轻拉开面巾，露出好看的五官，意味深长地看着他，耿晔露出面孔，嘴唇靠近，江晚心脏怦怦直跳，却听见他在耳边问道："伤口还疼吗？"

江晚心里温暖，哈哈笑起来："登顶成功，你却问这个。"

何为归期

"这座雪山登完了，去哪里？"江晚和耿晔返回营地，登山队其他成员已经离开，湖边幽谷只有他们两人。

耿晔迷茫极了，一座座山峰攀登下去，总有个尽头："去烤火吧。"他们以往回到营地，就缩在帐篷里追剧，然后睡个好觉。今晚没有了登山的压力，他们从帐篷中爬出，钻进营地的小木屋，这是耿晔做饭的地方。耿晔将一叠报纸递给江晚："来，我填柴，你点火。"

现在十月初，雪山在傍晚温度早已降到零度以下，即便在小木屋中，手脚都要冻僵，耿晔堆积木块，铺上引火的木屑。江晚抱着报纸，在昏黄的油灯下看着，在移动互联网时代，报纸越来越薄，还逃脱不了成为引火纸的命运。江晚把报纸交给耿晔，耿晔快速扫了一眼，念出新闻的标题："鸿鹄技术在美国被禁？"他并没有太在意，把报纸放在木屑之中，火花跳跃。耿晔打开一瓶白兰地，这是他藏在营地的宝贝，喝一口就暖到胃里，他递给江晚："来，暖暖。"

山里条件简单，哪有酒杯，他俩就这样你一口我一口喝着，亲密得就像恋人。江晚双手伸到火苗旁边，身体热了起来，侧脸的轮廓在火光映照下极为美丽，她喃喃道："耿晔，我们回去吧。"

这是一个很容易得出的结论，寒冷的冬季即将到来，气候不再适合登山，旅程必将结束，耿晔注意到她折叠报纸的动作，回想那条新闻，故意卖了一个破绽:"报纸上有一条新闻,鸿鹄技术的手机产品在美国市场被禁止销售。"

"不是禁售,是不能通过运营商的渠道,但仍然可以通过零售商店和网络销售。"江晚又喝了一口纠正了耿晔的说法。

耿晔的错误被江晚纠正,这说明她是手机圈内的人,耿晔再次试探:"鸿鹄技术的轮值 CEO,李屹东的发言被很多媒体转载了,据说是这届消费展最棒的发言,他好年轻,应该不到 30 岁吧?"

江晚被呛了一口酒,随口答道:"32 岁。"她忽然闭嘴,明白了耿晔的用意,这显然暴露了自己认识这个李屹东。耿晔也笑了,拿过白兰地喝了起来。他从那个新闻猜测到她和鸿鹄技术的关系,通过两次提问验证了这一点,江晚心里有种被看透的不满,说道:"凛冬将至,我们回去吧。"

江晚向火堆中填了木柴,火势更旺,她做出结束登山的决定,身心都放松下来,轻轻靠在耿晔肩头:"大厨,这段登山,收获是什么?"

这是一个诱使耿晔表白的提问,江晚希望听到的答案:遇到你。自从昨天遇险,两人半年旅途中点点滴滴的积累发生了质的变化,只是两人刚知道对方的真实名字、家庭、工作、学业,甚至年纪都不那么清楚。江晚喜欢这样的感情开始,单纯,没有名利的压力,是真正的吸引和喜欢。

耿晔转头,他说话的时候总直视对方,似乎要从目光深处探查反馈:"遇到一个完美的队友。"

江晚懊恼,遇到一个完美的队友和遇到你听起来差不多,其实又有不同,去掉了暧昧增加了距离,却又无可指责,她不满意地哼了一声,喝掉最后一滴白兰地:"过几天陪我去虎跳峡,我要祭拜一位叔叔,哦,我爸也来了。"

耿晔点头,熄灭了篝火,打开手电筒,牵着江晚向帐篷走去。江晚出了小木屋,抬头看着星空:"大厨,离开雪山回到现实,我们还会像现在这样吗?"

耿晔为江晚拉紧领口,抵御寒冷:"现在什么样?"

月色如水,极为明亮,江晚回头看着耿晔:"这里单纯简单,现实世界却有太多,工作、家人、财富、权利、名声、责任,让很多事情变得复杂。"

"但愿人生只如初见。"耿晔借用了纳兰容若的词,撩开帐篷帘让江晚钻进去。

第 2 章

挡箭牌

山中何所有，岭上多白云。
只可自怡悦，不堪持赠君。

《诏问山中何所有赋诗以答》 南北朝 陶弘景

父辈精神

江晚和耿晔退出登山队自由活动，在丽江古城舒舒服服休息几天，租车来到虎跳峡，直下江边，江晚停住脚步，在虎跳石的顶端迎风站着一位老人，身躯就像雕像，仿佛要被巨浪吞没。江晚拉住耿晔，不让他走近："我爸爸，别打扰。"

江晚避开游人来到虎跳石的角落，将一束鲜花扔进奔腾的长江中，抓起一块鹅卵石握在手中，默默祈祷之后，向耿晔解释："一位叔叔30多年前从这里跳了下去。"江晚没有见过李茂舒，那时她还没有出生。

"从这里跳下去？"耿晔不明白，只有寻死觅活的人才会这么做，谁都看得出来，这是九死一生的事，比昨天登顶还要危险百倍千倍。

"为了不让美国人抢先漂了中国的第一大河，我爸爸和一位叔叔乘橡皮筏从长江源头出发，那位叔叔在这里跳下，再也没有回来。"江晚小时候就听父亲说过，这件事给她留下难以磨灭的印象："爸爸遇到困难时都会来这里，默默站在虎跳石的顶端，谁也不能打扰。"

"鸿鹄技术要想二次创业，必须进军美国市场，可是障碍确实很大。"耿晔已经猜透了江晚的身份，此时才说了出来。

"哦，你知道？"江晚昨天说出了名字，就不打算瞒着耿晔。

"江晚，如果我连这个名字都没听说过，就白在咨询公司混了。"耿晔隐晦地做了自我介绍。

"哦？你怎么看？进入美国市场。"江晚难得有人聊这些，尤其是这个十足信任的队友。

"不是商业原因，而是政治原因。"耿晔查到了更多的新闻："我听说，18位美国国会议员联合FBI、CIA和国家安全局写信，让FCC向AT&T施压，在最后时刻解除协议。"

江晚极为吃惊，在她眼中，耿晔的烹饪手艺冠绝登山队："还知道FCC？我还以为你是米其林餐厅的厨师。"

耿晔指指江晚的伤口："还疼吗？"

"打岔。"江晚立即脸红，想起那晚的经历反而很甜蜜："哦，你《希波克拉底誓言》念的那么熟，按理说应该是医生，或者是厨师，但其实都不是。"

耿晔抿起嘴巴，这是他的小习惯："别猜了，无论厨师、医生还是其他的，都和你比不了。"

江晚身世非同一般，在登山期间一直没有透露，直到登山遇险之后才向耿晔说出名字来，她笑着问道："那么，我是谁？"

"江晚，鸿鹄技术创始人江远峰的女儿，鸿鹄技术的CFO。你爸爸是商场的传奇，中国企业家的领袖，这是个如雷贯耳的名字。"耿晔以前埋头登山，从不闲聊，却早已看出了端倪："你前几天说了自己的名字，我要是不知道你是谁，岂不是白痴？"

自从耿晔为江晚处理伤口，两人之间的关系完成了从量变到质变的飞跃，江晚说出姓名，是对这种改变的回应。她点头认可，看着远处的父亲问道："能理解我们的父辈吗？为了不让美国人先漂了长江，就付出生命。"

耿晔摇头，美国人漂了长江又怎么样？他将一块石头扔进长江："不理解，还不如去漂密西西比河，漂了美国人的母亲河。"

"如果这么危险，你漂吗？"江晚也不理解，冒着生命危险，留下没有出生的儿子，值得吗？

这难住了耿晔，他抬头看着一线天的峡谷天空，为了虚无缥缈的理想冒险？

耿晔笑着说道："除非后面有老虎追我。"

回忆和骄傲

江远峰伫立于虎跳石之巅,默默念着:老大哥,我又来看你了!他得知AT&T和鸿鹄技术解约的消息,心情非常糟糕,搭乘飞机来到云南,辗转来到虎跳峡。只有在这里,他才能找到精神的力量,得到答案。

清晨游人还不算多,江远峰盘腿坐下,就像当年和李茂舒在这里整理橡皮筏。狂江深峡依旧,却换了人间,他在浪雾中眯着眼,就像李茂舒还在眼前:"大哥啊,先说说屹东,虽然我念叨太多次,但您肯定听不烦,因为他是您的儿子,他少年班毕业,我知道这个消息的时候,开心得不得了,您肯定记得,我第二天就来了这里,还买了好酒和您爱吃的回锅肉。他是您的儿子,我把他派往最艰难的地方,欧洲市场。我担心啊,他要是没做好,会不会影响信心。可是呢,这个26岁的孩子,硬生生把欧洲市场做起来了,德国、法国、英国全在使用咱们中国的产品,不是衣服袜子那些东西,而是互联网设备、交换机、服务器、光纤设备、基站,最先进的技术和产品。您还记得吧,他回国的时候,我俩来了这里,就在这儿坐着,我把您的事情都讲了一遍。那次我们在这里住了三天,也聊了三天,他是您的儿子,当然要知道您是谁。后来,他要做手机,我不同意,因为手机没利润,他问了我一个问题:您创办鸿鹄技术是为赚钱吗?问得太好了,戳到我心窝里了,我们当年漂流长江是为了钱吗?一分钱都没有,还要倒贴,您还把命贴进去了,我竟然因为不赚钱而不做应该做的事情!我惭愧得要死,他是您的儿子啊,比我强!他继承了您的精神和理想,在那个刹那,我流泪了,您知道吗?"江远峰擦拭泪水,在这里他尽情肆虐情感风暴:"屹东开始负责手机业务,短短几年做到2700亿元,今年要卖出两亿部!占了公司的半壁江山,如果没有屹东,这家公司就停止了增长的脚步!"

江远峰长叹一口气,抑制住悲伤,他真心为李屹东自豪:"这次屹东率领队伍进军美国,与AT&T签署了合作协议,我本打算等屹东发布合作协议,就宣布他接班。没想到,AT&T在最后一刻取消了协议,放了我们鸽子,屹东的演讲打动了世界，媒体很同情我们。可是我能看出来，他受到打击了，目光中失去了自信，我听说，他发言之后把自己关进贵宾室，放声大哭。老大哥，这是好事儿也是坏事儿，谁没遇到挫折？希望屹东能够在挫折中成长起来。"

江远峰站起来，看看巨峰之间的一线天空，江水撞在巨石上的声响压过一切，放大声音："大哥，我这次来看你，心里是有事儿的，经过这次挫折，我有些心灰意冷，我们的产品进入了170个国家，唯独不能进入美国，您说，美国市场还要不要打？这次来虎跳峡，我想安静地住几天，把这个问题想明白，大哥，如果是您，您会怎么做？"

浩浩荡荡的长江迎面撞上江远峰脚下的巨石，巨浪滔天。

▎自知之明 ▎

"这时候，最好不要惹爸爸。"江晚牵着耿晔，从陡峭的悬梯爬了上去，这垂直上下的铁梯对一般人视如畏途，对于他俩却不在话下。江晚在背后一推，耿晔翻上平台，伸手把江晚拉上来，两人下山之后仍然保持了登山的习惯。江晚说出了自己的身份，却仍然不知道耿晔的，问道："你是登山运动员吧，如履平地。"

两人早已培养出默契，耿晔回答："我不是运动员，更不是厨师和医生，而是顾问。"

江晚不想盘问，那样更像相亲，她更喜欢慢慢地发现，点点头就不问了。耿晔坐在岸边，已经无法看清虎跳石上的江远峰，问道："你爸爸在那里做什么？"

江晚非常笃定："爸爸遇到困难就会来虎跳石，这次肯定是因为美国市场受挫。大厨，你既然是咨询顾问，你说说，我们要不要放弃美国市场？"

和鸿鹄技术过不去的是美国政府，企业怎么搞得过？耿晔笑着说："那天登顶你受伤，我劝你不要再去，结果想瞒着我偷偷登顶，不也成功了？"

江晚听到这里也笑了，虽然认识半年多，在攀登雪山的挑战中，互相了解的程度远超过一般的朋友："大厨，你还挺有自知之明。"

耿晔看着磅礴的长江，回忆着江远峰伫立巨石之巅的背影："但是，我宁可进军美国市场，也不愿意从虎跳石跃下长江。"

江晚想象着，30年前的一个大雨天，李屹东的父亲就在这里，面对湍急的长江一跃而入，自己的父亲在这里将会得到什么样的答案？想到这里，她侧头看着耿晔："你还挺聪明的，能猜到爸爸的选择。"

迎来送往

"想通了，大哥，公司18万名员工，去年销售收入6000亿元，净利润475亿元，手机今年发货两亿部，全球份额稳居前三，想想我们当年，赤手空拳两个人，坐个橡皮筏子，从长江源头漂流到这里，哪个更难？哪个更危险？您毅然从这里跃下，我有什么资格退缩？"江远峰的衣服被水雾沾湿，就像雨淋过一番，他抹掉脸上的水，举起右手："大哥，我向您起誓，您守住了中国的第一大河，我要替您征服美国市场，这是我的使命，绝不退缩！"

江远峰从地上取来鲜花，抛入长江，再次举起右手："大哥，我向您起誓，谁带领队伍拿下美国市场，谁就接这个班！我希望是屹东，我会全力支持他！"说完，江远峰毅然回头，离开虎跳石，向岸边走去。

"爸爸上来了，开车去。"江晚向停车场跑去，招手让耿晔跟来，两人在登山途中养成了手牵手的习惯，到了停车场才愕然发觉，同时松手，相视偷笑，躲进租来的车中。停车场中间有辆面包车，在江晚指挥下，耿晔开车跟踪，果然面包车在岸边接上了江远峰，向丽江方向开去。

"自己爸爸，还要躲着？"耿晔很不理解江晚的举止。

"我小时候跟着爸爸来这里祭奠那位叔叔，惹他生气，被打了屁股，现在还疼。"江晚揉着臀部，对往事念念不忘。

"嚯，疼了这么久。"耿晔开车，质疑江晚。

"是心疼，爸爸平常哪儿舍得打我？"江晚念念不忘，想来是真的疼。两人说话间，车驶入了广袤的平地，蓝天雪山，车子也更有劲头。跟着面包车驶到酒店的停车场，江晚却不下车，始终看着那辆面包车："明天爸爸的情绪才会好，那时再见面。"

耿晔知道江远峰创建鸿鹄技术的历程，却不知道他30年前从长江源头漂流到这里，看来那时就不是普通人。江晚伏在副驾驶的玻璃之下，直到江远峰下车走到酒店门口，她远远探头去看，江远峰突然在酒店门口停住脚步，抬头看着酒店正门的LED显示屏，江晚说道："糟了。"

一行红字正在LED屏幕上滚动：热烈欢迎鸿鹄技术董事长江远峰先生下榻！耿晔没看出什么问题。江远峰不肯进去，指着显示屏问道："老庄，这是谁搞的？"

"他叫庄雨农，爸爸的左膀右臂。"江晚压低声音，一点儿都不想触了霉头。

"您稍等。"庄雨农取出手机拨出去："云南办事处吗？白总在吗？转接一下。"他趁着等电话的时候，用手机拍了一张酒店显示屏的照片发出去，又把电话放在耳边："老白？看看我拍的照片，怎么回事儿？"过了一会儿，收电话向江远峰解释道："老白说，没有让酒店搞这个，看来是酒店自作主张。"

"先不要推卸责任，我问你，这算什么？"江远峰脊背笔直，侧面看起来虽然沧桑，精神状态却很好。

"这是不对的，我知道。"庄雨农明智地承认。

"说说，哪里不对？"江远峰看见酒店出来几个工作人员，挥手止住他们，盘问庄雨农。

"公司三令五申，不允许迎来送往。"庄雨农并不慌张，他早早加入鸿鹄技术，与江远峰一起开创了公司，绝对是公司的元老，又是轮值CEO，职务还排在李屹东之前。

"我们这些董事会成员在上任的时候，当着所有员工代表有八条发誓，第一条是什么？"江远峰心情不好，怒气冲冲。

"第一条，绝不搞迎来送往，不给上级送礼，不吹捧上级，把精力放在为客户服务上。"庄雨农记得十分清楚，背诵出来。

"这算不算迎来送往？吹捧上级？如果不处理，是不是姑息？我们的誓言是骗人的吗？"江远峰毫不留情，不肯进去。

"您说，怎么处理？"庄雨农提醒江远峰："老白是老人了，您还记得吧，当年我们错失小灵通市场的时候，就是他带着人拿下了黑龙江3G的网络项目，是有功之臣。"

"有功之臣就可以搞迎来送往吗？就可以违反誓言吗？他们应该更懂得我们的文化和精神，我们的纪律是吃干饭的吗？"江远峰不近人情，大发雷霆："就地免职！通报公司。"

耿晔心惊肉跳，他以前待过的外企老板很享受这种待遇，从来没听说表示欢迎被严厉处罚，中国人从来不打笑脸人，江远峰真是与众不同。庄雨农还要为老白说话，江远峰不给他机会，转身回了面包车："我江远峰不住这种酒店，走！"

"我们走吗？"耿晔有些发呆，看着面包车离开。

"不要，我们躲这儿，安全。"江晚等到面包车离开，才坐直身体，大摇大摆去前台，把身份证甩给耿晔，登记入住。江晚一天都躲在酒店里，第二天和耿晔开车早早去机场，说要早些还车，耿晔却知道她是在躲避江远峰不好的脾气。到机场，进了安检，江晚再也躲不过去，乖乖等着，见到江远峰时，晃着双臂冲去，惊天动地在江远峰脸上啵了一大口。女儿是爸爸上辈子的情人，一点儿都没错，她挽着父亲的胳膊过来，眉目中有形似之处，那双眼睛分明是一个模子刻出来的。

"哼，昨天躲我，今天才冒出来？"江远峰先看女儿，又看一眼后面的耿晔，等她介绍。

"这是我的登山队队友。"江晚语气中有一丝飘忽，耿晔听出味道，江晚语气发虚，证明耿晔在她心目中绝不仅仅是队友，果然江远峰又看了一眼耿晔。

"走吧，登机了。"江远峰指着机场载客的摆渡车，旅客们正在涌上去。庄雨农跟在江远峰和江晚身后，正好和耿晔并排，只是笑笑，却不和耿晔多说。

江远峰是中国企业家领袖，身家没有千亿也有百亿，坐经济舱挤摆渡车？耿晔在外企的时候，挤破头也要进头等舱的小型摆渡车，耿晔呆呆站在原地，问江晚："是不是坐那个？"指指远处的 VIP 摆渡车。

"要搞迎来送往吗？"江晚拎着行李箱跟着父亲上了摆渡车。

"小伙子，发什么呆？"江远峰扭头看一眼耿晔，似乎在判断他和女儿的真实关系。

乘坐 VIP 摆渡车也是迎来送往？耿晔提着行李箱上了摆渡车，江远峰一只手拉着车上的吊环。周围有人认出他，掏出手机咔嚓咔嚓地拍照，江远峰习以为常，问女儿："你队友叫什么？"

"我叫耿晔，和东汉的耿恭有'亲戚'关系。"耿晔喜欢用历史人物自我介绍，大多数人都是一脸蒙圈。他小心翼翼地问道："帮您提行李，算不算迎来送往？"

江远峰哈哈一笑："问得好，帮领导提行李箱算不算迎来送往？你说呢，小晚？"

江晚懵了，有些领导周围一帮随从，按照父亲的标准就是迎来送往，可是父亲 73 了，自己连行李箱都不帮着拿实在说不过去："爸爸，我帮您拿是孝心，不是迎来送往。"

"拿着。"江远峰将行李箱推给江晚，耿晔一身冷汗，拎个行李箱都有这么多讲究？说话间，摆渡车到达停机位，飞机的巨大身影浮现出来。江远峰下了车，转身望着天空："老大哥，屹东过几天从美国回来，我让他也来看你。"

| 上市之约 |

李屹东从 AT&T 出来，心灰意冷，他得到了正式的答复，FCC 以信息安全为由，要求电信运营商解除与鸿鹄技术的合作协议。公司的美国团队十几年的耕耘，自己半年的努力都付诸东流，不是由于商业的原因，而是莫名其妙的政治原因。如果鸿鹄技术的手机信息不安全，那么中国用户大量使用的苹果手机是不是也应该禁止？中国的政府、电信、银行还使用了IBM的服务器、思科路由器和EMC存储设备，中国的信息也都存在美国的产品中，这又怎么解释？

这些不在自己的控制范围内，李屹东只是鸿鹄技术的轮值CEO，即便江远峰也无可奈何。他无心在美国逗留，想尽快返回中国，商量善后。此时，他的秘书带来了一位客人。这个名叫万成的投资人在投资圈赫赫有名，却与李屹东没有丝毫的交集。另外一位轮值CEO庄雨农发来消息，建议李屹东见见万成，那么就看看万成要说些什么。

这不是正式的会晤，他们只是在酒店一起共进早餐。万成与李屹东握手之后，象征性地点了一些吃的，开始大谈投资经。李屹东自顾自吃着，听不出多大价值，放下刀叉："万总，董事会没有上市计划，我会把您的建议带回去，商量一下。"

万成笑着点头，他有撒手锏，缓缓吃了几口，等李屹东用餐巾擦了嘴巴，叫来秘书买单，方才问道："为什么AT&T取消协议？"李屹东一愣，这显然和投资无关，站起身来说道："我要去机场，您慢吃。"

万成慢悠悠喝了一口咖啡，拿出一份文件交给李屹东，这是从朋悦那里得到的，正是18名议员写给FCC的信件。李屹东吃了一惊，他需要这份文件向执委会解释，证明AT&T取消协议是美国政府施压，问道："我可以复印一份吗？"

万成伸手示意，表示这就是送给李屹东的，无须复印，李屹东向秘书摆手，拿走收好信件，他得到这么大一份礼物，不能随便打发万成走，他重新坐下。万成放下刀叉说道："FCC禁止电信运营商与鸿鹄技术合作，说鸿鹄技术不透明，怀疑你们与政府有关，我倒有个办法，您愿不愿意听？"

这份信件极为重要，李屹东对万成重视起来："当然愿意听。"

万成有心放长线钓大鱼，说道："既然美国政府担心鸿鹄技术不透明，怎样让他们放心？财务透明、股份明晰，不就可以了吗？"

李屹东哈哈笑起来，万成拿出这么重要一份文件，原来是这个意思："让我们来美国上市？"

万成立即向后退，留下余地："上市事关重大，我只是探讨这种可能性，您别怪我，我是投资人嘛。"

李屹东摇头，江远峰讲过很多次不想上市，自己不想违背："我只是轮值CEO之一，恐怕不能做主啊。"

这在万成预料之中，他知道上市是一个周期极长牵扯广泛的大事。万成顺着说道："这或许是破解鸿鹄技术美国市场受阻的一种方案，您如果愿意考虑，我愿意提供进一步的建议。"

李屹东收好文件，他拿了这么大礼物，不好拒绝万成的提议："我考虑一下，等我们回国，可以继续碰碰。"他离开餐厅，上车直奔机场，心里疑惑，万成给自己这个大礼物，自己却没承诺他什么，他不是吃亏了吗？他是活雷锋吗？没有一个投资人会是活雷锋。

商界风云

夜景初上，京城无限璀璨。

飞机从南方的天空划过，在发动机凌厉的轰鸣声中到达首都机场，落地时已是傍晚。耿晔推着行李来到停车场，庄雨农与大家道别坐车回家，江远峰看一眼耿晔："捎你吧。"随后坐进后座，这年轻人目光沉稳，想必有些来历。

江晚努努嘴，示意耿晔坐在后座，自己钻进副驾驶，车驶上机场高速，江远峰对耿晔的名字很有兴趣，说道："小伙子，我很敬仰你爷爷。"

耿恭并非耿晔，江晚一头雾水，江远峰却熟知耿晔"爷爷"的故事。耿晔笑着回答："可惜，知道他的人越来越少了。"

"英雄豪杰当流芳百世，可惜可叹！"江远峰对耿晔的自我介绍起了好感，问道:"家在北京?"

"在北京工作,本来在 IBM,后来辞职做了咨询顾问。"耿晔毫不隐瞒。

江远峰和江晚相视莞尔。鸿鹄技术和 IBM 很有渊源,江远峰说道:"20 年前的圣诞节,我去了趟美国,参观 IBM,当时的 CEO 郭士纳送我一本书,《谁说大象不会跳舞》。我买了几百本发给高管。我很推崇他,使亏损 160 亿美元的 IBM 起死回生。他像我一样,是一位不太懂技术的管理者,也像你一样,从咨询顾问做起,直到担任了 IBM 的 CEO。我当时说,不能什么都学,那样只能是个白痴,向这边跑,再向那边跑,效果为零,所以我们只向一个企业学习,只学习 IBM。"那时,江远峰开始引入 IBM 的咨询顾问,对鸿鹄技术的发展起到了重要的作用。

"现在,我们和 IBM 竞争了。"江晚第一次听到耿晔的身份,倒有几分满意,悄悄提醒,如今鸿鹄技术发展壮大,开始挑战 IBM 的地位。

"商场竞争从来如此,怪得了谁?"耿晔真心没有怪鸿鹄技术。

"对我们的印象是什么?"江远峰很在意耿晔的看法。

"质优价廉,服务好。"耿晔和鸿鹄技术打了好长时间交道,有不少体会。

"你不懂我们。"江晚深知这只是外表而非核心。

"为什么出来登山?"江远峰很关心这个与女儿同行的年轻人,换了话题,他们肯定不是队友那么简单。

这句话问住了耿晔,放下工作,与朋友们断绝联系,到处登山,这些话能告诉初次见面的江远峰吗?只好说道:"想休息一下。"

"年轻人要有志向。"江远峰拿出了长辈的语气,忍不住教训。

"是非成败转头空,青山依旧在,几度夕阳红。"耿晔念起这首杨慎的词,赢了世界又如何?商场如战场,职场似江湖,功名利禄都是过眼云烟,有何值得迷恋?江晚在后视镜里做鬼脸,觉得耿晔乱说话。

"有什么打算?"江远峰皱眉头,耿晔甘于平淡,比他这个 73 岁老头子还不求上进。

"爸爸!还没和女儿说一句呢!"江晚不满父亲的盘问,连声抗议。江远峰呵呵笑出来，陪女儿聊天。机场高速免费之后慢如蜗牛，即便傍晚时分，仍然水泄不通。车从机场高速进入东三环，附近都是豪宅，以江远峰的经济实力，住在这里并不夸张。"吃顿饭吧。"江远峰诚心邀请，耿晔和女儿爬过万水千山，十分难得。

耿晔素来不拖泥带水，他在北京也没了家，拖着行李进了江晚家门。江晚妈妈约莫五十几岁，仍然一头长发，心性未老，她早将肉蛋蔬菜准备齐全，就等下锅，耿晔三言两语寒暄过后，循着香味来到厨房："伯母，我能做一道菜吗？"

江晚妈妈饶有兴致地将主厨的位置让出来，她对此十分感兴趣——年轻人会炒菜？耿晔掀锅掌勺，热火朝天。他大学毕业之后加入了IBM，那时外企正是热门，谁知十年河东，十年河西，形势比人强，外企没落，国内企业高歌猛进，耿晔辞职开了家咨询公司，心里难免落寞，只好专心炒菜。厨房里鱼香飘荡，菜肴迅速出锅，耿晔端出厨房："干烧鲫鱼，来喽。"

他和江晚在荒山野岭中钻了半年，这顿接风的饭菜可口又丰盛，耿晔见过世面，经过沉淀，任何场合都不拘谨，不油嘴滑舌，将江晚妈妈烧的饭菜夹入碗中，相谈甚欢。江晚妈妈停箸不多吃，看着眼前这个从天上掉下来的小伙子，女儿的事儿比天大，这队友一表人才，还带到家里，见人接物也有门道，她试探着打听："小耿，住哪里？"

"租套房子。"耿晔喝了一大口汤，他一向对房子车子都不太计较。

江晚妈妈不是势利眼，以她的经济实力，给女儿陪嫁十套八套北京的学区房都毫不吃力。可是年纪轻轻没有房子，太没有事业心了，江晚妈妈在心里悄悄给耿晔减分："挺晚了，吃完早些休息。"

这是逐客令，耿晔指着锅碗瓢盆说："伯父伯母，早些休息，我洗完锅刷完碗就走。"

江晚妈妈没有离开，向江远峰问道："在云南生气了？"见江远峰点头，劝道："别发火，你有糖尿病。"

江远峰想起那个LED显示屏，怒气未平："我发火时血压从不升高。"

江晚妈妈熟知他的性格，反问："你发火，谁敢给你量血压？"又说道："老白跟你 20 年，你说免就免，还通报公司，人家面子往哪里放？"

　　江远峰不出声了。江晚妈妈向女儿说道："你去公司的时候，给老白打个电话，愿意留公司，职务可以免，待遇不能变。如果不想留，按照退休处理，福利待遇不能降，远峰，这样可以吗？"江远峰掰不过她，知道自己当时确实有些过火，说道："我有安排。"

　　江晚妈妈对此十分放心，起身走了。江晚和耿晔在同一个帐篷下面过了几个月，这次登顶遇险，感情更不同，并不避讳耿晔："爸爸，我看见报道了。"她是鸿鹄技术的 CFO，半年前请假赌气出走，职位仍然保留。

　　"嗯。"江远峰未置可否，不理这个话题，问耿晔："现在做什么？"

　　"咨询顾问。"耿晔离职之后，无心在企业中发展，利用以往经验，帮助中国企业转型。

　　江远峰吩咐女儿开瓶红酒。鸿鹄技术一路发展，沟沟坎坎过得多了，江远峰鬓生华发，仍然壮心不已，不喜欢耿晔的颓废，开导道："小伙子，30 出头吧？应该有所作为，不该消沉，山上有什么，值得浪费时间？"

　　"山中何所有，岭上多白云，只可自怡悦，不堪持赠君。"耿晔随口念出了南北朝时期陶弘景的一首诗，与江晚相视一笑。携手登山是他们的美好回忆，旅途中云海缭绕，高峰入云，清流见底，两岸石壁，五色交辉，美景不胜收。青林翠竹，四时俱备，晓雾将歇，猿鸟齐鸣，夕日欲颓，沉鳞竞跃。山川之美，古来共谈，可是世人沉迷名利，哪能领悟其中之妙？江晚想起登山时他处处照顾自己，心中不禁升起一股暖流，加上红酒入肚，她肤质如雪，更衬得脸色娇艳。耿晔目光一瞥之间，不禁看呆了。

　　江远峰咳嗽几声，耿晔与女儿眉目流转，音容契合，绝不是登山队友那么简单，他对耿晔更加注意。对于男人来说，没房没车没工作都不重要，但一定要有远大的理想和百折不挠的精神，问道："陶弘景在山中是为了求仙，你图个什么？"

　　陶弘景是南北朝时期著名的道士，在茅山修炼，江远峰一口道出那首诗的出处，可见对历史的洞悉。耿晔答道："这陶弘景有个典故，当时梁武帝萧衍召他入仕，派使者来茅山，您猜猜陶弘景是怎么回应的？"

江远峰喝了一杯红酒，两人立场迥异，引经据典却同样充满智慧："陶弘景画了两头牛，一头戴着金笼头耕地，另一头自由自在地吃着水草。梁武帝看到双牛图后，明白了寓意，就不再请他出山了。"

江晚十分聪慧，明白了江远峰和耿晔的谈话，金笼头象征世俗名利，世人都为此拼命，耿晔把自己比那头没有枷锁的自由自在的牛，没有直接反驳父亲，却说出了心意，十分聪明。在不知不觉之中，江远峰和耿晔通过陶弘景的典故，就人生态度做了一次小小的较量，耿晔没有落了下风。江远峰没有罢休，耿晔自称在IBM工作过，可是意气消沉，绝不可取，不想用长辈语气教训，便出题考校，让他知难而退："你既然做咨询顾问，我问问你，我们还要再进攻美国市场吗？"

两人的较量从历史转向了商业，耿晔苦笑，鸿鹄技术成为通信行业领导者，手机在全球销量第三，江远峰是中国的企业领袖，这如同大学教授向小学生请教，自己怎敢班门弄斧？说什么都会落了下风。江晚也不看好，耿晔即便是咨询顾问，也得先了解病情才能对症下药吧？他冷不丁被接到家里，什么背景都不知道，对公司也不了解，医生开处方还要诊断一下，他哪里能回答出来？江晚帮着耿晔解围："爸爸，您考他做什么？"

女儿心里向着耿晔，江远峰更是惊奇，故意说道："我这个题目想了很久，到了虎跳峡才想明白，他答不出来也算正常。"

耿晔有咨询公司的底子，抱定一条，只问不说，便不会出错儿，用咨询技巧虚来虚去："手机行业风起云涌，鸿鹄技术排行第三，看似风光，其实却在风口浪尖，外企技术领先，抢滩中国市场，本土手机企业崛起，凭借性价比与您竞争，前有虎后有狼，面临不小的挑战啊。"

江远峰就刚才谈论陶弘景的典故和耿晔打了一个平手，如果用公司的难题都难不住他，传出去就贻笑大方了，于是哈哈笑着说："不愧是咨询顾问，说得很好听，却什么内容都没有。"

耿晔左躲右闪也躲不开，端起茶水似在沉思，江晚不禁着急，耿晔是登山队友，又不是公司的顾问，哪能为难人家？但她也忍不住好奇，这个曾经出生入死的登山队友，到底有什么本事？耿晔有自知之明，他虽然做过几个咨询案子，比起江远峰，差的远不止十万八千里，他抱定主意只问不说，凭借咨询技巧周旋："公司去年手机出货量已经接近苹果，但是利润呢？"

鸿鹄技术的手机出货量排名第三，但苹果在手机市场拿走了450亿美元的利润，鸿鹄技术的手机的利润只有9亿美元，是苹果的零头的零头。鸿鹄技术的市场集中在中国和发展中国家，大量销售低端机，只有在美国和欧洲市场上才能大大提升利润。耿晔没有直接回答，却间接给出了答案。江远峰缓缓点头，这小伙子还是有两把刷子，并非无能之辈。耿晔随手拿出一张白纸，画出一个矩阵，横轴是市场潜力，纵轴是市场份额，他指着右下角说道："美国市场是典型的市场，潜力极大，但是鸿鹄技术的份额极低，无非两种打法，一是正面强攻，二是侧面侵扰，没有做不做，或者退不退出的问题。"

在虎跳石，江远峰认为现在的条件远好于30年前，不该退缩，而耿晔用的是营销理论，只有怎么做的策略，没有退出的选项，印证了江远峰的思路。江晚也松了一口气，江远峰先掂量了耿晔的人生态度，江远峰积极入世，耿晔消极避世，很难说谁对谁错，但是江远峰无法反驳陶弘景的诗和双牛图中的道理，双方暂时休兵。在商业领域，耿晔先点出鸿鹄技术利润率远不如苹果的问题，认为拓展美国市场势在必行，只有怎么做的问题，没有退出的选项，获得了江远峰的认可，算是过了关。江晚托着下巴，听得津津有味，耿晔从没有说过工作上的事情，今晚侃侃而谈，有完全不同的气场，与他当过顾问有很大的关系。她泡了上好龙井，端着晶莹剔透的茶水回来的时候，耿晔从背包中取出一个黑色记事本，两面覆盖黑色皮革，夹着质地优良的白纸，用牙齿咬开笔套，画出一幅图来，他咨询的基本功极为扎实，图形栩栩如生，细细谈起来，耿晔自知没资格为江远峰上课，便拿出咨询公司的功底，不停地提问，激发江远峰的思考和灵感，将他的想法记录到几个模型之中。

江远峰手下汇集了最顶尖的人才，并不缺这些理论和方法，只是对耿晔感兴趣而已。耿晔曾经在IBM工作，做过企业咨询顾问懂得企业经营，现金流、平衡计分卡、能力模型头头是道，又来自公司以外，客观中立没有私利，最重要的是他和女儿有着难以撼动的友情，他的出现意味着什么？咚咚敲门声，江晚妈妈推门进来，惊醒了打盹的江晚："凌晨了，休息吧。"江远峰在家里一向极为听话，意犹未尽地吩咐女儿："收拾一下客房，耿晔，明天早餐继续聊。"

江晚妈妈当面不好说什么，回到卧室才向江远峰抗议："怎么把他留在家里了？"

"这小伙子年纪轻轻，懂得不少。"江远峰没有回过味儿来，还沉浸在自己的想法之中。

"小晚半年前和屹东闹别扭，今天忽然带他回来，你偏要留家里，不是添乱吗？"江晚妈妈只关心女儿，不关心公司。

"他们是队友，吃饭是礼貌。"江远峰一向纵容女儿，知道女儿和耿晔的交情不简单。

"留在家里就不对，传出去多不好。"江晚妈妈在女儿身上的心思比江远峰细腻多了，可是江远峰已经发出了邀请，只能埋怨几句，权当提醒。

▎接班人▎

清晨，江晚裹在柔软的丝绒被窝之中，熟悉的味道让她酣睡，门在无声无息中打开，微风拂动发梢，江晚妈妈轻推开门，掀开被角钻进被窝，轻轻搂着女儿，不需要更多的语言，拥抱胜过一切。女儿小时候醒来，钻进妈妈的怀抱，这个习惯持续下来，她熟睡的样子没有变，睡梦里像过去那样咯咯地笑。江晚渐渐睡醒，拉着妈妈的胳膊搂在腰间，感觉熟悉又温暖。

妈妈有心事："去公司？"见女儿点头又问："见到他怎么办？"江晚身体立刻变得僵硬，这不是愉快的话题，却不能不谈。妈妈又说："屹东是个不错的孩子。"

"他很好，但不适合我，他敏感、多疑、小心眼。"江晚不愿意触碰这个话题。

"好好处理，好吗？"江晚妈妈极其敏锐，这不只是女儿的恋情那么简单，需要做好准备。

"知道了，妈妈。"江晚翻身离开，她不喜欢这样，感情为什么非要与公司搅在一起。

耿晔伸个懒腰，江晚家里的客房比五星级酒店还舒适，他手腕一撑冲进卫生间，打开淋浴龙头，让热水喷涌出来，面孔朝上，哗啦啦地迎接水流，这是他的习惯。登山旅程中难有这样的享受。淋浴室很大，耿晔来了兴致，用毛巾垫在地面，来了三分钟平板支撑。出来后对着镜子在下巴涂满剃须膏，刀片顺滑地贴着皮肤割去胡须，面目一新。耿晔穿上衬衣和西服，手指划过外套，有异样的感觉升起。他拍拍小腹结实的肌肉，踏上体重秤，比半年前轻了五公斤。领结？吸引客户眼球的小花招，他随手扔进垃圾桶。袖口上有万宝龙的闪亮水晶，他扯下来揣进裤兜。腰带？金光灿灿的标志非常傻气，但不能连皮带也扔了，他脑筋一转，将腰带反盘在腰间，看着怪里怪气，却好过把那个大大品牌标志露出来。他吸吸鼻子闻到香水的味道，闻闻领口，那是衬衣经常被洒上香水的结果，真够变态的！半年的旅程确实改变了耿晔，把他变成想象不到的样子。这就是遇到未知的自己吗？

耿晔拉开门，与蹑手蹑脚的江晚撞在一起，她也换了样子，头发弯弯地顺下来过了肩膀，合身的精致的小外套，略施粉黛，美丽无形地发散出来。两人以前在山包里钻，满身灰尘泥土，第一次看到对方的本来面目，心思都是一样，竟这么养眼！耿晔淡然一笑，伸开双臂，将江晚揽入怀中，后背绷直，不去触碰她身体。这是两人的默契，成功登顶时都会这样庆祝，半年下来拥抱过无数次。

他们之间的习惯还有很多，携手走过艰难的山脊，江晚托着耿晔的臀部推上高坡，他转身将江晚拉上去，这些习惯在登山途中很正常，回到北京却显得怪异。耿晔匆忙与江晚分开，江晚猛地将他推在墙上，用胳膊肘压着他结实的胸口，打量全新的耿晔。他们刚认识的时候，他脸色冰冷，脱下外套露出结实的肌肉，专向危险的地方爬，是出了名的不要命，好像是艺高人胆大的登山运动员。在营地里做了一手好菜，江晚又猜测他是厨师。耿晔为江晚清洗和包扎伤口的时候，背诵《希波克拉底誓言》，一丝不苟就像医生。回到北京才看见他的另外一面，他曾在咨询公司工作，今天把头发吹起来，坚挺的衬衣领口，衬托着干净的下巴，身体释放着淡淡的香味儿，竟那么迷人。她掀开耿晔西服，呵呵，杰尼亚，再按下他头顶，从衬衣后领看见品牌，向下是奇怪的皮带，左手按着耿晔腹肌，右手贴着他的小腹向下，这个动作实在过于胆大，但她没有多想。

"你做什么？"耿晔与她旅行半年，仍没想到她的胆量有这么大。

"告诉我，为什么瞒着我？"江晚没有感觉到反抗，只看见有淡淡的微笑，更加放肆。左手抚摸他的衬衣和西服，质地都是上佳，右手将皮带扣翻过来，是爱马仕的标志。他的服装不同寻常，绝非普通的驴友。江晚曾经想过很多次，如果耿晔真是厨师怎么办？如果他有女朋友怎么办？现在好像这些担心都是多余的。

"哼，你好像瞒的更多，谁是倒打一耙的猪八戒？"耿晔按住她的手掌，他是一个没什么好隐瞒的普通人，与江晚家世相比微不足道，其实，整个登山队都不谈过去，话题仅限于登山。

吱呀一声，穿着睡袍的江晚妈妈推开卧室出来，伸了一个懒腰，看见女儿把耿晔压在墙上，右手探入腰带的情形，惊叫一声，眉毛、鼻子和眼睛打起群架，她闭眼睛不敢去看，又不能不管，睁眼又不知道该说什么，转身回房，想想不对又转出来，指着耿晔想骂几句，可是他好像是被调戏的一方，只好指着女儿，却又说不出口，嘴巴张成漏斗形状，胸口气鼓鼓，找不到合适的语言，又转回房间，将江远峰从被窝里拉出来："管管女儿吧。"家里平常客人不多，她早晨起来忘记了耿晔，穿着睡衣撞到他。女儿和江远峰好像着迷一样，和耿晔聊得热火朝天。李屹东是公司顶梁柱，与女儿相恋多年，早当作半个女婿，怎能把耿晔请进家门留宿？这是李屹东都没有的待遇。

江远峰哈哈一笑，出门坐在餐桌旁，耿晔看出了江晚妈妈的不满，也不卑躬屈膝，立即道别："昨晚打扰了，和伯父伯母打个招呼，我就告辞。"

江晚妈妈保持着礼貌："坐一会儿吧，吃早饭。"保姆将稀饭、馒头和咸菜端上桌，她时不时提防地看着女儿。江晚不满意妈妈的态度，却也没有办法，喝着牛奶，她还有心事，耿晔为什么消沉和颓废，凭借直觉，她觉得真相背后肯定有一个女人。真正舍不得耿晔走的是江远峰，难得有人可以敞开心扉，无所顾忌地聊天。江远峰边吃早餐边问："今天去哪里？"

耿晔还没想好做些什么，摇头说道："找健身房泡一天。"

江远峰不喜欢他的颓废，拿出长辈的口气："既然没有正事，就去公司看看。"难得女儿遇到一个没有私心的顾问。

泡健身房在耿晔和江晚眼中都是大事，却不被江远峰看在眼里。耿晔本想在机场与江晚告别，被接到她家里吃了晚饭，留宿一夜，还要去鸿鹄技术开会，自己算什么身份？江晚心里不反对，却觉得意外："爸爸，他去干吗？"

"今天执委会开会，去听听。"江远峰与耿晔一见投缘，想让他深入了解公司的情况，聊起来也更有针对性。

"若论战略咨询，麦肯锡才是行家，高盛和摩根士丹利这些投行也可以从财务角度出主意，我只是懂得些流程和实施，您有那么多咨询公司呢。"耿晔就事论事地推辞。

"他们要赚钱，不那么客观。"江远峰对耿晔的信任一部分来自于他的工作经历，另有一部分好感来自于他的名字，最主要还是因为他和女儿的队友关系。

耿晔被赶鸭子上架，事情的发展出乎江晚的预料，她昨天才知道耿晔是咨询顾问。江晚说："爸爸让你去，就去吧。"两人起身离开餐厅，这也是他们登山的习惯，一起吃完，灭篝火洗碗筷。

江晚妈妈吃惊地望着江晚和耿晔在厨房里忙活，女儿以前在家几乎不进厨房。"遇到屺东怎么办？"江晚妈妈看了半响才慢悠悠地开口。李屺东和女儿之间的情况不明，再加一个耿晔，还不知道会惹出什么麻烦。

"女儿长大了，她自己决定，咱们别插手。"江远峰淡定地喝着茶水，早餐后心情极佳，海阔天空，胡思乱想。

"到底谁插手？不但把耿晔往家里请，还要带到公司开会，不是成心刺激人吗？"江晚妈妈并非争辩的语气，柔和地提醒。

"耿晔有些颓废，太老庄了。"江远峰和家里人聊天总是跳跃，江晚妈妈已经习惯了，老子庄子消极避世，无为清静。耿晔不是没有本事，难道深藏不露或者家里有些背景，不缺钱不用工作？

江晚妈妈小心挑选着词汇，把担心表达清楚："会不会影响公司？"李屹东是未来的接班人，江晚妈妈有敏锐的直觉，这是江远峰不具备的。

"公司少不了屹东，我知道分寸。"江远峰能够把公司和女儿分开，他早过了因感情冲动的年龄。

江晚妈妈受了刺激，心情还没有平复："先不说屹东，就说这个耿晔，没房没车没正常工作，我不是在乎这些，但是他太不上进了。"

"他以前在外企，现在在咨询公司，有工作。"江远峰在家里一直很尊重夫人，难得顶撞。

"有正当工作还会出去登山几个月？"江晚妈妈不相信。

江远峰抢白说："我们认识的时候，不也是没车没房没工作吗？"

江晚的美貌大半是遗传了妈妈，当年她样貌出众，家境极为优越，而江远峰什么都没有，的确和耿晔很像。江晚妈妈喜欢辩论这些，坐下掰着指头说："远峰同志，时代不一样了，第一，你当年开公司，年纪轻轻参加过全国科技大会，还是全国人大代表，耿晔有吗？差了十万八千里！第二，那时房子车子是国家分配，现在房价涨破天了，不可同日而语啊！第三，咱们女儿算是白富美吧，必定找高富帅。"

江远峰没听明白。

"我跟你慢慢讲。"江晚妈妈从电视上学了新词儿，一点儿都不落伍，极有心得，难得谈这些，耐心地讲解起来："如果耿晔总来，难免传到屹东耳中。"江晚妈妈终于说出关键。

江远峰头痛不已，这么多事情掺和在一起，越来越复杂，赌气说道："女儿的事儿咱们别瞎掺和。"

"屹东细腻聪明，一往情深，虽然半年前大吵一架，却没有放弃，一旦知道女儿和耿晔在一起，不知道会发生什么，你退休都不会轻松。"江晚妈妈神色严肃。

"小晚要分手，我们劝过，结果怎么样？去云南登山去了！既然他们不想在一起，我们有什么办法？"江远峰在商场上总能决断，遇到女儿的婚恋，竟是毫无对策。

女儿出走，曾让江晚妈妈担心不已，好在女儿平安回来，还带回来一个耿晔，不知是福是祸。她忧虑地说道："如果屹东失去江晚，会不会做出疯狂的事情？要小心啊。"

从江远峰内心来讲，这家公司是自己和老大哥一起创立的，老大哥虽然身没长江，但精神都在。江远峰自己七十多岁了，打算退休，将公司交给李屹东，这是他的夙愿，可越是接近退休的时刻，心里越是担心，他能不能扛起来这副担子？

执委会

1985年，李茂舒触礁身亡，江远峰和当地的藏民在虎跳峡下游几十公里处，找到倒扣在江心石上的红色橡皮筏，上面散落着猎枪和证件。他返回单位后毅然辞职，凑了两万元创建了鸿鹄技术。经过30年，公司发展壮大到18万名员工，他的年纪也过了70岁。公司规模越来越大，江远峰建立了强有力的管理团队，由于他坚持不上市，鸿鹄技术的董事会成员全部来自于内部员工，九位董事拥有管理和运营公司的最高决策权，作为创始人和精神领袖，江远峰享有一票否决权，不过他从来没有行使过这一权利。随着公司扩张到全球，董事会成员天南地北，一年只能碰上几次，于是江远峰在董事会下面建立了执委会，负责企业的日常经营，是公司运营的核心。无论多忙，执委会成员每个月都要聚在一起，只言片语，随意地交换意见，零零碎碎的想法和话题会渐渐汇成小河，形成方向，吸取精华形成思路，然后落地执行。江远峰年纪渐长，到了挑选接班人的时间，在执委会中选拔了三人担任轮值CEO，半年轮换一次。江远峰说，传统的CEO制度将公司的成败系于一人，轮值CEO制度要好很多，但是外界都明白，这是他考察和培养接班人的机制。

江晚一边开车一边介绍鸿鹄技术的董事会、执委会和轮值CEO制度，讲完时正好到达停车场，江晚顺手牵了耿晔的手，看到周遭同事们惊异的目光，她意识到这里不是雪山之巅，笑着收回手："回到现实世界，要改改习惯了。"

"嗯。"耿晔也很留恋登山时的感觉，可是他们之间的习惯现实中惊世骇俗，回头看着江晚的跑车："你的车，太霸气了。"

江晚开着一辆昂贵的跑车，对于她并不算什么，可是江远峰一贯坚持奋斗精神，这辆车在公司里显得很扎眼："爸爸说了几次，让我换辆低调的，我不想换。"

这是堵住了耿晔的嘴巴，让他不要再劝。耿晔知趣，什么都没说，跟着江晚离开停车场。为了让耿晔看看公司全貌，两人在办公区域兜了一小圈。鸿鹄技术总部共有十栋写字楼，编号从A排到J，八万员工在这里上班。鸿鹄技术门禁极严，进出都要打卡，江晚助理一路小跑，帮耿晔办理了来宾卡，两人进了安检，耿晔回头看着穿梭在楼群中的巴士，这实在是一家巨大的公司，大到办公楼之间根本不能步行，必须乘坐班车。"中午我带你去看看，湖里最近来了一些黑天鹅。"江晚的心思已经飞回了执委会。

他们进了会议室，执委会成员都带着助理，耿晔混在其中并不突兀，他放下双肩包，取出记事本，江晚将一张议程传到他的手中，会议只有一个议题，讨论手机业务的战略目标。鸿鹄技术有三大业务板块，起家的是运营商业务，生产和销售手机基站、交换机和光纤等传输设备，其次是企业产品，包括路由器、交换器和服务器存储产品，前两项业务是鸿鹄技术的核心，最为稳定，手机业务是新业务，竞争激烈，故此这次执委会的议题围绕手机。主持会议的是轮值CEO庄雨农，他安排和筹备了这次会议，率先说道："屹东刚从美国回来，应老总要求，我们这次执委会聊聊，看看未来应该怎么做？"

执委会成员的目光一起看向江远峰左边的西装革履、身材挺拔、神情坚毅的年轻人。耿晔常在新闻中看到他。这正是鸿鹄技术的另一位轮值CEO李屹东。他主管手机业务，大刀阔斧将手机业务做到中国第一，全球第三，推出新产品时都会亲自上阵发布。随着鸿鹄技术的手机家喻户晓，李屹东渐渐成为名人，由于敢想敢干敢说，被业界称为李大嘴。他嘴巴大是事实，却也在正常范围之内。李屹东缓缓站起，看了一眼江晚说道："全球每年手机销量14.7亿部，三星卖了3.2亿部，苹果2.3亿部，我们以1.5亿部的销售量排行第三，还有差距，可是去年因为某些原因，我们上升了三成。我们即将发布全新旗舰手机，形势对我们有利。"李屹东先说了成绩，才说到美国市场："由于政治原因，我们不能进入美国这个全球最大的高端市场，这次被AT&T突然放了鸽子，影响和损失是巨大的，我有责任。"

江晚转身向耿晔嫣然一笑，低声说道："屹东是李叔叔的儿子。"昨天在虎跳石上，江晚提到李茂舒有个遗腹子。耿晔迅速打开手机查了一下，李屹东毕业于华中理工大学少年班，毕业后加入鸿鹄技术，一步一个脚印成长起来，26岁时成为常务副总裁，与江远峰情同父子，经历挫折，闯过不少大风大浪，从执委会的氛围可以判断出来，李屹东的影响力仅次于江远峰。

"胜败兵家常事，非战之罪，不用讨论什么责任。"江远峰极为护短，否决了追责的问题，其实李屹东虽败犹荣，的确也谈不上什么过错。

江远峰这番话说出来，没人会追究李屹东责任。庄雨农说道："手机业务超常规发展，埋下不少隐患，我们内部有两种意见，一是抓住机遇，继续推动出货量增长，也有人认为应该把战车停下来，给轮胎降降温，更换些零件，司机喝杯咖啡，休息一下，以利润为中心。"

"文武之道，一张一弛，我懂这个道理。"江远峰没有表现出倾向性，不知道有没有听进去。

"小米从前几年的低谷爬升出来，增幅迅猛，我们前有虎后有狼，一不小心就要万劫不复。"郭厚军也是轮值 CEO 之一，资历和排名还在庄雨农和李屹东之后，故此最后发言。

在外人看来，鸿鹄技术家大业大，稍微算算账就知道，18 万名员工每天开支几个亿，企业税费只增不减，房地产价格、用电燃气和土地成本高速成长，经营企业就像走钢丝，如履薄冰，利润和现金流才是生死存亡的关键。江远峰从虎跳峡带回来了思路，却不急着说出来，问道："屹东，是不是先把市场情况讲讲，我们还是应该慎重决策。"

李屹东心中有数，打开投影机，连接电脑说道："我在飞机上做了一个复盘，这是今年互联网数据中心（IDC）报告，去年全球智能手机总销量超过 14.7 亿部，排名前五的手机厂商分别是三星、苹果、华为、威鸥和小米，总的来说，中国厂家份额上升，三星和苹果在下降。"李屹东的开场白十分简单，这是人人都知道的情况。他又说道："在欧洲市场，安卓手机的市场份额越来越高，德国的安卓手机所占份额稳定在 80% 左右，英国约 60%，我们在欧洲市场提升到第四名，还有较大的空间，但去年陷于专利纠纷，收到法院的下架判决，虽然没有立即生效，却给业务蒙上了阴影。"

咨询公司善于分析数据，李屹东的数据完整清晰，结论也很充分，耿晔挑不出毛病。李屹东又翻到下一页："亚洲市场相对发展缓慢，智能机普及率不高，我重点介绍印度和印度尼西亚。印度是典型的发展中国家，进入移动互联时代较晚，但增长迅速，苹果手机在印度的份额只有 2.3%，余下市场份额的五分之一是功能机，其他都被安卓手机占据。排名靠前的是三星和印度本土企业 Micromax。近年来，中国厂商瞄准印度，威鸥在销售套路上照搬国内打法，冠名板球联赛，聘请宝莱坞明星代言，通过广告轰炸、门店销售，取得了极佳的成绩。小米和天机通信没有那么多广告，却凭借性价比快速崛起，进展不俗，值得我们学习和借鉴。印度尼西亚人口数量排名世界第四，政府为了支持本国企业发展，规定国外智能手机必须满足 30% 的本地化要求，中国企业纷纷建立生产基地，竞争十分激烈。"

鸿鹄技术的形势用前有虎后有狼形容很恰当，在欧美市场要与三星和苹果竞争，在亚非拉地区市场要和一堆中国企业混战，李屹东把PPT翻到拉美市场部分："在南美，安卓占据90%以上的份额，三星排名第一，联想的份额超过20%，排在第二。特别有意思的是，南美用户最看中手机的颜值，一定要好看。"他将数据分发给江远峰和江晚，又递了一份给耿晔，两人目光一碰，停留数秒。李屹东走回会议室前方，讲述最重要的海外市场："美国是全球最大的经济体，有惊人的消费能力，却也是极为特殊的市场，电信运营商提供补贴来促进消费者购买手机，如果不进入电信运营商的合约机名录，便寸步难行，我们与AT&T和Verizon的协议全被美国政府和国会阻止，至今毫无进展，这是最肥却最困难的市场。"

江远峰戴上眼镜翻了一会儿资料："打算怎么打？"

"农村包围城市，守住亚洲和南美洲的根据地，全力猛攻欧洲市场，发布全新的旗舰手机，将市场份额尽快拉升。"李屹东在美国反思很久，现在运营商的路已经被堵死，只能改变策略。

江远峰摘下眼镜，用眼镜腿指着投影："美国市场，真的束手无策吗？"

"老总，我们在美国市场前赴后继，什么时候放弃过？多少人被派了过去？十年如一日，发起一波波攻势，最好的团队都折在了美国，再接着派团队过去，我们于心何忍？"李屹东动了感情，美国市场是他伤心之地，也是鸿鹄技术的英雄冢。

哎！江远峰长叹，他30年来崛起，横扫国内，剑指亚欧，打遍天下，唯独在美国折戟，寸步难进。鸿鹄技术甚至起诉美国国会，江远峰曾经亲自写信给美国总统，用了各种办法，仍然折腾不出结果，他认可李屹东的分析，却忘不掉心中之痛。"农村包围城市？谁知道这句话的出处？对，是毛主席提出来的，什么背景，什么时间？"

这句话常被引用，却没人详细考察，与会众人都低头不语，想来都是一知半解，唯独耿晔抬头看着江远峰，他作为江晚的助理出席执委会已是破例，更没有发言的权利。江远峰看出耿晔有话说，想了想，点了名："耿晔，你说说。"

执委会成员大吃一惊，江晚隔了半年多回来上班，带来这一个助理，谁也不认识此人，他应该没有资格在执委会发言，但是江远峰点名，谁也拦不住，耿晔起身说道："1930年9月秋收起义后，攻打长沙失利，毛泽东退到株洲，身边只有100多人，召开了扩大会议，确立了放弃攻打城市，优先建立农村革命根据地的方针。"

江远峰指着窗外一栋栋写字楼说道："我们奋斗30年，现在拥有18万名员工，和秋收起义时的情形大不一样。你们引用主席的策略，我也引用一句诗：虎踞龙盘今胜昔，天翻地覆慨而慷。"

庄雨农点头，笑着承认："如果1949年，还有人说农村包围城市，那就是笑话了。"

江远峰端起咖啡喝了一口，轻按皮椅直起脊梁，思路穿梭回30年前："遇到难题，我就会去虎跳峡看看。1985年，改革开放之初，美国探险家肯·沃伦准备漂流长江，我和屹东的父亲决定抢在美国人前面完成漂流，我们哪知道什么是漂流？弄个皮筏子，穿着救生衣往水里跳，逐级向下来到虎跳峡。那地方两山对峙，高达4000米，是世界上第二深的峡谷，长江从世界屋脊奔流而下，在这里转个大弯，向东而去。虎跳石是江水中间的礁石，水从两侧绕过，形成巨大的漩涡，水急浪高。流水的声音如同钟鼓，十里之外可闻，水花如同碎石，打得皮肤青紫，前面哪有路？有空的时候，我带大家去看看，站在虎跳石上就明白了，什么叫绝路？什么叫死路？前有虎后有狼算什么？"

耿晔刚去过虎跳峡，想象着长江、峡谷、礁石和漩涡，鸿鹄技术的处境绝对不会比长江漂流更难。李屹东摇头叹气："老总，我这次在美国，感觉很不好，人人都在谈论美国的贸易政策，我觉得，AT&T取消合作协议不是偶然的，很可能是中美爆发贸易战的前奏，更大的风雨很可能还没有到来。"

"更大的风雨！要么进要么退，怎么办？闭着眼睛向水里跳，橡皮筏落水就被冲到龙王庙里，人在大自然眼中算什么？脆弱得像一片纸，只能闭着眼睛向前冲，听天由命！"江远峰语气悲怆，令人动容，安静的办公室里的每个人都被感染。"那一年，为了抢在美国人之前完成长江漂流，11人遇难！"江远峰眼眶湿润，缓了口气，空气中流动着悲怆，他指着投影出来的数据说："中国是世界最大的手机市场，我们守住了本土市场，还要一往无前，拓展海外，30年前我们有什么条件？还不是闯出一条路来！"

耿晔听到这席话，心窝里热血澎湃，一直涌到眼眶，心潮起伏，猛然站起来鼓掌，过了一会儿才意识到会议室的气氛极为怪异，鸦雀无声。李屹东目光在耿晔周身快速掠过，又看向江晚，江晚不与他目光接触，整个会议期间，连那个方向都不看一眼。江晚轻轻一拉耿晔，让他坐下回身压低声音说道："大厨，你摊上大事儿了。"

耿晔突如其来的鼓掌，似乎捅了马蜂窝，执委会的气氛已被冲淡，庄雨农连忙总结："关于美国市场，我们还有分歧，我建议再沉淀一下，想清楚再商量，这次先到这里好不好？"

江远峰还没谈完，却被耿晔的鼓掌搞得心烦意乱，点点头说："好，听老庄的。"

执委会结束，助理们随着各自的主人涌出会议室，江晚先行一步，耿晔小跑着出来，自己本来是她的登山队友，现在变成了她的小助理。他跟着江晚进了办公室，关门拉帘："我鼓掌错了吗？他们都像看怪物。"

江晚从来没有向他提起过，鼓掌这事儿也不能全怪耿晔，她解释道："内部会议鼓掌，和迎来送往性质一样，属于吹捧上级，没有把心思放在客户服务上。"

耿晔小心翼翼，还是踩了雷："严重吗？"

江晚故意吓唬耿晔："估计和老白一样，就地免职，通报公司。"然后做出犬吠的样子："应该不会罚你，俗话说……"

"我懂，打狗看主人。"鸿鹄技术内部规定太奇怪，开会哪有不让鼓掌的？耿晔不知道该说什么："一入侯门深似海，一不小心就踩雷。"说完伸出双臂拥抱江晚道别："那我先躲吧，走为上。"

江晚双臂抱着耿晔，却好像和登山时的拥抱不太一样："惹了祸就想跑？挺聪明。"

"就为鼓掌，你们能在北京城追杀我吗？"耿晔在温暖的办公室里，隔着薄薄的衣服，感受到江晚少女的身体："我觉得，回来之后拥抱都不一样了。"

两个人都感觉到了不同,谁也舍不得分开,江晚问:"有什么不同?"

耿晔分开一些,指着江晚的胸口,目光在屋子里到处看看:"空调在哪儿?太热。"两人登山时穿着厚厚的羽绒服,外面还有冲锋衣,拥抱特别正常,在办公室没有羽绒服和冲锋衣,感觉就不一样了。"明明你动了歪心思,还倒打一耙?"江晚推开耿晔,脱离他的怀抱:"菩提本无树,明镜亦非台,本来无一物,何处惹尘埃,心未动,何须脸红?"这段话简直是赤裸挑衅,也是他们登山时候的说话方式,以往耿晔肯定会反唇相讥,两人一边登山一边斗口,时间便会愉快地流逝。

"记得吗?我们在结束登山的时候说,回到现实世界不要改变,可是在外面牵手别人觉得惊世骇俗,室内拥抱又脸红,我们已经被自己打败了。"耿晔苦笑着,没和江晚争下去,提起背包说了声再见,准备逃走。"等等,刚才的执委会你怎么看?"耿晔还没出出门,又被江晚叫住。

耿晔本来不想说,但是江晚问了,就答道:"我觉得,现在的形势比农村包围城市的时候肯定要好很多,但是也没有强到百万雄师过大江的时候。"

江晚在历史方面远不及耿晔:"所以呢?"

耿晔刚才没有讲,也是因为没完全想明白:"实力不够怎么办?收缩回来?太保守,全面进攻,又太冒险,应该深入敌后,骚扰伏击。"

江晚想明白了,鸿鹄技术以往派遣重装旅,声势浩大,风险和代价都很大:"你是说,我们或许应该采取游击战法,奇兵突击。"

耿晔大摇其头,每次遇到有关历史的话题,他就能彻底压过江晚,找回自信:"《孙子兵法》有云:凡战者,以正合,以奇胜。战势不过奇正,奇正之变,不可胜穷也。水因地而制流,兵因敌而制胜。故兵无常势,水无常形。"

江晚头昏脑涨,似乎感觉到其中有深奥的含义,将耿晔拖回来,坐在大办公桌上,让耿晔详细说。耿晔把空杯递给江晚:"倒茶。"这是两人在登山时培养出的默契,江晚乖乖倒了茶来:"耿大哥哥,茶。"

耿晔把江晚拉起来,喝茶说道:"这是说,要进攻美国,必须有正规军,也要有游击队,对应你们鸿鹄技术就是重装旅和铁三角,兵无常势,水无常形。当年唐初名将李靖在评价自己的舅舅韩擒虎时说，他懂得运用奇正之兵，却不懂得正可以为奇，奇可以为正，非上将也。"

耿晔的说话方式很像江远峰，江晚已经听懂："遇到小订单，铁三角一口吃掉，遇到大项目，呼唤炮火，重装旅气势汹汹杀过去，我懂，又是《孙子兵法》又是《唐李问对》，你们都是怎么说话的？这些在 LTC 流程里都有的。"

LTC 是鸿鹄技术的内部管理商机的流程，L 是 Leads，C 是 Cash，就是打通从销售线索到回收账款的流程，其中规定，当订单大于一亿美元时就是大订单，铁三角就可以呼唤炮火。耿晔叹气一声："你们鸿鹄技术把《孙子兵法》和《唐李问对》用在管理流程里，是吃透中西文化了。"

"我懂了，你的意思是先派出铁三角到美国寻找战机，这是奇兵，一旦发现大订单就呼唤战火，派遣重装旅，这是正兵，奇可以为正。"江晚总结着，看见耿晔点头，向她竖起大拇指。

卡尔白

执委会结束，江远峰叫住李屹东，等众人散去，拍拍他胳膊："美国那边怎么回事儿？"

这次被 A&T 放鸽子是李屹东十几年从未遇到的耻辱，发布会结束之后又去了 AT&T 讨说法，幸好从万成手中拿到了解释。他取出文件递给江远峰："这是 18 名美国议员写给 FCC 的信件，就是这封信阻止了合作协议。"这份文件有一定保密性，李屹东选择私下交给江远峰。

江远峰低头看文件，这印证了执委会的猜测，这是美国政府的固定套路，没什么稀奇，这 18 个议员的名单却十分有价值。他将文件向桌面一放："美国参议院共有 100 名议员，18 人算什么？"

李屹东摇头："百思买也要停售我们的产品了。"百思买（Best Buy）是美国最大的电子产品零售商，很像国内的国美、苏宁，是美国最大的线下零售渠道。这无疑是雪上加霜，巨大的政治力量一直在阻止鸿鹄技术进入美国市场。

江远峰点点头，不再给李屹东增加压力，安慰道："这次失利不是你的过错，明白吗？"

李屹东少年天才，进入鸿鹄技术无论研发还是市场拓展都攻无不克，这次是最大的挫折，眼中立即有了泪花："嗯，老总。"

江远峰看出李屹东受了打击，挫折未必就是坏事，如果能够跨过这个坎，心态和视野就能再上一层楼："屹东，有空去虎跳峡住几天，看看你爸爸。"

李屹东点头，想起答应万成的事情："我在美国见到一个投资人，这个文件就是从他那里拿到的，他提了一个进入美国市场的方案。"

进入美国市场折磨了江远峰十几年，他立即问道："什么方案？"

李屹东指着那份文件说道："美国政府说我们不透明，股份不清晰，那投资人想见见您，当面说说他的想法。"

江远峰向来尊重李屹东的建议："你觉得？"

李屹东拿了万成的文件，就帮他说话："可以听听他怎么说。"

江远峰笑了："就见见吧，人家给了咱们这么大一个礼物，能不见吗？"李屹东正要出门，江远峰又叫住他："你这段时间不容易，不太顺，别有压力。我刚去了虎跳峡，30年前我和你父亲漂流的情形历历在目，我想起当年的誓言，不管谁出了意外，都要照顾对方家人，你就是我的孩子，无论什么时候，我都是你的坚强后盾。"

"去虎跳峡看看，当年就是在那里，我向你爸爸说了创办公司的事情，也在那里下决心辞职去深圳，那是我们开始的地方，也是我们的初心所在，你去找找。"江远峰将李屹东抱在怀中，李屹东外表坚强，其实却被美国市场和与江晚的感情折磨，听到江远峰的安慰，眼角湿润。江远峰将李屹东送出来，正要回去，看见耿晔从江晚的办公室出来。

耿晔刚出门又停住脚步，行李还在江晚家中，自己能跑到哪里？江晚没有挽留，肯定算准自己跑不掉，看来和江晚的拥抱让自己心慌意乱。他正在进退两难的时候，江远峰从会议室出来，远远说道："别走，你是目击证人，来。"

耿晔乖乖地跟着江远峰进了办公室。耿晔做咨询的时候，去过不少上市公司老总的办公室，风格要么豪华要么高科技，这办公室十分简单，桌面上有一个醒目的相框，这是30年前江远峰和李茂舒漂流长江的照片，绣着龙的传人的红旗就挂在相框旁边。耿晔忍不住多看几眼，他对漂流装备略懂一些，很难理解那个时代人的想法，凭这么简陋的装备漂流长江？

门一开，进来花白头发的一人，江远峰眼角都没抬："老白来了？坐吧。"

耿晔倒了一杯茶水，放在老白面前，坐在旁边的椅子上，老白不认识耿晔，点头表示感谢，局促不安地坐在会客沙发上，解释起来："老总，不搞迎来送往，您定的规矩我哪儿能不遵守？"

江远峰指了指耿晔，竖起手指阻止老白："这事儿别说了，那个欢迎屏幕是我亲眼看见的，他也见到了，这是人证，通报已经发了，有意见没有意见都要执行。"

老白诚恳点头，拐弯抹角为自己辩护："行，我服从，通报发了，我这脸丢没了，就地免职生效了，接班的都去昆明了，我请求换个地方，我实在没脸在云南干下去了，我见客户，人家说，嘿，老白，听说您免职了，我说是啊，人家问，你在鸿鹄技术干了20多年，怎么就免职了？我说，有个吃饱了撑的的酒店，在门口挂了一个欢迎的LED屏，我们老总生气了。"

江远峰放下文件，哈哈笑起来："这么说，是我不近人情了，直接说吧，有什么要求？"

老白搓搓手，看了一眼江远峰身边的耿晔，也不知道他是什么身份："就一个要求，给我换个地方，别在云南丢人现眼了。"

江远峰听到这里，忽然问耿晔："目击人，觉得怎么样？"

耿晔哪想到这个球砸到自己头上，这涉及老白的发展，不能乱说话，他打定主意只问不说："老白，您想去哪儿？"

"回总部。"老白小心地说着。

"为什么要回总部？"耿晔两个提问，便挖出了老白的真心，江远峰笑了。

"我老婆有怨言，一年也见不到几天，让我赶紧回来。"老白低头说道，显然还有隐情。

"老白，我有个好主意。"江远峰看了一眼耿晔，很欣赏他的提问，走到老白身边问道："听吗？"

老白紧张地站起来，把茶水喝完答道："想听，您说的我都听。"

江远峰拍着老白肩膀，为他续了一杯茶水："你老婆有怨言，很简单啊，离婚！"

耿晔一歪，茶水洒在地板上，赶紧起身擦拭，这是什么主意？他捂着嘴巴强忍着不笑出来。江远峰没理耿晔，向老白说道："我免了你，想安排你去个好地方。"

老白就想回总部，和老婆团聚，他急切地问："哪儿啊，老总？"

"美国。"江远峰一直要进入美国市场，大家都不愿意去，老白正好撞在枪眼上。

老白一脸苦相："我以前在云南每月还能夫妻一起生活几天，去了美国，只能一年见几天了。"

江远峰笑吟吟的："你孩子都有了，还生活什么？这是无用功。"

"老总，您饶了我吧，我搞了个迎来送往，您就把我往火坑里推？美国市场有多难，我还不知道吗？连屺东都失利了，我不是去送死吗？"老白感觉晦气极了，壮胆反驳了江远峰。

"有英文名吗？"江远峰不管不顾，强行推进。

"卡尔，以前出国办展览时候起的。"老白答道。

"到了美国你就叫卡尔白，回家收拾一下，去美国。"江远峰起来，不由分说把他送出大门，耿晔刚才开会鼓掌，犯了规矩，怕江远峰提起，说了再见，准备一溜烟跑了。

江远峰呵呵笑着，冲着耿晔后背说："跑？跑得掉吗？马上就处理你鼓掌的事。"然后哈哈笑着回了办公室。

挡箭牌

在执委会上，江晚低头不看李屹东，会议结束又避开了尴尬的碰面，带着耿晔埋头躲到自己的办公室，看着耿晔离开又被江远峰叫去开会，觉得不安全，低头走到卫生间，对着镜子。李茂舒在长江触礁身亡的时候，李屹东还在他母亲肚子里。李屹东从小与母亲相依为伴，形成了细腻敏感的性格。后来，江远峰记得李茂舒的嘱托，把李屹东从老家接到北京读书，住在家里，天天和江晚泡在一起，两人先后到武汉读书，感情悄然滋长。江晚明白，父亲有意撮合。

随着江晚长大，接触到了更多的人，她发现那不是爱情，只是在异乡的亲切感。他们为琐事争吵，江晚将部分归结为星座不合。李屹东是处女座，平静而内敛，不断自我克制，认真又有强烈的责任心，工作一丝不苟，这都是优点。借助于这种性格，李屹东协助江远峰，完善公司细微的流程，鸿鹄技术发展到现在，他功不可没。李屹东职务越高，性格中张扬的一面显露，变得霸气而强势，这与江晚的认知截然相反，她难以适应，觉得问题出在自己这边，因为父亲就很欣赏李屹东的转变，认为他独当一面，可堪大用。江远峰把他当亲儿子一般，当然不会嫌弃他的转变，或者说是成长，这是李屹东的说法。父亲是把李屹东当接班人来培养的，江晚却觉得那是性格的扭曲，这不是谁的过错，世界上本来就没有完美。

江晚在洗手间待了一小会儿，耿晔是天下掉下来的挡箭牌，在关键时刻又突然消失，被爸爸叫走了。江晚不想面对李屹东，又逃不掉，刚巧在登山途中遇到了耿晔，将他带到公司，让李屹东见到，做出亲昵的举动，他总会死心吧？耿晔只是挡箭牌吗？他是同甘共苦的队友，同生共死绝对信赖的一根绳索上的拍档，甚至更多。江晚心情稍微平静一些，估摸耿晔开完会议，准备返回办公室，刚出来就被一道黑影拦在面前。江晚低头不看他炙热的目光，李屹东只要在空气中闻闻，就判断出她的位置。

"小晚，对不起，我知错了。"李屹东脸色苍白，没有在商场叱咤风云的气势。半年多与江晚的分开，让他惊慌和害怕，他紧张地道歉，生怕被拒绝。

"是我不好。"江晚想避开尴尬，她多次分手，这次是最彻底的一次，既然不能在一起，不如痛快一些，她低头向外走，李屹东紧紧跟随。

"吃晚饭，好吗？我特别想和你吃顿晚饭。"李屹东谦卑地跟在半步之后，办公室里很多人都知道他们的关系，只是飞快地瞄一眼，继续低头工作。"知道我这半年有多痛苦吗！"他按捺住脾气，声音仿佛从腹腔里发出，又回到了自我克制的处女座状态。

公司里到处都是同事，江晚不想争执，向电梯走去，只想逃离。叮咚声音响起，电梯到达，七八位同事说笑着出来，见到李屹东和江晚立即向两边绕开。江晚进了电梯，被李屹东用双手挡在两扇门之间："我有缺点，你就说出来，我一定改。"他的笑容中带着苦涩的坚持。

电梯无法动弹，更多同事向这里张望，江晚不愿意被纠缠，如果走消防楼梯，他肯定会继续跟下来，天知道他会做什么？半年多未见，一见面又回到过去的状态，谁都不肯让步，进出电梯只是很小的事情，却有大大的象征，退步意味着江晚的挣扎归于失败，李屹东如果放走江晚，她肯定会继续躲避，保持分手的状态。

"对不起，请让让。"一人抱着摇摇晃晃的文件箱，站在李屹东身后。鸿鹄技术的员工都避开这部电梯，谁偏要选择这里？想必是新员工。李屹东让开，那人抱着纸盒子进去，面孔仍被挡住，嘴里说道："奇怪，电梯为什么不关门，劳驾，按下按键。"

声音十分耳熟，耿晔！江晚听了出来。李屹东不死心，再次请求："给我三分钟。"江晚坚决地摇头，她不敢面对他。两人曾经有过某种感情，但双方都备受折磨，江晚只想逃离。

"帮我关门，好吗？我很急的。"耿晔躲在文件箱后面，向江晚挤眉弄眼。

"关不上。"江晚按着按键，让耿晔看。

"坏了？"耿晔背对李屹东，正好可以看见江晚。

"没有。"江晚看着李屹东，他还挡在电梯之间。

"外面谁啊？我急送文件，劳驾。"耿晔高声喊着，越来越多的员工看过来，甚至几名高管也开门眺望。

李屹东起了疑心，进电梯轻轻推开文件箱，看见耿晔，这是第二次见到这个人，他问道："你是？"

"顾问。"耿晔不想见李屹东，却不得不为江晚挡驾。

"什么顾问？"

"咨询公司的顾问。"耿晔睁着无辜的眼睛，他确实是一家咨询公司的顾问。

"什么咨询？"李屹东怀疑地问，试图发现蛛丝马迹。

"投资咨询，人力资源、融资、营销这些。"耿晔已经露相，干脆将文件箱放在地上。

李屹东不太相信，江晚不可能带着一个普通的顾问参加执委会，他与江晚是什么关系？他准备详加盘问："你既然懂人力资源，招人有什么秘诀？"

李屹东问了很难一句话回答的问题，却难不住耿晔。耿晔答道："问之以是非而观其志；穷之以辞辩而观其变；咨之以计谋而观其识；告之以难而观其勇；醉之以酒而观其性；临之以利而观其廉；期之以事而观其信。"这是诸葛亮的选将秘诀，正好用来应付。李屹东仍不相信，但是气氛已被破坏，他终于放手，电梯门关闭。

耿晔猜出了李屹东和江晚的关系，问道："前任？"说话间电梯已经到达耿晔要去的楼层。

"根本不算，一厢情愿。"江晚心慌意乱，低头出电梯向前走，不知道要去哪里，情绪渐渐平复，转移开话题："你们两个好奇怪，怎么聊起了招聘？"

"你问他？"耿晔十分无辜。他转念一想，将家人、恋情和工作搅在一起，绝非好事："如果我是你，就立即辞职。"忽然又笑了，谁都能辞职，唯独江晚不能，这是她爸爸的公司。

江晚何尝不想如此，但是感情、家人和工作就自然而然地搅拌在一起，血脉相通，难以清晰切割，现在局面更复杂，只好把耿晔也拉进来，笑着反问："三十六计走为上，这主意烂极了。"由于攀登雪山的共同经历，江晚和耿晔之间向来直言不讳。

"等等。"耿晔停住脚步,昨晚被接到江晚家里吃饭和留宿,今天又来到鸿鹄技术,这应该都是她计划好的,世上哪儿有这么多巧合?"昨晚我为什么住在你家里,为什么又来了公司?"

"昨晚请你来家里,今天来公司的是我爸,根本不是我。"江晚强行辩解。

耿晔哼了一下,从她的笑容中验证了怀疑,这的确是江晚的小心计,又问:"我把行李箱放在车上,你却偷偷放了下去?"

江晚被看透,笑嘻嘻地看着耿晔,一点儿也不害怕,这就是半年登山的收获,他们刚开始认识的时候,江晚就用各种小伎俩对付耿晔,让他开口说话,一直没有成功。耿晔确实很难生她的气,拿她没有办法,带自己来公司,忘记带行李箱,这些小事儿能杀头吗?耿晔仿佛回到登山的那段时间,他看透了江晚的图谋:"拿我当挡箭牌?大可直接告诉我。"

耿晔似乎有一种透视人心的能力,江晚心思被拆穿,并不觉得意外:"登山的时候,队友都说我俩特别默契,是不是?"

耿晔点头:"我明白了。"他在登山方面和江晚是天造地设的一对儿,他们的体力耐力和专业程度都一般,却常能够登上其他人难以企及的高度,就在于两人的配合。

"明白什么?"江晚很开心,这证明了她所说的默契。

"说出来还算什么默契。"耿晔和江晚在一起时,只是聊天也能在心里产生天雷地火,笑得一脸灿烂。他们关于挡箭牌的争执告一段落,晚饭、留宿、来公司都是江晚的设计,耿晔却不追究,哪个女孩子没有小心思?耿晔在鸿鹄技术半天,行李还在江晚家中,想走走不了,问道:"现在去哪儿?"

"吃饭,我们的食堂。"江晚兴致勃勃,说完就拉着耿晔向食堂方向跑去。她和耿晔结缘于登山队的饭菜,后来两人总是一起兴致勃勃地找好吃的。

这是他们登山期间养成的习惯,这个动作在现实世界十分碍眼,立即引来四周鸿鹄技术员工们惊诧的目光。耿晔连忙收手回来,这里不是需要携手同行的巨山之巅,牵手十分暧昧。两人默默向食堂走去,他们曾经肩并肩手牵手攀登了无数的山坡，那时戴着厚厚的手套，从来不会肌肤相触，刚才耿晔突然牵住江晚，触碰到她细腻的手掌，不同的感受涌上心间，江晚也有同感，从高山峻岭来到现实的高楼大厦之间，那些暖心的小习惯都要抛弃吗？

"我觉得吧，登山时候牵手是为了互相保护，拥抱是庆祝，回来之后，意思都不一样了。"耿晔小心翼翼地说道。

"哼，还记得结束登山那晚说过的话吗？我们不要被现实打败。"江晚极为留恋初见时的感觉和细微的动作，话音一转说道："但是在公司牵手和拥抱，确实不恰当，大厨，你足智多谋，一定有办法。"

"切，每次你吹捧我，我都胆战心惊。"耿晔挖苦江晚，同时瞬间想出了办法："这样好不好？我们见面的时候牵一下，就这样。"耿晔拉起江晚的手，掌心相触，极像握手，又稍有不同。

"拥抱呢？"江晚要坚持每一样登山习惯。

"遇到应该庆祝的事情，溜回办公室行礼。"耿晔实在想不出其他的姿势。

"真笨，我教你。"江晚举起双手："击掌庆祝。"

同饮共食

耿晔来到食堂，如同刘姥姥进了大观园，眼花缭乱，听说这样的食堂有十几个，更是惊叹。他先奔到一家叫作"牛魔王"的档口点了一份牛肉入口即化、肥而不腻的胸口肉，凑肥搭瘦，肉质鲜美，原本对食堂怀有偏见的耿晔，瞬间被美食征服，旁边是"醇鸭季"，大厨正在片鸭子，江晚说，这是"立体刀法"，酥皮下还连着一层薄薄的油脂，最鲜嫩美味的鸭胸脯肉，夹上一片，蘸上些砂糖，让人垂涎三尺。食堂里还有上海生煎包、四川燃面和水煮鱼、重庆火锅和麻辣香锅、西北的手抓羊肉、客家的盐焗鸡，苏杭的泉水蛙。

"没有你做得好吃。"江晚点了烤鸭，如果不是因为耿晔，她肯定不会碰这么油腻的食物，她回忆说："有一次登山的时候，你藏了一只烧鸡冲顶，记得吗？"登山冲顶时都使用最轻重量和最小尺寸的包携带必需的物品，没有攀登过雪山的人，很难理解藏了一只烧鸡是多大的奢侈。那是耿晔在营地烤的，因为江晚说了一句，要是冲顶的时候能吃上烧鸡就好了，他才做出了不可思议的举动。

耿晔好像没听见，排队取了一份牛魔王，回到江晚身边："牛，我所欲也，烤鸭，亦我所欲也，难断难舍，当如何？"耿晔左看看烤鸭右看看肥牛火锅，跟着江晚来到桌边。鸿鹄技术的员工基本都认识江晚，立即闪出了两个空座。

江晚将两份菜放在中间，把筷子递给耿晔："这样就行了。"这对于江晚和耿晔很习惯，登山队辛苦，他俩都会在一个餐盘里抢食，耿晔举起筷子，夹起一块牛肉放在口中，享受着美味。

庄雨农和郭厚军来到餐厅，穿过人群向包间走去，这是专门接待客户的，有时管理层工作餐，一边吃饭一边开会，也会占用。郭厚军停住脚步，指着餐厅："你看，小晚和那个顾问。"

庄雨农看了一眼，确认无误，走进包间坐下："屹东到底和小晚是怎么回事儿？"

郭厚军刚和李屹东去了美国，打听过这件事儿："他们半年前吵了一架，小晚就请假去旅游了。"

"没那么简单，老郭我跟你说，小晚半年前离开公司去旅游，不是因为和屹东的感情。"庄雨农身居中枢，掌握不少隐秘，压低声音说道："小晚是被老总支走的。"

郭厚军难以置信，江晚是江远峰唯一的女儿，向来宠爱有加，怎么好端端地就把她支走了？庄雨农喝了一口汤，说道："记得吗？半年前有很多流言，都在猜测谁会接班？基本有两个版本，一是屹东接班，二是小晚接班。"郭厚军回忆起来，那时关于接班人的消息满天飞，甚至很多媒体都在猜测，但是自从江晚暂时离开公司，李屹东接班的局面清晰起来，这个猜测就立即消失了。郭厚年半信半疑地说："你是说，为了巩固屹东的位置，老总迫使小晚暂时离开公司？"

庄雨农转移了话题，其实就是默认："我本来以为这件事已经消停了，可是小晚偏偏带回来一个耿晔，刚才屹东和小晚在电梯旁边说话，被这个他给打断了。"

"有人看见两人手拉手了。"这种八卦传得极快，尤其是江晚和李屹东的感情引人瞩目，消息立即传到了郭厚军耳中。

"小晚太任性了，这不是当众扇屹东耳光吗？"庄雨农和李屹东同是轮值CEO，一心一意辅佐他，配合极佳。

"在节骨眼上怎么出这种事儿？"郭厚军轻轻拍了桌子，李屹东和江晚成亲接班，这是默认的安排，如今江晚和耿晔亲热，摆明要和李屹东分手，李屹东接班人的地位会不会动摇？一旦接班人发生变动，公司爆发夺位之争，便要一片腥风血雨了。

庄雨农摇摇头，否认了这种说法："不会的，如果屹东不接班，谁敢接？"

郭厚军想想也是，李屹东、庄雨农和自己是三位轮值CEO，自己和庄雨农一心辅佐李屹东，的确没有人可以替代他。这时服务员进门上菜，他不再议论感情，说道："这次屹东在美国受到很大的打击，老庄，你得替他多承担一些。"

庄雨农长叹一声："美国市场就是我们的英雄冢，劝屹东不要去，他不听，一定要完成父亲的心愿，现在变成这样，在美国搞得灰头土脸，那个耿晔又出么蛾子，真添堵。"

郭厚军埋头吃午餐，两人无语。郭厚军吃完之后擦擦嘴巴说道："今天那个耿晔在执委会上鼓掌，犯了纪律，刚好给屹东出气。"

主内的庄雨农和主外的李屹东，感情极深："这还用说？屹东最近压力很大，我们要为他分忧。"

郭厚军点头，轻声说道："老庄，你不知道，我们在美国得到AT&T解约的消息，屹东把自己关在房间里放声痛哭，后来登台演讲，我都能看出来他的委屈。"

庄雨农将餐盒一扔，不想再吃下去了："屹东这孩子，他难过，不是因为输了，他是觉得自己愧对父亲啊。"郭厚军长长舒了一口气，说道："这段时间，多和他聊聊。"谁都知道，江远峰要把位置交给李屹东，却被 AT&T 给打乱了。郭厚军倒是不担心："早晚都是屹东，没什么好担心的。"

"嗯。"，庄雨农指着楼下，那是江晚和耿晔的方向："这个小子还添乱，屹东心情本来就不好，他还成天跟着小晚在办公室里，谁不知道屹东和小晚的感情，这不是天天往屹东脸上扔狗屎吗？"郭厚军一拍桌子，站起来："吃不下去了，走，就不信搞不死他！"

听证会

午饭之后，江晚带着耿晔去了咖啡馆。江远峰曾经说过，一杯咖啡吸收宇宙能量，其实指的是一边喝咖啡一边谈话，吸取经验教训，因此鸿鹄技术周边就有了很多咖啡馆。"喝完咖啡下班回家吧，妈妈买了大螃蟹。"江晚的心还在崇山峻岭之间，没有回收到办公室，笑着说："顺便拿你的行李，总不能天天赖在我家吧。"

"你刚回来工作，哪能中午就下班？"耿晔在沙发上张望，咖啡馆掩映在湖边竹林后，十分舒适，他喝完咖啡，放下杯子："我在你们公司泡了这么久，该走了。"

"闯了祸就想跑。"江晚打开手机，向耿晔面前一推，这是一封电子邮件。

耿晔低头看了一阵儿，这封邮件来自轮值 CEO 庄雨农，明天要为耿晔在执委会鼓掌召开听证会，邮件发送给江晚，拷贝给了所有的执委会成员，包括江远峰。"没逗我？开听证会干吗？"

江晚也没想到事情这么严重："刚处理完老白，你就往枪口上撞。"

耿晔装作慌乱的样子："我们是同生共死的队友，不能见死不救啊。"耿晔是作为江晚的助理参加执委会的，江晚泥菩萨过河自身难保，扁扁嘴，耿晔立即明白："我必须挺身而出，承担全部过错，替领导扛雷，领导也会拉我一把。"

"哎，他们把你当第三者了，都恨之入骨。"江晚故意把事情说得很严重。

"你和李屹东怎么回事儿？我可不想做那道德败坏的第三者。"耿晔知道江晚已经和李屹东分手，可是李屹东还在求复合，在这种情况下，自己算第三者吗？他对这些情感问题并不太懂。

"你在老郭、老庄和李屹东眼中，肯定是第三者。"江晚笑弯了腰，她从小叫着庄雨农和郭厚军叔叔长大，并不惧怕他们，却仍然在吓唬耿晔："好自为之，自求多福。"

耿晔看出江晚不害怕，故意说道："三十六计走为上，明天我不来了。"

江晚回忆起登山的时候，她在受伤后的第二天坚持冲顶，也是因为明白耿晔一定会来，这是他们培养出的默契，她向耿晔说道："随便。"

耿晔返回北京还有一堆事情，却被绊在了江晚这里，又不能真的不管她："你们效率真高，迅雷不及掩耳之势，我鼓掌拍得巴掌还疼呢，就要开会处理我。"

一碗水端平

耿晔和江晚返回办公室等到下班，避开江远峰，溜到停车场，打算回家取行李顺便吃晚饭，耿晔犹豫一会儿，不想两手空空去混吃："买些食材，好不好？"

江晚当然不会反对，两人开车来到北京赫赫有名的三源里菜市场，这里靠近北京使馆区，外国人非常多，菜市场汇集了全球的食材，是北京饕餮圣地。耿晔拎着蔬菜和食物在菜市场逛，看见了鱼子酱，向老板问价买了，江晚说道："你还真适合做家庭煮夫。"

耿晔采购结束，满意地看着手里的食材："对，我梦想的生活是两个孩子一只狗，每天去泡咖啡馆。"

江晚没见过比耿晔更颓废的："你不是咨询顾问吗？"

"我们属于三年不开张，开张吃三年。"耿晔又看上一条鱼，掉头向回走："鱼不错，红皮适合红烧，不能清蒸。"

江晚妈妈买来深秋初冬正肥的河蟹，女儿过了半年才回家，要好好补身子。江晚的样貌更像妈妈一些，性格却随江远峰。老的年轻时漂流长江，小的攀登雪山，都不让人省心。登山回家还带回一个耿晔，早上的画面刺激着她的神经，江晚竟将他压在墙上，年轻人真让人搞不明白。江晚妈妈为女儿担心，也为江远峰忧心，公司越来越大，事情越来越多，都压在他肩膀上，殚精竭虑，长此以往身体怎么受得了？他七十几了，早该渐渐淡出，将鸿鹄技术交给年轻人。李屹东是老大哥的儿子，他们看着他长大，是江远峰的左膀右臂。本来一切都是最好的安排，可是女儿半年前与他大吵一架，一切都被打乱。

江晚妈妈带着保姆从菜市场回来的时候，耿晔笑着拉开门，他果然很帅，难怪女儿喜欢。这么好的河蟹，他来得真是时候，他外表光鲜，女儿却不能嫁过去，虽说自己家不需要房和车，年轻人不务正业怎么行？可是女儿却很喜欢和他泡在厨房，江晚以往窝在房间里上网，很少陪爸妈聊天，更没进过厨房，这耿晔有什么魔力，让江远峰和女儿都开心？江晚妈妈很聪明，不像昨晚那么明显抵触，变得极为客套，连称呼都变成了耿先生，这让耿晔如坐针毡。耿晔返回厨房后，江晚妈妈狐疑地坐在客厅，时不时向里面偷看。

江晚正在洗菜，这是她在登山队认识耿晔之后才有的转变。江晚取来围裙交给耿晔："大厨，我也来炒个菜。"

耿晔接过围裙，却不动手。江晚改口："我来料理一个菜，这么说对吗？"耿晔摇头。江晚想想又说道："我也料理个食材？"

耿晔还是摇头："你说话怎么跟外国人一样。"

江晚本来说话挺正常的，被耿晔弄得都不会说中国话了："应该怎么说？"

耿晔哈哈大笑："我要做个西红柿炒鸡蛋。"

江晚受到挖苦，严肃起来："记得队规第三条吗？"

耿晔不笑了，板起脸答道："队友之间互相尊重，不许挖苦讽刺。"

江晚和耿晔在一起就是这样，两人都不会曲意附和，总能在一来一回的较量中妥协，有时还能找到乐趣："违者怎么办？"

耿晔把鼻子凑过去，被江晚刮了一下，然后从背后为她系好围裙。江晚妈妈从门缝中看见这一幕，被惊呆了，走到门口向江晚说道："你爸要回来了，什么时候开饭？"

江晚脸上都是笑意，答道："饭菜马上好了，就等着西红柿料理鸡蛋了。"

江晚妈妈默不作声，耿晔低声笑着："今晚尝尝，鸡蛋是怎么料理这个西红柿的。"

江晚伸手又刮了耿晔鼻子，耿晔抗议："登山结束了，队规该失效了吧？"

江晚开始炒西红柿："这是我家，我的地盘，我说有效就有效。"

江远峰回家，看见江晚妈妈一个人坐在客厅里发呆，探头看了一眼厨房，偷偷摸摸回书房去了。江晚妈妈满腹心事进来，严肃地坐在对面，这是她的习惯，小事儿吵吵闹闹，大事儿便要后发制人。江远峰猜到一些，端起茶杯递过去："茶。"

"公司重要，还是女儿重要？"江晚妈妈一脸冰霜，将茶杯推开。

"女儿重要。"江远峰不抬头。

江晚妈妈早上看见女儿和耿晔搂搂抱抱，刚才又看见两人刮鼻子，她不知道这是江晚和耿晔在登山队的习惯，现在看来只有一种可能：女儿和耿晔恋爱了。江远峰曾经撮合女儿和李屹东，但这种事情不能强迫，说道："女儿大了，别掺和了，耿晔这小伙子不错。"

"你昨晚才见到他，才这么久就知道他不错？"江晚妈妈不仅担心女儿，更担心李屹东："屹东是你左膀右臂，对小晚更是一百个好，你年纪大了，身体不比当前，该退了，公司交给屹东多好啊？"江晚妈妈早盼着抱孙子，这句话却没有说出来。

这是江远峰的心事，很少向人提起："后宫不许干政。"

江晚妈妈笑出声来："您变成皇上了，还想弄个三宫六院，是不是？"

两人老夫老妻，没有什么嫌隙，江远峰说道："前有虎后有狼的节骨眼，我怎么退？"他壮志未酬，正想大刀阔斧地推进海外市场。

"公司是你的命，我不管，耿晔来了，屹东也要来，必须一碗水端平。"江晚妈妈摆出了谈判的架势，她其实不讨厌耿晔，只是李屹东中学时候就住在家里，当成儿子养的，感情非同一般。

"好，你请屹东来，我还想约他再去趟虎跳峡，三十几年了，让老大哥在天之灵看看，他儿子是好样的。"江远峰与李屹东情同父子。他指指江晚的卧室："我叫屹东，你请女儿，好不好？"

"嘿，跟我耍滑头。"江晚妈妈看透了江远峰的招数，李屹东好请，女儿难对付啊。

往事如烟

江远峰一家三口对耿晔做的菜赞不绝口，耿晔却有心事儿，今晚再不能住在这里了，自己在北京有住处，哪能一直泡在队友家里？他以往在商场也算一号人物，不知不觉竟被江晚当作挡箭牌，好比猎人打了一辈子猎，被兔子抓了眼睛，他想通之后放下此事，专心聊天。他和江晚在登山队养成了做饭做菜然后洗碗的习惯，饭后两人刚把碗筷放回厨房，就被江晚妈妈带着保姆哄走了。耿晔回客房收拾行囊，江晚进来，顺手把门关上。耿晔退到墙边，夸张地按着腰带，瞪着眼睛，脸上却有笑容。江晚问："你干吗？"看着他的姿势，江晚有些害羞。

"怕你。"耿晔今早被按在墙上检查腰带，被江晚妈妈撞破，两人装作镇静，其实内心极为崩溃。

江晚脸蛋儿染上红色，靠近耿晔，鼻尖碰鼻尖："你很可怕哦，这么短时间内成了我的顾问、爸爸的聊友、妈妈的帮厨。"

"挡箭牌所赐。"耿晔留宿在江晚家里，去公司开会，都是江晚的小心思。他和江远峰及江晚妈妈说了再见，同江晚走出楼外。寒风扑面。江晚穿了件显腰身的大衣，耿晔突然笑起来："蛮翘的。"

"胸平，臀还不能翘啊。"江晚想起耿晔为她处理左胸的伤口，忽的脸红透了，好在天黑耿晔看不出来。耿晔也想起那一晚，心脏怦怦跳起来，脑垂体中有一种叫多巴胺的物质，让心脏怦怦跳动，日思夜想，不熄不灭，无法忘怀，耿晔可以肯定，今晚自己的脑垂体肯定分泌了一些。他和江晚相识于春夏之交，她总穿登山裤和短背心，是可以信赖的队友，返回北京后才发现，她已在心中占据了牢牢的一块儿。江晚何尝不是这样，停下脚步，勇敢地与耿晔对视，她已经斩断了感情牵绊，没有用乱七八糟的情感来填补，直到遇到耿晔，期待着崭新的感情篇章。江晚很喜欢这种相遇的方式，在登山队自然而然的相识，谁都不知道对方身份，财富名气学历放在一边，只有纯粹的吸引。如果在现实中相遇，爱情会被地位、财富和欲望所扭曲，每个人都尽力展现和卖弄自己，拼命隐藏缺陷，就像演戏。

耿晔感受到了江晚的情绪，轻轻勾住她的小指，冰凉滑润。她身体悸动，迎面看着耿晔，热烈而又勇敢。两人都能看出对方神情中的异样。夜色降临，路灯之下，耿晔享受这种轻微的肢体接触，不愿意后退，也不想再进一步，于无声处默默相对。忽然，耿晔的手机滴滴响了起来，他打开手机看了一眼："朋友找我。"

江晚很想认识耿晔的朋友，侧着头问："所以呢？"

他们登山时下午四点就会到达营地，点火煮饭扎帐篷，野外寒冷，天黑就躲在帐篷里，耿晔还不适应北京的夜生活。耿晔打了个哈欠，想了想说道："他在酒吧，很安静的那种，想去就一起去，要不然就各自回家睡觉。"

见耿晔朋友，江晚很喜欢："先回家放行李，我开车送你。"江晚握着钥匙先行一步，耿晔拖着行李箱，背着登山包，下电梯来到车库，江晚跑车的后备厢装不下行李，耿晔发笑："你这车太不实用。"

江晚抗议："哼，别想让我换车，爸爸说我好几次，我都不听。"

江晚喜欢冒险，除了登山还喜欢飙车，耿晔一手将大行李箱扔在跑车后备厢，用两根登山绳捆绑起来，拉开门抱着登山包坐进副驾驶位置："是不是有些难看？"

江晚不嫌弃登山包，开出了车库。沿着东三环向南，耿晔的住处离江晚家只有几公里，在北京是近得不能再近的距离。耿晔住在一栋写字楼里。他们乘电梯来到16层。这是一个足有100多平方米的大开间，门口有单独的卫生间，里面有一张很舒适的大床，中间是跑步机、瑜伽垫和哑铃，房间空空荡荡，外侧是一个长条木桌，摆着各种数码产品。"酷！"江晚一屁股跳坐在长桌上："你的？"

"除了房子都是我的。"耿晔笑着说："我的全部财产。"

"好棒，我都不想走了。"江晚躺在房间里转了一圈，但急于见到耿晔朋友，于是爬起来抢先出门。

三里屯有很多银杏树，在秋天的时候，树叶飘落一地。两人进了酒吧，耿晔径直走向吧台。那里坐着一个瘦瘦小小的男人，他转身过来，两眼冒着光，看了耿晔一眼，随即就把目光移向江晚。耿晔介绍道："这是周道，好朋友，也是我的合伙人。"

周道意味深长地又看看耿晔，把身边位置让给江晚，就招呼服务生："两份亨德里克马丁尼，手敲冰，加些柠檬。"

江晚点了杯汤力水。耿晔喝了一口问道："老周，最近公司怎么样？"

马丁尼和汤力水到了，江晚把汤力水交给耿晔，自己端起马丁尼。周道脸上挂着笑容诉苦："哎，我们这家咨询公司就你们两位大牌，一位一声不吭去爬山，另一位二话不说就怀孕，硬是把我推到这个位置上来，你说生意怎么样？"

耿晔和周道极熟，碰了杯说道："不是给你每月加了两万吗？多劳多得。"

周道见到江晚，看出了情况，为耿晔助攻，间接吹捧道："加两万有什么用？该买的还是买不起，不该买的也不缺，是不是，这位小姑娘？帮我出出主意，这每月多加的钱怎么花？"

江晚从不缺钱，两万元也不算多，皱皱眉头看着耿晔："两万？够我们在山上花半年的了。"

周道自以为压住了江晚，兴致更高："我都投股市里了，小赚了一把。"

"厉害，这行情还能赚钱。"江晚真心佩服，她不炒股，却知道行情。

"小姑娘，你炒股吗？"周道聊起股票，眼睛更亮了。

江晚不知道该从何说起，想起有人建议鸿鹄技术上市，都被江远峰拒绝了："没有，爸爸不让。"

"过段时间，我把资金从股市里撤回来，又投资一套房产。"周道最得意的就是房子："我跟耿晔说，有钱多买房，前几年我在五道口买了一套，让他来做邻居，他偏偏买在了东三环。我那房子每平方米都20万了。"

江晚也觉得这个房价惊人："这么贵？"

周道指着耿晔，向江晚说："小姑娘，没关系，以后跟着耿大哥，要什么有什么。"

耿晔快笑岔气了。周道不知道江晚家世，还喜欢吹牛，他在江晚耳边说道："怼他，让他装。"

江晚一脸乖巧，拍着手说好："周大哥厉害，您在五道口的房子多大？"

周道得意起来，举起一根手指："160平方米！"

耿晔扑哧笑出声来，五道口的房子可以吓住别人，却吓不住江晚。她果然啧啧称奇："真不小啊，都赶上我衣帽间了。"

周道差点儿把酒吐出来，没想到江晚这么会吹牛。耿晔笑着说："哪有？我看你衣帽间也就五六十平方米。"

江晚没有夸张，酒杯和耿晔碰了一下："我说的是纽约那套公寓，对着中央公园，景色很不错。"

周道被怼的受不了："你这小姑娘，吹牛不打草稿吗？"

耿晔笑得流出了眼泪，伏在江晚耳边问："告诉他？"江晚点头，耿晔搂着周的肩膀说："知道江晚是谁吗？江远峰的女儿，鸿鹄技术的CFO。"

周道惊得七荤八素，身体在椅子上晃了三晃才扶稳。他掏出名片递给江晚："幸会，我是合力咨询的合伙人，刚才班门弄斧了。"

"周大哥，是我不好，不该怼您。"江晚收了名片，三人一边喝一边聊，过了一个多小时，江晚将车钥匙交给耿晔："你们老友见面，多聊会儿，我喝酒了，请司机来，车你开回去吧。"说完一指窗外，司机已经到了。

耿晔掂掂车钥匙，她故意把车留给自己，是几个意思？他越想越不是滋味儿，没车没房子没固定工作，他自己觉得挺好，在别人眼中就像怪物，简直大逆不道。忽然，江晚去而复返说道："明天上午十点，听证会，别忘了。"

▎轮值 CEO ▎

深秋寒风凛冽，李屹东、庄雨农和郭厚军埋头喝酒，居酒屋里热气腾腾，气氛却很沉闷。李屹东最近极其不顺，在美国市场被当头一棒，江晚又闹着分手，还带着耿晔在办公室里腻应人。见李屹东喝闷酒，庄雨农说道："屹东，被 AT&T 放鸽子的事情，别自责，这是政治问题，不是商业问题。"

郭厚军忧心忡忡地说道："我们是企业，只能研发制造和销售产品，美国的贸易政策，我们是左右不了的。"

李屹东知道这个道理，闷头又喝一口："我们不能左右，却对我们有影响，这下进军美国更难了。"

庄雨农也叹气一声，斟酌一会儿说道："这个当口，就不该去趟这浑水，咱们树大招风啊，何必当这个出头鸟。可是，老总听不进去啊。"

李屹东年纪比庄雨农年轻了 20 岁，资历也不如他，却深孚众望，公司上下心服口服："这哪儿怪老总？到了美国才被放了鸽子，谁能先知先觉？"李屹东闷闷不乐："当年我爸爸和老总为了不让美国先漂了长江，命都不要了，我是觉得对不起爸爸啊。"说到这里，眼睛一酸，泪水就要冒出来。

郭厚军使了个眼色，进军美国市场是李屹东和江远峰的心结，绝不是用语言就简单化开，庄雨农举起一杯清酒说道："老总的脾气，谁敢劝？前几天在丽江，云南代表处订了房子，酒店自作主张，打出来一个欢迎的 LED 屏，猜猜老总怎么样？当场把老白给免职了，还通报全公司，老白冤枉啊，酒店根本不是他订的。"庄雨农见识了江远峰的怒火，不敢再撸虎须。

郭厚军负责研发，一向直言直语："这种形势，我们拼着被老总骂，也要劝劝，别在美国折腾了，有些事儿咱们真的别去碰，尤其是美国政治，对不对？"

"听老总的吧。"李屹东一向尊重江远峰，不愿意多谈："当年咱们创业，天天泡在一起，公司越做越大，见面越来越难，干一杯。"

李屹东和郭厚军没什么好说的，各自喝了闷酒，庄雨农搂着李屹东肩膀问:"怎么搞的?得罪小晚干吗,这是老总安排好的,你娶了江晚接班,我们这些老家伙一起退休。"

李屹东苦笑:"感情这事儿根本说不清,总之,我努力,你们帮忙。"他喝了一口酒说道:"小晚当时也没说不行,要考虑半年,放下工作登山去了,现在该给我个话儿了。"

郭厚军心疼李屹东,砰地放下酒杯:"那个耿晔太烦人了,他算哪棵葱?"

庄雨农嘿嘿笑着:"听说是以前在外企,被我们打垮的残兵败将。现在跑来给我们当顾问,这不是让人笑掉大牙吗?"庄雨农想起耿晔鼓掌的事情,恨恨说道:"落在我手上,明天就是听证会,哼!"

"别让小晚难堪。"李屹东知道他们要为自己出气,可是有江晚护着,谁能拿耿晔怎么样?他又说道:"我最近都在北京,以后我们经常聚,今晚先聊到这里,我明天要飞云南。"李屹东定好了去虎跳峡的行程,三人放下酒杯,结账离开。

贸易战

周道见江晚离开,坐近一些,兴奋地和耿晔撞了酒杯:"嚯,搭上鸿鹄技术,生意就接不完了。"

"顺其自然吧,能接的接,不能接的别勉强。"耿晔猛喝几口,叫来服务员结账,踉踉跄跄地走出酒吧,门口就停着江晚的豪车,周道啧啧称奇:"你们关系不一般啊,这么好的车给你开。"

耿晔叫来代驾,又给周道叫了车,返回公寓,也不刷牙洗脸,一头栽在床上,呼呼睡去。

囚车渐渐远去,耿晔放声痛哭。妈妈为什么这么年轻?她拉我离开,我像钉子一样钉在地上,直到那辆囚车消失在视野中,我哭着回到自己的房间。那是20世纪90年代的老式迎宾馆，有假山和喷不出水的喷泉。房间里空空荡荡，堆积如山的玩具不知道被搬到哪里。我拦着搬家的工人，不让他们离开，这是我的家！妈妈又来拉我，我猛地甩开她的手，向外跑去，嘴里喊着："爸爸，我要爸爸！"我的视线被泪水模糊，哪里看得见楼梯，脚下踏空，身体向楼梯下翻滚，嘴里大喊："爸爸！"

耿晔猛地坐起，泪水满眶，这是一个梦，也是褪色的童年记忆，他喝了一口水，起来打开包裹，取出儿子的照片，抱在怀中："小丸子，你在哪里？"半年前从民政局出来，两人说好好聚好散，她怎么会消失？当耿晔回归现实的时候，该变的没有变，不该变的却变了，要抛弃的还在，不能抛弃的却消失了。耿晔把相框放在床头柜上，忽然背后飘落出一张纸片，上面写着：

> 耿晔，希望你旅途快乐。
> 　　这里让我十分伤心，我想了一段时间，希望换个环境，公司调我返回美国，我带着儿子回去了。我想暂时冷静一段时间，请不要打扰我。
> 　　　　　　　　　　　　　　　　　　　　　　　来莱

字迹就像上中学的孩子。她中文说得很好，但在阅读和书写方面却完全是个外国人。耿晔看看时间，凌晨三点多钟，他重新钻进被窝。翻来覆去不能入睡，耿晔继续拨打她的电话，号码已被停用了。不要打扰是什么意思？我连儿子也看不到了吗？耿晔拿起手机刷着，忽然一条视频吸引了他的视线，让他顿时清醒，再也不能入睡。

耿晔打开电视，美国总统特朗普正在白宫签署一份协议，向媒体展示后发言："谢谢大家，已经很长时间了，你们听过我很多的谈话，谈论不公平交易行为的采访。我们在相当短的时间内失去了六万家工厂，关闭、破产、搬迁，至少六百万个工作机会没有了。我们的贸易赤字为5040亿美元，从任何角度来看，它都是有史以来，任何国家的最大赤字，这是失控的。"

虽然现在是凌晨，但这条新闻实在太重要，不应该等到明天，他拨通江晚的手机："小晚，醒来，快看新闻。"

江晚披衣来到客厅，用耿晔发来的链接投影到电视上，特朗普举着手指咬牙切齿滔滔不绝："针对中国，我将要发起301贸易调查，大约600亿美元，这只是一小部分，我现在就在这里签名，我们正在为这个国家做一些许多年来应该做的事情。我们遭到了许多其他国家和国家集团的滥用，他们为了占美国的便宜，聚集在一起，我不希望这种情况发生。我和日本的首相安倍晋三谈到此事，他的脸上有一丝微笑，而微笑的含义是，他不敢相信可以在这么长的时间内都能占到美国的便宜。而那样的日子已经结束了！"

江晚关上电视坐在沙发上，从睡梦中清醒过来，AT&T突然取消合作协议，谁都知道背后有政治背景，没想到有这么激烈的后续发展，这是中美贸易战的序曲，一场巨大的风暴即将来临，这将影响每个人，更为进军美国市场带来巨大的变数和不可预知的风险。当江晚起身回去睡觉的时候，看见江远峰穿着睡袍站在门口，眉头紧锁。

| 回归 |

李屹东早早从酒店出来，趁着游人未到，来到虎跳石顶端，这里就是他父亲跃下的地方，他和江远峰来过很多次。他像往常一样，盘腿坐下，对着峡谷、洪流和天空发呆，向金沙江问道："爸爸，我常想，您为什么从这里跳下去？30多年前，牺牲了11人，终于完成了长江漂流，他们说是为了振兴中华。30年了，天翻地覆，中国不再一穷二白，我们做出了先进的产品，卖到了全球各地，爸爸，这是您儿子一直在努力做的，这是您的遗愿，我懂。"李屹东话音一转："在您跳下去的时候，知道不知道，我在妈妈腹中四个月了，即将来到这个世界，您不想看我一眼吗？"李屹东任泪水流淌："我想见到您，在您身边成长，江叔叔对我很好，可是我也需要一个爸爸！您对得起国家，对得起老总，也对得起自己，可是您对得起我和妈妈吗？我们一家人好好过日子，有什么不好？"

李屹东换了个姿势，坐得更舒服一些："爸爸，我昨天看了新闻。我在想，进军美国就像跳入长江，风险巨大，任何企业都无法和政治力量竞争，您说是不是？美国政府已经盯上我们了，在这个节骨眼上，我们该怎么办？能给我一个答案吗？我担心，如果我们不知进退，便会粉身碎骨。"

"爸爸，如果30年前我在场，我一定不会让您跳。"游人渐多，开始喧闹和拍照，李屹东擦去泪水站起来，向江水鞠躬："爸爸，原谅我胡言乱语，我以后会常来看您。"

顾问

第 3 章

赵客缦胡缨,吴钩霜雪明。
银鞍照白马,飒沓如流星。
十步杀一人,千里不留行。
事了拂衣去,深藏身与名。

《侠客行》 唐 李白

有难同当

在中美贸易战爆发的当口，消息接连不断，特朗普宣布了500亿美元的货物清单，中国立即反击，宣布同等规模的加税方案，好在不包括电子产品，暂时对鸿鹄技术影响不大，这只是惊涛骇浪的前奏，未来的贸易战将席卷全球，谁都过不过去。但天没有塌下来，生活、工作和贸易都要继续，芸芸众生一如往常，耿晔也不会因为贸易战，逃脱被处罚的可能。

肃穆宽敞的会议室中间有一个长条桌，人力资源总监老龚和几名人力资源的员工坐在一侧，耿晔像即将被审判的犯人一样坐在长桌对面。庄雨农和江晚在一侧旁听。时间一到，庄雨农开门见山，毫无回旋余地："有人在昨天执委会期间鼓掌，违反公司规定，属于吹捧上级，这种风气绝不可长，必须严肃处理，大伙儿商议一下。"不等别人接话，庄雨农迅速指名："老龚，你们人力资源负责员工行为守则，你先说。"

老龚是人力资源总监，事先得到招呼，提议道："吹捧上级和迎来送往性质一样，前几天老白刚刚违反，应该等同处理，就地免职，通报公司！"

谁都知道耿晔不是鸿鹄技术的员工，如何就地免职？耿晔脸色发白，看着江晚，她装作没看见，只好举手说道："我可以申辩吗？"

庄雨农和老龚换了一个眼色，似乎不能阻止他行使权利。耿晔说道："我先声明，漂流长江的勇士们为了不让美国人漂流长江，付出了11条生命的代价，30年过去了，你们的产品雄赳赳气昂昂跨出国境，我热血沸腾，的确是真情流露，不是故意吹捧。"

人力资源老龚是庄雨农的下属，一向忠心耿耿："鼓掌就是鼓掌，必须处罚，规定形同虚设吗？"

江晚起来，走到耿晔身边坐下："罚我吧，他是我带来的。"

耿晔其实不怕，立即摆手，保护江晚："咱们新社会不搞封建社会的连坐，一人有过一人担，脑袋掉了碗大的疤，再过30年又是一条好汉。"

江晚扑哧笑了出来："不许油嘴滑舌。"

庄雨农不想处理江晚，只想趁这个机会打压耿晔："鼓个掌，没那么严重。"

"我真吓坏了。"耿晔很入戏，江晚捂嘴笑，旁听的员工也哄堂大笑。

人力资源老龚发现气氛被耿晔带歪了，立即说道："严肃，肃静！"

"我的罪状是吹捧上级，是吧？"耿晔将听证会气氛搅乱，说道："我吹捧哪个上级了？"耿晔这才说出关键，他根本没有上级。"我不是公司员工，执委会里没人是我上级，这条我不服。"耿晔这么一说，众人大眼瞪小眼，无话可说。

老龚犯难了，经过耿晔的自辩，他没有上下级关系，吹捧上级这条的确不能成立，即便处理也没法子执行，降薪通报甚至开除通通对耿晔无效。庄雨农摇头，今天只能是警告，除非处理江晚，老龚只好拍板做了决定："鉴于耿晔不是公司员工，不做处理。"随即看向江晚："内部会议不许鼓掌是规定，江晚作为执委会成员，没有向参会人员说明参会注意事项，是有过错的，我代表人力资源部口头警告，下不为例！"

江晚站起来，鞠躬回答："我虚心接受处罚，一定痛定思痛，吸取教训。"

江晚和耿晔回到办公室，关门一起开怀大笑，情不自禁地紧紧拥抱庆祝。江晚点着耿晔说："你很会狡辩嘛，30年之后又是一条好汉，脑袋掉了碗大的疤，太扯了。"

耿晔知道这是庄雨农对江晚手下留情，网开一面，嘴里仍然不服："我坐那儿像不像罪犯，鼓了个掌，你们至于吗？你爸73岁，我在机场都不敢帮他拎行李，怕扣上迎来送往这顶帽子，有必要吗？太不近人情了。"

"你官司都打赢了,别怨气冲天了。"江晚给耿晔倒了一杯茶,把座位让给他坐。

耿晔不坐,起来背起双肩包:"处理完了,我可以走了吧?"两人不约而同张开双臂,相视笑起来:"哈,真成习惯了。"耿晔将江晚拥在怀中抱了抱,江晚在他耳边说道:"你还走不了。"

耿晔推开江晚:"哎,大小姐,你上班了,我也得上班啊。"

江晚向耿晔求饶:"最后一个会,好不好,然后您想去哪儿去就哪儿。"她没有讲,但是耿晔知道,这次会议一定讨论在如今的政治背景下,鸿鹄技术何去何从。

铁三角

前几天的执委会被耿晔鼓掌打断,没有开出结果,今天继续讨论,核心议题还是一样:要不要进军美国市场。耿晔作为江晚的助理又一次出现在她身后,从双肩包里取出蒙着软牛皮的记事本,上面装饰着金光闪闪的扣子,摊在膝盖上,他在会议室中算是最穷的一个,本子却是最昂贵的。江远峰最后到达,向中间一指:"屹东,坐这儿。"鸿鹄技术采用轮值 CEO 制度,但中间这个位置向来归江远峰。这举动极有深意,李屹东将宽大的皮椅拖给江远峰,自己向中间挪挪,坐在江远峰指定的位置,一左一右并排主持会议。

"新闻看了吗?"江远峰没有特指,众人都明白是什么,这事儿影响巨大,不但朋友圈被刷爆,股市大跌,众人更关心的是,在这种背景下,公司该何去何从。庄雨农说了句:"等着吧,咱们国家肯定不会无声无息。"

执委会众人七嘴八舌辩论起来,中国肯定会予以回应,贸易战将会升级,谁也不知道会引起什么连锁反应,前景扑朔迷离。江远峰轻轻拍了一下桌子,众人停止议论,他轻松地说道:"在我们老家的村子里,村东有个早点铺,做包子的,老板起早贪黑,买菜剁馅儿,精心细作,包子好吃价格也低。村西有个点心铺,家大业大,老板人很聪明,就是不想奋斗,仗着祖先的品牌继续卖高价,自己都不爱吃,一家几口总跑到东边来吃包子,到了年底一算账,觉得亏了,嚯,我一年总到你那儿吃包子,你却很少来买我点心,逆差好多,太不公平了!怎么办?制裁呗!"

"美国借口贸易逆差打贸易战,本身就不成立,到街上看看,美国的品牌到处都是,苹果手机、星巴克、麦当劳、别克汽车,可是这些产品并没有统计到贸易逆差里面,贸易逆差给了中国,利润却跑到了美国。"庄雨农愤愤不平。

江远峰用通俗的语言比喻了当下政治环境,众人也都明白了他的看法,还要继续打下去,公司不能停止,江远峰径直说道:"我们30年前创业的时候,比起外企,我们就是一只小蚂蚁,那时我们喊出口号:通信设备三分天下,我们必占其一!今天,我们实现销售收入6000亿元,将昔日对手远远甩开,为什么不能再向前跨越一大步?"说到这里,江远峰身体一侧,将发言的位置交给李屹东。

庄雨农抢在了李屹东前面说道:"是不是先观察一下,再决定进军美国市场的计划?"

江远峰摇头,否决了庄雨农的提议:"天要下雨,娘要嫁人,我们可以观察,却不能停下脚步,该做什么做什么。"

李屹东在美国受挫,又从虎跳峡回来,经过深思熟虑,知道江远峰的心意:"现在有两个思路,一是继续强攻美国市场,二是农村包围城市,守住中国和亚太市场,重点进攻欧洲市场,这是这次会议要讨论的议题。"

庄雨农显然支持暂时放弃美国市场,说话却很艺术:"我们什么时候放弃过美国市场?20年来,公司最精锐的队伍打过多少次,血流成河,根本啃不动,不是产品和营销问题,是政治问题,美国市场要耗费巨大人力物力和财力,现在前有虎后有狼,怎能分兵进攻美国市场?"

"老总,先不说被AT&T放了鸽子,我上半年率领重装旅在美国,强攻Sprint,技术和商务都做得不错,但美国商务部发了最后通牒,禁止Sprint与我们签约,我们重装旅几十人听到这个答复,回到酒店抱头痛哭,坦白说,我也掉了泪，他们都是从全球调来的精兵强将，尽了最大努力，但是输了就是输了，扑上去搞了一年，业绩为零，到了年底，奖金一分拿不到。我咬着牙开掉了几个人，队伍必须有纪律，作战失败要惩罚，可是我心里在流血，他们都是最好的兄弟，根本没做错什么！美国市场是我们的英雄冢！况且 Sprint 只是美国第三大运营商，规模不如 AT&T，难度之大可以想象。"郭厚军这一年全在支持美国市场，其中的辛酸可想而知。

会议室安静下来，江远峰明确反对农村包围城市，庄雨农和郭厚军这两位轮值 CEO 却强调美国市场的难处，在耿晔看来，这是鸿鹄技术内部的分歧，但庄雨农和郭厚军说的是实情，美国市场久攻不下，成了鸿鹄技术的心病，江远峰很难说服执委会再次进攻美国市场。

耿晔曾和江晚聊过，现在的形势不是农村包围城市，也不是百万雄师渡大江，应该采取侵扰的游击战术，可他不是鸿鹄技术的员工，如果不是作为江晚的助理，连旁听的权利都没有，便决定不多说。江晚举手说道："上次我们谈到了农村包围城市，那是秋收起义之后，老总说百万雄师渡大江，是解放军席卷全国取得大胜利的时候。我们市场份额全球第三，更像抗战时。我们可以派遣一支小队伍，不消耗太多资源，慢慢培育市场，生根发芽。"江晚娓娓而谈，打消了派遣重兵的顾虑，又提出了一种可行的方案，她在父亲身边工作，连语言和思路都学了个十足，这番道理说出来，庄雨农和郭厚军竟哑口无言，无法反驳。

李屹东很会倾听，笑笑问道："小队伍是多大？"

"铁三角。"江晚回答，铁三角和重装旅是鸿鹄技术的战术组合，在小型市场，负责客户关系的销售代表，售前工程师和售后工程师组成铁三角，遇到小订单一口吃下，寻找到大型订单，就呼唤重装旅气势汹汹杀过去，毕其功于一役。

庄雨农感到不可思议，重装旅轮流冲击都没有结果，一个小小的铁三角有什么用？他反驳道："美国市场巨大，派去三个人，就是一把盐撒入长江，根本没有意义。"

这问题极难回答，众人都看着江晚，她仓促间答道："耿顾问说：凡战者，以正合，以奇胜，战势不过奇正，奇正之变，不可胜穷也。水因地而制流，兵因敌而制胜。故兵无常势，水无常形。"

这搞了耿晔一个大红脸，好像自己借用古人的话欺骗江晚这个不懂历史的小姑娘，在座都是明白人，哄堂大笑，连江远峰都差点儿喷出茶水，耿晔连连摆手："不是我说的。"

李屹东不为己甚，轻轻拍着桌子说道："不管谁说的，这句话有道理，兵无常势，水无常形，我们以前那种野蛮的打法太过单一。"随即找出了这个方案的致命之处，笑着问："但谁愿意扛起这副担子？"

带着三个人跑到美国与苹果和三星竞争？尤其在当前背景下无异于送死，谁都不是傻瓜，都有各自的利益和小算盘，执委会成员们沉默不语，没人愿意打这毫无把握的仗。如果没人出头，决议无疾而终，进攻美国市场的机会就会失去，江晚突然站起来："我来。"

谁也没想到会议开出这样一个结果，江远峰要求继续强攻美国市场，庄雨农和郭厚军两位轮值 CEO 反对，正在僵持不下，江晚提出来一个似乎最佳的策略，而且愿意亲自带队伍，可是她在执委会中资历最浅，却要冲到最难的地方，谁都难以接受。李屹东不想让江晚蹚浑水，他缓和一下语气："你没做过营销，要不要再想想？"

江晚毫不犹豫："我们要在炮火中指挥战斗，我申请去一线。"她的膝盖被耿晔重重碰了一下，却当做什么都没发生。

庄雨农也反对："小晚，你是 CFO，负责财务，哪懂得市场营销？"

"我说几句。"会议到现在，江远峰竟似被遗忘了，发言极少，他学江晚的样子举了手，惹出一阵笑声："我们要敢于在战略机会点上，聚集能量实施饱和攻击，扑上去撕开口子，进行纵深发展、横向扩张。只要主航道坚定不移！在过去 20 年，我们十几万人努力划桨，把这艘航母划到了起跑线，我们力出一孔、利出一孔，靠着密集炮火攻击，努力奋进。绝不在困难面前退缩，不在议论中犹豫，不然大军突然转向会一片混乱。千军万马谋定而后动，大战役无密可保,只要方向是对的,就把我们30年来储存的力量砸出去,前仆后继,做好遇到挫折的预案。我们要有胆略,要全面加强自我批判能力,通过失败和自我批判不断纠正方向,我们背后是十几万英勇的员工,没有不成功的理由,一定会胜利的!"

执委会成员琢磨着,江远峰似乎支持反复强攻美国市场,却对江晚的提议未置可否。江远峰语气黯然,又说道:"我对那些冲在前线的勇士们很内疚,我们有纪律,打了胜仗要奖赏,打了败仗要处罚,不能赏罚不明,也不能只赏不罚,他们明知不可为而为之,就像老郭上次派去 Sprint 的那个重装旅,哪个不是我们久经考验的精锐,我们赢得了客户,但是美国商务部拦着,输得很冤枉,我严厉开除了几个员工,之后难受得睡不着觉。小晚要去美国,我不反对,但是你要想清楚,兵行险道,要做好打败仗的准备。"

李屹东也是这意思,想私下里劝劝江晚,江远峰当面说了出来,挑在明处。其实,耿晔刚才在桌下碰碰江晚膝盖,也是提醒她不要出头,这事吃力不讨好。江晚回忆起虎跳峡,李屹东的父亲从那里跃下,有没有犹豫?肯定有,父亲说过,他很想见到还没有出生的儿子,可是他仍然跳了下去,现在的人很难理解,但却是不争的事实,而且不止他一人,总共有11个人葬身长江。江晚抬起头来:"如果人人患得患失,我们的公司将会怎么样?"

这句话问住了执委会,江远峰默不作声,女儿要带领队伍拓展美国市场,他心里很不放心,却驳不过她的道理,哑巴吃黄连,有苦说不出。执委会几个人面面相觑,都没有勇气顶替江晚,会议在沉默中结束。

耿晔跟着江晚返回办公室,关门拉窗帘,江晚知道这是吵架的准备,他们在登山时也有争执,大多数都能解决,如果解决不了,耿晔就会把她拉进帐篷,拉上帘子大吵,出来之后就和好,江晚乖乖地给耿晔倒了茶:"喝口茶,润润嗓子,再生气。"

耿晔被逗笑了,背身抹平脸庞,严肃地说:"你登山的时候,看到那个新闻就要下山,那时候你就要负责美国市场,对不对?"

江晚乖巧地点头承认:"我一直负责财务,这次休息半年,想转换岗位了。"

耿晔生气的点不在这里："我是外人，按理说和我没关系，但是美国市场风险太大了。"

江晚跳到耿晔身边坐下："记得那次的冲顶吗？你说难度高，风险大，我们仍然成功了。"

耿晔站起来想想说道："你瞒着我偷偷冲顶，你永远都有自己的想法，不顾别人。"

江晚走到耿晔对面："我为什么不能有自己的想法，现在是什么时代？还要求女人一辈子听男人的吗？耿大厨，我不是那种打扮得漂漂亮亮，每天喝着下午茶遛狗的女孩子，你应该知道。"

"我知道，你在讽刺我。"耿晔的志向就是养孩子养狗喝下午茶。江晚外表温柔谦恭，内心却极为强大，他只好退让："小晚，我不是拖你后腿，是担心你。"

江晚像极了江远峰，从不患得患失："胜则举杯相庆，败则拼死相救，是我们的企业文化，明哲保身哪里会有战斗力？"说着江晚又把皮球踢过去："有你这个大顾问，我怕什么？"

耿晔做个晕倒的姿势说道："直捣美国市场，夺取皇冠上的明珠，如果是电影，我肯定很喜欢，现在中美贸易战开打了，去捣什么乱啊？"耿晔决定不管江晚，她勇敢聪明又在父亲身边，肯定吃不了亏："我撤了，明天要上班了，白天你忙你的，我忙我的，晚上如果有空，就吃个饭看场电影。"

江晚眼珠一转问道："刚才干吗踢我？"

耿晔不喜欢做江晚的小助理，抱怨道："明朝太祖朱元璋立下宦官不得干政的牌匾，现在执委会也应该挂一块，上面写着：助理不得干政。我哪有资格在执委会说话？只好踢你了。"

耿晔不是公司员工，旁听执委会都很勉强，确实没有发言的权利，江晚在办公室转了一圈，不想让耿晔离开，可是他又要工作，正在犹豫的时候，电话响了起来。江晚接完电话狐疑地看着耿晔："我爸让你去一下，你们在搞什么？"她实在想不明白，江远峰为什么叫耿晔，而不叫自己。

接班人

会议结束，庄雨农先到了郭厚军办公室，给自己倒了茶，坐在沙发上一语不发，郭厚军连问几遍，也一声不吭，气得郭厚军出门开会去了。回来的时候，庄雨农还在那里呆坐，郭厚军变成了好奇："愁眉不展，有话就说，憋着干吗？"

庄雨农叹气一声："你和屹东去美国宣布和AT&T签约的消息，我们执委会都在北京看直播，当时发生了一件事儿，我一直没想明白。"他又闭嘴沉思，再不说话。郭厚军糊涂了，追问："什么事儿？"

庄雨农站起来向外走："我没想明白，再说。"

郭厚军挡在门口，庄雨农三缄其口，必有大事儿："给我说明白，咱们几十年的交情。"

庄雨农嘿嘿笑着，掉头坐下来说道："老总当时说，谁带领队伍进入美国市场，接班人就交给谁，我还接了一句话，表态支持屹东。"

郭厚军意识到事态重要，挥手止住庄雨农："咱们跟屹东说去。"庄雨农下了决心，跟着郭厚军来到李屹东办公室，关上门，原原本本说出顾虑："你在美国发布消息，我能看出来，老总就等你发布合作协议，然后宣布你是接班人，可是那个协议突然被AT&T解除，老总那半句话就没说出来。"

郭厚军认为庄雨农没有说到点子上，补充道："老总说，谁带队伍进入美国市场，接班人就交给谁，你们都认为肯定是屹东，是这个意思吧？老庄。"

庄雨农点头，他当时确实没有起疑，直到今天："可是，刚才小晚抢着要负责美国市场，这是几个意思？"

李屹东想了一会儿，回忆着会议的情形："你们别多想，小晚要去美国的时候，老总很吃惊，而且也是反对的。"

郭厚军认可这个判断："即便老总没这个意思，小晚可能听说了这段话，才抢着去美国的。"

接班人问题就像古代皇帝选太子，国本绝对不能动摇，比进军美国市场还要重要，庄雨农的这个猜测，已经让接班人计划产生了动摇。一旦江晚负责美国市场传出去，结合江远峰说过的话，就会有人判断，李屹东的接班人位置变了，江晚还成天带着耿晔在公司逛来逛去，宣告和李屹东分手，种种迹象会产生什么样的流言蜚语？难免墙倒众人推。庄雨农又说："屹东，心里要有数啊，公司内部是有人支持小晚的，她回来给了那些人希望了。"

半年前，公司内部隐隐分成两派，江远峰看出了分裂的隐患，驱除江晚，提拔支持李屹东的庄雨农和郭厚军成为轮值 CEO，可是支持江晚的人仍然还有影响力，李屹东十分冷静："老总和小晚不是那样的人，一切都是误会。"

断拒上市

江晚和江远峰的办公室在同一层，耿晔半分钟就到了，江远峰让他坐在对面的圆椅上，问他："你既然是投资咨询公司的人，肯定帮助过企业上市，是吗？"耿晔点头正要回答，江远峰站起来，从门外进来了几位客人。

为首的是一位 40 多岁的略显矮胖的中年人，紧走几步，双手握着江远峰："老总，幸会，我是末日投资的万成。"万成看了眼耿晔，握了手坐在沙发上。李屹东陪着进来，看见耿晔略感吃惊，没打招呼，坐在侧面的沙发。最后进来一位短发的女助理，换了名片就坐下，显得十分沉稳。

"老总，在您的领导下，鸿鹄技术成就卓绝，成为全球最大的通信设备供应商，第三大手机制造商，却在美国市场受挫，我想可以尽一臂之力，特上门拜访。"万成知道，江远峰时间宝贵，便开门见山。他本在新华社工作，20 世纪 90 年代下海经商，进军房地产行业，掘到第一桶金。后来，他认准互联网，屡有斩获，投资的六家企业成功上市，赚得盆满钵满。他具备一种天赋，能够在下一波浪潮即将来临之际，通过微妙的波动，判断出新机会的规模和影响，潜伏进去，到高峰之时获利了结。这种天赋与生俱来，万成年轻时并未察觉，年过 40 才发现这份宝贵的财富。与此相比，他显赫的家庭背景只是陪衬，有些领导子女凭借父母关系赚到一些钱，不算什么本事，在业界凭借能力闯出名号，道路越走越宽才算真本领。可是中国经济一日千里，有实力的企业早已上市，新兴企业规模尚小，难有超级IPO，唯有鸿鹄技术这个超级巨无霸还没有上市，万成深入研究，精心布局，只要成功上市，鸿鹄技术就将打破纪录，成为有史以来最大规模的IPO，这将成为他投资生涯的顶峰。

江远峰看过万成的资料，他投资的六家企业之中，有一家视频网站，从股市里募集了一大笔资金，生产和制造手机，每台补贴两百元撒向市场，短时间取得了极大的销量，好像奇迹一般。江远峰对此十分反感，这是用现金堆积的奇迹，他对万成有了成见，冷冷说道："愿闻其详。"

万成将美国议员施压FCC的信件交给过李屹东，他认定江远峰肯定过目了："美国议员阻拦鸿鹄技术进入美国，借口鸿鹄技术财务不透明而且有官方背景，信息安全没有保障，我的想法是，如果鸿鹄技术能够赴美上市，就能打破这个借口。"

江远峰心里有了答案，却想考验一下李屹东："屹东，你的看法。"

李屹东心存疑虑，问道："赴美上市，那些美国议员、中央情报局、美国联邦调查局、美国国家安全局就不会阻拦我们进入美国市场了吗？"

万成拿到了朋悦的保证，神秘地笑笑，吐出极为重要的信息："您是否知道，18位美国议员、中央情报局、联邦调查局、国家安全局和FCC怎么会联手对付鸿鹄技术，难道是巧合吗？有没有人从中牵线搭桥，甚至居中策划？"

江远峰大吃一惊，这种消息应该是顶级机密，万成怎么会知道？他通过直觉可以判断，万成说的没错，背后肯定有重要的人物在策划。万成果然说道："您可能听说过朋悦，美国总统前特别助理，曾是高盛的著名投资人。"

江远峰和李屹东一起点头。万成说道："他请我转告老总，只要鸿鹄技术赴美上市，便不再阻拦你们进入美国市场。"万成不愿意过多纠缠这个话题，说完立即转开："现在市场竞争越来越激烈，一些公司采用互联网思维，采取补贴手段抢占份额，带来了相当大的挑战，企业都在想方设法募集资金，上市对您有百利而无一害。"万成先将美国议员的信件交给李屹东，又在江远峰面前拿出朋悦的承诺，很是自信："公司发展离不开资金的支持，规模越大，运营成本越高，对资金的需求就越大，您有 18 万名员工，成本之高可想而知。市场上前有虎后有狼，怎能不储备足够的粮草？上市已经到了最好的时机，鸿鹄技术应该募集充分的资金，以备研发、生产和拓展市场。"

"万总，谢谢您的建议，我直言相告，鸿鹄技术没有上市的计划。"江远峰口气坚定，根本不给万成继续表达的机会，在这种大是大非的问题上，他向来毫不含糊。

万成有些发懵，他准备充分，却被江远峰一棍子打了回来："我知道您有顾虑，担心丧失控制权，您放心，鸿鹄技术永远是您的，不是资本的。"万成动情地比喻："上市是为了企业发展得更好，但鸿鹄技术永远是您的孩子，您的血脉，您的基因，谁都不能抹去，我们有自知之明，不想主导这家公司。"他试图打消江远峰的担忧。有人希望把公司卖出一个好价格，炫耀成功，或者像养猪一样，尽快养肥赚钱，江远峰不是这样的人。

江远峰思索了一阵儿，怼了回去："企业就是企业，江晚和屹东才是我的孩子。"他停顿一下再次驳斥万成："我七十几岁了，马上就退休，这家企业是年轻人的，我还在乎什么控制权？"

万成还想再试一次："鸿鹄技术去年就有 470 亿的利润，可是您知道上市之后，估值能够达到多少吗？"

江远峰无动于衷："我们靠的是知识和技术，不靠资本和投机，对不起。"

万成背景深厚，一般人得罪不起，被江远峰当面拒绝，十分恼怒，却发作不得，不知道该说些什么，总不能抬屁股就走。江远峰看一眼李屹东，他应该接几句，应付场面，宣告会见结束，李屹东却似乎在考虑什么，忽然抬头问道："万总，估值大概多少？"

耿晔大吃一惊，江远峰明确拒绝上市，李屹东竟询问估值，既暴露了分歧，也让江远峰下不了台，万成脸上抹上一朵红云，终于找到了机会："百度腾讯和阿里巴巴加在一起，销售收入只有鸿鹄技术的一半，腾讯和阿里巴巴的市值都在 3000 亿美元左右，我们的估值应该高于这个数字。"

江远峰一语不发，李屹东为万成倒了一杯茶水说道："万总，感谢您过来，这是有些年头的普洱,老总这里唯一的奢侈品,品品。"

这是端茶送人的意思,万成喝了几口连声说好,起来与江远峰双手相握:"老总拨冗,非常感谢。"

李屹东将万成送到电梯,迅速回来向江远峰解释:"老总,我是不是说错话了?这个万成背景通天,咱们没必要得罪。"

江远峰把李屹东当作半个儿子,向来溺爱:"你说得对,不能太生硬,让他下不了台。"

李屹东点头,见耿晔在,转身离开办公室。江远峰坐下来问耿晔:"挺沉得住气啊,一语未出。"

没人介绍自己,耿晔又没有身份,凭什么说话?耿晔给江远峰倒了一杯茶:"带着耳朵和眼睛就够了,暂时让嘴巴休息一下。"

他话里有话,江远峰怎么能听不出来:"听见了什么,看到了什么?"

耿晔作为顾问,不喜欢把结论给对方,而是尽量让对方悟出来,你说的,别人不见得听,自己想明白的才会去执行。江远峰让他说,他偏偏不说,绕起弯来:"我想起了一部电影,《教父》。"江远峰点头表示知道。耿晔又说:"毒贩找到教父,希望依托于他的势力贩毒,教父当即拒绝,可是他的大儿子没头没脑问一句,贩毒一年能赚多少。"

那毒贩听到这句话,就知道大儿子对贩毒有兴趣,决定刺杀教父,于是爆发了黑帮杀戮。江远峰喝好了茶,放下杯子:"这例子用得不错,与今天的情形差不多,那么,这位万老板会不会搞掉我?"

万成当然不会找人刺杀江远峰。耿晔说道:"拿您没办法吧。"这是实情,万成虽然有极深的背景,仍然扳不动江远峰。鸿鹄技术创立30年,成为中国经济的标杆企业,几任国家领导人多次来鸿鹄技术参观,没有谁愿意和这样一位令人尊敬的企业家过不去,万成即使有政治背景也无可奈何。

"拿我没辙,对其他人却有很多办法。"江远峰摇头,想摆脱这个让人不愉快的会议。

这一切都和耿晔无关,他是被江晚搞到公司来当挡箭牌,连续开了好几个会，听到很多商业机密，仿佛还在梦中，梦总是要醒的，他起来告辞："如果您没其他事，我就告辞了。"

"去哪里？"江远峰偏偏对耿晔很感兴趣。

"回家。"耿晔有些哭笑不得，留自己的不仅是江晚，很多时候都是江远峰让自己过来。

江远峰侧头想想："你行李不是还在家里吗？"

耿晔成天观察别人，没想到被江远峰看出了漏洞，脸一红答道："我一会儿和小晚去取。"上次江晚并没有把全部的行李带走。

"她休了那么长时间的假，不到下班时间就开溜，我不同意。"江远峰又留耿晔："下班一起回家取。"

感情往事

耿晔和江晚肩并肩在公司湖边散步，这简直就是向世界宣告江晚和李屹东感情的破裂，耿晔又被当作挡箭牌。耿晔倒不觉得什么，自己又不是鸿鹄技术的员工，也不怕李屹东打压，只是觉得自己回到北京之后，处处在江晚掌控之中，十分窝囊。他讲了万成拜会江远峰的经过，问道："老总为什么坚持不上市？"

江晚不知道耿晔公司有投资上市的业务，问道："怎么？想让我们上市？"

耿晔确实动心，这是比咨询大得多的生意："我们另外一位合伙人是从高盛出来的，是很有名的投资人，做投资和上市。"

江晚对耿晔的工作很好奇："你们咨询公司怎么还做投资上市？"

"我讲个故事吧。"耿晔向湖边走去："有位渔夫常在湖边钓鱼拿到市场去卖，湖里有红黄蓝三种鱼，这时候来了一个投资人说，我给你钱买鱼竿和鱼饵，多钓些，赚钱我们分。"耿晔说得极简单，江晚是鸿鹄技术CFO，哪用自己上课？果然江晚说道："嗯，这是投资业务。"

耿晔继续说:"可是,渔夫遇到另外一位投资人。这位投资人除了给钱,还告诉渔夫,红鱼五块钱一斤,蓝鱼十块钱一斤,黄鱼五十块钱一斤,渔夫应该多钓些黄鱼,而且投资人还告诉渔夫,钓黄鱼应该用海竿,必须在晚上六点钟以后坐船去小岛旁边钓。"

这是咨询业务,江晚当然知道投资和咨询之间的关系,但这个故事还是第一次听说:"嗯,你挺会说的。"耿晔苦笑,自己哪只是会说?他在咨询行业是顶尖的人物,他的合伙人在投资领域声名赫赫,珠联璧合,却被江晚用会说两个字来形容,心里是不服的。

"上市的事情,公司很多人都提过,被爸爸压下去了,晚上去家里吃饭的时候可以问问爸爸。"江晚想的是其他的事情,忽然问道:"我们认识多久了?"

"半年多。"耿晔喜欢这个季节,微风拂过,心情好,思绪远。

"我一点儿也不了解你。"江晚需要了解更多。

"我大学毕业之后加入IBM,后来外企生意下滑,公司裁员,就自己做了咨询顾问。哦,我今年32岁,算是单身吧。"耿晔快速地介绍一遍,看着江晚等待下文。

江晚听出了异样,什么叫算单身?她走向路边的咖啡馆,这是一个极小却精致的地方,他们挑了二楼安静的角落,听着淡淡的音乐,浅尝咖啡。江晚又绕了一个小弯:"那时,我以为你是个学生。"

"你没问我。"耿晔耍赖。

江晚举起咖啡杯轻轻一碰,再问:"为什么去爬山,那是份不错的工作。"

耿晔仰面朝向窗外的天空,弯弯的湖湾如同她笑起来的嘴角,他喝干咖啡,招呼服务员再来一杯:"职场、商场、官场,甚至情场,拼命去赢,值得吗?"

家境优越的年轻人有两种倾向,一种人野心勃勃追求更大,另外一种人反而看淡这些,偏向脱尘出世,江晚似乎两种倾向都有:"或许不值得,但人总要吃饭穿衣住房,养家糊口。"

耿晔被噎住,积蓄花完之后必须去工作,谁都要吃饭穿衣,苦笑一下:"我生不为逐鹿来，都门懒筑黄金台。"

江晚不知道这首诗来自哪里，意境不错，文字却很一般："这是谁的？"

耿晔随口乱说："反正不是李白杜甫的。"其实他也不知道这首诗的出处。

李白哪有这种歪诗？江晚很容易被逗笑："如果李白穿越到现代，一定是个抑郁不得志的自媒体人。"树影婆娑，微风拂动，两人有说不完的话题，他们相遇之时都经历情感的折磨，半年时间下来，共同语言越来越多，心灵相通，目光一碰便能传达千言万语。耿晔以往没有这种感受，哪种才是真正的爱情？是与江晚之间的心灵融洽，还是刻骨铭心和牵肠挂肚？既然不肯定，就不能动心。

"李白拿得起放得下，你能做到吗？"江晚忽然问道："了结旧的，重新开始，容易吗？"

耿晔抬头，迎着江晚的目光，体会着她话中的味道，想起逝去的恋情："不容易。"

"沉迷于过去，于事何补？"江晚隐约猜到什么，这是耿晔消极的根源："你是不错的顾问，为什么变得这么消沉？"

"怎么知道我是不错的顾问？"耿晔察觉了异常，详细追问。

江晚取来平板电脑，用耿晔的名字搜索到一大堆信息，推到他眼前："耿晔获得 IBM Golden Circle 奖励，参加中国移动转型仪式……"

耿晔小有名气，在网络上很容易被人肉出来："比起你来，我差得太远。"这是事实，耿晔在职场上算是成功，但仍与江晚差了不知多少个数量级，至少在金钱上，这恰恰是评判一个人重要的标准。鸿鹄技术是国内首屈一指的企业，江晚是江远峰的女儿，注定不同寻常。虽然江晚一向独立，行事低调，从不炫耀家庭。江晚话音一转，推断道："她值得你伤心吗？"

耿晔冷不丁被碰到痛点，脸色一变，他看淡很多，唯独对这段恋情耿耿于怀。他缓缓从一数到六，平复情绪说："小晚，不要提。"

耿晔换了称呼，意味着退让和亲近，语气却很坚硬，带来复杂的含义。江晚扁扁嘴，她是古灵精怪的性格。她是谁？如果他们还藕断丝连，我该怎么办？江晚轻轻一笑，做了退让："记得从虎跳石跃下去的那位叔叔吗？他是屹东的父亲，爸爸把他当作儿子，从小接到家里，我们一起在武汉读书，他喜欢我，但是半年前我拒绝了，我登山是为了躲避他的纠缠，希望他能够想明白，没想到遇到了你，这是特别大的收获。"

"我是你的收获？"耿晔反问，随即说道："半年前我离婚了，为了清醒一些，才去登山。"

江晚脑袋轰了一下，耿晔是结过婚的，这算好消息还是坏消息？我介意吗？耿晔看出了她的僵硬，自顾自喝咖啡。离婚在遇到江晚之前，她如果怪罪，老天爷也没有办法。江晚不能平静，在登山的时候，江晚就已经动情，可是他有过婚姻不是死罪，她该怎么办？耿晔放下咖啡问道："听说我离过婚，一副失魂落魄的样子，难道喜欢我？"

江晚被戳穿了心中的秘密，放下咖啡用拳头狠狠砸在耿晔胸口："你气死人了。"

"既然那么生气，把咖啡放回去干吗？泼到我身上就好了。"耿晔总能看透她的内心，搂着江晚的肩膀说道："小晚是江远峰的女儿，人品相貌身材绝佳，怎么会看上眼前这个没有固定工作、离异、没有房子的无业游民？我俩就是久经考验、同甘共苦、性命都交在对方手里的队友。"

"只听说人品相貌，你加上身材，心里都想什么啊？"江晚被耿晔搭在肩膀，好像回到过去队友的日子，推开他胳膊。她不那么生气了，但浪漫心情却被破坏殆尽。

▎人才难得▎

万成在江远峰面前看似粗鲁，其实心思细腻，他父亲曾是老军医，职务不高，却人脉极广，为兄弟四人打开了从政从商之路。他二哥万胜在仕途越走越远，为他打开了财富的大门。有了父亲和兄长的提携，他在商场战无不胜，今天在江远峰面前却感到了挫折。他回到办公室一屁股坐下，问道："小紫，今天的拜访怎么样？"

苗紫在万成旗下的上市公司工作，与鸿鹄技术有业务来往，万成要推动鸿鹄技术上市，便临时把她叫来，她第一次跟着大老板来见江远峰，也不知道他的风格，说得很简单："您看似火力全开，十分冒失，却大有深意。"

万成抬头，这个年轻的女孩子很有眼力，才能与鸿鹄技术做那么多生意："什么深意？"他今天来拜访江远峰，才刚与苗紫认识。

"您试探出来了鸿鹄技术内部的分歧。"苗紫坦然回答。

万成向来选择男助理，这是他精明的地方，小老板用美女当助理，大老板的秘书都是极为精明强干的男性，他今天带苗紫出门还有顾虑，现在看来，她似乎很有头脑。万成点点头："你说说。"

"李屹东询问市值，这是与江远峰有分歧。他算是江远峰的半个儿子，又与江晚恋爱，是江远峰心目中的接班人。"苗紫打开记事本，看着记录回答："所以，我有几个思路。"

万成十分满意，发现苗紫是意外的惊喜，她的能力绝不限于迎来送往："哪几个思路？"

苗紫合上记事本答道："既然江远峰不愿意上市，就停止运作，等待他退休，毕竟他已经七十几了。"万成摇头，这不是他的风格，苗紫又说："我了解到，他马上就要退休了。"

"是嘛，这倒是一条思路。"万成刚遇到挫折，现在有柳暗花明的感觉，更想听苗紫的另一个方案："还有什么？"

"如果不愿意等，可以把李屹东作为突破口。"苗紫说完。

万成大笑，决定把苗紫调到身边："还看出了什么？"

苗紫取下胸针连接手机，是个小小的微型摄影机，向万成笑笑："抱歉，我习惯录像，回来观察和琢磨。"万成满意她实言相告，苗紫在手机上打开图片，指着耿晔说："这个年轻人很奇怪。"

"哦，哪里奇怪？"万成也注意到了耿晔。

"这么年轻，怎么可能是江远峰的顾问？"苗紫看出了蹊跷，饶是她聪明多姿，也猜不到耿晔和江晚是登山队友："如果我没有记错，李屹东从没有看他一眼，反而江远峰和他有目光交流。"

万成大惊，苗紫的观察能力在自己之上，真是市集之中有卧龙："所以？"

"我猜，李屹东和他有芥蒂，但不确定。"苗紫淡淡猜测着。

"乱猜。"万成不以为然，这个判断太没有根据了。

苗紫打了电话核实："我的内线告诉我，耿晔作为江晚的助理参加了执委会，考虑到李屹东和江晚半年前曾经大吵一架，我猜测，耿晔很可能是他的情敌。"

万成笑得抑制不住，肚皮像沸水一般滚动："小姑娘，太异想天开了。"

苗紫笑着自嘲："朋友们总这么说我。"说着打开手机，给万成看了几幅照片，是耿晔和江晚在湖边散步，在餐厅同饮共食。她说："耿晔和江晚的事情已经在鸿鹄技术传疯了，人人都知道江晚和李屹东分手，就是被他抢走了。"

"啊？江远峰的女婿？"万成大吃一惊，他笃定李屹东接班中有很重要一条，就是李屹东会和江晚结婚，现在两人感情出现变数，会不会影响接班人计划？这是极为重要的信息，不由得夸奖苗紫："你真不得了，无所不知，无所不晓啊。"

苗紫收好手机，不受奉承："江晚和李屹东分手，在鸿鹄技术引起轩然大波了，是茶余饭后的谈资，我要是连这个都不知道，还怎么做生意？"

万成在鸿鹄技术碰壁，却找到苗紫这个人才，大有收获："你先回去，这几天等我消息。"

苗紫离开，万成把江晚和耿晔的八卦扔到一边，靠在沙发上，他投资了六家上市公司，还缺少像阿里巴巴和腾讯这样的巨无霸，现在他终于找到了，只要帮助鸿鹄技术上市，就是没人能比的成绩，中国的巴菲特或者孙正义，就是他，万成！

万成回味着拜访江远峰的经过，越琢磨越觉得苗紫很有意思，打电话给人力资源，调来苗紫的资料，戴上眼镜细看。她的简历很简单，籍贯苏州，一年前加入黎明微电子，负责与鸿鹄技术的内存生意，做得风生水起，销售收入占了这家公司的一半，今年就做了几亿美元。万成倒吸一口冷气，这个业绩实在很惊人。再向下看，教育背景和家庭情况都是空白，万成抓起电话，打给人力资源："你们怎么搞的，连毕业的大学和家庭情况都没有？"

"苗紫是黎明微电子张总推荐的，当时资料不完整，张总就让她来上班了。"人力资源总监十分紧张，立即推卸责任。

"原则，必须坚持原则！别人才会更加尊重你。"万成给人力资源总监上起课来，他虽然在江远峰面前受挫，遇到苗紫却心情大好。

"那我们让苗紫补齐资料，如果资料不全，就请她离开。"做人力资源的都不是傻瓜，反过来试探万成。

"不用，人才难得，让苗紫到我这里报到。"万成立即抛弃了原则，他对苗紫欣赏极了。

▎奋斗精神 ▎

由于江晚妈妈的反对，耿晔连续几天都没有去江晚家里，这其实也正常，李屹东还在求复合，江晚和耿晔之间的关系也模糊不清，总来家里的确不太合适。今天是江远峰发话，说想吃耿晔做的饭菜，于是江晚和耿晔先去菜市场买了食材，来到家里，猫在厨房。江晚以前基本不进厨房，小时候有妈妈，后来有保姆，直到登山的时候，人人都要动手帮厨，耿晔是大厨，她负责洗菜捡菜。吃耿晔做的美食，在登山期间成了她的一大乐趣。返回北京之后，每当江晚和耿晔一起在厨房的时候，两人就像回到过去，重温人生只如初见的感觉。

三人饭后到书房谈话。"说说，对那个万总有什么想法？"江远峰累了一天，毕竟七十多岁，缓了很久才说话。

"您不想上市？"耿晔曾经给不少企业做过投资咨询，上市对股东来讲是大好事，将股票换到一大笔钱，享受生活，这是大多数企业主的想法。

"不想。"江远峰有些话只能对耿晔说，不能在公司里讲："到海边买个房，钓鱼、下棋、抱孙子，是不是？鸿鹄技术不是工作，而是一辈子的事业，是我的兴趣、我的爱好、我的爱人，这个世界上只有两样，我掏心掏肺也不换，一个是亲人，另外就是鸿鹄技术。我要一直干下去，直到走不动了，你们都要推着轮椅，让我到处看看，有什么新的技术和新产品，女儿，你得答应我。"

"爸爸，我能做到。"江晚眼眶已经发红，狠狠点头。

"在这个伟大时代的风口浪尖逐浪，此生何憾！"江远峰心中澎湃，豪气顿生。

耿晔年纪轻轻，自以为看淡输赢和名利，他反问自己："我还有梦想吗？"耿晔困惑极了，摇头暂时驱离杂念："您不打算上市，其他人呢？"

江远峰吃惊于他的提问："依你看，谁主张上市？"

耿晔不愿意在背后攻击任何人，坦然说道："很多拥有股份的创业元老和投资人都很热衷，毕竟大多数人开公司都以赚钱为目的。"

"我不是，从来不是！"江远峰一拍桌子，他长江漂流后，抱着心系中华，有所作为的想法成立了这个公司，这是他的初心，直到现在牢记不忘："如果为了赚钱，我都七十多岁了，还折腾什么？我说过很多次，赚钱是为了留住最好的人才，研发出更先进的技术，做出伟大的产品，上市之后百亿身家，谁还会奋斗？"江远峰吐露了心声，他以前在江晚面前都没有说过这些，30年艰辛的创业历程，梦想、奋斗，汗水和泪水，能够被股市计算出来并瓜分掉吗？可这就是普遍认同的商业规则。江远峰说："一旦上市，企业就会被资本绑架，追逐利润是资本的天性和本能，很多优秀的公司变成了资本权贵圈钱的工具，这种事情还少吗？比如有的公司，那么多孩子都在玩他们的游戏，有没有影响学习，影响孩子们的视力？他们不能对游戏分级吗？限制未成年玩家？他们完全可以做到，为什么不做？这样就会影响利润，影响市值，在这件事上，他们被资本绑架了。"

江远峰看着耿晔，这年轻人是女儿的朋友，与公司没有瓜葛，具备某种洞悉人心的能力，又在做投资咨询，难得能够敞开心扉聊天："说说，上市这件事会怎样发展?"

"我可以直言不讳吗?"耿晔明白了根源,鸿鹄技术的企业文化是以奋斗者为本,一旦上市便会失去奋斗精神:"万总的拜访不是偶然的,我甚至猜测,他们事先谋划过,有精心的布局。"

江远峰也担心这个,万成毕竟是由李屹东引荐的,如果他也支持上市,就很麻烦:"你这么说有什么根据?"

耿晔从掏出兜里的两张名片,一张是万成,另外一张是苗紫:"这苗紫一言不发,名片上却来自另外一家公司,这是为什么?"

江晚接来名片细看,打开手机查了一下:"黎明微电子是我们的供应商,也是末日投资的下属企业。"万成带着苗紫,想必是因为她熟悉情况。

"这说明,万成的下属企业与公司有长期合作,这与上市有没有关联?"耿晔猜测着,只要查查黎明微电子的供货情况,大概就能知道万成与其他公司的关系,耿晔没有说出来,这似乎大惊小怪了。

江远峰摆了摆手,表示此事到此为止,万成由李屹东引荐,并且提供了美国议员施压FCC的文件,对鸿鹄技术是有帮助的,而且他作为投资人,提议上市没有什么不对,实际上,无数投资机构都曾经表达过同样的意向。

江远峰向后靠在沙发上,最近事情很多,他谈完上市又问道:"对于美国市场,怎么看?"

耿晔说了出征美国的难处和危险,他内心是反对江晚接这个项目的。

"欧美和日本都很先进,尤其美国,是力量强大的国家,创新力井喷,我们敢去吗?小伙子,我告诉你,最好的防御就是进攻,在战场上学习,不要怕失败,我们以前从低端往高端攻,靠的是质优价廉,苦得不得了。美国是从上往下攻,谷歌和Facebook都是站在战略高度创新,势如破竹,我们必须到美国去才能占领制高点,明白这个道理吗?"这是江远峰对美国市场始终不离不弃的根本原因。

江晚感同身受,想起公司以前出征海外的历程,内心激动:"我还记得,郭总率领重装旅拼Sprint的项目,美国商务部干预了,合同泡汤,老郭他们几十个人放声大哭。当时,您组织我们看了《南征北战》这部电影,告诫我们不要在乎一城一地的得失,总有一天我们会攻进美国!"

"可是,这个时机好吗?"耿晔或多或少还有担心。

"不要以为我们国家改革开放40年,就很厉害了,必须踏踏实实地学习,包括美国的经验和教训。我们要不断扩大开放,迈开脚步走向世界。"江远峰的判断与众不同,中国坚持开放政策,美国进行贸易保护,在这种情况下更不能畏缩不前:"美国总统是商人,很会大开价码,坐地要钱,贸易战还不一定怎么打,或者这反而是机会,当中美两国达成和解的时候,美国会打开大门。"江远峰很欣赏江晚和耿晔的想法,他们率领铁三角去美国非常明智,不鲁莽出击,伺机而动。

"没什么能阻挡我们前进的步伐,有人却在贸易战面前被吓死了,要农村包围城市。"江远峰讥讽着执委会那几个人。死守中国市场不是江远峰的风格,他决心已定,来到落地窗前,手指脚下这片热土说道:"当年,我和老大哥漂流长江,没有设备和训练,面对滔天的江水,闭眼向下跳,宁可葬身滚滚长江,也要抢在美国人前面,如今的条件比那时强得多,有什么理由退缩?"

江晚想起虎跳石的惊涛骇浪,比攀登雪山要凶险了万分,眼眶泛起泪花。江远峰深呼一口气说道:"40年前,中国改革开放,一穷二白,什么都没有,我们心里憋着一把火,要证明中国人不比任何人差,你们想想,如果李叔叔活着,会退吗?"江远峰的豪迈气息扑面而来,面对耿晔:"小伙子,想不想大干一场?"

耿晔以前在外企,干活拿钱,在商言商,企业赚钱第一,何须肩负那么大的使命?听了江远峰这番话,渐渐理解了父辈的梦想和坚持,他们经历激情燃烧的沸腾岁月,充满使命感,不惜燃烧自己,释放出最亮的光芒。父辈和我们谁对谁错?耿晔本已看淡输赢,对商场失去兴趣,此刻被江远峰感召,扫去颓废,伸出手来:"人生是一场旅程,没有伙伴却十分乏味,我愿意。"

情形出乎江晚的预想,她与耿晔结伴旅游,是患难与共的旅伴,渐渐心生爱怜,青丝暗系。妈妈因为耿晔没有工作有些瞧不起他,父亲却极看重他,如今耿晔变成父亲的伙伴，情感再次与这么多关系纠结在一起，难免互相影响，隐隐不安。她当着父亲的面无法表达，默默低头，一语不发。

"没想到啊，你们提了这么个主意，派铁三角去美国。"江远峰很喜欢江晚在执委会的表现。

"其实是他的主意。"江晚指着耿晔。

"你亲自出马，不是我的主意。"耿晔不想居功。

"你倒会明哲保身。"江晚有些生气，不喜欢他的外企风格。

"不像你的风格啊。"在江远峰的印象中，耿晔有些颓废，在拓展美国市场上却很积极，又随口说了一句："洒脱些没什么不好，只是不能太消极。"

"您年轻的时候玩漂流，从西藏漂到虎跳峡，比我疯多了。"江晚遗传了父亲的性格，一个攀登雪山一个漂流，半斤八两。

自从李茂舒触礁身亡，江远峰再也没漂流，而是将这股精神用在企业上："那不是玩，中国的第一大河绝不能让美国人先漂，我很怀念那段时光，要不是老大哥出事儿，我会一直漂下去。"江远峰在今天的执委会上沉默不语，憋了一肚子话："派遣铁三角直插美国，我赞同，年轻人要有勇气，不要患得患失，方向正确，就要反复冲锋。美国市场艰难，不能派出重兵，但是铁三角派得出！"江远峰看了一眼耿晔，这是他的主意："你这个顾问有些不简单啊，你说说，怎么打？"

"先训练队伍，然后寻找机会。"江晚提出了激进的计划，让耿晔和江远峰吃了一惊："马上就要到校园招聘的时候了，我要组建一支队伍去美国市场。"

耿晔疑心大起，江晚肯定又有鬼主意了，而且他能够猜到，自己绝对跑不了。

江远峰似乎也猜透了什么："你是我女儿，也是执委会成员，这是要立军令状的，校园招聘肯定是要做的，但是如果新人不合格，我也不会答应。"

咨询顾问

女人都是侦探，尤其在调查男人的时候。

江晚下班回家甩下包包，打开电脑研究耿晔的资料。百科里面有他，著名的咨询顾问，专注研究销售方法论，曾经为不少公司提供服务，算是一个小名人。江晚又打开微博，用耿晔的名字去搜，果然看见了他的头像，微博早已停更，却仍然保留大量的信息，和他以往的足迹。江晚一页一页看着，寻找蛛丝马迹。耿晔早期的微博是开朗而积极的，尽管没有证据，江晚却能感受到一个女孩子，也曾像自己这样看着耿晔的微博，并留下了评论，耿晔的回复还在，评论却消失了。两三年前，耿晔的微博戛然而止，大概那个时候，微信替代了微博。江晚找不到那女孩子的信息，她可以断定，耿晔是为了她自甘堕落和颓废；江晚还断定，耿晔登山就是为了寻找刺激忘记她，就像自己想通过一段旅行，与李屹东告别，但耿晔真的放下她了吗？

合力咨询？融资上市，为企业提供咨询服务，耿晔说自己是顾问，那么应该负责咨询，服务内容包括招聘和培养的外包服务，这就是耿晔的咨询公司，她果然在顾问团队中看到了耿晔的照片。江晚也不管时间，抓起电话拨出去："周大哥，我是江晚。"

周道被江晚的名字吓了一跳，声音向上一跃回答："小晚，那天晚上我吹牛，你别介意。"

江晚那晚把周道怼的够呛，一点儿都没吃亏："周大哥，没事儿的，我想了解你们的咨询服务。"

周道是做生意的好手，立即反问："小晚，讲讲你们的要求，我把相关资料给你。"

"招聘销售团队，培养和辅导。"江晚不想说太多，鸿鹄技术每年都通过猎头公司招聘大量的新员工，总有业务可以包给合力咨询，又快速问道："我想了解一下你们的顾问团队，尤其是耿晔。"

"他是我们最牛的顾问，你肯定听说过，昔日情侣、今日劲敌，两大高手决一雌雄之际,一个野心勃勃的年轻人背水一战。商场如战场,胜者王侯败者贼,必决输赢,情场似赌场,强者征服,弱者背叛,只有两败俱伤,赢了生意,输了她。"周道说起耿晔以往的战绩,飙出话术停不下来。

按照耿晔的年龄,应该不是所谓的两大高手,他还有这么辉煌的过去?江晚不想在电话中讲太多,说道:"我想看看他的案例,尽快发给我。"

周道久经商场,警惕地问道:"小晚,你要干吗?"

江晚早就想好了,严肃地说道:"请你们做咨询,耿晔牵头负责,但是需要签NDA协议和排他性条款,这是合作的前提。"

NDA是Non Disclosure Agreement的缩写,就是保密协议,在咨询公司十分常见,周道一口答应。江晚用保密协议堵住了周道的询问,留下邮箱地址,挂了电话。做完这一切已是凌晨,她钻进被窝,辗转反侧,脑中填充了无数的信息和情绪。她思考着耿晔离婚对她来说意味着什么?他的工作是咨询顾问,喜欢接一个项目然后出去旅游半年,这也是江晚盼望的生活方式,就像江远峰年轻的时候到处漂流,从虎跳峡向下跳,比耿晔疯多了。在北京没有房子也不是他的错,年轻人工作两百年也买不起。江晚想到这里,甜甜睡去,她并非在感情面前失去理智,而是有自己的想法,只是不能告诉耿晔,就像那天晚上冲顶,如果告诉了他,他一定唠叨着阻止自己。

创业元老

以往,李屹东负责市场,带着队伍全球跑,庄雨农是"大内主管",如今欧洲和亚太市场进展顺利,而美国市场举步维艰,李屹东就有时间留在北京。他和江晚分开,母亲又在老家,算是孤身一人,庄雨农和郭厚军都知道他心情不好,便常常拉他出来喝酒聚会。

"老总又拒绝了?"庄雨农问道,上市是他们压在心里的一件大事。

"别人为上市争得头破血流,咱们坚决不上,哎!"郭厚军是典型的IT男,今天穿了套头衫，头发修剪整齐，他叹了口气："谷歌苹果都上市了，连老总推崇的 IBM 也是上市公司。"

"老总把股票都给员工了，自己只有 1.4% 的股份，公司上市之后就说不准是谁的了。"庄雨农猜测着江远峰不想上市的原因，执委会成员大概都有 1% 左右的股份。

"别乱说！"李屹东止住郭厚军，这话传出去就糟了："老总的心思不在上市，他要掌握最先进的技术，做出最好的产品，再把产品卖出去，对赚钱没兴趣。"

"谁愿意抛儿舍妻成天飞来飞去？"庄雨农 50 多岁了，有一儿一女，这是人之常情。

"以奋斗者为本，这话让老总听见，不太好。"李屹东碰了一杯酒，劝止庄雨农。

"这么多年的兄弟才讲心里话，咱们都不是机器，不能几十年连轴转，必须吃喝拉撒睡，对不对？"郭厚军是技术天才，样子也显得年轻。

"屹东，你和老总亲如父子，再劝劝？"庄雨农还抱着希望，如果公司市值三四千亿美元，自己的股票也能值一两百亿人民币，就可以退休享受生活了。

"劝不通，以万成的背景，老总一点面子都不给，毫不客气顶回来了。"李屹东已经看出了江远峰拒绝上市的坚定。

"你劝不通，大家一起劝。"郭厚军喝多了酒，一拍桌子。

▍咨询项目 ▍

耿晔被电话惊醒。"赶紧来。"熟悉的声音来自周道。"有活儿了？"耿晔回来就想要接咨询项目，这是他一直等待的工作。

"一家巨无霸，组建销售队伍，校园招聘、培训、90 天辅导计划，都是我们擅长的。"周道和江晚商量好了，先瞒着耿晔。

"给我资料。"耿晔习惯先研究客户，能做才做，不能做坚决不勉强。

"不行，签了保密协议。"周道的理由冠冕堂皇，而且江晚的保密协议已经通过电子邮件发来，他打印出来，仔细研究，毫不犹豫地签了寄出，再按照江晚的要求发出了公司介绍、成功案例和顾问的背景资料。对于这个咨询项目，周道极为渴望，对任何咨询公司来说，鸿鹄技术都是最佳的客户，而且有了江晚的支持，项目十拿九稳，他唯一的顾虑就是耿晔。

"好，按照客户规矩来。"耿晔答应，这是他拿手的领域，有绝对的信心。

耿晔开着江晚的跑车，来到公司进入办公室，赫然一惊，江晚一身职业装，坐在会议室中笑吟吟地看着自己，耿晔绕了一个弯躲开江晚，把周道拉到门口："兄弟，你什么意思？"

"您喝茶。"周道向江晚笑着，他极有商业头脑，名如其人。他带着耿晔出门来到茶水间："你干吗？人家指明你负责这个案子。"

"为什么不告诉我？"耿晔前几天刚告诉江晚自己曾经离过婚，她就找自己做咨询项目？茶水间和会议室之间有一道透明的玻璃墙，十分隔音。耿晔本质上只是个顾问，而周道很擅长商业，两人是十年的老同事，身体里流着相似的血脉，一向合作愉快。

"有NDA，保密协议，这不是为难我吗？"周道向来遵守商业规则，隔着玻璃向江晚笑笑，江晚则大度地让他们好好谈。"耿晔，我真是佩服你，当初你要去登山半年，我死活不同意，咱们投资咨询公司好几百口，都要指着生意赚钱。没想到啊，你是陪江晚去的，搭上鸿鹄技术咱们还愁生意吗？"周道说。

"别乱说，我去登山不是冲着生意。"耿晔立即声明，他绝不能让周道这么想。

"那就冲着人去的咯，高啊，实在是高，有了江晚还接什么生意？"周道也懂得不少，竖着大拇指夸耿晔："人人都要创业，其实都是走了弯路，华盛顿为什么能成为美国总统？知道吗？"

耿晔知道周道要说什么，嗤之以鼻，周道果然说道："华盛顿遇到玛莎的时候，她比华盛顿大一岁，还是两个孩子的母亲，可是父亲却是大种植园主，她前夫还留了一大笔巨款。华盛顿和玛莎结婚之后财富自由，才能投身于美国独立事业。"

耿晔鄙夷地看着周道："我哪儿能和华盛顿比？"

周道单腿一盘坐在桌子上："华盛顿比不了，咱们说中国的。"周道掰着手指头："远的不说，就说现在，这些上市公司的老大，你以为是靠自己奋斗？如果会投胎生得好，那就不用说了，多少人是凭借妻家发展起来的？就说你佩服的江远峰，不是也娶了省领导的女儿？"

"打住！越说越没谱，我认识江晚，没存这个心思。"耿晔不让周道信口开河，断然拒绝："你要接就接，我不接。"

"来的都是客，必须接。"周道哪肯放走耿晔，紧紧按住他不让走。

"能不能别用接客这个词，真受不了。"耿晔不喜欢这么说，哪有这样比喻自己的？

"不用这个词，生意必须接。"周道换汤不换药，继续强调着。

"有人追她，她拿我当挡箭牌，作为好兄弟，忍心看着我被扎成刺猬吗？"耿晔先说了一层理由，他这几天和江晚出双入对，同饮共食，李屹东早对自己恨之入骨了，去做咨询简直是送上门让人家打。

"挡箭牌能死啊？别扯那么多，看看协议，招聘和训练实习生，你的拿手戏。"周道不容易被忽悠，在赚钱上他向来比耿晔强些，他兴奋地搓手，这是天上掉馅饼，超级大客户亲自上门。"江晚是你朋友，拓展的佣金也是你的。"

合力咨询的佣金分成三部分，业务拓展、运营和实施，通常耿晔能够拿到实施的钱，周道大度地把拓展的佣金分出来，他的收入便能翻番。耿晔承认鸿鹄技术是好客户，这也是好项目，他却不想继续做江晚的小跟班："江晚躲着前男友，我白天做项目，晚上是挡箭牌。"耿晔看透了江晚的图谋，她要把自己这个挡箭牌长期化。

"陪吃，陪喝，你吃亏吗？"周道刚上任，难得遇到这么好的项目，力劝耿晔。

耿晔推开周道："又不是买菜，东挑西拣。"

"我知道你的想法，弱水三千只取一瓢，你取人家那瓢，人家不理你啊。来莱和你离婚之后消失半年，微信拉黑，短信拉入黑名单，电话号码换了，还不死心？"周道早想劝说耿晔，干脆公私一起算，将他按在椅子上说道："你以前在江湖上也算一号人物，颓成这样值得吗？必须走出来，你现在单身还顾忌什么？什么挡箭牌？根本就是人家喜欢你。"

耿晔心里咯噔一下，苦笑着说："江晚家境那么好，怎么会找我这穷光蛋。"

"这就对了，她家里什么都有，不缺车子房子，才会看中你这个穷光蛋。有些女孩子只会找你谈恋爱，不会结婚，你不实惠，没有性价比，我提醒你，这'有些女孩子'包括外国的。"周道话里话外影射着，又叮嘱道："我用十几年的交情劝告你，项目必须接，兄弟姐妹们张嘴等着吃饭，无论你是挡箭牌，还是人家看上你，你都得接这个案子。"鸿鹄技术的确是最好的咨询客户，这又是擅长的领域，耿晔看着隔壁的江晚，沉默下来。周道坐下来，腿搭在桌子上："说说，你们什么关系？"

"一起搭飞机，搭车去她家吃顿饭，留宿了一个晚上。"耿晔向来喜欢和周道斗嘴，不说前因后果，只说中间。

"你走了狗屎运？坐飞机都能遇到江远峰的女儿？"周道啧啧称奇，他满脑子生意经，舍不得送到嘴边的肥肉，拍着桌子问耿晔："你和江晚怎么认识的，还跟我装蒜？"

"和你说实话，这生意不好做，小晚要拓展美国市场，我们会越陷越深。"耿晔心惊，江晚要负责美国市场，找自己做咨询项目，这不是把自己拉上战车吗？耿晔拍着周道的肩膀："我要做的是鸿鹄技术上市，你接这么个几百万的小咨询项目算怎么回事儿？"

周道摊开双手说道："手心手背都是肉，小钱也是钱，都是赚钱，有什么区别？"

耿晔哎了一声："小晚训练队伍要去美国的，咱们别栽在这个小项目上，影响上市的运作，一个几百万人民币，一个几千亿美元，轻重缓急分得清吧。"

"上市？服了，设这么大的局。"周道一拍桌子举起双手投降，上市可是几千亿美元的生意,他俯身问道:"鸿鹄技术决定上市了吗?"

江远峰刚拒绝上市,耿晔摇头:"有难度,老总不同意。"

"那怎么办?"周道的吸引力立即被投资项目吸引,毫不夸张地说,只要做成了鸿鹄技术上市,三辈子的钱都赚出来了。

"等老总退休。"耿晔早已摸清,江远峰即将退休,只要江晚接班,投资上市的项目肯定跑不掉。

"眼前这个咨询项目怎么办?几百万也是钱,麻雀也是肉,而且江晚意向很明确。"周道从来不嫌生意小,要大小通吃。

"顺其自然。"耿晔站起来,隔着玻璃窗向江晚挥手。

耿晔出了茶水间,回到会议室向江晚笑:"好厉害,和周道合谋对付我。"

江晚根本不怕耿晔:"哪有?咨询公司需要客户,我们那么好的关系,有了生意怎么能不照顾你呢?是不是,周大哥。"

周道连连点头,耿晔气笑了,看样子自己要被江晚包了:"老周,你不知道内情,鸿鹄技术要做美国市场,江晚要去,我拦着,这是火坑。"

周道听到火坑这个词一惊:"这么可怕?"

耿晔把周道按在椅子上,把前后经过说给他听:"这要从30年前说起,中国改革开放,百废待兴,通信系统极为落后。"

江晚替耿晔说道:"跨国公司涌进来了,美国摩托罗拉和朗讯,加拿大北电、德国西门子、法国阿尔卡特、比利时贝尔、瑞典爱立信、芬兰诺基亚,日本的富士通和NEC,把中国市场瓜分了,赚得盆满钵满。"

周道知道这些,那个时候装电话5000块:"外企定的价格极高,电话初装费有大半被他们拿走了。"

耿晔在江晚办公室,看了不少鸿鹄技术的内部资料,他还在食堂里买到了江远峰的讲话,对鸿鹄技术的历史知之甚详:"1987年,老总在深圳用两万元创办了鸿鹄技术,从代理香港那种三十几门的小交换机开始,后来研发了百门、千门和万门交换机,从农村市场发展到城市,从中国走向海外。一晃30年,那些外企被逐出中国市场,鸿鹄技术还追到了海外,摩托罗拉和和朗讯,加拿大北电、德国西门子、法国阿尔卡特、比利时贝尔、日本的富士通和 NEC 早就打没了，唯有爱立信和诺基亚还在勉力支撑，但这就出问题了。"

江晚点头，看来耿晔这几天没有闲着，故意问道："我们质优价廉，对消费者有益，有什么问题？"

别人吵架的时候喜欢算旧账，耿晔和江晚却总能在过去的经历中找到解决办法："鸿鹄技术的产品包括交换机、光纤、基站和无线通信，全是高科技，是互联网技术的核心，这个时代最核心的技术，甚至战机和航母上都必须采用。鸿鹄技术是全球最领先的通信设备供应商，美国的摩托罗拉垮了，朗讯和法国的阿尔卡特合并了，思科一蹶不振，就靠美国市场养活，一旦让鸿鹄技术在美国市场公平竞争，不但美国的互联网，以后战斗机和航母上都得用中国产品。"

周道渐渐明白，对这些事，美国人肯定不干，这才有美国政府对鸿鹄技术的打压。耿晔继续说下去："鸿鹄技术又进入企业级市场，生产路由器、服务器和交换机，正在和美国的思科和 IBM 死磕，今年销售收入已经超过 IBM 了。"

IBM 曾经是美国工业的骄傲，这对于美国来说绝对难以接受，鸿鹄技术又做了手机，销量全球第三，眼瞅着要超过苹果，美国人更不愿意。江晚不完全同意："美国的高通和英特尔掌握核心芯片，微软和谷歌掌握着互联网操作系统，苹果软硬都有，我们并没有占领互联网，美国那些政客想得太多了。"

耿晔和江晚渐渐有了分歧："美国是世界老大，不会让中国公司和他们分庭抗礼的。"

周道长叹，这不是商业问题，美国政府和国会一直在阻挠鸿鹄技术："我们对美国公司张开怀抱，金融、电信和政府的骨干网络大量采用美国的产品和技术，人人都用着苹果手机，中国人心真大。"

江晚扑哧笑了："你指望美国人一碗水端平，公平竞争，怎么可能？"

周道明白美国市场的难度，把话题扯了回来："等等，这和咨询项目什么关系？"

"这不是贸易战了吗？这当口，谁还向美国跑啊？"耿晔坐下看着江晚："她要负责美国市场，我反对，没想到她找到你，要把我拉下水。"

江晚针锋相对："你按时计费，干活拿钱，不用上纲上线。"

咨询公司按照时间收费，无论鸿鹄技术能不能获得美国市场认可，合力咨询都旱涝保收，周道立即转向支持江晚："别口口声声火坑什么的，人家到美国做生意，需要咱们帮助。"

耿晔仍然反对："我不接，谁爱接谁接。"

三人僵持不下，周道起来举起双手："我们三人当初开咨询公司，现在那总在家生孩子，你出去登山半年，有生意也不接，我就问你，公司还开不开？"周道有理有据，指着电话说道："打电话给那总，少数服从多数，行不行？"

耿晔理亏点头答应，江晚起身说道："你们谈，我回避。"

"不用，这是我们的合伙人那蓝，名气很大的。"周道止住江晚，拨了电话，电话里传出了好听的女声，周道问道："那总，是我，生了吗？"

周道和她聊了几句，那蓝声音年轻甜美，周道和耿晔有分歧还要问她，她一定很有能力。江晚动了好奇心，周道将经过说了一遍，那蓝在电话里笑了出来："江小晚啊，我见过她，人很好，把耿晔交给她，我放心的。"

这等于同意耿晔接这个咨询项目，江晚是鸿鹄技术的CFO，常出席各种论坛峰会，却想不起来这个那蓝，正在回忆的时候，耿晔已经让步："好吧，我再想想。"

周道一拍桌子，抛下耿晔，坐在江晚对面："我们尽快出方案，本周发到您的邮箱。"

"我想尽快。"江晚并不满意。

"明天以前？"周道忐忑不安地坐在江晚面前，没有做过生意的人很难理解这种感觉。

"尽快。"江晚又重复一遍。

"好吧，今天。"周道咬牙答应，即便加班到深夜，也要做完。

"我想现在看看你们的案例。"江晚不想完全因为与耿晔的私人关系做出决定，她是有原则的。

周道连接投影机，开始介绍。他从咨询公司出来，基本功极为扎实，既不夸张也不矫情，半个小时江晚听得意犹未尽，但周道却已经合上了电脑。江晚问道："就一页PPT？"

周道坐下来，底气十足："晚总，跟您说，评估一家咨询公司就看PPT页数，如果五六十页又是公司介绍又是案例介绍，那是二流的；如果能够将PPT控制在十页之内，是一流却不是顶尖；真正好的顾问必须用一页把事情说清楚，才说明这家咨询公司融会贯通，治大国如烹小鲜。"

江晚觉得有道理，看着耿晔问道："那么一页PPT就是最顶尖的顾问吗？"

周道摇头，指着耿晔说道："真正牛的人不用PPT，比如耿晔就从来不用PPT。"

江晚很好奇："不用PPT怎么能说清楚？"

"聪明。"周道在江晚面前总要逞能："我们这些人是把客户说清楚，最顶尖的顾问要把客户搞糊涂。"

"懂了，客户糊涂了，只好听你们的了，这不是忽悠吗？"江晚鼓掌，搞得周道有些尴尬。

耿晔一个激灵，按住江晚的胳膊："吹捧上级！"

江晚笑翻了："哎，我是客户，比上级还厉害，我需要吹捧谁？"

"嗯嗯，我前几天吓着了。"耿晔替周道翻篇回来："小晚，我们说把客户说糊涂，不是糊弄，一般的顾问总谈现状，把问题搞清楚，方案讲清楚。好的顾问着眼未来的趋势，这是变化和模糊的，摸着石头过河，周道是这个意思。"

"所以，你就是那个不用PTT把客户搞糊涂的顾问？"江晚心里替耿晔高兴，故意戏谑。

"招聘和训练团队，这真的不难，随便找个顾问就行，真不用我。"耿晔一点儿都不着急，言下之意是，用我的价格肯定不会低。

"哼，别吹牛，我看你们也是小公司，你们的顾问队伍有多大，能支持我们的要求吗？"江晚也很会谈判，开始挑刺。

这是个刁钻的问题，合力咨询规模不大，周道认真回答："这个问题非常好，咨询公司有两类，一类到处接活儿，擅长不擅长都做，赚钱呗，无可厚非，就是坑客户。还有一类，只做专业的事情，不擅长的坚决不碰，项目精心打磨，精益求精，做到最好最专，难免影响效率。"

耿晔笑出声来补充："其实还有另外一层，我们一年只接一个案子，其他时间都在环游世界。"

"明白。"江晚也是这种生活态度，才与耿晔在登山队相遇，微微一笑起身说："我回公司走流程，等我消息。"

江晚离开，周道送到电梯间，还要继续送，被劝了回来，他回到会议室十分兴奋："厉害，我真是佩服你，这是姜太公钓鱼——愿者上钩，他们都没法子和咱们讲价。说说，是不是出卖色相了？"

"可不是么，做饭、做菜、洗碗、倒水伺候着，我容易吗？"耿晔半是开玩笑地说着。

"别嘚瑟了你，伺候人家是你的福气，不知道多少人想伺候，人家还看不上。"周道气得不打一处来，耿晔得了便宜还卖乖。

两人说话间，电话响起，耿晔打开免提，传出那蓝的声音："大厨，登山开心吗？"

"开心，谢谢你帮我选的登山队。"耿晔十分佩服那蓝，她虽然比自己年轻，学业、家世、能力、口碑和人脉都在自己之上，也不知道她是怎么看中自己，成为与她平等的合伙人。一年前，耿晔因为离婚心情不好，那蓝为他报名参加登山队，每个行业都有自己的圈子和运动组织，这个登山队就是由万科发起的，常有业界大咖参加，耿晔踏上登山之旅，之后就遇到了江晚。

"大厨，你专心做好鸿鹄技术的咨询，周大哥你负责日常经营，等我下个月回去。"那蓝和耿晔是联合创始人，周道的级别低一些，却都很乐意听从那蓝。

"这咨询项目不好做，表面是招聘和赋能，其实江晚要带着队伍去美国，她的性子我了解，一往无前，前面就是长江都会向下跳。美国市场鸿鹄技术几十年猛攻都进不去，拼得血流成河。如今是中美贸易战的关键时刻，这不是往火坑里跳吗？我拦都拉不住，你们还让我和她一起跳。"耿晔刚才没有和周道多说，因为那蓝才是关键。

"大厨，鸿鹄技术是最优质的客户，我们是投资咨询公司，你做好项目，以实力服人，生意就会越来越多，路也越走越宽。"那蓝是顶级投资人，谋划深远，并不计较一城一池的得失。

在合力资源，耿晔负责咨询业务，那蓝主管投资，周道负责日常运营管理，耿晔立即明白了那蓝的目标，上市才是最大的声音："鸿鹄技术还没有上市打算。"

那蓝在家生孩子，却耳听八方："老总即将退休，小晚和李屹东都想上市。"

这个判断直截了当，李屹东引荐万成，显然有上市的考虑，耿晔问道："小晚为什么也要上市？"

那蓝在电话里反问："如果她不想上市，怎么会在投资峰会遇到我？"人家都是生孩子傻三年，但是她心思反而更透亮了。

"我真是服了你们了，耿晔你一声不吭去爬山，原来是去放长线钓大鱼了，我还抱怨了半年。"周道顿时明白，搓着手兴奋说道："如果李屹东接班，上市项目就是万成的，如果江晚接班，上市就是我们的，你的任务是辅佐江晚上位。"

耿晔急急打断周道："想多了，李屹东是公认的接班人，小晚没有接班的打算。"

那蓝布局深远，尽在掌握："大厨，小晚一年前为什么要去登山？"

江晚和李屹东大吵一架就去登山，是耿晔笃定的答案，却被那蓝问毛了："为什么？"

那蓝不说原因，偏要反驳耿晔的说法："大吵一架就去登山？江晚是执委会成员，高管休假一个月我见过，谁请过半年假？"

周道在旁边可怜巴巴地控诉："你们！耿晔登山，你生孩子，就剩我一个人，生意也不接，这公司开怎么开？"

那蓝被逗的哈哈笑，她生孩子的产假天经地义："周道大哥，您多担待。"

耿晔像发现新大陆一样："懂了，我听说过一个传言，鸿鹄技术还有一派支持江晚接班。"

那蓝"嗯"了一声："江晚是被父亲放逐了，江远峰决定让李屹东接班的时候，必须打压另外一位竞争者，哪怕是自己的女儿。"

"李屹东接班是既成事实，江晚败下阵来，投资生意还有什么指望？"耿晔盘问到底，这个问题至关重要。

"抓住内存混用，一查到底，我给你发些资料。"那蓝说完挂了电话，打印机动了起来，她在家中把文件直接传到公司打印机。耿晔和周道取来文件细看，一桩陈年旧案呈现出来：鸿鹄技术上一代 P 系列产品发布之后，有些用户买到的手机内存与发布会上不同，经过网络的渲染，引发轩然大波，后来鸿鹄技术也承认，同一型号的手机中混杂了高端和低端两种内存。现在新一代 P 系列已经问世，这件事早已过去，那蓝为什么旧事重提？她向来谋定而动，这里面一定有文章。

耿晔将文件钉在办公室白板上，一边是江晚交给自己的招聘和赋能，一边是内存混用的调查，渐渐明白了那蓝的想法，周道也看了出来："明着做咨询项目，暗地里调查内存混用。"

耿晔敲着白板，听那蓝的口气，内存混用的陈年旧案应该和接班人计划有关，轻轻自问："这里面到底包含着什么秘密？"

眼光

江晚没有特权，公司内部流程一个都不能少，走合同的时候遇到了麻烦，合同必须经过采购和法律部门的审核。采购部规定，必须邀请三家以上的供应商公示之后，进行比较，而且合力咨询没有进入公司的供应商名录，连参与竞争的资格都没有。江晚哪肯让步，拿着合同找到了大管家庄雨农，他面善脸笑,却坚持原则:"规矩是咱们定的,带头破坏,传出去多不好?"

江晚做过调查,合力咨询规模不大,口碑不错:"庄叔叔,特事特办,对不对?我真的很急招人,前面都打仗了,咱们这边不能因为手续不全,不给前线批子弹,是不是?"

鸿鹄技术内部喜欢用战争语言,庄雨农翻了翻资料,看见了耿晔的名字,哪肯答应?从座位上站起来,和江晚坐到沙发上:"你负责美国市场的事情还没定,怎么就开始组建队伍了?你现在还是CFO,就像你是炮兵,偏要找我要步枪。"

江晚极为耐心,为庄雨农沏茶倒水,甜甜地说道:"要到听见炮火的地方指挥战斗,我一直在总部,想到前线看看,听听炮火,想抓紧时间把队伍搭起来。"

"负责海外的事儿还八字没一撇呢,小晚,你的任命要上执委会的,不能这么急,等任命定下来,庄叔叔亲自给你招人。"庄雨农坚决反对,江晚要把耿晔弄到公司来,没门儿!

如果等待任命,再走正常的采购流程,就要几个月之后,江晚站起来说道:"您是大管家,必须按照规矩来,我这儿确实也需要人,我再想办法吧。"

"什么办法?"庄雨农从小看着江晚长大,她性子很像江远峰,在虎跳峡都敢向下跳,没什么能够拦住她。

"我手头工作太多,实在忙不过来,公司流程又必须走,我只好请私人助理帮忙咯,拿不到胸卡,就每天去接一趟,连不上公司网络,就走电信网,钱我自己付,不用公司出,这样不违反公司规定吧?"江晚其实是威胁,语气却很柔和。

庄雨农挡不住古灵精怪的江晚,又设置了一道障碍:"这样吧,特事特办,只要老总同意,我这儿就算过关了。"这与其说是障碍,不如说是提醒,江晚的办公室挨着江远峰,抬头不见低头见,把耿晔带到公司当私人助理,肯定要征得江远峰同意。

江晚起身,恭恭敬敬鞠躬:"谢谢庄叔叔。"

庄雨农用重话，好心好意提醒："要小心，你这是明知故犯，明知不可为而为之，别像云南的老白一样，就地免职，通报全公司！"

江晚浑身一个激灵，说服爸爸比庄雨农难多了，自己下场会像老白那样吗？至少不会因此和自己断绝父女关系。哼，舍得一身剐，敢把耿晔扶上马！

庄雨农又说道："小晚，有些风言风语，老总肯定听说了。"

江晚向来特立独行，不在乎流言蜚语，但是事关耿晔，必须问个明白。庄雨农踌躇一会儿，还是说了出来："你把耿晔带到执委会，这件事儿传遍公司了，有人说耿晔除了长得帅，其实什么都不是，车子都是你送的，哎，难听极了。"

江晚愣了一下，这些都是事实，而且耿晔的确挺帅。她忽然笑出来："庄叔叔，我是阮玲玉吗？"

阮玲玉是20世纪30年代当红明星，因受不了流言蜚语自杀身亡，江晚不是这样的人，她出门后却犹豫起来，父亲会不会痛骂自己一顿？没想到，当她走进父亲办公室，期期艾艾地讲述工作量太多，忙不过来，江远峰却让她长话短说，江晚只好摊牌："我想请耿晔做顾问，负责招聘和训练。"

江远峰站起来，走到女儿旁边坐下来，很严肃的样子，江晚小心翼翼地解释："的确不符合公司流程，如果为难的话，是不是可以特事特办？爸爸，您别生气。"

江远峰突然大笑，脸上的皱纹都笑开了花，指着女儿说道："有眼光。"

"您同意了？"江晚胆战心惊，云南代表处的老白就是前车之鉴。

江远峰的表现仍然像云山雾罩，让江晚看不明白："你说说，什么时候动心了？"

"爸爸！"江晚心脏怦怦直跳，过了一会儿才想明白，爸爸指的动心是指想让耿晔做顾问："不瞒您说，我做过供应商调查，合力咨询虽然名气比麦肯锡、普华永道差远了，但是客户满意度很高。我又找人问了，他们都对耿晔的专业能力很认可。"

"嚯，蓄谋已久。"江远峰也很吃惊，江晚一步步谋定而动，带着耿晔在云南和自己见面，到家里留宿聊天，再来公司参加执委会都是有意而为，点头说道："这个耿晔，怎么说呢？有缺点，比较颓废，不务正业，买菜做饭下午茶，跑步遛狗带孩子，吃饱喝足晒太阳，但从IBM出来，做过咨询顾问，对企业运营十分了解，水平还是有的，观察能力很不一般，这算他的天赋吧，当你助理，我是放心的。"江远峰前面说的缺点是铺垫，重点是后面的内容："要相信人家，放手让他干，看看他能折腾出来点儿什么。"

江晚瞪大眼睛，父亲的反应出乎预料："您是怎么看出来的？"

"就举一个例子，前几天开会，你说游击战，兵无常势，水无常形，这些是谁给你出的主意？"江远峰早就看出了耿晔和江晚之间的秘密："但是，你要负责美国市场，不容易啊，说说，打算怎么做？"

江晚在雪山上就开始盘算，对爸爸没什么隐瞒，全盘托出："我想先请耿晔帮我招聘和培养团队，再参加拉斯维加斯的展览，寻找战机。"

江远峰本来期望李屹东带队再次进攻美国市场，没想到让江晚抢了先，只好点头说："你要去我不拦着你，但是你既然要做，就要承担责任。"他的意思十分清楚，赏罚分明，江晚不能例外。

庄雨农在办公室里踱步，打电话把郭厚军叫来，将合力咨询的协议给他看。郭厚军一看就拍了桌子："开玩笑，这小子成天和小晚唧唧歪歪，还来做咨询项目，这不是给屹东添堵吗？"

庄雨农苦笑，根本拦不住江晚："这不是找你商量吗？老总签字了，我能怎么办？"

郭厚军坐下来看着外包协议，这事儿不能和李屹东商量，免得惹江晚生气，必须自己和庄雨农出面："老庄，你是大管家，难道没办法？"

庄雨农心情极佳，笑着说："请你来就是看好戏的，我和人力资源打好招呼了，耿晔想吃这个咨询项目？那就撑死他！"

郭厚军忽然明白了，耿晔不是公司员工，谁都拿他没办法，现在他来做咨询项目，正是羊入虎口，自投罗网，庄雨农管着人力资源，正好与耿晔对口，用客户的名义即便不能把他折磨死，总能让他脱层皮，还拿不到一分钱尾款。

郭厚军哈哈笑起来:"这个耿晔看起来挺聪明一个人,难道不知道公司上上下下都对他咬牙切齿,恨不得剥他的皮,他还敢来做咨询?"

庄雨农怒气还在,一拍桌子:"这就是人为财死,鸟为食亡!"

郭厚军故意刺激庄雨农:"人家有小晚撑腰,有恃无恐啊。"

庄雨农嘿嘿冷笑:"这事儿别告诉屹东,免得小晚生气,咱哥俩把责任担下来,敢不敢?"

郭厚军笑歪了:"老庄,为了屹东有什么不能豁出去。再说了,咱们是客户,提要求是咱们的责任,折腾他是咱们客户的义务,有什么敢不敢的?"

庄雨农和郭厚军比李屹东大了不少,十几年来配合无间,即将辅佐李屹东上位,都憋着想为他出一口恶气。庄雨农拿起协议副本,仔细瞧着:"我先把这个合力咨询查个底儿朝天,看看他们以往都合作了哪些客户,有什么毛病,他们几个合伙人的背景是什么,看看能不能抓到把柄。"

▎工作范围 ▎

耿晔和周道很快得到江晚的消息,她急于开始工作,要求耿晔尽快报到。周道笑着说:"如胶似漆,一天都分不开。"但合同没签就报到,不符合商务流程,耿晔刚摇头,周道就坚持:"放心,我催着鸿鹄技术走流程,你先干活,出了问题我兜着。"

周道平日里十分谨慎,在生意场上很精明,耿晔反问:"这是怎么了?不签合同坚决不干活,这是咱们的规矩。"

这也是确保咨询公司生存的底线,但周道不管:"什么事情都有例外,大客户特殊处理。"

耿晔处处被江晚算计,坐下来说道:"不行,咱们定的规矩,必须遵守。"

周道糊弄不过去,笑着说:"没签合同,人家打预付款了。哈哈,这生意真是太爽了。"给耿晔倒了一杯咖啡说:"喝完就走,回家收拾一下,明天中午十二点前报到。我跟你说，这份工作你要认真负责，不管白天还是晚上，客户就是上帝，江晚就是上帝，你要听话。"

耿晔和周道互相知根知底，用不着这么叮嘱，伸手出来："把协议给我看看，把我怎么卖的？"

周道取来协议，扣在桌上说道："其实也没什么，和以往一样。"耿晔抢来，把协议翻到最后一页，双方还没有盖章签字，再向前看，标准的咨询协议，可是周道神情有异，便仔细检查，忽然看到一条，把协议往前一推："果然把我卖了啊。"

咨询协议中都有非常严格的工作范围，这份协议却不一样，甲方有权利重新界定工作范围和时间，这意味着，江晚只要付钱就可以要求耿晔干任何事情，耿晔问道："她让我抢银行呢？"

周道郑重地点点头，在合同上做了记录："必须在法律许可情况下。"

耿晔仍然不满意："如果要求谈恋爱呢？"

周道心情大好："好事儿都让你遇到了？我以代理总经理的身份告诉你，如果江晚要求你谈恋爱，你就从了吧。"

耿晔很担心周道的贪婪，这在商业上倒是没有什么不对："我们是咨询公司，有了这一条，项目就可能无限扩大，虽然财务上不吃亏，可是擅长的不擅长的都掺和，不见得明智。"

周道拍拍胸脯："我知道，你放心，不会让你打没把握的仗。"

骗吃骗喝

当耿晔开着江晚的跑车进入停车场的时候，正是上班高峰期，停车场大伯、保安和员工们都向他看来，当耿晔看回去的时候，他们又将目光闪开。耿晔知道，自己是众矢之的了。前几天被江晚当作挡箭牌，到处招摇，谁想到这么快就来鸿鹄技术上班了，而且还不是平起平坐的员工，是外包服务商，谁都可以找自己撒气。进了电梯，气氛更尴尬，他和电梯里的几个人打招呼，人家当作没看见，耿晔抬头看着电梯上的数字时，他们又在背后指指点点。

耿晔先去人力资源报到，总监老龚在听证会上见过他，不冷不热地找来一个小助理为耿晔办理手续，领了临时的胸卡和电子流，来到一大片格子间，耿晔被小助理指使得团团转。

"网络连上了吗？你干吗用苹果电脑，和公司的系统怎么连？"

"你来鸿鹄技术，必须用我们的产品，去买一个Matebook来上班。"

"胸卡和电子流出入公司必须佩戴，电子流贴在电脑上，如果弄丢了，谁都帮不了你。"

"这是胜任力模型、岗位职责和能力要求的模板，尽快描述出来交给我？一周？不行，你们咨询公司效率怎么这么低？"

耿晔尽力配合，毫无怨言，忙完之后从双肩背里取出一个植物盆景，放在自己和小助理之间，终于引来她的笑容，却看见江晚不高兴地站在身后。江晚转身进了老龚的办公室，她是小助理老板的老板的老板的老板的老板的老板的老板。江晚说道："给耿顾问安排一间独立的办公室，就是我旁边那间，再派一位助理协助他工作，坐他对面的那个。"

老龚不答应，说给顾问单独办公室没有先例，江晚拍了桌子，老龚才带着小助理和耿晔来到新办公室，指派小助理收拾房间，整理文件，顿时主客颠倒，没人对耿晔指手画脚。这间办公室排场不大，却有不错的窗外风景，耿晔拍着沙发说道："对咨询公司这么好？以前我们在客户那儿都是待在没有窗户的小黑屋。"话音一转，他请求道："小晚，别给我搞特殊化了。"

江晚看看办公室，的确比以往顾问的待遇好："我不喜欢他们对待你的态度。"

耿晔冲了两杯咖啡，好奇地研究了咖啡机，转身回来："小晚，我开着你的车子，连采购流程都没有走，就到你身边工作了，人家看不惯是正常的，对我阿谀奉承的人才是不安好心。"

江晚听到这个逻辑也笑了："那么他们安的什么心？"

耿晔喝了咖啡，放下杯子："肯定认为我是小白脸，骗吃骗喝骗车子骗工作。"

江晚差点儿吐出了咖啡，庄雨农的提醒看来是真的："你是吗？如果不是你怕什么？"

"我看也差不多。"耿晔耸耸肩膀："好好工作，拿出成绩来，才能打消人家顾虑，特殊化就别搞了。"他掏出车钥匙扔给江晚："车还你。"

"我还有车，给你开，你就开，做出成绩来最重要。"江晚不取车钥匙。

"我是顾问，得注意形象。"耿晔走到一边去喝咖啡。

"这样啊？那我也不开了。"江晚有好几辆车，不和耿晔争论，收了车钥匙："去看场电影？"

他们攀登雪山的时候，下午四五点就要生火搭帐篷，雪山上寒冷，吃完饭躲进帐篷，一开始两人不熟悉，十分尴尬，江晚冷若冰霜，后来耿晔拿出平板电脑看电影，江晚变得对看电影乐此不疲，搜寻喜欢的连续剧和电影。她偏爱情感、玄幻和宫斗类，比如《甄嬛传》《我的前半生》《三生三世十里桃花》，当然最喜欢的是黄轩和Baby主演的那一部。耿晔争不过她，看了原先一辈子都看不完的爱情片，两个人从追剧开始熟悉起来。如今江晚回归都市，早早就坐不住了，想找个帐篷来钻，看一部精心挑选的好剧。

耿晔坚决拒绝："上班时间，我得干活。"

江晚也不强迫，翻看耿晔带来的资料，她选择咨询公司的确仓促，并没有经过严格的比较和谈判，看了资料后稍微放心，看起来还挺专业的。耿晔弄好电脑，递给江晚一杯咖啡："老板，从今天开始，我就是您的顾问，拿你钱财，替你干活，天经地义，我尽心尽责，知无不言，绝不藏私。你有什么活儿，别客气，也别管什么协议中的工作范围，只要对结果有影响，我都可以做。"他其实对合同条款进行了篡改，加上了对咨询结果的描述，可以推掉一些与工作无关的事情。

"开会吧。"江晚每天有各种会，不厌其烦。

"老板，确认一下，陪你开会是我的工作范围吗？这对咨询结果有影响吗？"耿晔的咨询项目是招聘实习生，训练并辅导他们进行海外销售。

江晚打开协议指着说："我有权利变更工作范围，在合理合法的前提下，并按照时间付费，有争议吗？"她眼睛里不揉沙子，有了这个条款，就真的就成了上帝："如果对条款没有异议，就跟我去，而且真的和你相关。"

耿晔对这条十分顾忌，这就像紧箍咒，凡事都听从江晚："小晚，随便变更咨询服务范围，是违反我们咨询行业的原则的。"

江晚不以为然："那你们咨询行业的原则是什么？"

耿晔想想，念出李白的《侠客行》："赵客缦胡缨，吴钩霜雪明。银鞍照白马，飒沓如流星。十步杀一人，千里不留行。事了拂衣去，深藏身与名。"

江晚不太理解这首诗，却很欣赏耿晔总能把西方的管理在唐诗中找到借鉴："你这是学贯中西吗？半懂半不懂的。"

耿晔说话的方式很像江远峰，中西夹杂，这也是他们能够聊得来的原因。耿晔解释道："我们咨询顾问就像医生，知之为知之，不知为不知，不懂的病别乱来，做完项目就退出，事了拂衣去，深藏身与名，否则就变成了江湖骗子。现在这种情况，会让别人觉得，我是凭借和你的关系才拿到这个项目，真的不太好。"

江晚向来蛮横，反驳道："你是医生吗？不是吧，那天在山上为什么要给我包扎伤口，你是不是动机不良？那是你工作范围吗？"这句话说完，她自己的脸都红了。

耿晔被问傻了，他的确不是医生，包扎确实不是自己擅长的，可是不包扎伤口，雪山上条件恶劣，伤口一定会化脓。江晚故意捣乱，他却不知道怎么反驳，咨询项目也常常遇到不确定的情况，就像登山一样，肯定不能当作没看见，只好期期艾艾地说道："我闭着眼睛给你包扎，哪有动机不良？"再一想，他虽然闭着眼睛，手指却实实在在碰到了她的胸口，更不知道该怎么解释。

江晚也知道那晚耿晔包扎时没有不良企图，说道："别解释了，你不是医生却给我包扎，那客户有需要，你就要提供咨询服务，是不是这个道理？哼，以后别说什么事了拂衣去，深藏身与名。"

▎一周期限 ▎

江晚将负责海外市场，需要源源不断的后备军，于是召集人力资源，帮助耿晔启动咨询项目："我们将委托合力咨询，启动校园招聘，挑选具有天赋并且愿意奋斗的年轻人加入公司，对其赋能和辅导。这是我们的顾问耿晔。"

鸿鹄技术每年进行大量的校园招聘，人力资源忙不过来，常外包出去，江晚是执委会成员，又是用人部门，基本上说一不二。这个咨询项目并不大，她根本没必要出现，只要人力资源的老龚处理就可以，她这么重视，显得过于隆重和夸张，这只能说明，耿晔是她的人，大家最好配合一些。老龚笑笑说道："欢迎加入鸿鹄技术的大家庭，小刘，把我们的招聘计划讲一下。"

小刘是分配给耿晔的助理，打开笔记本说道："我们将在全国范围内的大学集中的城市进行校园招聘，包括北京、上海、武汉、西安和成都，共计50所大学，为了抢到人才，我们要尽快完成校园宣讲、面试并发放入职通知书的流程，做好面试和选拔工作。"

老龚讲了15分钟，耿晔做完记录，抬头问道："今年预计招聘多少毕业生？"

老龚摘下眼镜，慢慢说出一个数字："8000人。"

耿晔头都大了，这既是好消息也是坏消息，合力咨询每招到一个学生都能拿到提成，这将是一笔可观的收入，周道非要笑死不可，但是每招一个人至少看十份简历，做三次面试，这意味着巨大的工作量。耿晔又问道："有多少时间？"

"每个城市一周时间，先北京，然后其他四个城市并行，要保质保量。"老龚知道这是不可能的任务，但庄雨农是他的顶头上司，郭厚军又是他20年的好朋友，他们的话他哪儿敢不听。

北京的大学极多，生源也最多，江晚翻了翻以往的记录，往年要招聘到一两千名毕业生，就要看一万份简历，做3000次面试，耿晔公司不大，哪有那么多面试官？他立即猜到有人刁难。但是江晚也想看看耿晔的表现，不急于为他出头，耿晔取来文件，拍一拍："哪天开始？"

"明天。"老龚很吃惊,这耿晔也不讨价还价?他可以看在江晚面子上宽限几天的。

"好的。"耿晔拿起文件走了,留下一屋子目瞪口呆的人。

"等等,这不是开玩笑,如果不能按时保质保量做完,怎么办?"老龚堵在门口,他必须当着江晚的面讨个说法。

"那我能怎么办?让贤呗,谁能做谁做。"耿晔推开门,从老龚身边出去。

老龚没听明白:"晚总,他几个意思?"江晚也不明白耿晔的想法,急匆匆跟了出去,一周之内完成北京的招聘,这是不可能的,耿晔应该再争取一些时间,他到底葫芦里卖的什么药?她进了耿晔办公室,问道:"你一周之内能做完吗?合力咨询能派出多少面试官?"

耿晔和江晚这几天出双入对,同饮共食,拥抱牵手,报应来得这么快,显然有人早就看不惯自己了。耿晔反问:"你觉得呢?八万份简历,两万多次面试。"江晚摇头,耿晔又说:"我说过吧,这就是挡箭牌的后果,有没有被扎成刺猬?"

江晚急了,耿晔是自己的人,必须罩着:"你要沟通啊,哪能一声不吭就走了。"

耿晔苦笑:"沟通有用吗?我夺了李总未婚妻,去哀求一下人家就放过我?"

江晚又把耿晔推在门板上:"哎,谁是他未婚妻?"

耿晔双手摊开,耸耸肩膀:"我就不想接这个项目,现在刚好,他们先北京,就是想在这里把我干掉,然后再做其他城市的招聘。"他从江晚手下移开,来到桌前取出时间表递给江晚:"只要没解约,我就得干活,你就要付钱,对不对?"

在这个时间表中,北京地区的招聘老龚给了七天时间,前三天是校园宣讲,每天分为上午下午晚上三场,好在北京的大学集中在海淀区,时间赶得及。后面四天是面试时间,江晚有招聘的经验:"九场宣讲,能找到足够的应聘学生吗?四天时间面试3000次,每天750人次,有那么多面试官吗?"一个面试官一天的极限是八人次。

耿晔笑了,勾着江晚下巴:"如果是普通的宣讲,学生肯定不够,但是鸿鹄技术 CFO，江远峰的女儿亲自宣讲，我们在海报上贴上你的大幅照片，就凭这颜值，你说会不会爆满。"

"你竟让我出卖色相？"江晚强烈抗议。

"说得这么难听？为你招人，你不出马谁出马？你只是碰巧长得好看而已。"耿晔笑着说，想象着江晚的海报铺天盖地贴满大学的布告栏，宣讲会现场肯定爆满。

"就算能够吸引到那么多毕业生，面试怎么办？"江晚还是想不通，但又不相信他真的就这么容易放弃。

"听天由命咯，尽力而为呗。"耿晔摆出要放弃的姿态。

江晚怒气冲冲地推开他的手："遇到难处就躺下，算什么男人？"

耿晔挠挠后脑勺，并不生气："尽人事听天命，有什么不对？"

▎奢侈生活▎

苗紫走进万成的办公室，她在黎明微电子工作了一年，第一次来到大老板办公室。她闲闲地站着，趁着万成在微信里聊天，慢慢地看着办公室的布置，书柜里有很多好书，却没有被打开过的痕迹。万成放下手机，也不请苗紫坐下，说道："我想调你来总部，负责鸿鹄技术的融资上市。"

"我是来向您请假的。"苗紫不喜欢被呼来喝去，万成屁股都不抬一下，反而让自己站着，根本没有尊重自己。

万成一惊，人才刚被发现就要请假？万成赶忙请她坐下："请假？为什么？"

苗紫仍然不坐，万成坐老板椅，自己坐小圆凳？她以退为进："我在黎明微电子负责与鸿鹄技术的合作，生意稳定，即便我请一段假，对公司业务也没有损失。"

"我替你想好了，你全权负责与鸿鹄技术对接，推动上市计划。"万成拿起手机，通知人力资源做一份岗位职责和薪酬表："给苗紫加薪10%，把薪水表拿来。"他转头看见苗紫无动于衷，连感谢都没有，有些无趣，说道："一会儿去见鸿鹄技术的李总，和他谈公司上市。"

"您有把握吗？"苗紫说道。

"见机行事吧。"万成看看手表，距离晚餐时间只有两个小时，考虑到北京的交通状况，这么短的时间他实在来不及准备。

如果不认识万成，李屹东根本不知道什么叫作奢侈，或者说奢侈的具体含义。350英镑一杯的咖啡，两万英镑一罐的鱼子酱和一块300英镑的甜点、5000英镑一杯的白兰地。面对散发着圣光的白鳇鱼子酱，李屹东不知道如何下手。白鳇12年产卵一次，这鱼子酱极其珍贵。他正要用金勺子品尝，万成示范着舀一勺，放在手背上品尝，表情很享受。万成又拿出1865年的皇家酒，还有产自1811年的拿破仑白兰地。万成和李屹东见过几面，已经熟络，万成殷勤地劝着："来，尝尝，这白鳇12年产卵一次。"

苗紫对这些酒菜提不起兴趣，说道："这一罐，两万英镑。"

万成心里高兴，这顿饭确实下了功夫，付了代价，苗紫的提醒恰如其分。他自顾自尝了又说："此时岂能无酒？"

苗紫面前没有这酒，说道："一杯，5000英镑。"

万成觉得不对劲，瞪着苗紫："捣什么乱？"

李屹东不敢下嘴，推给苗紫："这酒什么味儿？"

苗紫一口喝掉，心疼的万成心脏猛跳。苗紫今天真是犯病了，当着李屹东的面给万成拆台。"味道不重要，钱也不重要，关键是咱们有资格。"万成饮了一口拿破仑白兰地，指着熏制鲑鱼干："和咸鱼干差不多？错，男人吃的要切粗糙，口味重，女孩子要吃温和细腻的，鱼肉晾干的时候，务必随风摆动，鱼会吸收风的能量，旁边还要演奏爵士乐，会让鲑鱼更美味。"

"一片，250英镑。"苗紫似乎铁心要破坏这顿饭的气氛。

万成很不高兴又没办法，拿来甜点说道："马来西亚椰奶加上马达加斯加香草，与混有苦艾酒的麝香猫屎咖啡一同制作而成，最后加上金箔。"

"一块，300英镑。"苗紫来之前看过菜单和价格，又报了出来。

万成动怒："苗紫，能闭嘴吗？"苗紫张大嘴狠狠吃掉甜点。万成一道道吃着，李屹东一口没动，万成以为他见多识广，这些东西看不上眼，补充道："这狗爪螺在海浪急猛的岩石缝里存活，采摘者挂在岩壁上采集，去年有五位无畏的收割者付出了生命的代价！来，向他们致敬！"

李屹东厌倦极了，那些采摘者兢兢业业的工作，赚取微薄的薪水，一不留神丢掉性命，只为巨富的盘中餐，只是他不能拂了万成的面子，故此对那些食物原封不动，待万成吃完说道："我们以奋斗者为本，我吃不惯这些，谈正事儿吧。"

万成舍不得狗爪螺，吃得满嘴满牙，苗紫没有吃几口，说道："我们是帮助企业上市的投资人，说实话，鸿鹄技术的老总拒绝上市，我想不通，想跟您沟通。"

李屹东不像江远峰那样翻脸，说道："老总对上市很忌讳，你们偏说到他痛处，几句重话是难免的，别介意。"

"他不爱听，我跟您说，鸿鹄技术18万名员工，坚决反对上市的就一位。"万成匆匆吃完，擦擦嘴巴说了实情，要是没有江远峰异乎寻常的坚持，公司20年前就上市了。

李屹东站起身来，准备离开："万总，非常感谢您在美国给我的文件，但是上市这事儿，我必须尊重老总的意见，没有商量的余地。"

万成碰了一鼻子灰，悻悻站起，他为人圆滑，从不得罪人，笑着拱手说道："没关系，那么我就尊重李总意思。"

李屹东要起身离开，万成还频频回头舍不得那一桌子美食。苗紫向沙发上一指，说道："李总，我们不谈上市，从商业本质来聊聊，可以吗？"李屹东愕然，自己说得这么明确，她还不死心？万成也惊呆了，自己都说服不了李屹东，苗紫刚开始做投资，哪懂这些？可是既然自己失败了，也不妨放她试试。苗紫坐下，拿出一份鸿鹄技术的财务报表，递给李屹东："您去年销售收入6000亿，净利润475亿，净现金963亿，根本不缺资金，上市没有紧迫性，对不对？"

李屹东仍然站着，想看看她要说什么。苗紫翻到下一页："但是您真的不需要资金吗？"万成虽然看不懂，却感觉到苗紫不是胡言乱语，有充分的数据准备。苗紫将财务报表递给李屹东："您的研发费用达到897亿元。"她继续翻着，快速说道："鸿鹄技术在全球有18万名员工，庄总在财务说明会上举例说，2017级的基层员工工龄超过10年的话，收入将近百万，你们一年的薪酬福利开支就将达到1800亿，两项加一起就是2700亿，企业的采购、生产、运输和服务，才是开支的大头，所以您的资金储备看似很多，其实只够两三个月的运营。"

李屹东心里是主张上市的，只是自己将要接班，此时绝不能和江远峰冲突，但苗紫的数据扎实，他怔怔听着，不知道该怎么反驳。苗紫继续侃侃而谈："当然，您还有很多固定资产，这么多流动资金足够，那么我们就横向比较一下您的财务数据。首先，我要恭喜您，你的研发开支远超苹果，还超过3000家A股上市公司研发费用的总和。"

技术和专利的积累需要极大的投入，否则企业就会被卡住脖子，江远峰一贯坚持投入巨大的研发费用，但是万成是赚快钱的，不关心也不懂这些，李屹东不想解释，反问："说明什么？"

苗紫又取出一个文件夹，里面是彩色打印的资料，是鸿鹄技术在日本招聘求职网站 Rikunabi 的广告，她做足了功课："你们在日本有四个职位在招聘，通信网络工程师、终端测试工程师、终端售后服务工程师和算法工程师，应届本科生月薪401 000日元，还有完善的劳动保障。"

李屹东仍然不知道她要说什么。苗紫又取出一份广告："这是苹果在日本的招聘广告，岗位职责一模一样，看看薪水。"李屹东终于坐下来，仔细查看，同样职位，鸿鹄技术多付了一倍的薪水。

万成十分满意，早把刚才餐桌上的不愉快忘到了银河系以外，苗紫做的功课很充分，而且对商业本质有深刻的理解。他端着咖啡，沿用苗紫的思路说道："企业能够这么任性吗？您一年收入6000亿，厉害！可是扣掉900亿的研发费用和给员工的福利薪酬奖励1800亿，扣除物料和生产成本，您还剩多少？"万成理解了苗紫的思路，避开上市，拿出经营数据，证明鸿鹄技术在研发和员工薪酬福利方面花了太多的钱，说道："咱们不谈上市，只谈经营，研发费用能不能降下来？是苹果两倍的薪酬合理吗？用这么高的薪水要招到神仙吗？"

李屹东脑中打了一个闪，万成和苗紫说透了企业经营的本质，指出了另一条通往上市的路径，压缩研发费用和人员开支，为上市准备财务数据铺路。苗紫站了起来，居高临下："刚才我说的是鸿鹄技术内部，再说说外部环境，你看看我说得对不对。第一，经济进入新常态，以往那种高速增长的市场空间一去不复返，就拿您所在的电信行业，基础建设的规模越来越小，如果不是您负责的手机业务异军突起，鸿鹄技术的增长早已停滞！"

李屹东不得不点头，他身处其中，哪能不知道？苗紫又说道："改革开放四十年，市场空白早已不存在，到处都是红海，随着竞争的激烈，利润急剧下滑，您最清楚，以前交换机和移动基站业务的毛利润率能做到50%吧？您的手机呢？有10%的毛利吗？"

万成听呆了，自己述说上市的好处，苗紫却直指鸿鹄技术的困境，孰高孰低一目了然。苗紫又说道："第三，企业负担越来越重，国家说减税，实际上每年财政收入都在增加，我计算过，一名三万元月薪的员工，企业会付出将近四万元，而员工只能拿到两万二百元，钱去哪里了？五险一金和个人所得税！"

谁都明白这是中国企业现状，李屹东无话可说。苗紫"哼"了一声："收入增长停滞，利润率急剧下滑，企业成本直线上升，这就是鸿鹄技术的现状，表面风光，其实只是在吃过去几十年积累的老底儿！您难道没有看到这些问题吗？请原谅我实话实说，如果连鸿鹄技术这么优秀的企业都不能生存，这个国家怎么办？"

哎！李屹东长长叹气一声："外面都觉得我们风光，你才说出了我们的苦楚和压力。"

万成长长舒了一口气,苗紫一语中的,命中要害,他连忙补充:"李总,不管是不是上市,您都要收缩战线,做好财务数据,您仔细想想。"

李屹东不反对上市,只是不愿意在大是大非的问题上与江远峰产生分歧,但是做好财务数据,消减成本积累利润,这是商道,谁也不会反对。一旦江远峰退休,上市水到渠成,这个万成还真有两下子,只是负责财务的是江晚,要消减福利薪酬和研发开支,绝对绕不开,于是说道:"万总说的有道理,容我再想想。"

万成还要再说,被苗紫拦住,两人送李屹东离开,才上了车子,万成坐在后排,一拍大腿再拍双手,摸摸脑壳,向苗紫竖起大拇指:"就是你那句话,回归商业本质!"

苗紫从来不居功:"本来就是,上市也是为了公司经营。"

万成揉着双手,很是开心:"小小年纪真是不得了啊,女诸葛不过如此。"

苗紫向他拱手:"过奖,谢谢您给我加薪。"

万成没忘苗紫在餐桌上的表现:"有一事不明,请教一二。"苗紫侧头看着他,万成板起脸来质问:"你捣什么乱?我说一道菜,你偏说个价格。"

苗紫真心不是捣乱,而是帮忙:"李总对吃喝玩乐的东西很反感,我帮您逗乐,调节气氛。"

万成老脸一红,说道:"一顿饭值什么钱?不试怎么知道他不喜欢这个调调?"

苗紫看着窗外,淡然说道:"这顿饭是我一年的薪水。"

万成嘿嘿笑了,苗紫薪水的确和她能力不符:"变着法儿让我加薪,给你加20%!"

苗紫并不在乎这个加薪:"李总不吃这套,您怎么办?"

万成低头想想,李屹东的确没有答应自己什么,上市的事儿还是进展不大:"有钱能使鬼推磨,吃喝玩乐不行,人民币总可以吧?"

苗紫并不看好,却不反对万成继续碰壁:"您试试呗。"苗紫忽然转了话题:

"上次那个一言不发的耿晔,还记得吧?"

万成有些不明白,与江远峰和李屹东相比,耿晔只是一个名不见经传的小人物,苗紫却死盯不放,这个突然出现的人物到底是什么来历?苗紫继续说道:"这耿晔虽是咨询顾问,却三天打鱼两天晒网,游山玩水,半年前还离婚了,据说是因为他那混血的美国太太受不了他胸无大志。"

"美国人一般没有太大追求,被美国人嫌弃胸无大志,这人真够颓废的。"万成被逗笑了,更看不起耿晔。

苗紫就像他心里的蛔虫,取出一份资料:"耿晔所在的一家投资咨询公司,也有上市业务。"

万成一惊,自己这边撺掇李屹东上市,如果耿晔真和江晚恋爱,甚至谈婚论嫁,上市很有可能交给他来做。苗紫拿出一份资料给万成:"这是合力咨询的资料,您看看。"

万成翻了几页,猛然看见一张照片,点着说道:"那蓝!她以前是高盛大名鼎鼎的投资人,如果她出手,我们就有麻烦了,这个耿晔肯定有来头。"

"您是国内顶级的投资人,这个那蓝能和您比吗?"苗紫看出了万成的恐惧,十分惊讶。

"嘿嘿,我是野路子,人家是正规军,我跟你说,阿里巴巴、腾讯和百度的上市,那蓝在高盛的时候都有介入,我可比不了。"万成心里发慌,弄不好替他人做嫁衣:"厉害了,我才开始折腾,劝鸿鹄技术上市,人家坐在江远峰身边看我耍猴,我这边请李屹东吃饭被怼,人家那边和江晚谈情说爱,我还怎么和人家玩?"

"小乔初嫁了,樯橹灰飞烟灭!"苗紫呵呵笑着,用苏东坡的词来形容耿晔和万成的境遇。

"我得拆穿他们!连美人计都用出来了,还派了个男的,真会玩啊。"万成怒不可遏:"不信李屹东能咽下这口气!那蓝和耿晔,你们玩大了,作死吧!"

惊梦

江晚猛然从睡梦中惊醒，那天在合力咨询电话会议的时候，那蓝在电话里称呼自己"小晚"，好像和自己很熟悉，她却想不起来她是谁？但她是江远峰的女儿，到哪里都是众星捧月，这也正常。她下床，打开电脑查看合力咨询的网站：那蓝，曾供职于高盛，为腾讯、百度和阿里巴巴都提供过早期融资和上市服务。她打开周道发来的文件，找到了那蓝的照片，怎么形容？绝不可以仅仅用美丽来形容，有更多自信、专业和优越的感觉。

江晚打印出那蓝的照片贴出来，在邮件里查询行程，拨出电话给秘书："在睡觉？起来帮个忙，把我请假前三个月内参加的论坛和峰会都列出来，看看有没有一位叫作那蓝的嘉宾？"

江晚倒了一杯咖啡，她一直以为她和耿晔是在登山中偶遇，他不知道自己的背景和家世，那蓝如果认识自己，自己和耿晔是偶遇吗？江晚家世特殊，对隐私极为重视，担心有人别有用心接近自己。耿晔是这样的人吗？很快，她的秘书将行程传来，果然那蓝的名字出现在一场活动的嘉宾名单中。江晚回忆着，那蓝和自己被主办单位安排在一起，还参加了圆桌讨论，她让人如沐春风，江晚对她很有好感，就聊了几分钟。江晚闭上眼睛细想，我曾说起登山计划，她是耿晔的合伙人，耿晔是抱着目的接近我的吗？这太可怕了！

招募

第 4 章

小筑暂高枕,忧时旧有盟。
呼樽来揖客,挥麈坐谈兵。
云护牙签满,星含宝剑横。
封侯非我意,但愿海波平。

《韬钤深处》 明 戚继光

金子不发光

高盎左手搂着篮球，右手抓着饭盆，和一群同学从球场下来，同学们争论着先吃饭还是先冲澡，他却拐弯来到食堂前的布告栏。鸿鹄技术校园招聘的海报上字不多，却有江晚大幅的照片。同学们嘻嘻哈哈凑过来，感兴趣的不是招聘信息，而是江晚的颜值。

"高盎也想去？"一名同学喊起来，鸿鹄技术对于一般的985或者211大学的毕业生，是不错的选择，对于清华的学生却没有那么大的吸引力。高盎早拿到美国常青藤的录取通知书，还有半年就要去波士顿。

"哈哈，他在看美女。"另一名同学仔细看时，高盎没有看海报，也不是看海报上的江晚，而是看着一堆女生中的一个。

高盎转身回来，指着海报前的女生说："那个，你们看！"他指着一个肤白腿长穿着洞洞牛仔裤的女生，同学们哄笑。那女生听见笑声，用手机拍了宣讲会的图片，和一群女生进了食堂。高盎跳上台阶，喊道："大家赶紧吃饭，晚上去宣讲会。"

耿晔和江晚校园招聘第一站是清华大学。耿晔以往只与大学的就业部门对接，贴出招聘启事，效果很一般，但是清华大学听说江晚要参加的时候，规格升了好几个级别。一位副校长亲自出席，隆重地邀请江晚演讲，耿晔不得不叹服，自己这个队友有着响当当的名头，谁让她是江远峰的女儿？真是投胎小能手。当他跟在江晚身后进入大礼堂的时候，近千名学子起立鼓掌，这是耿晔从未经历的阵仗。江晚先与副校长握手，坦然走上讲台，目光镇定："同学们好！非常荣幸有机会来清华园和大家交流。梅贻琦校长说过，所谓大学者，非谓有大楼之谓也，有大师之谓也。我们的理念也是一样，大学之大在大师，企业之强在强人。企业的强大不在规模，在于凝聚起全球最顶尖的人才，这就是我来到清华的原因。"

江晚把清华学子比作全球最顶尖的人才，年轻气盛的大学生爆发出掌声。她巧妙地恭维了听众之后开始宣扬自己的理念："常有人问，鸿鹄技术持续成长的原因是什么，第一条就是以客户为中心，这是我们存在的唯一理由。2011年，日本九级大地震，引发福岛核泄露，别的公司撤离，而我从香港飞到日本，航班上只有两名乘客。我和工程师们穿着防护服走向福岛，抢修通信设备。勇敢不是鲁莽，而是心中有信念，不抛弃客户，客户才不会抛弃我们，我们要为客户创造价值，而不是盯着客户口袋里的钱。"江晚把目光忽然投向了听众席的耿晔："这就像恋人之间，永远把对方挂在心上，哪怕他睡着了，都在惦记着你的安全，这才是真正的以客户为中心。"

这句话暗指在登顶那天，耿晔睡梦中发现江晚不在，追出去保护。耿晔向江晚眨眨眼睛，表示听懂了。以客户为中心和以奋斗者为本，是鸿鹄技术的企业文化，勇敢不是鲁莽，而是心中有信念，江晚在感情上未尝不是如此。她停顿一下，渐渐接近主题："我们的信念谁来完成？谁来主导新的世界？改变世界的从来都是年轻人！70后觉得80后'不靠谱'，80后认为90后'非主流'，90后认为00后'二次元'。每个时代都有鲜明的特点，每代人都有自己的价值观，你们才是这个时代的弄潮儿！改变世界的将会是你们！"

这引来了掌声，耿晔仿佛看到了一个新的江晚，极具气场，这是家庭和职业的熏陶，让她拥有比一般年轻人宽广得多的视野。江晚又说："真正的人才，不会在平庸、安逸、缺乏挑战的环境中虚度光阴。我们要坚韧平实，不浮躁，不急切，一步一步走。我们提倡工匠精神，不断地学习、发现、认知和理解，才能驾驭世界。英雄不问出处，出处不如聚处，原产地再好，也要有个好的聚集地。清华是伟大人才的聚集地，鸿鹄技术也是一个年轻人的好聚处。敢拼、敢闯，听见枪声就想冲锋的年轻人，我们就给予最好的机会，最好的待遇，我们要的是'首战用我，用我必胜'的精兵强将。"

耿晔又看到了未知的江晚，两人登山期间，都不了解对方底细，直至他成为江晚的顾问，心里还把她当作大小姐，今天他不得不承认，江晚成为执委会的成员，绝不仅仅是靠了父亲。她的视野和胸怀是超过自己的。在台上，江晚开始为耿晔的校园招聘宣传："我们常说，是金子总会发光。我是理工生，你们中的很多也是，金子不是发光体，放在黑屋子里哪有光辉？清华的同学们，你们是精英中的精英，学霸中的学霸，你们即将毕业，在人生岔路口，选择什么样的平台，往往比天赋本身更重要。在鸿鹄技术，我们可以让你拥有全球视野，你们将被派到海外，站在全球化平台上工作，与牛人一起共事，你们也可以成为牛人！在鸿鹄技术，我们不论资排辈，年轻也能当将军，三年之内从士兵到将军，不是神话。宰相必起于州郡，猛将必发于卒伍，我们在实战中选拔人才，赋能与人，通过训战结合培养人才，英雄是在泥坑中摸爬滚打打出来的！"江晚指向耿晔，请他站起来："这是我们的顾问，耿晔，他将手把手帮助你们快速融入公司，大家有任何问题都可以提出来。"

学生们开始了提问，耿晔耐心作答，忽然一个高个子女生举手站起来："我是信息工程专业的毕业生，名叫宁佳佳，想问个实际的问题。"

现在的95后真是不一样，毫不怯场，江晚很喜欢，尤其这次招聘海外拓展团队的实习生，敢于冲锋和表现是很重要的素质。这个名叫宁佳佳的大学生问道："你们薪水多少啊？"

耿晔起身走到讲台上，打开电脑，简单介绍了鸿鹄技术的薪酬结构，最后笑着说道："回答你的问题，牛人年薪不封顶，你有多大雄心、有多大能力、有多大潜力，我们就给多大薪酬。"

宁佳佳撇撇嘴坐下，显然不满意这个答案。她身后又站起来一个小伙子，举手问道："我名字叫高盎，就问一句，有没有腾讯和百度高？"

"好吧，我这里有薪酬表。"江晚灌了一个多小时的心灵鸡汤，大学生们根本不受忽悠，耿晔只好笑着说："看来95后眼睛不揉沙子啊，佩服，如果满意，请大家先填这个申请表格。"

学生们笑起来，耿晔打开薪酬表，一流外企的新员工月薪四五千元，鸿鹄技术竟然给了两三倍的薪水。江远峰曾说，找三个人干五个人的活，给四个人的薪水，耿晔很赞同。真正的商业天才只是极少数，一旦投入商场，绝对是精锐中的精锐，一人抵得上十人，两三倍薪水绝对值得。

▎韬铃深处 ▎

江晚连续三天陪着耿晔参加校园宣讲，耿晔只介绍薪酬，收取登记表格，反而是江晚出尽风头，一点儿没有显出耿晔的水平。他们结束了最后一场校园宣讲，耿晔拍着登记表说道："总共收到一万多份简历了。"他们不仅在校园宣讲时收简历，还有平常的积累和网上接收。

面试只有四天，根本没有时间完成这么多人的面试，江晚问道："面试官都安排好了吗？"

耿晔指着自己说道："安排好了？"

江晚难以置信："你？一个人？"

"嗯，其他人我不放心。"耿晔将简历分拣完毕，有人去研发，有人去服务，他只需面试有兴趣加入海外拓展团队的毕业生。

"你一天12个小时，每人面试一个小时，四天时间也只能面试48个人。"江晚知道耿晔工作量巨大，却抱着一线希望。

"还是那句话，尽人事听天命。走吧，送你回家。"耿晔踩着油门，车子驶出停车场。江晚忧心忡忡，如果耿晔不能按时完成任务，到哪儿去招人？重新聘请一家咨询公司吗？她根本不想。江晚心里还有更重要的事情，她一直有着巨大的疑问，那蓝知道自己将参加那个登山队，那么和耿晔真的是偶遇吗？还是刻意的安排，看着耿晔问道："在登山队相遇的时候，知道我是谁吗？"

"不知道。"耿晔心里咯噔一跳，江晚果然有了怀疑，反问："为什么问这个？"

偶然相遇是江晚和耿晔的感情基础，如果是精心安排，耿晔就太可怕了。江晚说道："我的确见过那总，而且我们聊起了登山。"

耿晔不让江晚起疑，认真地说道："报名参加登山队的时候，我真的不知道你也在，我们被分到一组，我以为你是普通的队友。"

"这是真话？"江晚认真地看着耿晔，再给他一个机会。

"真的。"耿晔心里发虚，目光却很坦诚。

"跟我回家吃饭。"江晚略为放心，换了话题。

耿晔开出校门，对江晚说："我还是别去了，惹你妈妈不高兴。"

"二比一，我们家很民主，是爸爸让你去的，他想吃你做的饭菜。"江晚对付妈妈手段非常多，尤其和江远峰结盟之后，在家里吃定了妈妈。耿晔只好投降，拿人钱财，替人干活，没有拒绝的本钱。到家的时候，江晚妈妈在厨房里忙活。耿晔躲进书房。江晚和妈妈又搂又抱又亲，直到被赶出厨房。

江晚妈妈发现，耿晔来家里吃饭，女儿就乖乖地回家，耿晔也不空手，总会从菜市场带来些新鲜的食材。江晚妈妈不是胡搅蛮缠的人，见到耿晔也有了笑容。但她始终坚持一个原则，耿晔来一次，她就请李屹东来一次，一碗水端平，江晚接受了这种安排，乖乖在家轮流侍饭。有时候，她还和妈妈开玩笑说："古代嫔妃轮流侍寝，我现在轮流侍饭。"没说完，就被妈妈打出厨房，这个比喻确实不恰当，江晚才不是侍寝的妃子，而是被陪的皇上。

耿晔从登山队友，迅速地变成了自己的顾问、父亲的聊天对象、妈妈的帮厨，别人先牵手看电影才恋爱，自己好像颠倒过来了，和耿晔登山的时候牵手拥抱，在帐篷里看电影和睡觉，恋爱也没谈成，父母反倒天天见。其实，大多数时候是江远峰要请耿晔来，他早将日常管理甩出去，更喜欢找耿晔聊天，江晚陪在旁边，端茶倒水，十分贴心。耿晔年纪不大，懂的不少，自从担任顾问以来，埋头研究公司的运营和营销体系，常有独到见解，他又没有利益冲突，敢说出别人不敢说的话。

"爸爸要是问我工作，你是我顾问，一定要出马。"江晚吃定了耿晔，他总有办法应付过去。

"饶了我吧,人力资源那边让我一周面试好几千人,做不完我就打道回府了,以后你自求多福吧。"耿晔没有答应,拉开门进了厨房。

刚吃完饭,江远峰就来到了书房问江晚:"校园招聘顺利吗?"

江晚立即打抱不平:"北京招一千多人,一万份简历,几千次面试,就给一周时间,这不是穿小鞋吗?"

这是耿晔和人力资源部之间的问题,和江远峰隔着好几级,耿晔不想背后告状:"小晚,别为我的小事儿打扰老总。"

江晚摸不清耿晔的态度,或许他有办法,就不再多说,江远峰听了这话,也不打算插手:"我还是不明白,小晚,你为什么要用新人,而不用现成的?"江远峰问江晚,实际上是考耿晔。

"美国与其他市场大不相同,运营商主导的市场,渠道分销的方法并不适用,您做运营商和企业服务的那支销售团队,都是精悍的百战老兵,但没卖过手机,以前一个订单几千万美元,卖一部手机几百美元,是拿炮打蚊子。"江晚直截了当,鸿鹄技术产品线数量庞大,之间的差异也非常巨大。

"新人行吗?"江远峰顾虑重重。

江晚指着耿晔,把难题抛了过去,耿晔真的想哭,他和江远峰说:"您等等。"转身拉着江晚出书房进卧室,把江晚推在门板上:"又算计我?"江晚笑而不语,耿晔说道:"什么爸妈喜欢吃我做的饭菜?明明是老总要问你怎么做美国市场,你把我拖来当炮灰。"

江晚无辜地看着耿晔:"他们也喜欢吃你做的饭菜哇。"

耿晔知道江晚一意孤行,根本不听劝,松开她坐在沙发上:"美国市场我不知道怎么做,这是实话。"

"帮我想办法。"江晚先是蛮横,又帮耿晔倒了一杯茶水。

"倒茶没用。"耿晔想了想:"这不是逼上梁山吗?"

江晚打开公文包,取出协议放在耿晔面前:"第五条,在合理合法的情况下,甲方有权利根据实际情况调整工作范围,并按照时间支付费用,这里有你的签名和盖章。"

耿晔抬头苦笑:"小晚,你吃定我了。"江晚拉开门,做了一个请出门的手势,耿晔乖乖走出去回到书房,在江远峰面前坐下说道:"您问我为什么用新人,我念首诗给您听:封侯非我意,但愿海波平。"耿晔引经据典,江晚却一头雾水。

"戚少保的诗。"江远峰喜欢耿晔的说话方式,明朝嘉靖年间,浙江沿海倭寇为患,朝廷多次派兵进剿,大败而回,戚继光被朝廷从山东调至浙江,他荡平倭寇时写了这一首诗。

"戚继光刚到浙江时,官兵战斗力太差,不堪一击,他目睹义乌百姓为抢夺银矿爆发的械斗,上奏皇帝,训练新兵,成为抗倭主力,后来驻守长城,抵御蒙古骑兵。"耿晔喜欢借用典故说明想法,这是做咨询顾问的小窍门:"我合上史书常想一个问题,戚继光为什么训练新兵?"耿晔的工作热情回到了身体,这远强过在外企拿钱干活的时候。

"我们用了30年间打败上百家本土企业,横扫跨国公司,是有战斗力的队伍,怎么能和明朝的军队相提并论?"江晚与父亲朝夕相处,也学了不少历史。

"你这个小滑头,你这样用典故,别人怎么和你争辩?总不能说戚继光错了吧?"江远峰心情舒畅,喝完了茶水,阻止江晚与耿晔争论:"志气不小,希望你能够成为戚继光!"他熟识历史典故,正好与耿晔聊得来:"你年纪轻轻,怎么懂得这些?"

耿晔答道:"我爸喜欢。"

江远峰很满意:"他有空的时候见面聊聊。"他地位崇高,能够主动约耿晔父亲,非常难得,耿晔忽然听出了其中的含义,这是要见家长吗?江远峰在有意无意地撮合我和江晚吗?越想觉得可能性越大,好几次都是江远峰把自己叫到公司和家里,而非江晚。可是李屹东和江远峰亲若父子,自己算哪根葱?耿晔怎么也想不通。

拓展美国市场,激起了江远峰的万丈雄心,他走到窗口看着脚下的北京城,将新训练的铁三角投入到美国市场是一个巨大的冒险,他指着脚下这片热土说道:"1985年,我们没有任何设备,也没经过任何训练,也要抢在美国人前面漂流长江,弹指30年,我们拥有18万名员工,产品技术都不差,怎能退缩?必须前赴后继,向美国市场发起冲击,绝不言退!"

耿晔意识到了父辈们的梦想、坚持和奋斗精神,这深深打动了他。父辈们出生于20世纪中期,历经战争、饥荒,一无所有,却胸怀梦想,百折不挠,自强不息,勇于拼搏,在短短30年间取得了巨大的成就。耿晔热血涌动,走上前说道:"我陪江晚去!"江晚蜷缩在沙发上嫣然一笑,她与耿晔结伴旅游,是患难与共的旅伴,渐渐心生爱怜,青丝暗系,今天就像过去,不管有什么争执,有他守候,江晚就充满勇气。

"派遣新人组成的铁三角去美国市场,太疯狂了,但我支持!"江远峰为这个想法兴奋不已,身心轻松,哈哈大笑,无比畅快。

▌控制权 ▌

周末,李屹东接到万成电话,约他出去,本来不想去,耐不住万成死磨硬泡,加上他背景通天,李屹东只好答应。万成很体贴,约的见面地点距离李屹东住处很近,是他的会所。万成和苗紫一起迎出来:"抱歉,大周末的,又把您请出来了。"

李屹东对万成印象不错,在美国帮了自己大忙,现在仍觉得欠他:"您客气,有机会跟您聊天,我也长见识。"

苗紫想倒酒,被李屹东以开车为理由阻止,万成有些想不通,这么高的职位还自己开车?他没有追问。苗紫点餐之后说道:"我们在做财务分析时,突然想起一件事,向您请教。"李屹东做了一个继续的手势,苗紫说下去:"鸿鹄技术董事总共有九位,一共拥有多少股份,您算过没有?"

鸿鹄技术全员持股,谁的股份都不多,李屹东摇头,苗紫经过仔细地计算,得出结果:"九位董事加一起8.2%,您觉得这数字怎么样?"

公司创始人通常拥有很高的股份，董事会成员持股比例更高，李屹东承认："有些低。"

万成和苗紫商量过，打起配合："非常低，从来没有这么低，一旦老总退休，这个比例还要降，太可怕了，董事会根本不能代表全体股东，你们的决策毫无意义。现在能决策，是因为老总的威信和成绩，一旦老总退休，你们遇到挫折，董事会很容易被推翻。"

李屹东点头，他以前没有想到这个问题："您提这个，想必是有对策吧。"

万成曾做过六家上市公司，经验十足，他说道："帮助创始人争取控制权，我还是有些办法。"

李屹东对这个问题起了兴趣："那您说说？"

万成没有说，苗紫一向让他很省心。果然苗紫接着说道："最常用的方法就是成立一个资金池，注册在开曼群岛或者维京群岛，绝对保密，谁也看不透，同时吸收股份，但同股不同权，直到能够控制公司。"

鸿鹄技术的股份分配的确有不合理的地方，苗紫的话并非危言耸听。李屹东喝了一口水说道："这法子不错，在开曼群岛注册投资公司，要增资时潜进来，帮助董事会取得控股权。"

万成有十足的把握，跃跃欲试："我能通过资金池争取到30%的股份，足以应付局面。"

李屹东看透了万成背后的图谋："此为其一，其二是公司一旦上市身家就能翻上几十倍，我就是百亿富豪，您是这意思吗？"

万成借着争取控制权，实为李屹东揽财，既然被看破只好承认："一石二鸟，嘿嘿。"

李屹东放下手中的矿泉水："这个建议您先收着，以后肯定用得上。"

万成很难相信他不为所动："现在不动？"

李屹东坦然说道："公司是老总创建的，我知足，没有非分之想，等哪天老总想通了，咱们就这么干。"

万成震惊不已："这可是百亿的资产啊？"

李屹东站起身来，这是谈话到此为止的意思："一个亿和一百个亿，对我都差不多，如果没有其他事，我就先告辞了，万总的想法特别好，咱们多碰。"

万成和苗紫将李屹东送走，然后返回会所。苗紫说道："刚才上车的时候，李总请我转告您，上市的事情就不要提了，他为难。"

万成坐在酒吧前发呆，想不到李屹东这么难啃，苗紫问道："吃喝玩乐没兴趣，上百亿的钱不动心，您没辙了吧？"万成不知道拉了多少人下水，还没有遇到过这么难攻的人物，他抚着后脑勺自言自语："我越来越佩服李屹东了，年轻有为，不贪财，也没有吃喝玩乐那些毛病。"他掂量了半晌，说道："这个世界上，什么比吃喝玩乐和钱还厉害？"

苗紫这方面比不上万成："这我哪儿知道啊？还是得听您的。"

"就不信拿不下这个李屹东！"他摆手让苗紫不要说话，默默想了许久，鸿鹄技术将要发布的新的旗舰手机还缺个代言人，他旗下除了六家上市公司，还有一家娱乐公司，主业是影视投资和艺人经纪，艺人只有一个，便是冉冉升起的明星杨妮。他跺跺脚，取出电话拨出去说道："小妮，有个代言，想请你接一下。"

苗紫静静听着，大为吃惊，向挂了电话的万成说道："万总，您这是拿出血本了。"

奇异面试

耿晔必须在一周内完成北京地区的所有面试，否则就要解除协议，现在只剩四天，他三头六臂也做不完。江晚有把握再和人力资源沟通，宽限几天，可是耿晔没来公司，面试也没开始，江晚无心工作，如果自己请来的人，干了一周就被人力资源干掉，只能说明耿晔的确是个草包，这是江晚不想看到的。人力资源的人也反复来催，询问面试什么时候开始，人力资源部也想旁听，搞得江晚心烦意乱。

九点半，一辆大巴来到停车场，一群大学生下车到人力资源部排队填写表格，江晚看见了人群中的耿晔："这么多人怎么面试？跟我去人力资源部。"江晚转身走了，耿晔没有跟来，而是让那一大群学生下楼又上了大巴。江晚只好随着下楼，茫然地看着学生们。耿晔在车窗里招手，江晚上车看见满满的应届毕业生，走道堆满矿泉水。大巴驶出停车场，江晚呆呆坐在耿晔旁边："去哪儿？"

"面试。"耿晔站起来，抓起来一个扬声器站在大巴中间，活像导游。这是面试？在江晚的印象中，面试官应该在办公室里询问："你的优势是什么？为什么应聘这个职务？你的同学怎么评价你？"但耿晔在干吗？学生们更糊涂，不停询问，耿晔扶着车门说道："不愿意参加面试，随时下车。"没人下车，因为离学校太远。

"钱包、现金和手机都拿出来。"耿晔将一个塑料袋交给江晚，就像打劫："放进来封住，像这样。"耿晔将裤兜翻出来，两袋空空，学生们东张西望，乖乖地上交。司机猛踩刹车，大巴停在街边，这里是北京有名的茶叶批发市场，各色人等，三教九流，贩卖茶叶为生。

"那里有个家乐福，看见了？"耿晔打开车门，命令道："每人抱一箱矿泉水，下车。"

毕业生们大眼瞪小眼，每个人都吃力地抱着一箱矿泉水，来到路边排开。耿晔站在车边举着喇叭："两个小时内把矿泉水卖掉，卖得越多越好，价格越高越好。中午十二点，带钱在这里集合。"

"耿顾问，卖给谁？"

"耿顾问，我退出。"

"鸿鹄技术逗我们大学生玩？"

声音传不到耿晔耳中，大巴车门迅速关闭，一溜烟消失在车流之中，江晚惊呆了，托着下巴合拢嘴巴："你干吗？"耿晔开车进了停车场，带着江晚向楼上跑去，他早已侦察好了地形。"是不是有些过分？"江晚跟着耿晔跑上麦当劳的二层。

"对于海外团队,什么最重要?"耿晔牵着江晚来到角落,在很难被人发现的格挡处,两人自然而然地牵了手,就像回到了登山的时候。

"专业,沟通能力强。"两人俯瞰小广场,江晚答道。

"两周的强化培训,就可以掌握产品知识,经过一个月的训练,大多数人都能掌握最基本的沟通能力,这是皮毛。"耿晔否定了江晚。此时小广场的毕业生们扛着矿泉水,不知道何去何从,耿晔从双肩包掏出望远镜递给江晚:"知识和能力不是最重要的,心态才是。"

毕业生们围成圆圈,商议对策,有人情绪激昂地抗议,钱包、现金和手机都在大巴上,他们应该跑不掉,忽然一名女生从人群中溜走,江晚记得她叫宁佳佳。实习生们讨论不出结果,各自散开,两三人放弃,坐在台阶上等时间,耿晔打开记事本,在评估表上画了勾。

"那个宁佳佳进小区了。"江晚很担心,耿晔的方法靠谱吗?

青春怒放

宁佳佳走进小区,按了密码开门进去,搭电梯上楼,掏出钥匙进了家门,惊叫起来:"爸妈,小胖你们干吗?"小胖其实姓庞,渐渐就被叫成了小胖,但他觉得自己不胖,而且又帅又酷:"你怎么回来了,不是面试去了吗?"

宁佳佳在父母身边绕了一圈:"趁我面试,你们偷偷摸摸在干吗?"这的确很奇怪,小胖只来过家里几次,每次都是她陪着,他们三个人瞒着自己偷偷见面,这里有说不出的诡异。

"听说你去鸿鹄技术应聘了?"宁佳佳爸爸不想绕弯子了,他得到小胖的消息,三个人聚在一起商量对策。佳佳妈妈接着问:"听说是海外部门?"

宁佳佳明白了,她觉得世界很大应该出去看看,那天听了江晚的演讲,动心报名,没想到被小胖告诉了父母,爸妈一向舍不得自己离开,折腾出这么大的动静。宁佳佳开怀笑着:"你们真逗,这事儿不和我商量,你们能讨论出什么结果？"

小胖为宁佳佳倒了水："我们商量对策啊，然后再劝你。"

宁佳佳喝了水，伸出手来："妈妈，给我两百块。"

佳佳妈妈上下打量，越看越不对："都手机支付了，要钱干吗？"

"没钱了，先给我。"宁佳佳很聪明，不说面试的事情。

佳佳爸爸掏出钱甩给女儿，说老伴儿："不就是两百块吗，还要问？二百五拿走。"

宁佳佳不嫌弃这个数字，笑起来，站起身说道："这公司面试真邪门，收了钱包和手机，让我们比赛卖矿泉水，可惜啊，人算不如天算，竟跑到我们家里楼下来，有了这爸爸的二百五，我肯定拿第一。"说完推门出去还不忘他们的密谋："你们商量啊，有结论告诉我。"

实习生们都在抱怨，唯独高盎将矿泉水搬到小广场堆起来，见一位老太太正在收拾，看样子像是早上刚跳完广场舞。高盎走过去请求道："阿姨，您这音响可以给我用用吗？"

老太太很热情，高盎提起音响摆在矿泉水箱之前，向学生们喊道："来个广场舞，卖艺。"

"广场舞？"周围的学生都不动，高盎打开音响，全是流行的广场舞曲子，他拉来几个同学，一起扭起来，那老太太看得直摇头："这是啥啊，我教教你们。"

高盎向人群抱拳，说着："各位父老乡亲，兄弟初来乍到，借贵方这块宝地，承蒙诸位捧场，我这里献丑了。"说话间五六个老头老太太扭进来，将卖矿泉水的场子重新变回了广场舞，却没人买水。实习生们混杂其中，一同学说道："这些老头老太太天天跳广场舞，从来没顺便买过矿泉水。"

高盎连连点头："对，没消费习惯。"他关了音乐喊道："天还没黑，广场舞时间没到。"

大妈被高盎勾起了广场舞的瘾："准你们跳，不准我们？"

一位大爷立即帮腔："只许州官放火，不许百姓点灯。"

高盎看起来快哭了："我们正在面试，别和我们抢场子啊？"

大爷大妈一起吼："谁抢谁的场子？你们哪天来的，我们哪天来的？"

"大厨，你这法子灵不灵？"江晚觉得高盎不错，有心态有办法，就是没结果。

耿晔记下高盎的名字，笑着说："有用啊，拼的就是心态，顽强、百折不挠，失败了没关系，爬起来继续冲锋。"

江晚看着一向颓废的耿晔："你自己呢？"

耿晔无言以对，他看淡商场竞争和职场钩心斗角，有什么资格让别人积极不放弃？耿晔能力不凡，似乎无心于事业，这点江晚一直没有搞明白："为什么这么颓废？你以前好像有份不错的工作。"

耿晔仰面朝向天空，不想多说："拼命去赢值得吗？"

江晚不用为吃饭穿衣住房发愁，更不用养家糊口操劳，却不认可耿晔的生活态度，她隐隐约约觉得，耿晔这种态度，似乎是两人之间的障碍，今天正在面试，时间并不充分。忽然，他们看到宁佳佳从小区跑出来，和实习生们围拢在一起。

宁佳佳冲进人群，五六个实习生正在劝高盎，跳广场舞卖水肯定不行，高盎听不进去，拆开一箱矿泉水给每人分了一瓶，惹得很多学生大喊："这是卖的，不是喝的。"

"先喝。"高盎举着一瓶咕咚地喝着。

宁佳佳忽然右腿提膝下蹬，后脚踵落地，左腿迈出，双膝内扣，含胸双臂交叉，来了个180度大旋转，纯熟无比，吓了高盎一跳，矿泉水喷了出来："你干吗！"

"看我的。"宁佳佳原地翻了个跟头，压下了广场舞老头老太太的风头，指着高盎说："广场舞，先不说扰民，太跌份了。"说完又来了一个大回旋的街舞动作，问老头老太太："这个，您来一下？"

老头老太太一起摆手，他们老腰老腿哪能跳街舞？宁佳佳有颜值有自信，向围观人群说："哪位有手机，帮我搜个曲子，好不好？"旁观的人人都有手机，高盔用蓝牙连接广场舞的音响，宁佳佳将帽子向头上一套，左胳膊弯曲挡在面前，右胳膊向右一举，又摆了个街舞的动作。

"Dab 啊，太老套了。"高盔是跟着宁佳佳参加的鸿鹄技术的宣讲会，也填写了报名表，有机会和她一起跳舞，当然不会退缩。他向四周拱手道："我们被无良企业诓骗到这里，收了钱包和手机，山穷水尽，我和她比个舞，大家如果觉得好，打个赏，好不好！"

有位围观群众喊道："比武招亲，好哎！"

宁佳佳兜里有了钱，任务已经完成，只是喜欢跳舞，几个动作把跳广场舞的老头老太太镇住，让出场地，高盔双臂一分来了个前空翻："开始！"宁佳佳身体猛旋，用手指点着高盔，边说便跳："说你，斗舞不是比武，还想招亲，以为你是小王爷！"

两人在家乐福前面斗起舞来，显然比广场舞更刺激，哗啦啦的纸币顿时飘落下来，高盔围着宁佳佳自编自舞自唱："说我？斗舞就是比武，只收现金，微信支付宝，都不行！"惹得围观的吃瓜群众哈哈大笑。

宁佳佳哼了一声，一边跳一边说唱："真的面试？谁不知道，拿着常青藤，和小姐姐抢工作。"

高盔双腿交叉蹬地，跳起落下，却编不出来歌词，落了下风，向围观的吃瓜群众鞠躬："我输了，钱给她。"

新奇面试

大巴回到停车场，毕业生鱼贯上车，耿晔开始数钱，大约 1/3 的学生放弃，其他或多或少卖出一些，赚钱最少的批发给小卖店，还有沿街推销，每瓶价格都在两元左右，赚了四五六元。高盔交了 90 多元，出乎耿晔预料："这么少？"很多人看了他们的街舞表演，都扔了不少钱。

后面又有五六个毕业生大把交钱，看来高盔跳舞后把钱平均分了。宁佳佳街舞击败了高盘，交了遥遥领先的100多块，其他参与的人人有份，他不仅心态好，还有不错的领导能力，耿晔十分满意，他抓起麦克风问道："大家觉得应聘海外岗位，什么品质最重要？"

寂静中突然响起一个声音，大喊："不要脸！"大巴上哄堂大笑，喊话的人正是带头街舞的高盘。耿晔尴尬极了："别这么说，积极，永不放弃才是最重要的品质。"

江晚忍不住扑哧笑出来："好像就是不要脸的意思。"毕业生们笑成一团，耿晔指着笑得最开心的宁佳佳说："严肃，笑什么？"

"耿顾问，卖矿泉水这招儿早就用烂了，网上好多攻略。"宁佳佳青春灿烂的脸上满是笑容。

耿晔一脸尴尬，下不了台，宁佳佳伸出一段雪白的手臂："这儿还有。"一张100元的钞票，毕业生都很惊异，24瓶矿泉水竟卖出100元，宁佳佳又掏出一张钞票，放在耿晔手中，每人只有一箱矿泉水，她哪里搞出来这么多钱？她笑着问："考核是不是应该只看结果，不看过程。"

"只要不违规。"江晚极为开心，耿晔在这群学生面前栽到家了。

"茶城上面是格调小区，从侧门进去，坐电梯到达八层，敲门，一位阿姨开门，我进去歇了一会儿，喝了暖暖的柚子茶，从窗户望下去看街舞。三点五十分，我要了200多块钱，更多也没问题。"她慢条斯理地说着，一点儿都不惊慌，看着耿晔："我违规了吗？"

"你的意思是，这箱矿泉水卖了200元？"耿晔打算重新换个法子，卖矿泉水确实太老套了。

"我家就在这里，那位阿姨就是我妈妈。"她讨巧地看着耿晔，看他脸色一点点儿变得难看，突然咯吱笑出来。

大巴离开，去接另外一批学生面试。耿晔郁闷地坐在台阶上。江晚心情大好，打开一瓶矿泉水，送到他手里，选拔出高盘是不小的收获："哈哈，你还挺有两下子。"大巴一车车把毕业生拉到小广场，两个小时就能面试四五十个人，比通常的面试效率高很多，耿晔还真的能在四天内完成面试。

"拿人钱财,替人干活,我向来很有口碑。"耿晔就当把自己卖给了江晚,取出记事本:"这是评估表和视频录像,帮我交给人力资源部交差,你在这边盯着,我下周去其他城市。"

"其他城市交给周道,我还有其他安排。"江晚一步步计划周密,谁也猜不到。

"干啥?"耿晔心里打起鼓来,江晚不知道又要来哪一出。

"我去参加拉斯维加斯电子消费展,陪我。"江晚突然伸手,不让耿晔说话:"要和我争论合同条款吗?"耿晔想起那第五条款,仰天无泪,自己已经彻底沦为她的奴隶。"通知周道去其他城市,你护照准备好,等我消息,今晚和爸爸谈。"江晚不由分说地决定好了行程。

世界之大

尽管不复童年模样,在江晚妈妈眼中,李屹东永远是自己看着长大的孩子。十几年前,李屹东在武汉读大学,接着江晚也去了,江晚妈妈私下里埋怨江远峰,身边连儿女都不留,江远峰只是笑笑。没多久,女儿和李屹东之间似乎有了状况,那不是兄妹之间的亲近,而是一种说不清道不明的感觉。

江晚妈妈忽然明白,将女儿嫁给老大哥的儿子,是江远峰埋藏在心底的愿望。刚开始,江晚妈妈不适应,半个儿子和女儿恋爱结婚?后来就释然了,这不是天作之合吗?李屹东无论样貌学识还是能力都出众,配得上女儿。江远峰把他当成接班人培养,女儿嫁给他才是最好的安排,这不仅是家事也是公司的大事,江晚妈妈由衷佩服江远峰的高瞻远瞩,在不知不觉中做了最妥善的安排。

世间的事情总是难以预料,感情更是这样,这个最好的安排即将崩溃。江晚开始与李屹东争吵,半年之前达到决裂的地步,断绝交往,独自攀登雪山去了。接着,江晚带回来了耿晔,这加深了江晚妈妈的猜忌。耿晔连正当工作都没有，唯一的优点就是帅，虽然陪嫁十套学区房都没问题，可是女儿绝不能嫁给一个颓废的年轻人。江晚妈妈试图说服女儿，又做江远峰工作，毫无效果，于是干脆从李屹东入手，至少能够多创造一些和江晚见面的机会。

周六下午，江晚妈妈买了各式各样的海鲜，在厨房里忙碌，李屹东和江远峰在客厅里聊天，江晚不知道跑到了哪里，但江晚妈妈不担心，江远峰答应把女儿叫来，就绝不会失误。她颠勺的时候，心里免不了将二人做了对比，耿晔更帅一些，更阳光和健康，有着运动员般的体魄，会来帮助自己做饭，待人张弛有度，不用力过猛地讨好，更像女儿的队友，而非不被认可的男友。他更应该陪自己做饭还是陪江远峰聊天？江晚妈妈很难做出判断。而且耿晔和江远峰也聊得来，极为默契，或许只是因为他不在鸿鹄技术，江远峰没有顾忌。江晚妈妈想来想去，耿晔的缺点似乎就只有一条——没有事业心。这导致他没房没车没固定工作，这一点很致命。或许，如果李屹东不是老大哥的儿子，耿晔也是一个不错的对象。

也不知道江远峰说了什么，江晚六点整准时出现，向李屹东客气地点了头，坐在父母之间，和李屹东拉开了距离，显得陌生。江晚妈妈不停地张罗饭菜，吃得热气腾腾，她笑着说道："屹东，你中学的时候，我们一家四口常这样吃饭，那时候真好啊。"

江晚妈妈不太关心公司，喜欢过去的话题，而江远峰和江晚活在现在，想着未来，都没有心聊这些。李屹东陪着说了几句怀旧的话，江晚悄悄在江远峰耳边说道："爸爸，我想去拉展看看。"这句话声音不大，却打破了平静，江晚妈妈措手不及。江远峰埋头吃饭，沉默就是无言的反对。"拉展"是拉斯维加斯电子消费展的简称，一年两次，吸引数千知名企业，各大电信运营商和媒体也踊跃参观，了解最先进的通信技术和产品，很多厂家都会借此发布最新的产品，鸿鹄技术通常会派出庞大的阵容参展。江晚一向在总部负责财务，很少参与市场拓展，江远峰放下筷子看着女儿："你几个意思？"

"我英文好啊。"江晚故意打岔，这也是一个实实在在的理由。

"英文好的，公司至少一万人。"江晚妈妈知道公司的小海归们特别多，一抓一大把。

"执行委员会里我英文最好。"江晚故意把话题向外带,避免提那个敏感的话题。

"你做财务,哪懂得市场营销?"江晚妈妈被女儿带偏,辩论起来。

江晚谋划许久,早想好了理由:"我毕业后一直在后台,从来没有去过一线,爸爸常说,要到听得见炮火的地方指挥战斗,您女儿就例外了吗?"江晚振振有词。江远峰一直压缩后台的组织架构,让他们尽量到一线。但员工结婚生子之后把出差视为畏途,尤其是海外,因为公司一派驻就是好几年,江远峰也为此头疼。江晚又说:"毛主席都把儿子派上了朝鲜战场,您女儿不能去海外吗?"

"女孩子不一样。"江晚妈妈仓促间找到了一个虚弱的借口。鸿鹄技术派驻到海外的女员工不在少数,江晚懒得辩论,问江远峰:"我说的有没有道理?"

"屹东,你说说。"江远峰有一个高参在身边,当然不会不用。

李屹东放下筷子擦擦嘴巴:"拉展持续一周时间,我也去,保证把活蹦乱跳的小晚带回来。"

江晚妈妈还是不放心,江晚伸个懒腰,拍拍肚子说:"好饱,既然不让去,我就继续爬山,去珠穆朗玛还是南极呢?"

这吓住了江晚妈妈,李屹东既然也去,正是撮合的好机会,说道:"屹东,小晚交给你,照顾好。"这顿饭是要撮合女儿和李屹东的,两人聊得不多,却同意一起去拉斯维加斯,江晚妈妈也不知道是否达到了目的,慢慢吃着,却已经尝不出饭菜的味道了。

吃完饭,江晚妈妈拉着江远峰躲进了卧室,将客厅留出来。江晚和李屹东独处,浑身别扭,她给李屹东倒了一杯茶,意思是喝完茶就走吧。李屹东半年来第一次单独面对江晚,说道:"小晚,爸妈年纪都不小了,还为我们的事情操心,挺不应该的。"

江晚听出了言外之意,故意引蛇出洞:"所以呢?"

李屹东摸不透江晚的心思,以为她动心了:"老总都七十几了,为人子女的，该为父母考虑。"

父母还没以此为理由催婚，却先被李屹东拿出来谈，江晚心里不舒服："爸妈希望我幸福，不会让我委屈。"

李屹东劝说失败，又不想放弃："半年多前，你要考虑一下，现在你回来了，考虑得怎么样？"

江晚将茶杯从李屹东手中夺来："世界那么大，女孩子那么多，凭你的条件，什么样的找不到？为什么总找我麻烦？"这句话就是给了李屹东明确的答复，他们之间似有似无的恋情无可挽回。

李屹东站起来，不想让江远峰听见："是不是因为那个耿晔？"

江晚不说话，只是低头喝茶。李屹东压住了声音，怒火却都在目光之中："以前我想到上班就兴奋，因为可以去做喜欢的事，但是我现在每天起床都觉得上班是场噩梦，你和那个耿晔天天在一起，每个人都同情地看着我，你能理解吗？你的女朋友每天带着另外一个男人在办公室里，就在你眼前，躲都躲不开。"

江晚笑着，把李屹东推出门外："那你赶紧再找一个，带到公司来，我们不就扯平了？"

片场

杨妮对着镜头摆出各种姿势，这是她接下的化妆品的代言，万成在一旁看着，拍摄结束的时候，他先是噼里啪啦鼓掌，又是为她披上衣服，打开一瓶热饮。杨妮和万成的关系极为隐秘，他来到片场，肯定有急事。万成陪着她走入房车："这么冷的天儿，偏要拍夏天穿的衣服。"

杨妮坐下来喝了口热饮："这是明年的春款。"

万成取出一个卡地亚的盒子，他每次见到杨妮都会送出礼物："纪念你出生一万天。"

杨妮大学刚毕业的时候，很喜欢这些，现在早已看淡，她看了一眼就放在边上："巧立名目。我算算，如果不是一万天，就还你。"

万成根本没有详细算过，憨憨笑着说："买都买了，还我干吗？"

杨妮知道万成绝不是来送自己一万天生日礼物的："怎么有空来看我？"

万成掏出手机，放在杨妮手上："鸿鹄技术，要推出旗舰手机，缺位代言人，你正合适。"

杨妮拉开门，向外面喊经纪人："大明哥，来，这儿有代言。"

万成摆手阻止，他哪里是为了代言，而是为了李屹东，这种事情怎么能向经纪人说："别，我帮你安排好了。"

"这还用您亲自劳烦？"杨妮在演艺圈情商极高，一下子就看出万成别有企图。

万成不想多说，又不能不说："你知道李屹东吗？鸿鹄技术副总裁，这事儿还要从他说起。"说着把上市的事情大概讲了，杨妮十分机警："跟我说这个干吗？代言就是代言，我不掺和这些事儿。"

"咱们就代言，顺便帮我打听一下情况，行吗？"万成恳求着，见到杨妮点头，他顿时满心欢喜。

▎战车滚滚▕

一周时限已到，耿晔西装革履地来到人力资源部的会议室汇报工作，他正要开始，老龚挥手，示意让他再等等。没多久，庄雨农来了，老龚还要等，直到江晚进来，老龚还不开始。当江远峰来到会议室的时候，众人都站了起来，耿晔想鼓掌，巴掌刚拍到一起，吓得心惊肉跳，缩了回来，江远峰挥挥手，坐到了后排。

耿晔这个咨询项目小得不能再小，竟然惊动了两位执委会成员，连江远峰也亲自来参加，实在没有先例。人力资源部那些员工们大气不敢出，老龚还算镇静，说道："我们委托合力咨询进行校园招聘，第一个阶段的工作刚刚结束，我们一起来做个复盘，再规划未来的计划。庄总、晚总，要不要先说几句？"

庄雨农看见江远峰来了，不知道他动机，担心老龚屈服于压力，但他十分慎重，也不敢在江远峰面前随便说话，摇头拒绝。江晚胸有成竹，先说起来："耿晔是我请进来的，没走公司的采购流程，我相信他能做好这个项目，如果他没有保质保量按时完成任务，请大家按照公司规定处理，我一定配合。"

老龚听了，看见庄雨农点头，心里有了底，一周之内完成北京将近十所大学的面试，根本不可能，只要耿晔不能交差，就可以解除协议，将他赶走，这是庄雨农交给自己的任务。李屹东和江晚本来是一对，这个耿晔跑到公司来捣乱，那不是找死？老龚也不多说，让耿晔开始汇报。

耿晔没有多谈人才的重要和选拔之难，这些在江远峰和庄雨农面前简直不值一提，他快速列举了数字："我们总进行了九场宣讲会，不仅涵盖清华、北邮、北工大这些大学，还将海报贴到了附近的相关大学，共有6650名同学参加了宣讲，加上其他渠道，我们共收到了8695份简历，经过筛选，选取了其中6255份简历出来，进行面试。"

这些都是江晚和人力资源部亲眼所见，耿晔展示出了海报和简历样本，尤其是江晚作为嘉宾在海报中占据了极大的位置的那一版，谁也说不出什么。老龚问道："面试的情况怎么样？"这才是关键，谁都知道用四天时间完成6000多次面试是不可能的。

"请看一段视频。"耿晔鼠标放在电脑的视频窗口，说道："我们根据岗位和鸿鹄技术的胜任力模型，为每个岗位挑选出了两三个最重要的能力，比如海外销售团队，是积极心态和沟通。传统的办公室面试很难在短短的时间精准地选拔，我们采用场景式面试，设计一个场景，让所有应聘者参与，观察他们的表现，判断他们的能力。我们设计了卖矿泉水的场景，我要放的就是这一段视频。"耿晔挑选的正是高盎和宁佳佳街舞这一段，播放了几分钟之后，每个受试者的表现都清清楚楚，耿晔又展示了打分表，对此大家毫无争议。

"高盎这小伙子不错。"江远峰指着视频说道，这算一锤定音，没人能再找耿晔的麻烦。

"嗯，打分表统计出来了，他排在第一，申请海外团队。"耿晔随即公布了录取名单。

鸿鹄技术人力资源部的水平是全国领先的，老龚是识货的人，但他现在唯一可以挑剔的就是这些场景。耿晔取出文档，面试将研发、售后、销售岗位的场景展示出来，众人无话可说，硬是挑不出分毫错误。老龚又震惊又为难，他向庄雨农打包票要将耿晔赶走，现在没了借口，他不禁看了一眼庄雨农。

江远峰和江晚都在，庄雨农不能乱来："好啊，我第一次见到这么精彩的招聘，当初小晚没有走流程，我是担心的，现在看来担心是多余的，继续吧。"

老龚不知道继续指的是会议还是耿晔的咨询项目，但事到如今，只能继续向下推进："现在看来，你们的工作是保质保量按时完成的，那么就继续吧，尽快完成其他地区的校园招聘。"

江晚是有私心的，本来对耿晔没有那么高的期望，谁知道他表现得如此专业，她灵机一动，提议道："海外团队的赋能，我也想请顾问帮忙。"

江晚得到执委会任命，负责美国市场，人力资源部是支持部门，发言权本来就没有她大，老龚不说话，但庄雨农立即反对："小晚，是不是先完成了招聘再进行下一步。"

江晚急于去拉斯维加斯，时间不等人："庄总，我不想拖，越早越好。"

老龚知道了庄雨农的态度，立即反驳："耿顾问招聘做得好，这我们没有异议，可是赋能还是应该重新评估一下。"

"为什么不现在评估？"江晚对耿晔越来越有信心，而且这些人归自己使用，自己就是裁判，还有什么好担心的。

"晚总，我是不是应该先向您汇报一下。"耿晔头都大了，江晚做什么事儿都不和自己商量，简直是没有道理可讲。

"我们再预约时间谈赋能的计划，今天的会议先到这里，耿顾问，你们可以进行下一步外地的校园招聘了。"老龚不想掺和，率领人力资源部的员工们退出了会议室。

会议室只剩下他们两人，耿晔十分恼怒，改了称呼："小晚，你从来不和我商量，自作主张，这是我的工作，用不着你帮我揽生意。"

江晚笑了，她知道耿晔会生气，早已想好借口："哎，这就是你不对了。"

耿晔看着她的笑容，心想糟了，她肯定设计好了："我哪里不对？"

江晚走到耿晔身边，递给他咖啡，再拂去了他西装肩膀的灰尘："你说过，商务的事情都和周大哥商量，对不对？"耿晔又栽了，他为了避嫌，确实讲过自己只做项目，价格和付款都和周道谈。以周道的财迷性子，江晚肯定毫不费力就说服了他，甚至有可能是周道求着江晚把赋能的项目包给自己，耿晔只好退让："我们以前登山的时候都是平等的，现在我怎么变成了你的小跟班了？"

江晚占了上风，就给耿晔留足了面子："我哪儿敢呀？大顾问，我很乖的。"耿晔拿她没有办法，摇摇头，江晚退一步又立即进两步："我和周大哥谈好了，协议正在走流程，赋能的事情就拜托你了，招聘结束就开始赋能，只要有你在，我什么都不怕。"

耿晔放下咖啡："你不怕，我怕。"江晚要去打美国市场，耿晔被一步步拖上了战车，去打一场难度极大的商战，却躲也躲不开。

代言人

鸿鹄技术的手机有好几条产品线，包括高端的P系列、M系列和低端的N系列，P系列即将全球发布，有大量的筹备工作要做。鸿鹄技术除了定期执委会开会，还有每周一次的碰头会，产品发布上不了执委会，需要在碰头会上确认。李屹东来到会议室，将会议设施检查一遍，坐下看手中的文件。会议时间将到，江晚来了，后面跟着耿晔，如果是其他人的助理，李屹东不会搭理，但是江晚带来的人，他必须收敛，并和耿晔客气地握了手。耿晔成为江晚的顾问，名正言顺的挡箭牌，在鸿鹄技术却被认作第三者，全身别扭，这是他做咨询这多年从来没有的经历。三人正在尴尬，江远峰、庄雨农和郭厚军三个人说笑着进来,与李屹东聊了几句,示意开始。

上次会议定下来侵扰的策略,派出铁三角前往美国寻找战机,这是一个妥协,以庄雨农为代表的保守派也可以接受,鸿鹄技术本来在美国就有1000名员工,多三个人又能怎么样?所以这次碰头会便没有碰美国市场的这个话题。李屹东汇报了新款手机的发布计划,最后说道:"打造新旗舰的品牌势在必行,需要一位代言人,市场部拍了样张,请大家看看。"

一幅惊艳天地的图片投射出来,杨妮!年轻的助理们都在追她的新剧和综艺节目,率先鼓起掌来,江远峰见年轻人赞同,点头定下了杨妮。李屹东关上投影机,坐下之后,目光看向耿晔,却只见耿晔呆呆地看着屏幕,若有所思。

▌美目盼兮▐

周道当然不会拒绝上门的生意,由于江晚的坚持,也鉴于耿晔在校园招聘中的表现,和人力资源部签订协议的过程非常顺利,赋能的协议很快签署。这期间,江晚不愿意耿晔离开,合力咨询派出其他顾问,到上海、西安、武汉和成都进行校园招聘,耿晔乖乖留在北京。他设计好了场景,让其他顾问照着做就行,很快50名应聘海外销售岗位的毕业生就被选拔出来。然而,为了是否录用宁佳佳,耿晔和江晚有了小小的分歧。

宁佳佳的学业成绩和表现并非出类拔萃,却在卖矿泉水的场景中拿到了第一名,当耿晔把名单拿出来的时候,江晚质疑这个成绩:"宁佳佳家在附近,回家拿了200元才得了第一名,不公平。"

耿晔知道宁佳佳条件差些,却不愿意打破规则:"我们说过,根据结果决定成绩,不好食言。"

江晚绕着耿晔转了一圈:"你没其他想法吧?"耿晔刮了一下江晚的鼻子,拿着录取名单出了她的办公室。

高盎是因为看见宁佳佳才去参加了鸿鹄技术的宣讲,领了报名表,参加了耿晔别出心裁的面试，和宁佳佳在家乐福前比了街舞。他拿到录取通知书，反而犹豫起来，是去波士顿读书，还是加入鸿鹄技术的海外团队？

当他在食堂又"巧遇"宁佳佳的时候，她一边吃饭一边倒苦水："我爸妈就觉得北京最好，哪儿都不让我去，我和同学去丽江旅游，他们都不放心，哼。"

高盎埋头吃饭，他爷爷曾做过清华的校长；外公是中科院和工程院的双院士，瑞典皇家工程科学院外籍院士，著名力学家，也做过清华的校长；外婆是世界流体力学权威普朗特教授唯一的女学生，创立了中国第一个空气动力学专业，是中国航空科技的奠基人；母亲是著名的建筑学家，梁思成的学生。在他们看来，品学兼优的高盎必然选择继续读书深造，当他宣布自己被鸿鹄技术录取的时候，家里人震惊无比。高盎没有说出自己的选择，就一溜烟跑出家门，进了食堂找宁佳佳了。他从不说家世，放下筷子："我爸妈也是，让我继续读书，不让做销售。"

"那你怎么办？"宁佳佳侧头看着高盎。

"同进同退。"高盎刚说完，看见了熟悉的身影，立即站起来："妈妈，您怎么来了？"

高盎妈妈拿着餐盒坐下来看着宁佳佳，宁佳佳立即起身："伯母，您好，我吃完了先走了。"

宁佳佳离开，高盎妈妈看着她的背影出了食堂，才问儿子："因为她？"

高盎一向住在宿舍，周末才回家，猜到妈妈是来谈工作的事情："嗯，我在食堂吃饭见到她，跟着她参加了鸿鹄技术的招聘会。"

高盎妈妈将餐巾铺在膝盖上，她在国外留学回来，习惯用吃西餐的方式吃食堂的饭菜："她挺好的。"然后认真地吃起来，判断着新情况。她擦擦嘴巴问道："盎儿，你长大了，和你喜欢的女孩子交往，妈妈不会反对，但是你是不是应该想想，孰重孰轻？前程远大，不可负。"

高盎也没有想通，跨坐在长凳上："妈妈，您也觉得她好吗？"

"手如柔荑，肤如凝脂，巧笑倩兮，美目盼兮，又是清华同学，怎能不好？"高盎妈妈想起年轻的时候，和高盎父亲相识于清华园，是最美好的回忆，她唯一担心的就是儿子的学业："盎儿，正确的人值得等待，好的感情也经得起时间考验，你可以再想想。"

高盎明白母亲的意思，是让他先去读书："妈妈，离去美国报到还有一段时间，您不会反对我先去上班一段时间吧。"

高盎妈妈十分通情达理："未尝不可。"高盎从座位上跳起来，欢呼一声，把妈妈搂在怀里说声周末回家吃饭，就开开心心去了球场。

证据

庄雨农闷闷不乐地喝酒，听着郭厚军的埋怨："老庄，你不是说要把耿晔赶走吗？怎么还给他新项目？他这么在公司耗下去……"说到这里，郭厚军看了一眼李屹东："就是每天啪啪啪地打咱们的脸。"

庄雨农本来笃定耿晔一周之内难以完成校园招聘，谁能想到他保质保量地做完了？昨天江晚和江远峰都在，他做不了手脚："那天老总亲自来了，我能怎么样？说句实话，人家那咨询项目确实做得滴水不漏，水平还是有的。"

郭厚军为了李屹东，死活都要把耿晔赶走："你再想办法。"

庄雨农想过这事："为今之计，只能是押着尾款不给，拖死他们。"

郭厚军连连笑着："小晚是CFO，你这什么招儿啊？"

庄雨农是大内总管，对业务流程最了解："老郭，你不懂，小晚也要收到人力资源部的验收报告才能付款，老龚那边不签字，她付款就违规，小晚马上就出国，咱们说了算。"

郭厚军叹息，不给钱只能给耿晔添堵，却不能把他赶走，庄雨农又说："老龚和他们谈了，前期费用都要他们垫付，差旅费、宣传费、培训用的酒店房费这些，每个月几十万，他们拿不到钱还要往里面贴，看他们能拖多久。"

李屹东闷闷喝酒，没有参与讨论，他不屑于这些伎俩，看着郭厚军和庄雨农给自己出气，也没有阻止，他放下酒杯说道："我去了虎跳峡，那儿就和我们的形势一模一样，风浪太大，也看不透，不应该冒险往里面跳。中美贸易战爆发，谁知道美国还会出什么招儿？为了AT&T的项目，我在美国蹲了半年，能感觉到，美国很担心中国高科技企业的崛起。"

郭厚军主管研发，只有发布产品的时候才会出去，对形势不那么敏感："贸易战这么严重？"

李屹东点头："禁止我们和AT&T的协议，只是第一枪，对500亿美元的货物征收关税是第二枪，谁也不知道第三枪打在哪里。"

"这当口，我们还向美国市场冲，真是给人家当靶子去了。"庄雨农心思都在退休，最想的就是尽快上市，股权变现："真应该收缩战线，筹集资金度过冬天，哎。"庄雨农忽然想起什么，拍了一下桌子说道："你们知道吗？那个耿晔很有来历。"

"什么来历？"郭厚军问道。

"合力咨询除了耿晔，还有一个合伙人，叫作那蓝，以前在高盛，家世不一般，百度、腾讯和阿里巴巴的上市，她都有参与。后来她离开高盛创办了这家投资咨询机构，耿晔和她平起平坐，关系肯定不一般。"庄雨农是从万成那边得到的消息，他对此十分重视。

"你的意思是，这耿晔的目标不是几百万的咨询生意，而是为了我们的融资上市？"李屹东脸色一变，最近耿晔与江晚和江远峰走得极近，这将释放出什么信号？

"耿晔与小晚的认识绝不会那么简单和凑巧，里面一定有文章。"庄雨农在聊天的时候也有所启发，越来越觉得这是一个巨大的阴谋。

"在登山途中邂逅，真会编啊，多烂漫，欺骗小姑娘，天理难容！"郭厚军听了合力咨询的背景，渐渐相信耿晔是为了上市而来，天下绝没有那么巧的事情。

庄雨农痛快地喝了一杯，说道："屹东，老总去年把小晚赶走去登山，就是决心让你接班，你可不能瞻前顾后啊。"

李屹东默默喝酒，心里盘算着，庄雨农和郭厚军都希望放弃美国市场，转而上市，可是江远峰即将退休，李屹东一直尽力避免在核心问题上与他发生分歧："你们别急，我会劝老总，但是要挑好时机，再等等。"

庄雨农和郭厚军点头，李屹东又说："好好查查合力咨询，他们以前是不是认识小晚？耿晔和小晚在登山队遇到，十有八九不是碰巧。"

"厉害啊，现在投资机构真是运筹帷幄，这种招数都使得出来，这算什么？"庄雨农故意把话放在嘴里不吐出来。

郭厚军大笑："美人计！"他顿时笑得前仰后合，李屹东却冷冷坐着，心里百般不是滋味儿。庄雨农咳嗽几声，郭厚军尴尬地说道："屹东，别想太多，小晚应该没有中计。"郭厚军才明白不妥，耿晔的美人计固然卑劣，李屹东如果因此失去江晚，才更加可怜。

| 赋能 |

耿晔被江晚指使得连轴转，还要作为跟班去拉斯维加斯，他甚至都不能争辩这根本不在协议中的工作范围，江晚和周道却早就达成了一致。在出国前的最后一个周末，50名实习生聚集到总部，而耿晔和江晚却躲进怀柔山里。这里没有网络、电视和吃喝玩乐，一夜之间好像回到互联网之前的时代，只有流水、落叶和夜晚的星空，城市的喧闹从耳边消失，世界变慢了。宁静的夜晚、新鲜的空气，是最棒的催眠药，他们能量满格，身体满血。

入住酒店之后，两人趁着太阳落山之前，走在山间的小路上，江晚手机响起来，煞风景地打断了他们的目光交流。她心烦意乱地打开手机，消息来自李屹东。她不想在耿晔面前处理情感旧事，她和李屹东的矛盾早已不能调和。耿晔有些想不通，李屹东目光坚定，久在商场，具备阅读人心的能力，绝对是高手，甚至是比自己还高一个层级的存在，他本不该沉迷感情，纠缠不清，不能自拔，他意志强大，绝对可以控制情感。

江晚想倾诉她和李屹东的过去，理智却在内心呐喊，向后任讲述前任，绝不是明智的做法。可是，浪漫氛围已经被这个消息彻底打破，耿晔松开手指，向前走着："我以前喜欢奢侈品，其实现在觉得挺无聊的，但不能就这样扔了，东五环那边有一家聋哑学院，我想把衣服送过去，陪我好吗？"

"奢侈品也有好设计，挑出一些继续用，其他的随你处置。"江晚的理由很合理，她并非崇尚名牌，而是真心喜欢一些大牌的某些设计。聊天话题很发散，她随意说道："羡慕你自由自在，我只有在登山的时候才可以自由些。"江晚家境非凡，反而不如耿晔开心。

两人继续在山路上走着，天色渐黑，无法继续向上，江晚忽然说道："我们去羚羊峡谷吧。"

羚羊峡谷位于美国亚利桑那州北边，幽深奇美，耿晔正要答应，忽然想起这座峡谷靠近内华达州，距离拉斯维加斯极近，鸿鹄技术将在那里发布新款旗舰手机："打的什么主意？"

江晚不回答，继续吸引耿晔："我们从峭壁爬上去。"

耿晔神色一振，他对攀岩的兴趣比登山还要强，可是李屹东将率队发布产品，江晚肯定是要把自己当挡箭牌。耿晔看透了她的图谋，耸耸肩膀说："我不想去，但是你肯定要拿那个协议威胁我了。"

"所以，你去不去呢？"江晚握住了紧箍咒，吃定了耿晔。

"我能选择吗？"耿晔无奈点头，停住脚步，夜已经深了，明天还有培训，两人原路返回。

鸿鹄技术将培训称为赋能，很多企业也都学会了这种叫法，耿晔也喜欢这个名字，商业不是学习数理化，而像打篮球，关在教室里是训练不出来的。他设计了一整套案例，让实习生们模拟，他既是讲师也是考官，这是江晚的要求。耿晔开玩笑说，这是黄埔军校吗？江晚笑而不语，耿晔一向拿钱干活，口碑很好，这次更是拿出全部的本领。

开学第一天，就有人出状况，宁佳佳发来消息：爸爸生病了，送他去医院，明天参加。第二天宁佳佳迟到五分钟才出现在门口，耿晔摇摇头，在积分表上扣了她五分。耿晔走到教室中央,目光柔和,与每名实习生碰撞,传递过去笑容,缓缓破冰:"欢迎你们,训练的意义就不说了,一会儿请江老师讲,我先讲纪律,请你们认真倾听,会吗?大声回答我!"

"会!"50名实习生一起吼道。

"那我们走着瞧咯。"耿晔没有像通常的方式三令五申,让全体同学都站起来,右手搭着旁边同学的肩膀,说道:"江老师和我做个示范,你们要跟我一模一样,包括说话和动作,来,一起说:上课不接电话。"

"上课不接电话。"50个声音说起来:"如果电话响起来。"耿晔搭着江晚的肩膀,50名实习生也有样学样。"如果电话响起来。"众人一起说道。"我就把它送给你。"耿晔严肃地说,50个声音笑着重复。"右转。"耿晔将肩膀让给江晚,手插在裤兜里:"上课不接电话。""上课不接电话。"实习生们重复,有人去关手机。"如果电话响起来。"大家重复着。"我就把我送给你。"耿晔拨出江晚的电话号码,这是他偷偷藏起来的手机。

"我就把我送给你。"50个声音爆笑。叮铃,叮铃,笑声刚落,电话铃声猛然响起,实习生们哄笑着东张西望:"谁的手机?哈哈,江老师的。"

江晚冲过去按断电话,50个声音喊起来:"江老师归耿顾问了。"

又一阵电话铃声响起,是从后排女生的手机中发出,宁佳佳愤怒地打开手机:"高盎,你!"

这是课堂上常用的调动气氛的方法,提醒大家注意纪律,耿晔抓起纸盒说道:"禁止用手机,禁止迟到,违者罚款100元,江老师,交钱。"

江晚当众难堪,乖乖掏出100元,高盎说道:"江老师说把自己送给你,没说罚款100元。"说完飞快瞟了一眼宁佳佳。

实习生们唯恐天下不乱,跟着起哄,江晚扭捏地贴近耿晔,冲进他怀抱,在他脸颊啵了一个,脸红心跳地退回来,宣布:"谁违反纪律,罚款100块。"

高盎来到中间,向宁佳佳招手:"该你了。"他反应极快,学着耿晔拨了电话。宁佳佳无奈地踮着脚尖来到高盎身边,伏在他耳边,错位在他耳边说道:"别打我主意,我有主了。"

耿晔走到记分板上，给高盎加了十分："为什么给高盎同学加了十分？"实习生们七嘴八舌回答得五花八门，耿晔笑着听完说道："你们将要奔赴海外，成为客户与鸿鹄技术之间的桥梁，工作就是沟通。"耿晔来到江晚旁边，今天这门课也是讲给她听的："我们好像都会沟通，能说会道，口若悬河，天花乱坠，用卖点轰炸，这其实是自私自利，只关心自己的产品，而不关心客户，善于倾听和提问才能有的放矢，这就是课程的内容。"

"怎么提问？"耿晔走到高盎身边："倾听是沟通的核心，学会倾听才会提问，才能说到点子上，怎么倾听？用耳朵？大错特错！"耿晔回到江晚身边，左手搭在她肩膀，右手把手机放进兜里拨号，问道："谁注意到了我这个动作？除了高盎，没人注意，观察上出了问题，你们都只用了耳朵，忽略了用眼睛。"

耿晔来回走了几步："我现在向你们证明，在倾听时，目光比耳朵更重要，大家视力好不好？"实习生们一起点头，耿晔退了几步，举起一根指头问："我检查一下视力，这是几？"

"一。"江晚和实习生们一起回答。

"这是几？"耿晔伸出两根手指，如同逗小孩儿一样，实习生们莫名其妙，一起回答"二"。

"一加一等于几？"耿晔快速伸出三根手指，江晚答了声"三"，马上捂住嘴巴笑起来，实习生们大多数也喊了"三"，大家哄堂大笑。耿晔打开投影机："目光更直接和强烈，那么我们观察什么？情绪。沟通的效果根本不取决于你说了什么，问了什么，取决于情绪，我们可能什么话都没有说，一个眼神一个动作，就知道对方的心意，只有恋人之间才明白，这就是默契。"

江晚陷入美好的回忆中，两人相遇于雪山之巅，话都不多，搭帐篷，铺防潮垫。好像谁都没有用语言来说，两人就心领神会。尤其在雪山顶峰，大风轰鸣，语言无法传播，危险的旅程都靠眼神和动作。从山上下来非常累，缩在帐篷里，却知道对方心意。江晚不得不承认，她和耿晔的默契是在那种极度危险和单纯的环境中培养起来的，回到现实世界之后并没有削弱。她忽然意识到，耿晔似乎有种天分，总能看出自己的内心世界，这是情侣之间的正常反应，还是他独有的特殊本事？

江晚走神的时候，耿晔敲着记分板，宣布纪律："商场如战场，不合格的士兵不能上战场，我有言在先，不适合的人会被挑选出来，转去其他岗位。"这是耿晔的想法，他希望用高压的方法找出几个绝顶天才，鸿鹄技术没有这样的先例，江晚与很多部门协调，才为被淘汰者找到岗位。

啊？宁佳佳捂住嘴巴，她因为迟到成为第一个丢分的人，而且丢掉五分，满分只有一百分。

流感

耿晔安排了一次笔试、一次答辩和一次角色扮演，与课堂表现成绩相加，产生总成绩，70分以下就会被淘汰，成绩贴在教室里，随时更新，让人心惊肉跳。宁佳佳上课时总盯着第一次被扣的五分，第一天课程结束，收到的消息更加心慌意乱。

"怎么了？"高盎从后面追上来，他看出了宁佳佳的情绪。

"我要请假。"宁佳佳爸爸是邮科院的工程师，所以肤白貌美的宁佳佳才学了理工，前几天阳光灿烂，她爸爸光膀子跑步出了一身汗，晚上感冒了，吃了感冒药，挺了两天才去附近的医院，花了1000元通宵输液，这就是宁佳佳第一天上课迟到的原因。她爸爸输了液仍然发烧，医生建议做个CT，因为宁佳佳在上课家里人就没有惊动她，拿到结果之后，宁佳佳妈妈慌了：肺部大面积感染，未知病毒扩散迅猛，医生建议转到大医院治疗。宁佳佳妈妈到处打电话，医院不像酒店一样有钱就可以随便住，在流感病毒袭击下，呼吸科床位极度紧张。当宁佳佳惊慌失措地讲完时，看着高盎，决定不管他怎么劝，也要回北京照顾爸爸。

"我陪你去，我有车。"高盎没有劝，说出一个充分的理由，这是山里面，没车寸步难行。

"可是，你的考试怎么办？"宁佳佳心里十分温暖。

如果宁佳佳考试没过，高盎肯定辞职，他没有这么说，掏出两份教材："有这个，我们可以自学。"这不是大学课程，信息量很多，自学难度极大。

"真的不影响？"宁佳佳确实需要有人帮忙。

"我家认识医院的人。"高盎拉开车门启动，开始分工："你给耿顾问打电话请假，这种情况不会扣分的，我来找医生和床位。"

高盎开车到了医院，宁佳佳爸爸正在护士站量血压，两人奔忙起来，量心电图，找大夫看片，开化验单，交费，抽血，宁佳佳忙得全身酥软，幸好高盎还能坚持。医生开了药，宁爸爸吸氧的时候，她才缓过来，接着又被消息击垮：医院没有床位。她爸爸身体虚弱，直向座位下滑，输液区外几个白发苍苍的老人躺在移动病床上，宁佳佳愈发对找到床位绝望，她不明白，感冒怎么会发展成这样？宁佳佳和高盎错过了大半天的课程，也没有时间看教材，根本顾不上。高盎的电话起了效果，他托人找到床位，当宁爸爸终于进病房的时候，两人不顾困倦看了五六页，就被医生叫了进去："从片子来看，肺部病毒扩散很快，如果病情急转直下，要进ICU上呼吸机。"这时，宁佳佳妈妈赶了过来，她昨晚折腾一夜，也感冒起来，被护士强迫回家隔离了。

宁佳佳爸爸被一个感冒折腾进重症病房，情绪不稳，拒绝戴氧气面罩，正在闹的时候，护士下令脱光，所有衣服都被扒了，他当场没了脾气，乖得跟孩子一样，听得宁佳佳呵呵直笑。ICU不让家属进，高盎把教材塞进宁佳佳手里："你看着，我去给你弄点儿吃的。"

宁佳佳又翻了几页教材，宁佳佳妈妈带回来一大堆文件，ICU每天费用就是一万元！还好有医保，但宁佳佳仍然被吓了一跳，她辛辛苦苦一个月的收入才是ICU一整天。她喝了高盎买回来的粥，向妈妈介绍了这个同学兼同事，她妈妈忙得早没了主见，说了感谢就去找护士了。宁佳佳看看时间："高盎，你去上课吧，别耽误你。"

高盎加入鸿鹄技术就是因为宁佳佳，如果她考试不及格被淘汰，自己考第一又能怎么样？他举着教材说道："我从来都是自学，上课讲得太慢。"

坏消息接踵而至，宁佳佳爸爸肺部感染快速恶化，情况很不乐观，医生说即便救回来也可能长期卧床吸氧，宁佳佳立即落了泪，如果长期护理爸爸，她肯定要退出海外队伍。高盎也没了主意，只劝说她们当务之急是救治爸爸，其他再说。护士带来了新的费用单，ICU插管之后效果不明显，要上人工肺，开机六万，以后每天两万，不在医保范围内！

宁佳佳和妈妈束手无策，家里存款只能撑二十几天，以后怎么办？除非卖掉房子，如果没治好，不就是人财两空吗？

"我去打个电话"高盎躲到旁边打了电话："妈，上次您见到的那个佳佳记得吗？她爸爸病了，家里钱不够。"

妈妈犹豫了一阵子说道："救人要紧，家里有你的学费，你来取。"

高盎走出来，找到宁佳佳："佳佳，我回趟家。"

宁家困惑地看着高盎，他应该上课才对，也许他听说费用太高就躲了，忧虑中掺杂了不满，冷冷说道："你走吧。"

高盎知道她误解了，不想说太多，回家拿钱要紧："等我，三个小时之内回来。"高盎用纸巾擦去宁佳佳的泪珠："有我在，别担心。"

高盎冲出医院向清华开去，北京的交通简直非人力可为，你再急，车子也是慢吞吞向前开。高盎到家时已经一个半小时，妈妈准备好了银行卡："这是200万元，拿去用，别担心学费，我们还可以再筹。"高盎极为感动，贴在妈妈怀里轻轻一楼，被推开："还不赶紧，这是救命钱。"

高盎开车急返，交通更堵，他拨出电话："佳佳，我已经拿到钱了，200万元！"

宁佳佳不想用高盎的钱，又不能不救爸爸："嗯，高盎，我等。"她知道高盎喜欢自己，要是拿了他的钱，是不是就要做他女朋友？可是她已经有了男朋友，宁佳佳纠结极了，被妈妈看了出来，只好把自己的想法都说了。宁佳佳妈妈也犯起愁来："按理说，知恩图报，人家拿来200万元救你爸爸，你就该以身相许。"

宁佳佳没有结婚的打算："妈，您说什么啊，为了200万元，就逼着我嫁人？我还没毕业呢！"

宁佳佳妈妈急昏了头，一拍腿稍微清醒说："哎，先救人要紧，以后慢慢还钱。"

高盎停好车，跑到医院门口，来到病房门口，却看见电梯里钻出个小胖子，大喊："我爸怎么了？感冒还用住院？"没搭理病房门口的高盎，又喊道："他们拉我打了一晚上麻将，我都没睡就来了。"

小胖特别不会说话，宁佳佳本来没有怪他，听了这话立即呛回去："那赶紧回去吧，别耽误您打麻将。"

"哪能呢？我是那种人吗？都怪你，爸这么严重了也不告诉我。"小胖脾气极好，先怪朋友拉着打麻将又怪宁佳佳，还冲着宁佳佳妈妈说："您也真是的，上次不是扫了微信了吗？您就一直没通过，这不有了急事儿联系不上。"

宁佳佳脸色很不好看，她妈妈已经把脸扭过去，再也不搭理小胖，小胖掏出一张汗淋淋的信用卡，塞进宁佳佳手里："我家开银行的，其他的没有，钱还是有些，这里是250万元，还有透支额度，够不够？"

情形来了个大反转，对小胖的怒气烟消云散，雪中送炭感动了宁佳佳："这钱是治病的，用了就没了，怎么还你？"

小胖板脸嚷嚷着："我让你打借条了吗？没借条就不用还，里面躺着的是你爸，你爸就是我爸，给我爸治病还个啥！"

高盎明白了，这小胖是她男友，黯然地向宁佳佳做个手势，拖着脚步离开医院，蜷缩到车里睡一觉，醒了后翻看起了教材，忽然电话响起来，是宁佳佳，他立即问道："佳佳，我在，爸爸怎么样了？"

"现在情况稳定了，我们要不要回去上课？"宁爸爸在重症监护室，妈妈提出让她回去上课。

"不是上课，是考试。"高盎和宁佳佳错过了全部的上课时间，如果幸运还能赶上考试。

"肯定考不过的，我迟到还扣了五分。"宁佳佳不是很有主见，小胖和妈妈都不愿意她回去。

"你不去，我也不去了。"高盉将教材扔到副驾驶，茫然起来。

"那我陪你去，你好好考，等我。"宁佳佳做了相反的决定，过了几分钟，她就来到停车场和高盉调换了位置："我开车，你复习！"

高盉踢了一脚教材："随便了，你都有男朋友了，我还考什么？"宁佳佳想了一下才搞清楚其中的关联："你来面试和上课是为了我？"高盉点头，宁佳佳熄了火，看看时间："别折腾了，反正我也考不过，你把卡给我看看。"

高盉从兜里掏出银行卡递给她，宁佳佳笑着说："我刚才愁死了，和我妈商量，如果收了你的钱，是不是就要以身相许。"

高盉哈哈大笑，要回了银行卡："那不是乘人之危吗？我借你钱，你以后还就行了呗。"

宁佳佳也笑了，心里还有顾虑："那么，我不用以身相许小胖啦？只要还钱就行？"

高盉点头，启发宁佳佳："那你得多挣些钱，听说鸿鹄技术的薪水很高。"

宁佳佳拍拍高盉："你很会劝人哦，走，考试去！"

高盉下了车，拉开宁佳佳车门："我开车，你复习，我是学霸。"两个小时之后，两人忍着饥肠辘辘，冲进教室。考试已经开始了15分钟，耿晔并不生气，将两个人引导到座位，又取来矿泉水，宁佳佳哪有时间喝水，反而是高盉大口喝水，喝完才气定神闲地开始答题。

毕业仪式

笔试之后的当晚就是角色扮演，学员们扮演销售代表，拜访耿晔扮演的客户，根据行为打分。宁佳佳知道自己几斤几两，认定自己肯定不及格，反而放松下来，角色扮演得极为顺畅。她考试之后回到房间闷头就睡。

天气越来越冷，冰雪聚集在密林和山谷中，白茫茫占领了这座山庄。清晨蒙蒙亮的时候，耿晔和江晚带着几十名实习生来到山脚下，野长城的烽火台笼罩在浓浓的雾色之中。宁佳佳蹦蹦跳跳地来到山路的起点，高盎紧跟在后面："爸爸身体怎么样？"

宁佳佳很感激高盎在医院帮忙，他暗恋自己，可是自己有男朋友，要尽量保持距离，这时也冷冷淡淡地回复："嗯，挺好的。"

"最后一次考得怎么样？"高盎本来十分犹豫，因为得知她有男朋友，可是在医院停车场再见到她的时候，他就决定继续努力。

"还好，出重症病房了。"宁佳佳有些心不在焉，乱答一气。

"吉人自有天相，卖矿泉水都能跑到你家门口，别灰心。"高盎安慰着，如果她不去海外团队，自己恐怕只能辞职去美国读书。

"快，别掉队。"宁佳佳加快脚步。

没人掉队，耿晔跳到一块大石头上说道："兄弟姐妹们。"

称呼的改变让大家惊讶了一下，他在赋能的时候可是毫不留情。耿晔停顿一下，想起江远峰书房里挂的那面绣着龙的传人的旗帜："一个月之前，江老师在云南虎跳峡向我讲述了一个真实的故事，30多年前，那时中国刚改革开放，百废待兴，打开国门，我们发现国家如此落后。这时，一条消息传来，美国漂流队将要漂我们的长江，怎么办？眼睁睁看着他们漂吗？那时中国人根本不懂漂流，有器材吗？有训练吗？都没有。他们毅然踏上漂流长江的旅程，面对滔天的江水，拼着性命也要保住中国人一点点自尊。30多年过去了，你们的父辈，无论他们是农民、工人、老师、商人还是官员，在这种精神鼓舞下，拼出了奇迹，中国再不是那个落后贫穷的国度。父辈们创造了经济奇迹。他们什么都没有，却有不屈不挠的奋斗精神。今天，我们将继承父辈的梦想，跨出国境，进军海外。"

耿晔顿一顿又说道："在中国企业走出海外的大时代中，我们将谱写自己的篇章。有人说，命运如同赌博，来到这个世界的时候，有人带着百万筹码，大多数人身无分文，但是我们既然来了，就要赌一赌。你们经过千挑万选，脱颖而出，现在站在同一条起跑线上，在这里结束训练后，你们将走上真正的商场！"

实习生们的欢呼震动山谷，耿晔手指山顶的烽火台说道："我们面前还有更多的高峰，商场如战场，职场似江湖，人外有人，山外有山，我们要不断攀登，努力超越，这是课程的最后一个考验，也是开始你们新旅程的第一个挑战，我比你们年长些，比一比谁先登顶，好吗？"

江晚牵着耿晔的手，仿佛回到过去："谁落在我后面，50个俯卧撑，公平吗？"大家同声赞成。耿晔一声令下，众人一齐向山顶冲去。耿晔和江晚沿着崎岖的山路向上攀登，极怀念两人初识时候的单纯友情，那时心中只有一座座山峰，平静而安宁，江晚回来之后身不由己地忙于琐事，抽空来到山中才能彻底放松。

云雾消退，阳光灿烂，这座山峰与他们攀登的雪山相比，是一个极小的存在，两人手拉手来到山顶，耿晔打开水瓶递给江晚，背靠石块，浮云纵横，好像回到过去，手牵手共饮同一瓶水。"那时才是真实的自己。"江晚喝了半瓶水才把后半句说出来："幸好，我们回来后都没有变。"

耿晔喝了一口："出世时心怀淡泊，入世则要积极进取，不可退让。"

江晚看着耿晔的侧脸，思考他哪里吸引了自己。或许是因为自己的感情需要填补，而他出现的时机正好，也许是因为攀登雪山的半年里朝夕相处，情感悄然滋生，抑或就是因为他帅，江晚在心里哈哈笑着。耿晔从背包里取出文件夹，他们将在这里公布成绩，当江晚伸手要看的时候，耿晔露出为难的神色："小晚，我的打分和别人不一样。"

江晚坚持要来表格，从头到尾看下去，耿晔挑人的方法很特别，除了用拉出来实践的方法在场景中选拔，还注重家庭背景，优先挑选来自商人和政府官员家庭的孩子，他们从小习惯了迎来送往，见客户不发怵。表格中还有家庭成分这一条，高盎排在第一名，家庭这一栏却写着N/A，这是英文里未知的意思。耿晔说道："高盎的家世不一般，祖父、外祖父曾是清华校长，要保密。"

即便以江晚的家世，听了高盎的背景也瞠目，自古商人地位远不如学者和艺术家，尤其高盎这种学者世家通过联姻的积累，连江晚家都比不上这种家庭。更为难得的是，他没有参加的课程，也在笔试中得了满分，不愧是清华的学霸。最后五名是耿晔淘汰的学员。海外团队是江晚亲自挑选的,这次训练的50名毕业生都来自985和211的学校,是从几千名新员工中精选出来的,转到研发、售后或者国内销售的岗位都不难。通过考试的最后一人是宁佳佳,勉勉强强得了70分,她从家里拿钱,通过面试被录取,第一次上课迟到,后面连续两天没来上课,笔试成绩惨不忍睹,在江晚印象中,她的成绩绝对不会及格。江晚低头细看,耿晔竟在最后一次角色扮演中给了她满分,分数比高盎还高。江晚指着问:"满分,怎么可能?"

角色扮演的打分很像体操比赛,由评委在十几个行为项中打分,是不可能给出满分的。耿晔取回评估表收好,说道:"我的打分自然有道理。"

江晚一直觉得耿晔对宁佳佳的态度奇怪:"因为她好看?你说,我和她谁好看?"

这是典型的情侣之间找茬的提问,耿晔和江晚关系将定未定,很难回答这个超级难题:"在招聘和考试的时候,我是有些照顾她,和她漂亮不漂亮,没有关系。"

江晚不依不饶地追问:"别打岔,谁好看?"

"谁打岔?我们在聊什么?打分还是她好看不好看。"耿晔笑了,话题越扯越远,最后才说道:"你当然最好看。"

"哼,心不诚。"江晚心里开心,站起来向登上山坡的实习生们走去,她要做总结发言了。

实习生们气喘吁吁登上峰顶,江晚站在高处说道:"人生就像登山,我们留恋于景色,不在乎谁先谁后,有时候又志在必得,绝不能输。有人在应该坚持的时候放弃,应该放弃的时候坚持,他们的心是混沌的,不知道自己要怎么做,我爸爸常说,破山中贼易,破心中贼难。"江晚这段话没头没尾,实习生们不知道她要表达什么。

高盎忽然说道:"那是王阳明说的。"95后不会虚伪地掩饰,众人哄笑,江晚也不介意,笑笑继续说:"人不能改变,只能成长,公司提供阳光和雨露,滋润和爱护,但是什么种子开什么花,结什么果。"她转换了语气:"我警告你们,公司不是家,必须居安思危,珍惜自己拥有的。"

江晚讲完,耿晔组织他们做了俯卧撑,然后宣布成绩,为了避免尴尬,那五名被淘汰的实习生没有来,但人人都知道他们的缺席,这使得小小的毕业庆典显得有些悲凉,最后耿晔命令:"合影时间,趁太阳还没有落山,拍照吧。"

咔嚓一闪,时光和表情都被定格在这一刹那,正当众人拥抱告别的时候,晴朗的天空被乌云覆盖,北京城电闪雷鸣,暮霭重重的苍山飘起了雪花,这一年将注定充满暴风骤雨。

下山途中,高盎追上宁佳佳:"好厉害,角色扮演得了满分。"

宁佳佳的角色扮演成绩超过了高盎,自己也觉得不可能:"我哪有可能比你分数高?"

"你当然可以比我好。"高盎实在想不通,这种角色扮演没人能得到满分,问道:"你和耿顾问认识?"这个思路一开,越想越有道理,要不然卖矿泉水怎么正好在她家门口?

"切,联想真丰富。"宁佳佳否定了他的猜想,却不明白为什么耿晔手下留情。

高盎很开心,他从此和宁佳佳就是同事了,很容易天天见面:"知道吗?公司有四类区域。"

宁佳佳"哦"了一声继续低头走路。高盎追上去:"我们是海外团队,也不知道会分到哪里?"宁佳佳应付问了一句:"哪四类?"高盎打听了消息:"第四类国家在非洲,生活艰苦,很可能有战乱和瘟疫。"他专找冷门的国家说:"比如北非的苏丹和利比亚,东非的埃塞俄比亚、厄立特里亚、索马里、坦桑尼亚、乌干达和卢旺达。西非的毛里塔尼亚、布基纳法索、塞拉利昂、利比里亚和科特迪瓦。中非的乍得、喀麦隆、赤道几内亚、加蓬和刚果。南非的赞比亚、安哥拉、津巴布韦、马拉维、莫桑比克、博茨瓦纳和马达加斯加。"

"停,马达加斯加不错,看过那电影吗?"宁佳佳其实被吓住了:"如果被派去这些地方,我爸妈肯定让我辞职。"

"女生应该不会。"高盎接着说:"你们最有可能去第三类国家,中东伊朗、伊拉克和沙特阿拉伯，南美巴西、阿根廷和北美墨西哥，东南亚的印度尼西亚、马来西亚和泰国，经济和环境比非洲好些。"

宁佳佳通过培训，马上就要选择派遣区域，她渐渐有了兴趣："嗯这些地方还行，我想去巴厘岛。"

"要看具体地方，中东有战乱，东南亚可能排华，南美有毒贩。"高盎勾起了宁佳佳聊天的意愿，继续说道："第二类国家是美国、欧洲和日本了，老牌资本主义国家，经济发达，治安好，客户也很专业。"

"美国是第二类国家？不信，最厉害的第一类国家是哪个？"宁佳佳很想知道去向，不知不觉在聊天中下了山。

"宇宙最厉害的国家，有全世界最好吃的东西，历史悠久，人民勤劳勇敢可爱，我们父母所在的国度，那就是！"高盎故意停下来不说，宁佳佳大声喊出来："中国！"又转身问高盎："什么叫人民勤劳勇敢又可爱？第一次听说。"

高盎指着宁佳佳说："因为有你哇，所有中国人民就勤劳勇敢可爱了。"

宁佳佳"切"了一声："江老师也很可爱啊，你说，我可爱还是她可爱？"

高盎蹦蹦跳跳追上宁佳佳："当然你可爱了，知道你什么时候最可爱吗？"宁佳佳摇头，高盎忽然说道："实习生要从第四类国家或者第三类国家做起，不知道何时才能返回中国。"高盎心里的想法是，如果能和宁佳佳在一起就去，否则就辞职读书，实习生不可能去欧美日本，宁佳佳是女生，公司原则上不会把她分配到最艰苦的非洲和女生不方便去的中东，只有分配到东南亚和南美才可能和她在一起。

"哎，我什么时候最可爱？"宁佳佳受不了高盎的说话方式，揪住不放，又忧愁起来："他们都不同意我出国，如果我去南美和中东，肯定拦着。"宁佳佳向往海外，想出去看看，却遇到了家里人的强硬反对。

"那天面试，正在喝矿泉水，你突然就那么跳出来，来了一段街舞，可爱极了。"高盎坦诚，那天他先被吓喷了水，宁佳佳也是亲眼看见。

"要是去第三类和第四类国家，爸妈肯定不让我出国，你怎么办？"宁佳佳是一个很乖的北京女孩儿，没办法违抗父母。

"你留在北京就会结婚生子,我反正要出去,这么年轻,不去看看世界,白活一遭。"高盎知道宁佳佳心里的想法,故意这么说。

▎制裁令▎

"第三枪打响了。"耿晔和江晚顺着山路向下,耳边响起隆隆雷声,中美贸易战的战火熊熊燃起,看不到硝烟停歇的迹象。中美贸易战的第三枪对准的是与鸿鹄技术竞争了30年的同城友商——天机通信。联合国在2010年对伊朗进行制裁,美国通过法案,禁止美国部分军民两用的元器件输入伊朗,2012年,天机通信向伊朗电信运营商销售产品,违反禁令;2016年3月,美国商务部由于天机通信涉嫌违反美国对伊朗的出口管制政策,禁止美国公司向这家公司销售产品,天机通信于2017年3月就美国商务部、司法部及财政部海外资产管理办公室的制裁调查达成协议,支付8.9亿美元罚款,协议中规定,如果天机通信再次违反出口管制条例,禁令将再度激活。

就在今天,美国商务部部长突然宣布,因天机通信未履行和解协定,将重新激活禁令,时间长达七年,这对于天机通信是灭顶之灾,很多核心元器件和集成电路根本找不到替代产品,只能停产。与此同时,英国网络安全监督机构也发出一封措辞强烈的公函,警告电信运营商不要使用天机通信的设备,英国《金融时报》称,这实际上把天机通信挡在英国市场门外,无缘争取把该国电信基础设施升级为5G和全光纤网络的巨额合同。

"公司召开紧急执委会,我们一起去。"江晚心情纷乱。美国政府的重重一击,打在中国企业的软肋上,简直是斩草除根,比想象的还要狠。

在中美贸易战的背景下,鸿鹄技术进军美国市场,几乎是不可能的,耿晔的忧虑之中平添一丝开心。

调查

第 5 章

醉里挑灯看剑,梦回吹角连营。八百里分麾下炙,五十弦翻塞外声。沙场秋点兵。

马作的卢飞快,弓如霹雳弦惊。了却君王天下事,赢得生前身后名。可怜白发生!

《破阵子》 宋 辛弃疾

第三枪

美国政府对天机通信的制裁令掀起了轩然大波，贸易战正在继续，却没有人料到美国政府的打击这么精、准、狠，打击重点是中国的高科技企业。这是致命一击，直接导致天机通信在 A 股停牌。

在执委会上，庄雨农汇总了消息，找到了天机通信的制裁被激活的原因：达成协议的时候，天机通信承诺解雇四名高级雇员，通过减少奖金处罚 35 名员工。但天机通信承认，只解雇了四名高级雇员，并未减少该 35 名员工的奖金。这理由让人摸不着头脑，因为这个被激活制裁？奖金本来就是浮动的，减少奖金极其容易，这么大的公司，连这点儿小事都做不到？

天机通信是鸿鹄技术 30 年的对手，占全球电信设备市场约 1/10、中国市场 1/3 的份额，如果天机通信倒了，获利最大的就是鸿鹄技术，但在场的执委会成员没有一个人幸灾乐祸，谁都知道，美国政府下一枪就会瞄准自己。李屹东问道："对天机通信的打击有多大？"

郭厚军拿出了分析结果："他们的基带芯片、射频芯片、存储、大部分光器件均来自美国，终端基带芯片和光模块有国产替代产品，存储设备可以从韩国采购，但是高速光芯片、基站基带和服务器芯片无可替代。"

听这些技术名词对外行如同听天书，但执委会成员都有技术背景，都知道这意味着天机通信的几乎全部产品都要停产，庄雨农说道："听说，天机通信只有两个月的零件库存，如果不能达成和解就垮了。"

执委会成员唏嘘不已，美国是打贸易战的老手，快准狠，一拳出手就要把对手打死。庄雨农说道："伤其十指，不如断其一指，美国人比咱们中国人还懂。"

李屹东苦笑着说："大家记得前几年的丰田刹车门吗？"十年前，丰田公司多款车型因加速踏板故障存在自动加速问题，导致多起伤亡，当时美国国会举行了听证会，播放了一段49秒的报警录音，一辆雷克萨斯汽车在高速公路上行驶时加速踏板被卡住，录音结尾部分传出惊恐的尖叫声，车毁人亡，车祸夺去了四条生命。美国国会对丰田汽车的刹车问题穷追猛打，把丰田的总裁丰田章男叫到听证会，迫使他含泪向美国消费者道歉，并在全球范围内召回上千万辆汽车，向美国政府赔款4000万美元。媒体广泛的报道为丰田汽车带来了负面的影响，销量急剧下滑。然而，事隔多年，再次调查时发现撞车时油门是打开的，驾驶者没有踩刹车，甚至美国国家公路交通安全管理局也表示：尽管对丰田电子油门控制系统进行了数次调查，始终没有发现缺陷。丰田汽车与美国方面对3000多件刹车事故逐一检查，95%的事故是由驾驶者的操作失误造成，证明丰田汽车的电子控制系统没有问题，很多驾驶者刹车时，踩的是油门。连美国媒体都质疑，美国国会对日本汽车穷追猛打，与当时美国汽车业陷入困境有关，那时美国通用汽车公司正在破产重组，每当美国汽车制造业出问题的时候，美国就棒打日本，这个模式30年不变。

"不打我们才怪，通信和互联网技术的重要性远超汽车业，美国人就是这么霸道。"

"也怪天机通信，既然和美国政府达成协议，连8.9亿罚款都交了，还不严格遵守？"

"鸡蛋里挑骨头，拿着放大镜，总能找出毛病。"

"侯总都退休三年了，还奔波劳苦，亲自赶往美国。"一名执委会成员拿出一张照片，照片上天机通信创始人提着行李箱，正在匆匆登机。事态正在发展，谁也不知道后续，难道这家八万人的企业就要被美国政府一拳打倒？

"美国政府太欺负人了！"庄雨农一拍桌子。

"我说几句。"江远峰一直没有开口，默默听着，发现气氛不对，天机通信在美国受到制裁，执委会的发言都充满抱怨。他缓缓说道："第一，我们在全球开展业务的首要原则就是遵纪守法，严格遵守当地法律，包括联合国、美国、欧盟在内的国际出口管制法规和制裁条令，不要有侥幸心理，免得偷鸡不成蚀把米！"江远峰的定调与执委会成员不同，他又说道："第二，关于美国市场，无论出于什么原因，抱怨没有意义，做好自己的技术和产品，把时间和精力用于服务客户，做好准备。"江远峰看出了不好的苗头，说话越来越重："第三，要正视美国的强大，看到差距，坚定地向美国学习，永远不要让反美情绪主导我们的工作。全体员工要有危机感，既不能盲目乐观，也不能有狭隘的心理。"江远峰向来和气，对待执委会成员都像对待子女，这次他神色严肃，不容置疑，众人都知道他是认真的，一起点头同意，江远峰推开椅子站起来，众人离开会议室。

▎全球竞争 ▎

李屹东留在会议室里，江远峰等众人退出，问道："屹东，这件事你怎么看？"

"美国政府想打击我们的5G发展计划，我这里有份报告。"李屹东从美国回来之后潜心研究美国电信政策，取出一份美国无线产业行业协会发布的报告，在下一代超高速无线技术方面，中国准备得最为充分，将在2020年实现5G的大规模商用，韩国第二，美国排在第三。这份报告还提到了鸿鹄技术和天机通信，尤其是鸿鹄技术取得了大量专利，主导了全球的5G标准，下半年就能提供完整的方案，明年将推出支持5G的手机产品，中国正在全球竞争中走向胜利。

"你刚才举的丰田的例子很对，美国政府很霸道，不允许别人超过，并驾齐驱也不行。"江远峰说道，面对贸易战，他需要深深思索，这是他30年间从未遇到的情形。

"虽然我们和天机通信不一样，也要未雨绸缪。"李屹东提议，在中美贸易战爆发之前，鸿鹄技术被 AT&T 解除协议，被偷偷打了第一枪，被排除在美国市场外，没有伤筋动骨，而且鸿鹄技术在关键技术和专利上拥有明显的优势，美国企业需要交叉授权才可以生产，如果美国人对鸿鹄技术发动制裁，美国公司也跟着遭殃。

"你有什么建议？"江远峰问道。

"就像您刚才说的第二点，有些事情我们无法改变，就不要放在心上，应该把精力和时间用来研究产品，服务客户，只要放手就会感到轻松。"这是李屹东排解情绪的方式，他年初在美国被 AT&T 放鸽子时压力很大，渐渐就想通了，退一步海阔天空。

"美国政府对我们很忌惮，采取了不友好的限制措施，这是没有自信的表现。"江远峰突然冒出一句。

"在美国裁员，缩减业务规模。"鸿鹄技术在美国有 13 个代表处，1200 多名雇员。

"你是说，退出美国市场？"江远峰思考着。

"时机不对，看淡美国市场前景，逐步收手，采取观望。"李屹东知道美国市场是江远峰心结，用词比较缓和。

"当年丰田汽车没有退出，反而参加了美国国会的听证会，这么多年过去，美国人民和媒体渐渐意识到，美国国会的行为是不光彩的。"江远峰自言自语，偏向于反对李屹东的意见："不应该放弃美国市场，也不要高调和美国政府对抗，经济合作是大势所趋，我们做好产品，终究会有光明正大在美国市场发展的时机。"

"小晚的铁三角要不要先缓一缓？"李屹东还是担心，趁机劝说。

"嗯，让小晚先等等。"江远峰在这种情况下，绝不会鲁莽从事。

▎内存混用 ▎

耿晔完成了招募和赋能，项目进展顺利，工作告一段落，鸿鹄技术人力资源部非常满意,这不仅仅是为了讨好江晚,他的工作能力确实很强,有目共睹。最近耿晔把自己关在办公室里,他到底神神秘秘地在鼓捣些什么,连江晚都不太清楚。当她敲门进来,看见耿晔正在打印资料,顺手从打印机取来,交给耿晔。耿晔却不接,给江晚倒了一杯水:"先看看。"江晚展开手中的打印纸,这是一篇半年前的报道,她快速地阅读起来。

> 鸿鹄技术可能连自己也没想到,因手机部件用了不同厂商的货源,被舆论逼至风口浪尖。一个星期内,不断有用户在贴吧、论坛和微博平台投诉,新购买的鸿鹄技术旗舰手机的闪存的读写速度与官方声称的速度存在较大差异,这款手机并没有使用发布会上演示时提到的最新UFS闪存,而是存在偷工减料的行为。许多用户以此为理由要求退换,但鸿鹄技术认为,手机能正常使用,因此拒绝了用户退换的要求。
>
> 我们走访了有关专家,经过测试,目前市面上鸿鹄技术旗舰手机的内存涵盖了六种类型组合,其中最好的组合是LPDDR + UFS。业内人士表示,大部分消费者可能连闪存和内存都搞不清楚,买到了劣质组合的产品也无法甄别,只能吃哑巴亏。

这是鸿鹄技术上一代P系列的旗舰手机,发布了整整一年,随着新旗舰的发布,这款手机即将走向生命周期的终点。这款手机命运多舛,负面新闻缠身,奇怪的是,鸿鹄技术的高层也默认了市场反应,没有采取措施,而是随着另一系列产品的问世,让这款手机销声匿迹。

"为什么打印这个?"江晚那时正在云南和耿晔爬山,知道的并不多。

"记得那个苗紫吧?"耿晔这段时间闲下来,越来越觉得苗紫可疑,开始追查,继续说道:"她给我的名片上写的是黎明微电子,是末日投资的旗下企业,负责研究和制造内存芯片,我在他们的官网上查到,鸿鹄技术是他们的标杆客户。"

江晚联想到那份新闻,嗅到了异常:"你是说,问题内存是黎明微电子供货的?"

耿晔还没有想明白,自言自语:"这和上市有没有什么关联?"两件事看起来风马牛不相及,但背后都有同一个推手,就是末日投资的万成。江晚是CFO,拥有最高等级的信息权限,可以帮助耿晔调查:"要不要查一下当时的供货记录?"

这是最直接的渠道,耿晔点头,江晚坐下来,取出笔记本电脑,登录到系统之中查询,忽然说道:"好奇怪,数据没有了。"鸿鹄技术的采购数据会在系统中保存一年,然后备份出来,这款手机销量渐渐减少,但是还在生产,怎么会没有供货记录?江晚站起来说道:"我当时在爬雪山,不了解情况,我先去问问。"

但江晚没有立即离开,中美贸易战风起云涌,天机通信几乎被美国政府一拳打死,鸿鹄技术不免自危。江晚换了称呼:"耿顾问,贸易战真的会一直打下去吗?"

这是每个人都在思索的问题,中国人一夜之间发现,中国还生产不出来通信的基带和芯片,中国制造的产品里面都有一颗外国心。引以为傲的高铁和共享自行车也离不开国外的先进技术。耿晔坐下来说道:"十年前,奥运会的时候,我在美国读书泡咖啡馆,当地很多老外举着报纸看开幕式的新闻,那个开幕式的确震惊了他们,于是他们和我聊天,前几句都是,Awesome! Great! 好好说话不到一分钟,他们就开始了:'听说开幕式的礼花脚印是电脑做出来的,开幕式是假唱,你们的游泳运动员都服药……'我突然明白了,西方领先了那么多年,他们不相信中国人改革开放40年就能发展起来。当中国人领先的时候,当鸿鹄技术做出好产品的时候,他们的本能想法就是,中国人在作弊,侵犯我们的知识产权,偷窃我们的技术,他们利用出口补贴进行不公平贸易。美国的政客们很希望迎合和利用这种心理,这次贸易战的爆发就是靠着所谓的知识产权和关税壁垒,他们忽略了,或者不想看到,中国人每天拼搏和创造,中国经济腾飞靠的是我们的奋斗和勤劳!"

耿晔从自己的经历出发谈了中美贸易战,结论让江晚眼前一亮,她笑着问:"你看得蛮透彻的嘛!是因为你在美国读过书吗?"

耿晔看出了江晚脸上鬼灵的表情,知道要糟糕:"那你说呢?"

江晚接受了耿晔曾经离婚的事实,反而把这件事当成他的小辫子:"听说她是中美混血呢,既有中国人的含蓄,又有美国人的线条,那可是美得不了的,对不对?"

江晚胡乱挑起战火,耿晔一向不肯在背后说别人坏话,尤其是对来莱,但即便她真的很美也不能在江晚面前承认,耿晔手足无措:"上班时间,不聊私事,咱们开会去。"他的确有一个会议,要和实习生们去谈地域分配。

▎谈判筹码 ▎

宁佳佳心里乱糟糟的,忐忑不安地等待着分区结果。她父母都是老邮电,所以即使她有外表有学识,却选择了理工类专业。在这个男女比例达到3:1的专业里,她从班花升为系花,直至校花,她却很不屑。她从小在北京长大,同学们都出国读书,宁佳佳托福和GMAT都考了,硬被父母和男友拦了下来。如果分到不好的地区,爸妈和男朋友都不会答应。以前她想出国读研,父母舍不得宝贝女儿走那么远,男朋友担心异地恋,动机不同,目标都是一样,两边一起使劲,让她出国读研的梦想泡了汤,她倔强地应聘鸿鹄技术海外团队,家里立即强烈反对。其实,如果真的分到那些危险的地区,她也不敢去,只能辞职。

宁佳佳走进人力资源部办公室,HR头也不抬,将表格推到她眼前,前面是她的基本资料和培训情况,最后一栏写着大大的墨西哥。宁佳佳把结果拍下来发给父母和男友,为了这件事,他们还建了群,她关上手机,任凭他们在群里吵吵闹闹,墨西哥?她憧憬漂泊海外,事到临头却退缩了。

宁佳佳满腹心事地离开人力资源部,在门口遇到等候通知的高盛,告诉他自己被分到了墨西哥，高盎点点头："在楼下咖啡厅等我。"

　　高盎进了人力资源部，被带到另外一个房间，对面并排坐着耿晔和江晚，桌上有份通知，高盎拿起来，最后一栏让他大吃一惊：美国？实习生大都被分到非洲和中东，宁佳佳因为是女生，才去了条件略好的墨西哥，几年之后如果业绩优秀，才会轮岗到好些的区域，想轮到美国这种发达国家，至少需要五六年。

　　"我们将要组建一个铁三角，负责美国市场。"江晚简短地说道，高盎是最佳人选。

　　"都贸易战了，还去美国市场干吗？"高盎不关心去哪里，只关心是否和宁佳佳在一起。

　　"我们没有放弃美国市场。"耿晔回答，事实上执委会有人提议退出，只是会上没有明确下结论而已。

　　"还有谁？"高盎想去墨西哥，一点儿也不开心。

　　"你希望有谁？"耿晔早就看出了高盎和宁佳佳之间的小秘密。

　　高盎也不隐瞒："宁佳佳。"

　　江晚当即拒绝："不行。"

　　高盎笑笑说道："铁三角是搭档，错误的搭档是灾难。"

　　"墨西哥距离美国很近，这是最好的安排。"耿晔打出一张牌，试探高盎对谈判目标的坚持程度。

　　"我申请去墨西哥。"高盎不为所动，他的底牌就是要和宁佳佳在一起。

　　"好啊。"耿晔在小范围内寻求妥协："如果你在美国表现得好，一年之后派去墨西哥。

　　"为什么不反过来？"高盎没有轻易放弃，这种坚韧不拔的态度在谈判桌上十分有用。

　　"怎么反过来？"江晚忍不住插入了谈判。

　　"把我派去墨西哥，一年后把我俩派哪儿都行。"高盎的方案本质上只有一个，跟着宁佳佳。

"别人奋斗五六年才能去美国市场，这对你发展有利，收入和补贴也高些。"江晚试图利诱。

"这是你们的想法。"高盎大声笑出来："总想升官发财，没完没了的升职，辛辛苦苦做牛做马就为每年多加5%的薪水，有什么意义？"

江晚愕然，耿晔也吃惊地看着高盎："你们工作不为发展和薪酬？"

"工作为开心，加薪有什么用？200年也买不起房。"高盎说了实话，即便鸿鹄技术的薪水在业界极高，和房价相比还是差了很远，江晚顿时没了底气。高盎的潜台词很明显，他根本不稀罕这份工作，除非让他和宁佳佳在一起。

"如果我们做不到呢？"江晚仍然不肯让步。

"我辞职。"和宁佳佳分在一起是高盎的底线，这没得商量。

"为了一个女孩子，值得吗？"耿晔还在试探着高盎的坚持程度。

"哦？耿老师，你什么意思？"江晚突然调转枪口，不满意耿晔的提问。

耿晔自觉不该惹了江晚，连忙改口："对，工作诚可贵，前途价更高，若为爱情故，二者皆可抛。"

高盎盘起胳膊看着江晚和耿晔吵架，笑了起来："两位老师，都不用我说，你们自己就替我回答了。"

江晚不想在实习生面前退让："你把宁佳佳请进来。"

高盎退出去叫宁佳佳，耿晔转向江晚："他很会谈判，优秀的客户代表。"

"所以？"江晚不想屈服。

"让宁佳佳去美国吧，做服务工程师。"耿晔快速地做了让步，根本没想再进行一轮谈判。

"这不符合流程。"江晚坚持，耿晔只是顾问，做好评估就好，决定权在人力资源部，当然人力资源部也要听江晚的，她是执委会成员。

"董事会誓言第四条：我的职责是胜利，不是简单的服从，我应该激发团队的积极性、主动性和创造性去获取胜利。"耿晔念出了鸿鹄技术董事会的誓言，这是江晚当初也起过誓的。

"她行吗？"江晚笑了出来，耿晔很擅长说服她。江晚打开成绩单，宁佳佳在几次考试中垫底,无论技术还是沟通能力都极平凡。

"我看不透她的眼神。"耿晔能够看透每个实习生,唯独她的眼球上好似蒙着一层雾水,看起来懵懵懂懂,耿晔觉得一旦她的眼神透彻起来,便不可限量。

"你真奇怪,根据眼神选人?"江晚不理解耿晔选人的标准,有时很有逻辑,有时候却很模糊。

高盎跳街舞的时候,在那一刹那就喜欢上了宁佳佳,耿晔没放过蛛丝马迹:"男女搭配,干活不累,她能激发出高盎的潜力,我们既当红娘又要当防火墙。"耿晔没有说出口的话是,宁佳佳是一个甜蜜诱饵。

"不懂。"江晚不理解,耿晔为什么对宁佳佳始终照顾有加。

"高盎是难得的人才,点燃他的潜力需要一个引子,宁佳佳就是。"耿晔讲得极为模糊,见江晚困惑,换了一个比喻:"高盎是匹千里马,宁佳佳既是胡萝卜也是大棒。"

"那她的眼神是怎么回事?"江晚对个耿晔看得极严,追问道。

"当她眼神透彻的时候,她会成长起来,脱胎换骨,成就不下于高盎。"耿晔看人有自己的一套,又笑着自黑:"我看人时准时不准,你就听听。"

高盎跑到楼下,宁佳佳乖乖地喝着咖啡,看着手机念道:"墨西哥是地震多发带,而且贩毒组织发达,很不安全。"她放下手机抬起头,父母和男友在群里都坚决反对,她问高盎:"你分哪儿?"

"分去墨西哥,我才放心。"高盎慢悠悠说道。

"切。"宁佳佳不屑,却觉得这是个不错的安排,异地他乡有个伴儿。

"我们一起去美国。"高盎猛然改口:"但是,江老师和耿顾问不同意。"

宁佳佳心情晴转多云,怒气冲冲站起来,到柜台买了一杯黑咖啡塞给高盎:"喝,黑咖啡治大喘气。"

高盎言听计从,捏着鼻子一口喝干,长长喘气说道:"总之你不能一个人去墨西哥。"

"我爸妈也这样说,只能辞职了。"她出去看看外面世界的想法不是那么坚定。

"我们去和江老师和耿顾问谈判。"高盎站了起来,买了三杯咖啡,和宁佳佳进了电梯。

"没用的吧,把实习生派到美国,公司没有先例。"宁佳佳渴望去美国,去美国的话父母不太会反对。

"同进同退,好不好。"高盎带着宁佳佳来到会议室门口。

"怎么同进同退?"宁佳佳站住了,停在门口。

"要不然一起去美国,要不然就辞职。"高盎见到宁佳佳点头,推门进去。

高盎和宁佳佳坐在耿晔和江晚对面,就像真正的谈判,宁佳佳上来就抛出底牌进行威胁,这其实是谈判的忌讳:"我爸妈担心墨西哥不安全,如果公司分配我去,他们就让我辞职。"

耿晔不在乎宁佳佳的去留,留住高盎更重要:"高盎,你呢?"

威胁只会让谈判破裂,但宁佳佳开了口,高盎从背包里取出录取通知书:"刚好,我妈妈也让我辞职。"宁佳佳取来看了一眼,哇!录取通知书!她反劝高盎:"你还是辞职去读书吧,这么好的大学。"

高盎哭笑不得,这本来是威胁耿晔和江晚的,宁佳佳却放弃了谈判立场。江晚欣赏高盎,不想耽误他前程,虽然鸿鹄技术不错,可是大多数人都会认为去那所名校才是更好的选择,离录取通知书上的报到时间还有半年左右,江晚怀疑高盎是否真的能安心工作,便想判断他的态度:"为了爱情放弃学业?这样值得吗?"

宁佳佳知道高盎喜欢自己,也不忍心他为了毫无希望的感情耽搁前程:"高盎,别这样。"

气氛有些沉闷,高盎笑出来说道:"我们还很年轻,是吗?瞻前顾后和迟疑犹豫是他们叔叔阿姨的做法,青春无悔,追寻内心,才是我们这个年纪的准则。"然后他又对着耿晔和江晚说道:"您放心,我不会半途而废,我只要做了就一定做好,也别担心我读研,我从来都是学霸,即便我今年不上,明年也能再申请到。"

高盎说话的时候，洋溢着自信、乐观和单纯，耿晔和江晚互看一眼，他心态真好，一定出自非常良好的家庭。宁佳佳突然说道："高盎，别傻了，我告诉你我有男朋友。"

宁佳佳连谈判目标都搞不清楚，根本没有任何商业天赋，事情越来越复杂，变得八卦起来。耿晔要逼迫高盎表态："你俩商量一下，没见过你们动机这么不单纯的实习生。"

高盎听出了耿晔的潜台词，似乎答应了自己的要求，问宁佳佳："爸妈同意你去美国吗？"宁佳佳说声等等，打开手机在微信群里冒了一句：公司派我去美国！微信群中静了一会儿，父母发出振奋的表情，小胖却发出了哭泣的表情，宁佳佳问高盎："你妈妈同意吗？"

高盎十分开心："我妈妈通情达理的，很尊重我的选择。"

江晚哭笑不得，以她在公司的执委会成员的地位，竟然去协调最基层员工的感情问题，别人肯定难以置信。耿晔板起脸来说道："你们去美国是有任务的，一旦失败，就去你们该去的地方，明白吗？"这才是他的动机，用宁佳佳激发出高盎最大的潜力。

"你们叔叔阿姨，总是套路我们。"连宁佳佳都有被绑架的感觉，随即跳起来，和高盎击掌说道："警告你，我们就是纯洁的同事关系。"

宁佳佳和高盎开心地离开，江晚和耿晔坐着穿梭巴士返回办公室。耿晔问道："铁三角已经有了客户代表和服务工程师，还缺一个角。"

江晚故意笑着看耿晔："有时候我真的不明白你。"

耿晔知道江晚的意思，却故作木讷："不明白什么？"

"比如，你明知道卡尔白去了美国，那是爸爸安排好的铁三角之一，你却还要问我。"江晚和耿晔接触久了，发现他很少提问，即便知道答案，也总让别人先说。

"这又说明什么？"耿晔仍然提问，绝不暴露想法。

"这让我怀疑，我是你的客户，还是你的队友，或者有可能发展成恋人的那个人。"江晚自从得知那蓝和耿晔的关系，就起了疑心。

"哈哈，你是我的老板。"耿晔避重就轻。

"我有种感觉，你好像很难相信别人。"这让江晚很不满意，间接地表示了怀疑。

"你相信我吗？"耿晔反问。

"你觉得？"江晚学会了反问。

"在登山的时候，命都在对方手里，有什么不相信。"耿晔回答得十分谨慎。

"我们都说登山危险，可能从悬崖坠落，可能在雪山迷路，冻成冰棍，但是现实世界更复杂和危险，有太多的诱惑和选择。"江晚有些失落，她这么逼问都得不到耿晔的表态，让她疑心更重。

"小晚你想太多了，是不是这几天没有休息好？"耿晔用手背碰碰江晚的额头，收回手来悄悄将江晚的左手握在掌中。

"是有些累了，抱歉，我疑神疑鬼了。"江晚笑笑，手被耿晔握着的感觉很好："我和爸爸说了内存混用的事情，当时闹得沸沸扬扬的，公司成立了调查小组，一直没有结论。"耿晔从内存混用和上市之间看出了某种关联，但十分模糊，也没有任何证据。江晚又说："爸爸很重视，要求采购部尽快拿出结论，给个说法，到时候我们一起去听听。"

中美贸易战的爆发，使鸿鹄技术进入美国市场的脚步停顿下来，耿晔刚好有时机调查内存混用，这是那蓝的计划，对于她的想法，耿晔毫不犹豫地相信，这次也是一样。他只是好奇，调查内存混用和上市之间存在着什么关联？江晚也在想心事，忽然说道："我还是想去美国。"

"是不是再观察一下？美国的贸易代表团就要来中国谈判了。"在耿晔印象中，江晚认准的事情就一定要去做，绝没有妥协的空间，可是在中美贸易战的当口，天机通信又被美国严厉制裁，公司已经在讨论退出美国市场，她的坚持就显得过于偏执。尤其在美国总统特朗普宣布了派到中国进行贸易谈判的代表团名单之后，名单中包括美股财政部长、商务部长、美国贸易代表、白宫国家经济委员会主任、贸易顾问、美国驻华大使和白宫国家经济委员幕僚，都是足以影响中美贸易的重量级人物。按理来说应该等一下谈判结果再去美国，可是江晚依然不为所动。

"我不管贸易谈判，那是别人的事，我要做自己该做的。"江晚依旧固执。

"这不是我俩登山，和别人无关。这牵扯到中美贸易战，牵扯到鸿鹄技术18万人的命运，天机通信就是前车之鉴，不能因为自己连累这么多人。"耿晔苦口婆心。

"因为自己？耿晔，什么意思？"江晚忽然听出了耿晔的话中之话。

耿晔深深呼吸，决定说出心里话："老总曾当众说过，谁带领队伍征服美国市场，谁就成为鸿鹄技术的接班人！"

江晚根本没有这个想法，她只是要完成父亲的初心，她脸色发白："你还听说什么？"

耿晔看出来了江晚的怒火，但他仍坚持说出真相："我还听说，你半年之前去攀登雪山，根本不是因为和李屹东分手。"

江晚双眼中喷出火来，看着耿晔："为什么？"

耿晔要验证这一切，继续问道："你威胁到了李屹东的接班人位置，在公司里有一股势力支持你，老总放逐了你，将支持你的人排除在轮值CEO之外。"耿晔的终极目标是承担鸿鹄技术的上市业务，唯一的希望是江晚能够成为接班人，耿晔要验证她是否还有这个愿望。

江晚不想在穿梭巴士上吵架，直到大巴停下来，跳下车，走到僻静处等待耿晔："耿晔我告诉你，我要进军美国，不是要夺取接班人的位置，我记得爸爸在虎跳峡的背影，他舍了性命要在美国人之前漂流了长江，那一年有11个人葬身长江！我是他的女儿，我要完成他未竟的心愿！这和接班人没有丝毫关系！"

耿晔内心难以描述，他精心算计，志在夺取鸿鹄技术融资上市的项目，以为这是商场的通则，没什么不对。在江晚面前却显得邪恶，她有着完美的容颜、家世，和至为纯粹的心灵，如果她知道自己的预谋，怎能承受这种打击？他心一横，说道："不管你怎么想，但是别人都会认为你去美国是为了夺取接班人的位置。我只是一个咨询顾问，没有帮你夺权的义务！"耿晔转身离开，提起双肩包，扬长而去。

欺骗

耿晔猛踩油门向合力咨询的办公室开去,他与江晚在登山队相遇,彼此间无微不至的照顾,多少是真情?多少是假意?耿晔初时没觉得有什么不对,这就是商业,尔虞我诈,找到途径与客户接触,建立关系,夺取生意,他一向都是这么做的。但他渐渐意识到,自己和江晚绝不仅仅是客户和供应商的关系,他没办法再欺骗和隐瞒下去。

他怒气冲冲推开门,直奔周道的办公室,关门坐下来:"这项目我不想做了。"

周道很惊讶,从椅子上坐到沙发上:"说说,怎么回事儿?"

耿晔脱口而出:"我就是一个骗子,为了生意不择手段。"

周道并不争论:"还有其他原因吗?"

耿晔站起来,心里五味杂陈,他想不清楚,更说不明白,周道平静地说:"我明白,猎人爱上了他的猎物,不忍心扣动扳机。"

耿晔不忍心伤害江晚,如果她知道实情,一定会受到打击,再也难以相信男人,更加认定男人喜欢的不是她,而是她的家世和财富:"她坚强的外表下有单纯的心灵,她知道自己的初心,没有被这个世界污染,而我正在利用她,毁灭她。"

周道点了一根烟,淡淡吐出云雾:"那你就别告诉她,哪怕和她结婚生子,也不要告诉她。"

耿晔点着胸口:"我这里受不了,和她相比,我就是一个骗子和恶棍。"

周道站起来恶狠狠说道:"咱们是兄弟,告诉你,如果这个项目做不完,我们只拿到了30%的预付款,以前垫进去的钱也要全搭进去,五个城市的招聘、差旅费、酒店、宣发费用,还有后来赋能的全部费用也是我们垫付的。"

耿晔不怕威胁,周道吸了几口摁灭烟头,重新回到座位,指着电话:"我们有了分歧,从来都是问那总的,对不对?我们听她的。"

耿晔憋了许久,正要找那蓝爆发:"不管她说什么,我都向江晚坦白,我不想骗下去了。"

周道打通电话，那蓝的声音传出来，听了解释，笑着说："大厨，良心不安了，是吗？"

耿晔点头，想起这是在电话上，说道："我想向江晚说清楚，什么狗屁咨询项目，什么上市融资，随它去吧。"

"你想毁了小晚的希望，毁了她的生活，把她推给她不爱的人，是吗？"那蓝语气轻松。

耿晔有些不明白："她不爱的人？"

那蓝在家休产假，却也时时掌握着公司的运转："如果你冒失地向她坦白，她只会绝望，答应李屹东的复合要求，嫁给她不爱的人。"那蓝没有用生意来劝说耿晔，反而从江晚入手，显然比周道高明许多，她又说道："我是女人，我们不需要简单粗暴，男人遇到问题的时候，能不能用心一些？多想想，找到对她最好的解决方案？"

"可是我找不到。"耿晔颓然，如果让自己重新认识江晚一次，自己还会这样做吗？耿晔心里的答案是否定的。

那蓝猜到了耿晔的想法："相恋易，相处难，每一段感情都需要经过考验，就像我和老郭相遇的时候，他以为我是另外一个人，我当时很伤心，这是特别大的考验，比小晚遇到的还要严重，是吗？"

电话中传出来一个男声："不是什么光彩的事儿，就别总提了。"

那蓝的声音顿时没了笑意，冷若冰霜："我还为这事儿生气呢，换尿片去，回头跪键盘。"

"哎，为这事儿跪五年了。"那男人的声音消失了，这是那蓝的老公郭鑫年，现在是互联网的牛人，在外面威风凛凛，在家里还要跪键盘。

耿晔向来钦佩那蓝，在感情方面自己差得太远："那么，最好的解决方案是什么？"

"大厨，你相信我吗？"那蓝问道，她和耿晔是十几年的老朋友。

"我相信。"耿晔对此深信不疑。

那蓝胸有成竹地说道:"继续做你的咨询项目,把内存混用的事情查个水落石出,在这期间,千万不要说出你有预谋认识小晚,等这一切走向终点的时候,我向小晚解释。"

"欺骗就是欺骗,解释又能怎么样?"耿晔仍然不答应。

"如果你相信我,就按我说的做,再见。"那蓝有些生气,挂了电话。

耿晔坐下仰天长叹:"哎,这算什么啊?"

周道笑得合不拢嘴:"美人计呗。"他语重心长地说道:"耿晔,你听我劝,你千万不要承认预谋认识小晚,什么时候都不要说,以后结婚生孩子都不能说,等到你们七老八十,老得走不动路,当着儿孙们说出来,然后再深情地望着小晚说,遇到你是我这辈子走得最好的一次运。"周道话还没说完,就被耿晔一脚踹出门外。

调查结果

贸易战愈演愈烈,江晚出征美国的计划放慢了脚步,便在耿晔的鼓动下着手调查内存混用。鸿鹄技术的旗舰产品每年更新,上一代 P 系列产品在一年前发布,上市一个月便爆出了内存混用的问题,鸿鹄技术当时启动了内部调查,已得出初步结论。这件事早已过去,又被耿晔翻了出来,当调查重新启动的时候,众人都有些摸不着头脑,可是江远峰亲自参加,又不得不重视。

江晚坐在长条桌的前排,耿晔充当助理,坐在她身后的椅子上,李屹东主管手机业务,在旁边听取汇报。长桌的另一侧是调查小组,为首的是主管手机研发的郭厚军,他也是当事人之一,旁边还有来自研发、生产和营销部门的相关主管,这次会议的规格极高。

郭厚军坐直身体,介绍了事情的经过:"我们去年发布了 P 系列旗舰产品,在发布会上展示了性能,狻猊芯片搭配 UFS 闪存的读取速度超过 800MB/s,上市后,有些用户进行了测试,结果不一,有的速度为 700~800MB/s,也有的在 5000MB/s 左右，还有一批手机读取速度的测试结果仅为 200~300MB/s。他们将结果公布出来，引起轩然大波，局面难以控制，当时必须尽快采取措施。"

江晚那时在云南，不清楚状况："为什么用户的测试结果达不到标准？"

郭厚军摸摸鼻子，抬头看着江晚："我们采用了 UFS 和 eMMC 两种不同规格的内存，其中 eMMC 是老标准，速度慢，功耗也明显大于前一种，不少用户认为我们偷工减料，不够诚信。"

江晚明白了原委，责任似乎出在本公司这边，郭厚军话音一转："可是我们从来没有承诺不使用 eMMC 标准，不同闪存是根据当期供货量随机发货，不存在时间批次和人为安排芯片档次的问题，更不存在所谓歧视和欺骗消费者的情况，这是业界普遍的现象，三星手机也大量混用各种不同的内存。"

李屹东一直在细心旁听，插话说道："基于这个原因，我当时十分恼怒地发了微博，认定是别有用心的厂家看到我们的旗舰手机热销，十分眼红，大肆抹黑，误导消费者，现在看来，当时太不理智了。"他微博一发，不但没有缓解舆论，网上反而铺天盖地攻击鸿鹄技术没有诚意，起到了火上浇油的效果。

李屹东坦然认错，江晚并不责备，深入询问："为什么要混用不同的内存？"耿晔暗暗佩服，江晚能够把握住调查的根本，没有被带偏，十分难得。

郭厚军继续汇报："没办法，我们拿不到足额的 UFS 芯片，不得不使用 eMMC 内存。"这段话折射出国产手机的辛酸和无奈，目前全世界的高端闪存芯片大部分掌握在三星等少数厂商手中，国产厂商被卡住了脖子，供货量被上游牵制，只好采取这种做法。

江远峰向来主张加大研发力度，一拍桌子说道："加大研发力度，就是为了摆脱受制于人的局面，自主研发狻猊芯片，CPU 不再受制于人，和徕卡合作研发摄像头，在光学方面摆脱日本企业的控制，这是重要的突破，但远远不够，我们要发展，不但要在整机上强大，也应该在 CPU、存储、屏幕、电池、摄像头等众多领域形成突破，才能打破垄断。"

问题分析清楚了，对策还没有，耿晔听懂了个大概，在手机上查询相关的资料，在记事本上写了一行字，悄悄递给前面的江晚。江远峰那边继续说道：

"关于混用闪存的报道我看了一些,两种规格的手机用了一下,没感觉有区别,体验都很流畅,但是你们没有意识到问题的根源。问题不在于用的 eMMC 闪存还是 UFS 闪存,问题在于你们在发布会上用了一个测试软件,有那么一个跑分,把结果宣布出去了。如果我早知道,就不会同意放这个东西上去,这是骗人!你呀,别人说你是李大嘴,我看也不是没有道理!"

江远峰向来爱护李屹东,这次说得比较狠,发布会是李屹东主持的,数据是他说出去的,微博也是他本人发布的,李屹东点头认错,表示要改大嘴巴的毛病,江远峰不为己甚,说道:"这是人的本性,你给出一个跑分,他拿到手机就去跑,比不上你说的,心里就不舒服,你不给这个跑分,他也一样用,我们手机的用户体验确实是很好的。"

尽管只有极少数的用户在闹,却声势很大。调查小组低头记录着会议讲话,江远峰又说道:"除了大嘴巴之外,你们在营销上也上当了,我们没有收购过跑分软件,不要去学人家跑分。为什么呢?一个手机有屏幕,电池、CPU。就说元件的性能吧,CPU 的主频、内核数量、闪存和内存的读取速度,都影响性能,如果测下来,成千上万种元器件,无数跑分,消费者看得懂吗?有的厂家综合实力不强,剑出险招,从无数跑分中拿出对自己有利的公布出来,以偏概全,偷梁换柱!我今天和大家沟通,就是担心你们被人牵着鼻子走,把路走歪了。不跑分怎么办?我们和徕卡合作摄像头,从来不用跑分,品牌效应起来了,消费者不用去看像素和光圈,就知道这个镜头是好的。千万不要被友商牵着鼻子走,更不要被上游供应商牵着鼻子走,没有货的我们暂时不用,以后自己造,芯片都可以自己造,闪存也可以!"

江远峰一语道破关键,有些厂商公布跑分的确是以偏概全、偷梁换柱,这是竞争的本质。可是问题仍然没有解决,他低声问李屹东:"刚才有人问我,消费者来退货,要不要退?我说可以,我们要打持久战,不要计较一时的得失。"

众人搞清楚了原因,也得出结论,气氛轻松起来,郭厚军做了总结,正要宣布散会,江晚突然抬头来问道:"有个问题,eMMC 与 UFS 兼容吗?"她手中捏着耿晔悄悄递来的纸条。

郭厚军猛然抬头看着江晚，又扫向了李屹东，承认："不兼容。"这意味着旗舰产品在研发和生产时有不同的内存配置，差异是故意为之，而非产品短缺的临时举措。会议现场冰冻起来，众人沉默，郭厚军匆匆站起来说道："老总，汇报完了，就按照您的指示去办。"

江晚闪过一丝困惑，这种故意为之的错误说明什么？老旧的内存便宜一些，能够带来更多的利润，这是他们的目的吗？父亲没有提到这一点，是护短吗？耿晔站起来，敲敲自己的脑袋，他脑中被灌输了极多的信息。

"纸条写得很好。"江晚心里早有怀疑，却不敢去追究。

"奇怪。"耿晔摇摇头："今天汇报的气氛有些不对，郭厚军的神情也十分异常，你负责调查，他为什么匆匆站起来宣布汇报结束？"

"我们被韩国厂商卡住了脖子，不得已而为之。"江晚想把调查盖棺定论。

"小晚，或许你是对的，我也不太肯定，但是会不会有其他可能。"耿晔在办公室里绕了半圈，难以忘记郭厚军的神态，转回来说道："我想看看内存供应商的名单、采购数量和价格，能够找到合同最好。"

"这容易。"江晚是CFO，打开电脑就能查到，却看着耿晔说道："耿晔，知道后果吗？"

"你害怕了吗？"耿晔知道她的犹豫，调查下去，公司的矛盾就会激化。

"我想想。"江晚向来一往无前，这次却退缩了。

李屹东、郭厚军和庄雨农来到一间僻静的办公室，郭厚军质疑庄雨农为什么没有把耿晔赶走，导致局面越来越复杂："内存混用的事情早就过去了，重新启动是什么意思？翻旧账吗？"郭厚军管着研发，庄雨农负责采购，李屹东统管手机业务，内存混用属于他们的一亩三分地，由江晚牵头调查，这是项庄舞剑，意在沛公。庄雨农说道："老总什么意思啊？不相信我们了？咱们加一起跟着老总干了60多年啊。"

李屹东不想猜疑江远峰，只好指向江晚："咱们踏踏实实跟着老总几十年，别想太多，内存那件事儿一直没有结论，这次查到底给个结论也好。我只是怀疑，小晚向来单纯，这次回来之后却像变了一个人。"

"那个耿晔，我们都小看他了。"庄雨农恨恨地说道："我想在他的咨询项目中找出毛病来，一脚踢开，可是他滴水不漏，毫无破绽，此人是高手啊。"他暗中调查了耿晔的背景："他的合伙人名叫那蓝，曾是高盛最顶级的投资人，名声还在万成之上，耿晔和她一起创办投资公司，绝不简单。"

"他通过内存混用打击万成，也削弱我们的控制力。老总退休之后，上市就是他的囊中物。"李屹东越想越清晰。

郭厚军侧头想想，再次质疑耿晔和江晚的相遇："他在登山途中遇到小晚？咱们在商场混了那么多年，把咱们当傻瓜？以前做业务的时候，谁没和客户偶遇过？事先打听过，知道客户的去处，守株待兔。大学生也会玩这个，跟着喜欢的女生，在图书馆、食堂和教室偶遇，都是套路。"

登山经历是耿晔和江晚的感情基础，摧毁掉就能彻底断绝耿晔和江晚的关系，甚至江晚失望之后，回头嫁给李屹东都有可能，一切迎刃而解。李屹东苦笑："我们有证据吗？耿晔既然是高手，又怎么能留下把柄？"

郭厚军思路极其清晰："耿晔怎么知道小晚要去登山？小晚告诉过谁？要找到他们共同认识的那个人。"庄雨农觉得很难，这如同大海捞针。

英雄泪

江晚妈妈买鱼炖肉，煎炒熘炸，摆满一桌，又把红酒从冰窖取出，家中弥漫着欢乐的气氛。江晚要请耿晔来，妈妈不同意，两人僵持住，闹到江远峰那里，他大手一挥："人多热闹，陪我喝杯红酒。"

江晚妈妈放下饭菜，和江远峰进了书房，"一女二嫁，哪有你这样的爸爸？"

江远峰差点吐出茶来，女儿和李屹东分手后才认识耿晔，即便现在，两人之间也是清清白白："哪有你这样的妈啊？传出去多不好听，我支持江晚和屹东复合，为他俩创造机会，我鼓掌支持，但女儿是懂规矩的，绝没有脚踩两只船，不会乱来。"

江晚妈妈不怯场，凭着她的功力，绝不输给江远峰："你说的对，女儿当然不会脚踩两只船，那个耿晔除了样子帅，还有什么本事？一个男人，不求顶天立地，总要有些志气和理想，他半年不工作，光去游山玩水，还要去南极，你不怕他把女儿带坏？"

江远峰哈哈一笑："游山玩水这个词用得好，他们游山，我年轻时玩水，比他们厉害吧？虎跳峡，你敢跳吗？从长江源头漂下来，这才是年轻人，有勇气，有决心，像我年轻时候。"

江晚妈妈竖起大拇指："你是这个，做事业我不服不行，把企业做到这么大，中国就你一个，玩得疯，事业也做得好，你年轻的时候是人大代表。耿晔是吗？论事业，他差更远了，给女儿当顾问，传出去太难听。他是被女儿包养了？这算不算吃软饭？"

夫妻两人拌嘴，话很冲，但语气都很客气，江远峰笑了："他还真不是吃软饭，我做过调查，他在业界还是有些本事的，女儿把他包下来，咱们是沾了光的。但是，你说的也对，这个耿晔啊，不够拼。"

江晚妈妈被说得还不了嘴还是第一次，她走回厨房又走回来："你说他有本事，我怎么看不出来？他买房了吗？没买房算什么本事？"

两人正在争执的时候，门开了，江晚和耿晔金童玉女地进来，江晚妈妈轻轻向江远峰说道："吃完饭接着说，真理越辩越明。"

四人上了餐桌，江晚妈妈不能再对耿晔品头论足，只要江晚和江远峰达成一致，她还真没办法。江晚以往都和妈妈结盟，这次为了耿晔彻底转向，搞的江晚妈妈心中气结，却只能默默吃饭，暗赞耿晔的手艺。江晚一家沉浸在浓浓的家庭气氛之中，耿晔也融入进来，他早早离乡，周围都是朋友和同事，很少有这种家庭气氛。他悄悄去看江晚，她脸蛋泛起一丝绯红，结伴旅行时历经危险，渡过难关，彼此之间到底是什么样的关系？脑垂体会分泌一种叫多巴胺的物质，让相恋的人心脏怦怦跳动。耿晔的上一段感情如同惊涛骇浪，日思夜想,不熄不灭,无法忘怀。他对江晚却不是这样,感情暗暗滋生,如同春雨,滋润万物却没有声息,直到春暖花开,才感受到这种感情。

江晚出生在春夏之交的五月,渐热的天气赋予她果敢和胆略,让她内心沸腾着强烈的激情,充满活力和生机,闪烁着理想主义的火花。她襟怀坦荡,宽宏大量,热情洋溢。然而,她也有金牛座的高傲、敏感和坦诚,有时缺乏谨慎,一旦事与愿违,傲慢的天性会给她带来沮丧和深深的挫败感。这种感觉如果处理不好,便会给她巨大的打击和创伤。耿晔不由自主地想起李屹东英俊却苍白的面孔,他目光坚毅,思虑深远,绝对是做大事的人物,拿得起放得下,不该如此儿女情长,怎么会纠结这么长时间?餐桌上不主动聊公司,这个觉悟耿晔是有的,直到江远峰微醺,饭菜撤下,江晚妈妈离开客厅,他们换到沙发上,耿晔问出了心中的疑惑:"万成后来有消息了吗?"江远峰摇头,鸿鹄技术是资本市场上最大的肥鹿,万成又是极佳的猎手,绝不会放弃猎物,肯定不会就此收手,在江远峰这里拱不动,就会从其他的地方下手。

"在调查会议上,如果我没有看错,你给江晚递了条子,是不是?"江远峰神情严肃地看着耿晔,连江晚都被他的口气吓住。

"两种内存本来不兼容,内存混用并不是缺货时的无奈之举,而是有人在产品设计阶段就早有预谋。"耿晔坦言相告,没有隐瞒。

"说明什么?"江远峰仍然坐直身体,仿佛打仗一般。

耿晔打开记事本,摊在膝盖上:"内存混用能够解决供应链短缺的问题,还能产生利润,我查了一下内存的价格,一块 UFS 内存应该在 25 美元左右,采用 eMMC 内存就可以省下 15 美元,这款旗舰手机大概销售 800 万台,假如一半采用便宜的内存,就是 6000 万美元的利润,生意就是这么做的。"

"我缺这 6000 万美元利润吗?"江远峰怒火勃发,脸色难看极了:"我说以客户为中心,有人偏说以利润为中心!我说要打持久战,偏偏有人短视!我说消费者要退就退吧,有人找各种借口不给退!"

"爸爸,您别生气。"江晚很担心,父亲身体并不是那么好。

"您还应该查查合同,看看芯片的数量和购买价格。"耿晔在会议中感到了怪异的气氛，或许是神态，或许是表情，总之情况不对。

江远峰猛地站起，如果被国外公司卡住脖子，只能采用低端内存，这是耻辱，不是过错，但在发布会上宣布了高端内存的跑分，就是有意误导消费者，如果手机部门为利润故意为之，其心可诛，为了钱昧了良心，就更加可怕！江远峰在书房里走了几圈，说道："耿晔继续调查，小晚要积极协助，看看里面有什么鬼？"

江晚吃了一惊，在江远峰口中，耿晔才是调查的主角，自己只是配合，从什么时候起，耿晔的角色变得这么重要？这到底是怎么回事儿？

▌醉里挑灯看剑 ▌

江晚和耿晔的感情历程不同寻常，登山时吃过饭，牵过手，在同一个帐篷下仰望星空，顺便看了几十部电影，情侣之间会做的事情，很多他们都做过了。回到现实世界，他们发现了对方的另外一面，耿晔从登山队的厨师变成了咨询顾问，江晚从坚强的驴友变成了江远峰的女儿、鸿鹄技术的执委会成员。幸运的是，身份改变，内心不变，他们依然互相欣赏，相处越久就越能找到更多的话题，为对方打开一扇新的窗户，看到新的景色，两人的心灵就像太极一样，互相缠绕互相滋补。两人回北京后养成了新的习惯，骑车沿着东三环缓缓而行，在路灯下拉出长长的身影，他们一直骑到耿晔的住处，耿晔开口："坐坐？"

江晚怦然心跳，他们登山的半年期间亲密无间，返回北京后，单纯的友谊正在发生化学变化，虽然得知耿晔离婚，江晚依然飞蛾扑火一样，毅然将耿晔聘请为顾问，天天腻在一起。今晚的感觉尤其不同，江晚羞怯地点头，埋头向电梯走去，房间里空空荡荡，只有一张床，一台跑步机和一个长条桌。

"特别怀念雪山和丽江，要不要做个计划？"江晚兴致勃勃。

耿晔颓然说道："我卖身赚钱吧，挣些钱，在北京买房子。"

"这个房子呢？"江晚很喜欢这里，虽然一点儿也不豪华。

"房东不卖。"耿晔耸耸肩膀，实话实说。

"你再努力工作，都在北京买不起房子。"江晚在登山期间养成了说话直接的习惯，她才不会在乎一套房子。她看见墙角的登山包和帐篷，以前登山时每到露营地，第一件事就是搭帐篷，江晚熟练地将铁骨撑起，一顶帐篷出现在房间里，在高楼大厦之间构成了一个小小的天地，隔开了工作、金钱和权利，江晚找到了些许扎营在旷野的感觉。她从落地窗看出去，写字楼的灯火就像无人区天空上的繁星。她挑起小挂灯，铺好防潮垫，钻进去说道："身体远离雪山，心已经从帐篷飞过去了。"江晚真想住在这里，脸上不禁羞红一片。她看似叛逆，其实每天晚上都回家陪父母。她记得耿晔的公寓里有酒柜，钻出去欢呼一声取出一瓶红酒，倒一杯钻回帐篷，这也是他们的登山习惯，两人在一个杯子里轮流喝。

"身远心近。"他们喝完一杯，气氛越来越暧昧。耿晔钻出帐篷："我在外企那段时间，总是想到明哲保身，彬彬有礼地在邮件里踢着皮球，用非常礼貌、文雅的英文相互推诿责任，然后做出一堆眼花缭乱的PPT来麻醉自己，整个团队都像是生活在《皇帝的新装》里，毫无地气可言，那份工作真的意义不大。"耿晔与江远峰谈过几次，却能感受到他身上的能量："但是老总完全不同，他承担着使命，拥有一种精神，这是我以前不明白的，现在我懂了，那是父辈的精神，我们从贫穷走向富裕，从缺衣少食，到现在不愁吃穿，我们能够游山玩水，不是天上掉下来的，而是依靠了父辈的汗水和泪水。"

"你改变了吗？"江晚从来没有觉得游山玩水有什么错，但他看起来有了改变。

"变了，我以前认为企业以追求利润为天职，可是从老总身上看到了不同的答案，如果可以修改这句话，应该是：普通的企业以追求利润为天职，钱赚够了怎么办？吃喝玩乐享受生活。但是基业长青的企业总能坚持初心，老总的初心就要改变这个国家的面貌，心系中华，有所作为，这是他30年都在坚持的梦想和精神。"

江晚从帐篷里钻出来，看着耿晔，他似乎被父亲感召了。耿晔大口喝了红酒，手扶着帐篷一角说道："我想起了辛弃疾，他年少时立志收复中原，与金兵作战，在《登京口北固亭有怀》这首词里回忆少年的抗金时光：何处望神州？满眼风光北固楼。千古兴亡多少事？悠悠。不尽长江滚滚流。年少万兜鍪，坐断东南战未休。天下英雄谁敌手？"耿晔念着辛弃疾的词，说道："他宦海沉浮多年，渐渐老迈，仍然不改初心，写出了《破阵子》：醉里挑灯看剑，梦回吹角连营。八百里分麾下炙，五十弦翻塞外声。沙场秋点兵。马作的卢飞快，弓如霹雳弦惊。"

江晚听过很多关于初心的解释，耿晔从辛弃疾说起，让她觉得非常新鲜："不管什么时候，都不能让鸿鹄技术沦为赚钱的工具，心系中华，有所作为，才是我们的初心！"

耿晔越说心里越沉重，无论和江远峰还是和江晚比，自己差得太多，我的初心是什么？我好像根本没有初心，我只是想赚钱，为了拿到鸿鹄技术的投资上市项目，向江晚隐瞒实情。连江晚也看出了他神情不对，默默看着他，等他解释。耿晔苦笑，收好酒杯："我一直觉得，真正继承老总精神的是你，而不是其他人。"

江晚皱眉，李屹东是公认的接班人，这种想法会挑起巨大的纷争："耿晔，以后别说这种话。"

耿晔当然不会乱说，但是江远峰难道不能发现，女儿才是最好的接班人吗？两人结束聊天，静静地看着窗外的灯火，江晚即将开始新的旅程，渐渐开心起来："拉斯维加斯，我要来了。"

耿晔没有接话，走到房间一角，长条木桌旁边有一面巨大的玻璃墙："小晚，来。"

耿晔拉上窗帘，打开台灯，从双肩背包中取出一叠文件，走到玻璃墙旁边："小晚，今天看到的，不要告诉任何人，包括老总。"

江晚茫然点头，笑着问："这么机密？"

耿晔取出一份厚厚的文件交给江晚："这是当时的谈判记录和厂家提供的报价，一共三个厂家，猜猜，4G容量的内存报了多少钱？"

江晚看着资料上的日期,这是一年多前封存在采购部的资料,她亲手调来交给耿晔的,她依稀记得,UFS 的内存应该在 25 美元左右,低端的 eMMC 内存价格应在 10 美元。耿晔将三个文件夹打开,展现在江晚面前,三个厂家的报价分别是 24、23 和 22 美元,整齐划一,这说明什么?江晚合上文件。

耿晔将这三组数字写出来,贴在玻璃墙上,又打开一份排名,这是全球前十名的内存供应商排行榜,用笔在其中一个名字打了一个勾:"邀请的三个厂家,只有一家在前十名,其他两家名不见经传。"又将排行榜贴在厂家报价旁边。

"有人串标?"江晚大脑飞转,串标显而易见,但是如果没有内应,很难行得通,这个内存混用危机的背后有公司内部的腐败?

"现在不能得出这个结论,要调查一下内存供应商。"耿晔在黎明微电子的名字上画了重重的红圈,又问江晚:"按理说,这是技术问题调查,无论李总还是郭总,都比你合适。"

江晚想了一阵,吃惊地问道:"你在暗示什么?"耿晔没有说出来的含义是,江远峰早就怀疑其中有贪腐的问题,而且可能涉及执委会成员,所以让江晚负责。江晚绝对没有嫌疑,那时她正在云南攀登雪山,肯定不可能介入。

"那家内存供应商的资质给我,采购部一定有。"耿晔孜孜不倦地追踪着,发现自己很适合做侦探,顾问要追踪和分析数据,两个工作之间本来就有天然的联系。

"我想想,要不要查下去。"江晚越想越害怕,鸿鹄技术没有出过这样的事情,她问耿晔:"这是你的工作范围吗?"内存混用的调查显然不在工作范围之内,如果不是江晚在执委会上念出了耿晔的条子,这个调查已经结束。

"这里面有问题。"耿晔看看时间,向门外做出有请的姿势:"爸妈等你回家,太晚不好。"

有红酒有帐篷,本应该是一个浪漫的夜晚,江晚含情脉脉,耿晔却一点儿反应都没有,就像运足力气,一拳打到墙上,自己痛得吐血,人家还好奇地看着。既然人家逐客,自己就不能赖在这里,只好下楼,耿晔表现不错,陪着她走回家去。

旧情

耿晔送走江晚，匆匆忙忙前往亮马桥的德国啤酒屋，周道已经等在那里，两人喝了几瓶。周道抹抹嘴角："万成那边有消息吗？"他满脑子都是鸿鹄技术的投资上市，一旦成功，就名利双收。

耿晔想想认识江晚的经过，苦笑起来，那蓝谋划深远，一年前让自己和江晚在登山队认识："没有动静，老总一口拒绝了他。"

"大家都按兵不动，等着老总退休。"周道悻悻然换了话题："咱俩是兄弟，我才劝你，江晚带你回家，把车留给你用，找你做咨询项目，又要带你去拉斯维加斯，什么意思你清楚吧？"

耿晔噎住，喷出了一小口啤酒："我变成什么人了？吃人家饭，开人家车，拿人家钱，人家还带我出国旅游。"

周道也差点儿喷了："你是张生，江晚是崔莺莺。"他脑洞大开，用起了《西厢记》中的典故。张生家境贫寒，只身赴京城赶考，巧遇前朝相国之女崔莺莺，红娘穿针引线，两人互生爱慕，厚赠金帛，张生进京考中状元，最终有情人终成眷属。

耿晔的落魄颓废倒挺像《西厢记》的张生："我没那么惨，难道离了婚，房子车子给了来莱，净身出户，在你们眼中，我就什么都不是了？"

"差不多！今朝有酒今朝醉，千金散尽还复来，中国人都喜欢李白的诗和洒脱，还有他那股劲儿，但是咱们得现实一些，谁愿意过李白那种日子？李白如果活到现在，也要去给二流歌星写歌词，你信不信？"周道其实不想提李白，这样会越扯越远："咱们别说李白和崔莺莺，说你的事儿。"

耿晔被这比喻搞得浑身别扭："我处心积虑和江晚认识，和钓金龟婿的手法没什么不同。"

周道知道他的心结，劝慰道："你干活拿钱，每分钱都是赚来的，帮助鸿鹄技术训练实习生，他们一年内就能卖出几个亿美元的产品，我不说李白和崔莺莺，就说事。"周道喝了一口酒又说："错过这村就没这店，天上掉馅饼，您也得弯腰捡啊。"

耿晔酒劲儿向上蹿："来莱把小丸子带到美国了，这节骨眼，我能去谈恋爱？"

"你去贝尔电信找了吗？"周道明白原委，这是耿晔和江晚之间的障碍。

"我打算去美国的时候，和她联络一下。"耿晔猜了个大概，来莱从小在美国长大，一直在贝尔电信工作，后来被派来中国认识了耿晔。

"你得把儿子找回来。"周道没辙了，儿子是耿晔的心头肉，谁都比不了，他问："跟江晚说了吗？"

"离婚说了，儿子没提，找到之后再说。"耿晔也不知道自己做得对不对。

"嗯，先别说。"周道趁着酒劲儿点着耿晔说："你没说，就说明你心里有她，不想失去她。"周道听了一会儿音乐，又劝耿晔："你听我的，江晚喜欢你，你也喜欢她，小丸子有他亲妈，你还是应该赶紧把你和江晚的事定下来。"

耿晔和江晚接近，拿到投资上市项目，是理所当然的商业手段，但是随着与江晚接触得越来越多，他越来越烦躁，拍着胸口说道："兄弟，我真的做不出来，故意去认识江晚拿投资项目就不对，还要和她谈恋爱？我每天都想着要不要向她坦白。"

这把周道吓得两手乱摆："你千万别乱说，这样毁了项目也会毁了你和江晚。最好的办法就是瞒下去，一直瞒到你们结婚生子，瞒到七老八十，瞒到白发苍苍，在你们中间有一人将要离开这个世界的时候，你在病床上或者她在病床上，周围你们的子孙环绕，这时候你娓娓道来，当年我认识你妈妈，哦，你们的奶奶，是处心积虑的，在雪山巅、湖泊旁、星空下相遇，一见钟情，于是才有了你们，这是人世间最美好的感情，如果能够再来一次，我依然会毫不犹豫地选择和她相遇。"

耿晔听呆了，大笑起来："兄弟，你可真能说，我服了。"

"此计可行？"周道也很得意，扣着耿晔喝酒。

"让我在愧疚中度过几十年，直到临死才获得解脱吗？"耿晔处在两难之间，他不能向江晚说实话，却也不想这么一直瞒着，于是在感情开始发展前停下了脚步。

"说实话,你和江晚那个了吗?"周道两个手指碰在一起。

耿晔闷头喝酒摇头,周道劝道:"感情到了,就得向前走,别为你们的相遇纠结,再纠结下去,连我们的投资和咨询项目可能都受影响。"

"这是什么逻辑?"耿晔心中有愧,便一直压制着感情。

"你俩就差这一步,只要突破了这一关,你们就是情侣,谁还敢刁难咱们的项目?李屹东也不敢求复合了,可是你们这么拖着,夜长梦多。"周道看得十分通透。

"我算计了小晚,心中很不好受,真做不出来。"耿晔承认周道的话有道理,却一口回绝。

"你会后悔的,这就像临门一脚,必须抓紧。"周道举起酒杯喝干了啤酒,结账离开。

自闭

"小叶子!小叶子!"耳边是妈妈的喊声,耿晔睁开眼睛看着,听得很清楚,却不想回答,这是医院吗?头上包着绷带,还很疼。啊,我从楼梯上摔下来了。妈妈喊来医生,我能听见,他们手忙脚乱,检查我的听觉。我能听见耳边嗡嗡的震动,目光却呆呆地望着窗外,爸爸为什么被抓走?我没有爸爸了吗?我的家还在吗?我心里大概知道答案,却不想面对。医生离开了,妈妈含着泪久久地看着我,过去20多年了,妈妈的目光仍然时时浮现在我眼前。

耿晔在梦里坐起来,带着深深的伤心,在床上坐了好一会儿,他听说,医生诊断他是听力受损,大概认为他从楼上摔下来的时候,损伤了耳膜。耿晔很久才从梦中醒来,看着床头儿子的照片,心想自己失去了爸爸,不能让儿子也失去,耿晔将小丸子的照片放在嘴边,轻轻亲了他肉肉的小手,抱着相框入睡。

第 6 章 ──────○

拉展

五陵年少金市东，银鞍白马度春风。
落花踏尽游何处，笑入胡姬酒肆中。

《少年行》 唐 李白

六个问题

拉斯维加斯电子消费展一年两届，李屹东大半年前铩羽而归，如今鸿鹄技术面临选择：去还是不去？庄雨农和郭厚军坚决反对，他们想退出美国市场，无心参展，这得到大多数执委会成员的附和。江晚正在训练新人，包括前往美国的铁三角，力主参展，却势单力孤，她悄悄回头向耿晔求助："帮我想对策。"

耿晔反对江晚进入美国，甚至不想做这个咨询项目："说实话，参展什么用处都没有，现在这个节骨眼，美国电信运营商都会躲着我们。"

江晚从背包中掏出协议指着第五条，耿晔差点儿昏过去，她协议随身带，随时威胁自己俯首帖耳。耿晔以前当顾问时，极受尊重，现在连发言权都没有，他胡乱写了几条，递给江晚。江晚接来条子的时候，正好看见李屹东的目光，愤怒中夹杂了无奈，她嫣然一笑，低头去看纸条，等前面的人讲完，举手发言，得到允许之后说道："关于是否参展，我有三个问题，想问庄总。"

江晚不再辩论，换成了提问，庄雨农有了不太妙的预感，却不能拒绝江晚发言，只好点头，江晚将纸条揉在手心："第一，从我们发布手机产品以来，有没有缺席过拉斯维加斯电子消费展？"

庄雨农摇头表示从未缺席，江晚又问："第二，这次拉斯维加斯电子消费展，只有美国的运营商来参展吗？媒体和记者也只有美国的吗？"

拉展影响巨大，南美和加拿大的电信运营商都会派遣代表团，这些市场都是鸿鹄技术的主攻市场区域，连亚太欧洲的客户和媒体都会蜂拥而去，放弃拉展等于放弃整个美洲市场。江晚很满意耿晔的纸条，突然间忘记了第三条，想低头去看纸条，又怕露馅儿，头脑紧张起来更加一片空白。郭厚军听得认真，见江晚突然停止，问道："第三条？"

江晚慌乱之间想不起来，想说第三条和第一条相同，无须重复，在严肃的执委会中说出来，就显得幼稚和轻浮，她向后狠狠踩了耿晔一脚。耿晔没有资格发言，硬是憋着不说，执委会都等着第三条，谁也没有插话，江晚更加狼狈，掏出纸条看了一眼，开口问道："第三条，国内的主流手机厂商是否参展？如果小米、威鸥，甚至连刚被美国政府处罚的天机通信都去，唯独我们不去，新闻媒体怎么解读？"她突然想起几条，补充问道："第四条，美国政府和FCC怎么理解？这是对抗还是合作？第五，我们强调以客户为中心，为客户创造价值，很多美国粉丝也对我们的新一代旗舰产品寄予厚望，他们会不会失望？"

江晚本来要说三条，结果一口气说了五条，执委会众人都看见了那张纸条，都猜到那一定是耿晔递出来的，连江远峰都哎了一声，低头不看女儿。庄雨农被问呆了，一条也回答不出来。最后还是李屹东拍板做了决定："小晚问得好。"

江晚思路打开，猛然间又想起一条，举手问："我能再说一条吗？"

庄雨农苦笑着说："小晚你要说三条，现在都说五条了。"众人哈哈大笑，江晚脸红脖赤，庄雨农又说："既然想起来，就问吧，其实你这五条已经足够了。"

江晚笑笑又问："贸易战的板子挥起来了，但是落下来了吗？那500亿美元货物的关税实施了吗？美国贸易代表团就要来中国谈判，有没有可能达成协议？万一达成协议，贸易战和解了，我们却宣布退出美国市场？是不是搬起石头砸了自己的脚？"江晚这六条问出，精彩万分，庄雨农回答不出来，站起来说道："小晚，咱们不能鼓掌，但是我心里鼓掌了，精彩！"

执委会成员一起哈哈大笑，但是李屹东却笑不出来，今天的事情已经充分表明，耿晔已经成了江晚的高参，此人不好对付。

会议结束，耿晔满脸不高兴，江晚看纸条的动作，把自己为她出谋划策的角色暴露出来，让她看起来就像傀儡，授人以口实，鸿鹄技术内部错综复杂，这绝不是好事。耿晔生气，江晚乖乖地跟着耿晔回了办公室："为什么这么生气？"

耿晔苦笑，打开江晚的背包拿出那份协议，先挑不重要的说："有必要成天带着这个吗？跟紧箍咒一样。"

这比喻把江晚也逗笑了，她的确总用协议威胁耿晔，和紧箍咒的作用差不多："也不用那么生气哇，那是你和周大哥亲笔签名的，想不认吗？"

耿晔心情极为复杂："我自作孽，都是我不对。"

江晚得寸进尺，和耿晔并排坐在桌子上："那你说说，你哪里做得不对？"

耿晔不敢说出自己动机，那样只能彻底伤害她："在雪山上你就都想好了，招募、训练、带领队伍去美国市场，对不对？把我请来当顾问，就是让我帮你进军美国，是吗？"

"这本来就是你的工作。"江晚承认，反问耿晔："听说，你们是很厉害的投资公司，这个几百万的咨询项目，你根本不在意，你是想等我接班之后，辅导我们上市吧？"

耿晔脑中轰了一下，这些事情很难瞒住江晚："你信吗？"

江晚有了怀疑："为什么让我启动内存调查？"耿晔无言以对，她的疑心越来越重，追问："一旦查出问题来，李屹东、庄雨农和郭厚军三人之中一定有人是主谋，其他人都要承担责任，你这么做是为了什么？"

耿晔慌乱起来，江晚不想摊牌，笑着问："我去美国，是为了抢接班人的位置，你信吗？"

耿晔不想回答，抬起头来回想起登山的时光："我真怀念刚认识的时候，世界上好像只有我们两个人，性命都交在对方手中，绝对信赖，可是回到现实世界，一切都变得复杂了，我们开始互相怀疑了。"

"我们可以回到那段时光，只要放弃杂念。"江晚和耿晔的感情基础就是那段登山的时光："我可以调查内存混用，你要协助我进军美国，好吗？"

"一言为定。"耿晔有致命的弱点，不得不和江晚妥协。

盯人战术

会议结束之后,庄雨农和郭厚军分头来到李屹东的办公室,他们都记得江远峰说过的话:谁带领队伍征服美国市场,谁接班。江晚一而再、再而三地坚持前往美国,这是几个意思?三人心知肚明,不愿意提这件事,庄雨农说道:"我们小看耿晔了。"

耿晔的出现是一个突如其来的转折,江晚已经在接班人的斗争中挫败,回归后如有神助,看来很大程度上都是耿晔的功劳,郭厚军说道:"我们反对进军美国,可是那个耿晔一口气问了六个问题,句句打在要害啊。"他不知道耿晔只写了三条,另外三条是江晚编出来的。

"小晚从来没做过市场,我很不放心她去美国。"李屹东突然说道,庄雨农和郭厚军困惑起来,这是什么意思?他笑着说:"我陪她一起去吧,刚好在美国发布一下咱们的新旗舰。"

郭厚军和庄雨农哈哈笑起来,谁拿下美国市场,谁是接班人,如果李屹东和江晚都去了,军功章上有你一半也有我一半,既迎合了江远峰的愿望,也不会承担失败的责任,还可以拿到胜利的果实,万无一失,庄雨农承认:"你在执委会上就这么说,谁能反对?"

郭厚军拍拍李屹东:"要把小晚看严了,盯着耿晔那小子。"

神秘宝地

耿晔和江晚决定在出国前去看看聋哑学校那些孩子,耿晔的旧衣服尺码不全,他们又在专卖店里买了干净优良的童装,清洗晾晒带过来,为孩子们更换。耿晔摸着孩子们的脑袋,和他们比比划划地沟通。江晚靠在车窗上,看着耿晔和孩子们欢笑,这里是他心灵的港湾,金钱名利都不如与聋哑孩子相伴开心快乐。他与李屹东是那么的不同,耿晔有情,李屹东杀伐果断;耿晔甘于平淡，李屹东野心勃勃；耿晔甘于付出，李屹东积极进取；耿晔不在乎输赢，李屹东执迷于胜负；耿晔追寻内心的感受，李屹东追求征服和成功的快感。在这个时代，李屹东才是大家羡慕和钦佩的对象，耿晔绝对是另类，大家会认为，他要么装，要么有病，但江晚清楚地知道，这就是真实的他。

耿晔在聋哑学校待的时间很长，还吃了午饭，他与这些孩子们沟通的方式引起了江晚的兴趣，他们之间很少用手语，信息大都通过动作和眼神来完成，他们把更多的时间用于观察彼此的目光，耿晔能够轻易看出孩子们要不要加饭，也能看出他们是否喜欢新衣，这是很细微的表情。还有显而易见的一点，耿晔与每个孩子都很熟悉，他一定经常过来。

午饭之后，耿晔用手势告别，孩子们涌来，直到耿晔和江晚的背影远去，还在挥手。"为什么来这里？不仅是做慈善吧。"江晚思索着，他来到这里就像回家。

"这是我心灵的港湾，赋能的源泉。"耿晔上了车，自从江晚留车给他用，他就成了司机："看过武侠小说吗，少年意外掉落悬崖，众人都以为他死了，他却跌到一块神秘的宝地，吸取能量，练出绝世的武功。"

这种桥段在武侠小说和网络小说中太多了，金庸老先生笔下的小龙女和张无忌都是如此，耿晔说道："这里就是我的神秘宝地。"

江晚并不相信世界上有这种地方，说道："可我什么都没有学到。"

耿晔想了一会儿，说："下回，让你看到。"

江晚心不在焉，车子驶进三环，明天就要飞往美国了，两人都在思索着什么，一言不发。

发布会

飞机从天空中划过，降落在拉斯维加斯机场，耿晔和江晚推着行李出来，远远看见老白举着接机牌，焦急地等候，见到江晚立即挥手："晚总！"再向耿晔点头。

江晚推车过来，和老白拥抱："这么快在美国汇合了！"

老白比庄雨农加入公司晚些，也有20多年，和江晚也算熟悉，他和耿晔一起装好行李箱，带着两人向停车场走去，江晚却接过行李车说道："不用管我，去接待代言人吧。"

杨妮戴着口罩，在五六个助理的簇拥下出来，李屹东拖着行李走在后面。"人家是大明星，经纪人全安排好了。"老白说完带着江晚和耿晔向停车场走去。

江晚不再坚持，杨妮作为代言人参加拉展，行程却和鸿鹄技术代表团不同。江晚走出机场大门，向老白问道："在美国习惯吗？"

老白叫来车，和耿晔一起把行李搬上去，才回答："挺好。"

耿晔和老白见过两次，问道："家里的事儿解决了吗？"

老白见江远峰的时候，耿晔就在，因此对他十分客气："这是考验，谁来美国，我和谁过。"耿晔和江晚笑着竖起大拇指。

拉斯维加斯展览大厅中，聚光灯射向正中蒙着神秘面纱的展示台，来自全球的两千多名记者和嘉宾共聚一堂。音乐和灯光同起，一个美得仿佛神仙般的女子款款登上T型台，向人群招手，这是鸿鹄技术的新款手机代言人杨妮的第一次亮相，她向蒙着面纱的神秘旗舰手机比了心形手势，再对着台下的李屹东倾城一笑，缓缓揭开细纱，最新款的旗舰机即将走向世界。

李屹东走上讲台，托起杨妮的胳膊，举起旗舰手机："欢迎大家！这里有很多老朋友，应该对半年前的电子消费展还有印象，那时我本来要宣布进入美国市场的消息，由于众所周知的原因，我们被拒之门外。我为什么又要来到美国？因为我们将继续制造和发布非凡的产品，这就是我们回来的原因。美利坚的先贤们在这片土地上创建了伟大的国家，他们秉持人人生而平等的信念，每个公民都拥有不可剥夺的权利，包括自由和追求美好幸福的权利。那么，美国消费者有权利花更少的钱，选择更棒的手机，谁也不应该限制！今天，我们将在这里发布划时代的旗舰产品，诸位可以称之为手机，但我认为这是艺术品，真正的艺术品可以经历时间的考验，而不是两三年之后就变成电子垃圾。"李屹东大步走上讲台，举起旗舰手机向世界宣布。舞台下掌声雷动，杨妮也受到感染，她本来以为鸿鹄技术的轮值 CEO 应该是五六十岁的老头子，没想过李屹东这么年轻和英俊，有着过人的气场。李屹东的声音回荡在她耳边："她如此夺目和璀璨，无与伦比！我们将向全世界的消费者推荐这个世界上，此时此刻，最好的手机！"

观众爆发出掌声，闪光灯不断闪亮，李屹东离开杨妮，走到舞台中央："凭借这款产品，我们将在三年之内，超越苹果和三星，成为全球第一！"

江晚愕然，出货量超过苹果和三星是内部讨论，遭到江远峰的质疑，没有成为公司战略，怎能公布出来？耿晔在旁边不停地拍照，展示给江晚："很美，是不是？"

"手机还是她？"江晚虽长相极为出众，在杨妮面前略有自惭形秽。

"都很美。"耿晔在手机屏幕上仔细看着。

"你在干吗？"江晚不满，耿晔竟放大杨妮的照片，研究每个部位。

"寻找一些秘密。"耿晔放大杨妮的面部，仔细看着她的眼睛、嘴角，李屹东出现的时候，这是一种什么样的情绪？不是惊讶，双臂动了一下，不是紧张，是仰慕！耿晔在网络上搜索杨妮的照片，金鹰奖的颁奖礼，当主持人宣布她获得提名的时候，她就用了这个姿势。耿晔下载了这张照片，将两张照片拼成一张，从细微的表情中挖掘着内心的秘密："杨妮的眼神不一样，她欣赏李屹东。"

灯光大亮，李屹东和杨妮从舞台中央下来，发布会进入产品展示环节，记者们涌进展厅，耿晔亦步亦趋地跟着江晚，低声说："敌人还有五秒到达战场。"

"德克萨斯牛排，三里屯的好吃还是拉斯维加斯的好吃？"李屹东的声音从背后传来，他戴着夸张的领结，这不怪他，发布会的服装本就与平时不同。

"我约了杨妮，一起试试？"江晚早有安排，她设置不止一道挡箭牌。

"我回酒店倒时差，明天早上八点开个小会，商量展会安排。"李屹东不拖泥带水，也不和耿晔说话，扬长而去。

"您到底有几个挡箭牌啊？这防御力！"耿晔笑着说，样子非常好看。

"你是最后一道,贴身保护。"江晚对耿晔的着迷多大程度是因为外表?她自己都不明白。

"贴身保护?"耿晔听出了她话中之话,察觉了她的秘密,跨坐在江晚面前的椅子上,笑着露出雪白的牙齿:"告诉我,半年前发生了什么?他动手了?"

江晚被拉回那个恐怖的夜晚,笑容凝固在脸上,她设置这么多挡箭牌,是因为在半年前的那一天,李屹东突然动粗。她站起来说道:"过去就过去了,男人就是男人。"江晚突然转身,感到沮丧,耿晔总在探测别人的内心,他有什么资格揭自己的伤疤?很让人讨厌。江晚说:"我的内心自己都不知道,你怎么能知道?"

耿晔像做错事情的孩子,赔礼道歉后才说道:"回北京之后再去一趟聋哑学校吧,那是我从小长大的地方,当你在那个地方长大,就会具备自然而然的观察能力。"

江晚点头,耿晔的确有一种查看别人内心的可怕能力。

"等你也有这个能力了,势均力敌就不觉得可怕了,这样好不好?"耿晔哄好了江晚,手指在她手腕犹豫了一下,又缩了回来说道:"去吃牛排吧,你念叨好几天了。"

舐犊之情

由于时差,发布会开始时国内是凌晨时分,执委会成员聚在一起观看新旗舰产品的发布会。李屹东已经宣称要在中国市场超越苹果和三星,天下布武,豪气干云,却不该擅自宣布三年内要成为全球第一,这有悖于公司的决议,是对公司战略的摊牌,可是他就这么说出来了。

谁都知道,江远峰对李屹东视如己出,李屹东与江晚的恋情持续多年,接班人位置稳如泰山,他就是大嘴巴,谁能拿他怎么样?江远峰愣了一下,哈哈一笑:"英雄出少年,我不敢喊的口号,屹东当着全世界喊出来了。话虽如此,违背执行委员会决议，必须惩罚！"江远峰手指敲了几下桌子，缓缓说道："以后，谁说出赶超苹果、三星这样的话，说一次罚款100元！"

众人哗然，江远峰雷声大雨点儿小，高抬板子轻打屁股，极为护短，可见对李屹东的爱护。再想想，本届最后一次董事会召开，江远峰退休，接班人肯定是李屹东，总不能为了一句话就废了十几年培养的接班人吧？江远峰散了会议，笑容从脸上褪去，李屹东在两件事上与自己相左，一是上市，二是号称要超越苹果和三星，这是正常分歧吗？

｜坦白｜

耿晔吃了拉斯维加斯有名的牛排，一脸懵："好像还是北京的好吃。"

江晚在不久前还和耿晔像老鼠一样在山沟里钻，在这么浪漫的餐厅，味道虽然和想象中不一样，环境却是一流，她不想破坏约会的情绪，在街边走着，从包里掏出一盒当地的巧克力："限量的。"

女孩子主动送限量版巧克力，充满了暧昧，摆明要挑明关系。耿晔掏出一块放在口中，心中在犹豫，他看出了江晚的爱意，本想说难吃极了来扫兴，话到嘴边却说不出来，吃了一口，他点点头："嗯，好吃。"

江晚身体靠着墙壁，手搭在耿晔肩膀上，目光极有深意。耿晔忽然明白，周道是对的，自己不仅是挡箭牌，她真的喜欢自己。耿晔困惑地看着月色下的她，她解开长发，发丝像银河一样倾泻下去，睫毛映射着月亮的光彩，眼睛有月牙般好看的弧度，鼻头尖而挺拔，嘴唇紧张地轻轻颤动，下巴柔软而美妙，传达着明确的含义。他们早已产生默契，不需要语言，目光就可以交流。

拒绝还是接受？吻下去就从此不同，彻底放下过去，开始另一段感情，这是忘记和逃离的最终出路，比攀登雪山还有效。可是这样不对，自己在登山途中获得江晚的好感，拿到了咨询项目，再借此得到江晚的感情，耿晔实在做不出来，他嘴唇在江晚额头轻轻一碰便快速逃离："小晚，鼻子好凉。"

江晚睁开眼睛，这是她听到的最煞风景的一句话，主动献吻都被打回，她充满失望和困惑。耿晔伸出手来，就像他们过去牵手攀登一样，说道："我想把自己的故事告诉你，想听吗？"

"想的。"江晚点头，被拒吻的失望减少了一些。

"我回来后，找不到儿子，毫无头绪。"耿晔没有做好准备，慌乱之间开始破坏气氛。

他还有儿子？江晚条件极佳，从来没有想过要找一个有儿子的男人，可是登山时遇到耿晔，情不自禁地喜欢上了他，友情猝不及防地变成了爱情。她是江远峰的女儿，鸿鹄技术的公主，骄傲的金牛座，怎能委曲求全？该怎么对待耿晔？毕竟是经历半年考验的队友。"谢谢你告诉我。"江晚内心矛盾万分，招手叫来出租车，将耿晔留在路边："再见。"

耿晔心里五味杂陈，或许我应该吻下去确定感情？以后再告诉她实情？或者干脆像周道所说，等到两人七老八十，子孙满堂再说？这听起来荒谬，仔细想想是可行的，那时她会原谅自己？还是怪自己骗了她一辈子？更有可能的是她一笑而过，只当作美妙的回忆？耿晔胡思乱想着，回到了酒店。

▎消失的背影 ▎

鸿鹄技术大张旗鼓亮相拉斯维加斯大展，布置了 6000 平方米的展台，分成了四大块：无处不在的宽带区域、软件展区、运营转型展区，最后一个是探索数字世界展区，展示了安全、车联网、智慧家庭等多行业的解决方案，侧重方案落地。

展会上人流涌动，耿晔挤在前台的各民族美女之间，招呼客户，收集名片。他的咨询项目是招聘和培养海外销售团队，这些工作不是他分内之事，却与结果相关，他拿钱做事，向来不斤斤计较，反正自己这半年都包给鸿鹄技术。

江晚坐在二层的阁楼里，耿晔对客户热情，却与全球各地的美女接待们保持着恰当的工作距离，笑容和握手都是礼节性的，没有过分热络，也没有不自然的冷若冰霜，这是正确的态度，故意避开只能证明心中有鬼。江晚咬咬嘴唇，纠结万分，她一直没有理睬耿晔。昨晚闭眼献吻，却被他摸着鼻子说好凉，江晚想起就脸红，这家伙太气人了。江晚不想搭理他，可是展会之上低头不见抬头见，她情思已动，哪能自抑？耿晔似乎也没做错什么，结婚生子没什么不对，在登山期间两人是亲密无间的队友，回到北京之后坦白了婚史，没占自己便宜。江晚思考着，自己能够接受这样一个人吗？事业谈不上成功，财产因为离婚而几乎全部失去，甚至还有一个儿子。江晚喝了一口咖啡，看见了展台另一侧的李屹东正在和那个大明星参观，似乎刻意保持着距离。江晚心想，如果他俩成了一对，李屹东就不会纠缠自己了。

中午时分，耿晔抱着一大盒名片上来，仰脖喝完一瓶矿泉水，在嘴里塞满汉堡包，将名片哗啦啦倒出来，分类拍照，向江晚说："帮忙，把名片集中过来，别弄丢，生意就靠这个了。"

"干吗理我？"江晚心里开心，却仍要保持矜持。

"想吃你的西红柿炒鸡蛋。"耿晔说了一句没头没尾的话。他们爬山的时候，江晚常为登山队炒菜，西红柿炒鸡蛋受到广泛好评。这句话并不高明，江晚依然气呼呼地坐着。鸿鹄技术展台极大，耿晔顾东顾不上西，工作人员将十几个名片盒都抬来，分成运营商、代理商和媒体三类，江晚赌气说道："这不属于你的工作范围。"

"和咨询结果有关。"耿晔在咨询行业有很好的口碑，江晚的选择实在明智，她思索着，昨晚的别扭是不是该结束了？总之他没错，自己应该做出选择，如果仍然喜欢他就继续发展，如果不喜欢他的颓废和婚史，那么就恢复正常的工作关系，至少他是一个合格的顾问。耿晔像寻找宝藏一样，仔细研究每一张名片，见到有价值的客户就开心地笑着，忽然他脸色一变，举起一张名片。

名片上有贝尔电信的标志，这是美国最大的电信运营商，耿晔缓缓将这张名片推到长桌的角落，又抓起来看了几眼，揣在兜里，显得心烦意乱，他走到栏杆前瞭望,又匆匆回来查看了名片盒,上面注有展台的名称,他飞快跑下去向那个展台冲去,在人群中翘首张望。

Letty,一个少见的英文名字,和神秘和性感联系在一起。这又说明什么?一名贝尔电信的员工?江晚凭栏望去,耿晔在门口眺望,在他的视线所指的方向,长裙一闪,一个翩若惊鸿的背影消失在人海之中。耿晔的侧脸上混杂了失魂落魄和悲伤的表情,拔腿去追。江晚连忙下来,感到了体内的怒火:"耿晔,这是你的工作范围吗?"

耿晔停住脚步返回展台,整个下午,他的工作无可挑剔,神情却大不一样,常到二层眺望,时不时在展馆中溜达,拿回很多资料,江晚知道,他仍然在满场寻找那个美丽的背影。

"胡姬貌如花,当垆笑春风,舞罗衣,君今不醉欲安归。"江晚忽然酸溜溜地念了一句诗挖苦耿晔,她的直觉让她发现,那不是一个中国女人。

耿晔意识到了自己的失态,苦笑着回了一首李白的《少年行》:"五陵年少金市东,银鞍白马度春风。落花踏尽游何处,笑入胡姬酒肆中。"念完他就去接待客户了。这首诗却耗费了江晚许多脑细胞,这是李白的《少年行》,难道耿晔年轻的时候和那个有着绝佳背影的女孩子银鞍白马度了春风?为什么偏偏是胡姬?

来莱正在鸿鹄技术展台参观的时候,抬头看见二层那个熟悉的身影,中断展览,逃回酒店,心脏还在怦怦跳动。耿晔怎么到了这里?他总能够神奇地找到自己。一年以前,她匆匆结束了那段婚姻,就像当初匆匆地开始。导火索大概是来莱想返回美国,而耿晔坚持留在中国,这个分歧又引发了其他的争执。在来莱坚持下,他们分开了,耿晔选择了逃离,来莱听说他去攀登雪山了,那是他早就有的梦想,工作和家庭拖了他的后腿。于是来莱带着儿子返回了美国,这十分容易,她本来就是从美国派遣到中国的,因为耿晔才多次延长归期。

来莱行动起来,查看行程,她必须再次逃开,可是她是带着任务来到拉斯维加斯的,如果不看完展览,怎么向公司汇报?自己再去展览馆肯定会遇到他。糟糕,来莱想起自己把名片留在了那里,耿晔循着联络方式就能找到她,一年的努力就要功亏一篑，生活就要彻底回到以前的轨迹，耿晔看似平和淡然的外表下隐藏着疯狂。来莱重新预订了酒店，更改航班，收拾好行李，拨通电话："杰克，我今天不去展览了。"

"这是第一天，我们还没有看完。"杰克是贝尔电信的采购部门主管，与来莱一起来拉斯维加斯参观展览。

"我约供应商在酒店谈。"来莱所在的市场部与采购部平级，杰克在公司多年，她向来都很尊重。她已在通信展上拿到了几家供应商的名片，三星、OPPO、小米、天机通信、LG和联想，她将名片收好，换了酒店，她要像间谍一样度过在拉斯维加斯的这几天。

关系

杨妮参加了新产品发布会，去了拉展的开幕式，两项代言工作就都结束了。她回到酒店让助理们自由活动，望着落地窗外的拉斯维加斯，心里充满了孤单的感觉。酒店和房间是李屹东精心挑选的，应该不会遇到讨厌的媒体，于是她披上外套，从消防通道下了三层，避开记者，进入酒店的走廊，咚咚敲着李屹东的房门。李屹东拉开门一脸惊讶："杨妮，怎么亲自来了？"

"没有你的微信和手机号码，只好亲自来了。"杨妮浅笑，她当然可以用酒店的电话，可是她偏偏就要敲开房门，看看他在做什么，和谁在一起。

面对这么优雅地索要电话号码和微信的杨妮，李屹东气笑了，侧身让她进来。杨妮进门看着这个普通的客房说道："你对我挺好的。"

李屹东为杨妮订了奢华的套间，自己只住普通客房："我们以奋斗者为本，同甘共苦。"

鸿鹄技术每年销售收入6000亿元，李屹东不坐头等舱，和员工住一样的房间，让杨妮心生好感。自从代言鸿鹄技术，她才注意到这个巨无霸，这么强劲的一家公司竟有这么年轻的CEO。她来到窗边，将完美的背影呈现出来：

"活动就要结束,我们将要离开这座美丽的城市,却没有去看一眼。"她作为旗舰手机的品牌代言人,拍摄宣传片,出席拉展开幕式,都是代言合同中的内容,工作日程满满,的确没有出去玩过。

"抱歉,我有个电话会议。"李屹东拒绝了邀约,走到门口拉开房门。

杨妮内心受到重击,自己竟被赶出房间?那么多男人追求自己,这个年轻的CEO却让自己离开。她茫然地出了门,好在李屹东陪着她出来。来到电梯口,李屹东说道:"明天上午十点十五,送你去机场。"

欲擒故纵?杨妮没有来得及回答,电梯门便关上了,镜面中只有她自己完美的容颜。哼,李屹东竟然拒绝了自己?她是当红的明星,有接不完的代言,遇到过不少企业家,大都是五六十岁,臃肿肥胖,因此当万成通知她代言鸿鹄技术手机的时候,她并不觉得有什么不同。直到遇到李屹东,才发现这个CEO与众不同,他只有30出头,面对全世界的媒体,毫不怯场,反而说出豪言壮语,要超越苹果、三星。这不是吹牛,他代表了18万名员工,充满底气。杨妮也常被镁光灯包围,却仅仅是一个花瓶,哪有他那种气宇轩昂的自信?

李屹东对着电梯门的镜面整理了西服,换个电梯再下三层,沿着走廊来到江晚房门前敲起来。江晚拉开门,迅速跑回到电话机旁边,说道:"屹东在我身边,开始吧。"这是约好的电话会议,讨论明天的计划。会议持续了十几分钟,李屹东静静听着,别人能够解决的事情,他绝不插手,等江晚挂了电话,才轻轻学着杨妮说道:"活动就要结束,我们将要离开这座美丽的城市,可惜都没有去看一眼。"

"不是每年都来拉展吗?"江晚推辞,这是世界三大通信展之一,鸿鹄技术从来不错过。

"真的不去吗?"李屹东坚持。

"约杨妮一起吧,人多热闹。"江晚跳起来奔向电话机,放出第一道挡箭牌。

"不去就不去,不用带着挡箭牌。"李屹东刚拒绝了杨妮,如果江晚又去约,就出丑了。

"人家大明星,你不陪我也不陪,不礼貌。"江晚追在李屹东身后偷乐,把他送出门,直到他匆匆逃进电梯,得意非常。她带了两个挡箭牌,一个就挡住了李屹东。晚上十点多钟,说早不早,说晚不晚,要不要去看看耿晔?冷战整整一天了,她思想斗争也有一天了。江晚无奈地放弃了抵抗,从消防通道下了三层,在耿晔房门上敲了几下,里面传来他的声音,过了一会儿,他出现在门口:"这么晚,干吗?"

"我就是晚,不行吗?"江晚推门进了房间,说道:"活动就要结束,我们将要离开这座美丽的城市,可惜都没有去看一眼。"她也学了这句话,向耿晔暗示。

"拿人钱财,替人消灾,我干活你也来陪我干活。"耿晔拉她进来,指着地毯上的名片说道:"扫描名片,按照区域分类。"

"我不干。"江晚拒绝,让销售部门的同事来做就行了,又不急一时,今晚不出去,下次就是明年:"我出钱请你当顾问,怎么又把工作包给我?"

"本来也不是我的工作范围。"耿晔怼住江晚,将名片盒一股脑推在她面前,他没有把江晚当作鸿鹄技术的大小姐,而是一起登山的队友,和抓来的劳力。

"喂,那个 Letty 是谁?"江晚忍不住了,耿晔在展馆的反应很不绅士。

"你最大的客户。"耿晔将来莱名片放在江晚面前,说道:"贝尔电信,美国最大的电信运营商,每年都采购大量的合约机提供给用户。"

啊?江晚半信半疑,贝尔电信的全称是美国电报电话公司,由当年发明电话的贝尔创建,移动用户数将达到 1.29 亿人,占据美国移动市场约 43% 的份额,绝对是美国市场的老大。

"拓展美国市场怎能错过电信运营商?"耿晔握着来莱的名片,她一直都在贝尔电信。

江晚困惑地看着来莱的名片:"你一直反对进军美国市场,不是吗?"

耿晔看见来莱名片,乱了心智,心中一突,顾左右而言他:"这可是一条大鱼。"

江晚看出了他的不安,却不揭破:"公司定了策略,我们是铁三角,不是重装旅。"江晚作为 CFO,对公司的策略极其尊重。

"水无常形,兵无常势,市场瞬息万变,策略应该顺应市场形势。"这的确是耿晔说过的,他将名片放回去,打开电子邮件让江晚观看,这是公司刚下发的通知,禁止再说超越苹果三星的话,说一次罚100元。他分析道:"李总当着全世界,把战略分歧暴露出来,老总却只做了这么轻的处罚。"

"你想说什么?"江晚在父母的阳光雨露中成长,没有观察阴暗面的意识。

"战略有分歧啊,老总在步步退让、掩饰和弥补。"尽管耿晔与江晚友情深厚,咨询项目也取决于鸿鹄技术内部的协调。耿晔说:"老总常说,下一个倒下的是不是鸿鹄技术,这句话,是有所指的。"

"耿晔,你太阴暗了。"江晚不满意地皱起眉头,他俩离开荒山野岭,回到现实世界,江晚开始看到耿晔的缺点,他总在怀疑,怀疑李屹东,怀疑内存风波是不是内部腐败。不管怎么样,耿晔都是曾经同甘共苦的队友。献吻被拒,江晚有了极大挫败感,更严重的是,耿晔似乎有顾虑,迟迟不接受自己的情感,这让江晚难以接受。从云南返回北京之后,江晚勇敢地做出了决定,可是自己每进一步,他就退一步再给自己一个震惊,先说自己离婚又说自己有儿子,就像挤牙膏一样。他是吃准自己跑不掉,还是不喜欢自己?江晚很快就排除了后一种可能,这是她的骄傲和自信。那么,他吃准自己离不开他?如果有下次,自己绝不会这么好欺负。她又开始后悔,自己不该那么主动。后来,江晚又庆幸自己做了正确的决定,直到后来的后来的后来……

▎解除代言▎

第二天早上,李屹东来到前台,拨通杨妮房间的电话,没有人接,前台服务员递来一张纸条,下面是杨妮的签名:李先生工作很忙,我去机场了,多谢这几天的照顾,到北京联络。杨妮是练过字的,纸条上的字有颜体的感觉。她签名的下面写着小小的一串数字,是她的手机号码。

李屹东对娱乐圈是有防范心的,即便挑选代言人也不出面,与代言人的交流更是只停留在发布会上的点头之交。他不想被媒体拍到与明星在一起的照片，这样会满城风雨，江远峰很忌讳这些。隋文帝杨坚崇尚节俭，而母后独孤氏善妒，讨厌男人三妻四妾，故此隋炀帝成为太子前，极为简朴，只宠爱太子妃萧氏讨得父皇母后的开心，他才登上帝位，李屹东深深明白这个道理。江远峰反感娱乐圈，在他的思维模式之中，学好数理化，走遍天下都不怕，科技强国，娱乐灭国。李屹东不觉得这有什么道理，却不争论，只是照办，这是他不和杨妮夜游拉斯维加斯的原因。当然，更重要的原因是江晚。在李屹东心目中，和江晚结婚然后主持鸿鹄技术是相辅相成的，老总没有儿子，只有女儿，不嫁给他又嫁谁？至于爱不爱，李屹东不能肯定，从理性的角度来讲，江晚的相貌、家庭、性格、人品都是上上之选，两人算得上青梅竹马，两小无猜。当他感到江晚渐渐远去的时候，他开始暴躁和烦恼，一年前的酒后，他动了粗，清醒之后极为后悔，担心江晚告诉父母。谁知，她逃离了北京，去攀登雪山了，但总算没有将矛盾激化。

可是，杨妮的样子总在他眼前晃来晃去，在市场部挑选代言人的时候，他们说，杨妮绝对是中国娱乐圈中最美的小花，能匹配旗舰手机的颜值。李屹东本来不相信，那么大的中国就她最美？但在拉斯维加斯，他见识了杨妮的美丽。李屹东看着这张纸片，加她的微信吗？杨妮没有明说，但就是这个意思，李屹东想了很久，拒绝了这个诱惑，将纸片扔进垃圾桶，走出了酒店大门，他还要继续参展。转身的时候，他看见了杨妮，她戴着墨镜坐在大堂，将自己拿到纸条扔进垃圾桶的过程全都看在眼中。李屹东立即走上去："怎么没有走？"

杨妮走到垃圾箱面前，看着自己手写的纸条，多少粉丝疯狂地索要的她的签名，却被这个男人随手扔到垃圾箱里，她摘下墨镜："李总，我要解除代言合约。"

李屹东懵了，这是根本不可能的事情，代言合约签了一年，旗舰产品刚发布，全国到处都是广告和宣传，怎么可能更换。他连忙询问："为什么？"

"我不与不尊重我的人合作？"杨妮抓住了李屹东的现行，绝不会放过，她不相信自己的魅力竟然被如此看低？

"为什么?"李屹东明知自己先失礼,仍然反守为攻,提问是最好的进攻。

"解释一下。"杨妮指着纸条。

李屹东笑了一下,背出杨妮的手机号码,快速地引开了话题:"练的是颜体?"

杨妮默默注视着李屹东,即便记住号码,也不应该扔掉纸条,可是不扔掉又该怎么样?一直保留镶嵌起来?李屹东捡来纸条,放在钱包中:"是我不对,没有礼貌,可是你今天不回国吗?"

杨妮识破了李屹东的伎俩,他又要扯开话题,她才不会被牵着鼻子走:"请现在去联络我的经纪人,我要解约。"说罢转身离去,但她却不出酒店,反而向电梯走去。

李屹东呆住了,因为扔了杨妮的纸条解约代言?这是双方都承担不起的损失。杨妮要赔偿鸿鹄技术不菲的违约金,鸿鹄技术也将遭受巨大的品牌损失。他正在发呆的时候,手机响起,杨妮的经纪人在电话里很客气:"李总,您当面扔了杨小姐的纸条?太不尊重人了吧!"李屹东不知道该怎么解释,他不是故意当面扔了纸条,但是确实在杨妮眼前。

经纪人又问:"您看现在怎么办?我正在请她别生气,千万不能解约,是不是?"

李屹东无话可说,自己错在前:"是,不能解约。"

经纪人开始出谋划策:"您得道歉。"

"已经道歉了。"

"诚意不够。"

李屹东惹了不该惹的人,又被抓住把柄,只好委曲求全:"您说,我听您的。"

经纪人笑了一声,说明事情还有转机:"第一,您得留下继续道歉,不能转身去忙工作,这是没有与杨小姐道歉的诚意。第二,怎么道歉我也不知道,但是我知道,杨小姐笑一下,道歉就算成功了,至于是讲笑话呢,还是请她吃饭呢,我不知道,我建议您都试试。"

李屹东真想说解约就解约，想想后果又忍住了："平常她生气，你们怎么办？"

经纪人在电话那头拼命点头，说道："李总明白人，我们道歉之后就在旁边等着，她饿了，吃了好吃的就高兴了。您要记住，如果她没饿，千万不要提吃饭的事，她在控制体重。"

李屹东本来应该去参加展会，可是惹了一个魔头，他没有办法，只好长叹一声："行，我都听您的，总之不能解约。"

"只要您按照我说的做，我拍胸脯保证不解约，辛苦您了。"经纪人挂了电话。

李屹东仰天叹气，这算什么事儿？今天的展会他去不了了，还好那边没有安排必须去的行程。他先问了酒店的服务生，找了一个街边的杂货铺，将杨妮的纸条镶起来，返回酒店道歉。在房间门口，他举起手又犹豫起来，他敢肯定，即便转身离去，也顶多是撕破脸皮，应该不至于解约。但是，当他想起发布会上杨妮的清纯和妩媚，终于敲响了房门。

▍黎明微电子▍

李屹东在开展的时候来过一次展厅，然后就消失不见，好在江晚也是执委会成员，重要客户都可以出面接待。耿晔忙过上午之后，开始在展厅里转悠，也不知道在寻找什么。下午时候，耿晔匆匆来到江晚身边，手里举着一份参展资料，资料来自黎明微电子。就是这个厂家向鸿鹄技术的旗舰手机提供了低端的内存芯片。耿晔又取出一张名片递给江晚："我们换装去看看。"

"什么？"江晚不懂，只是猜到耿晔要去调查内存的事情。

耿晔找来一副黑框眼镜，又为江晚换了套头衫和球鞋，江晚问他为什么不换装？耿晔回答，我是无名小卒，又不是你们的员工，即便被发现也没有责任。江晚在二层会议室换了装，两人偷偷溜出来，出了大型公司聚集的主展馆，向隔壁的小型展馆走去。这里的公司每家只有一个三平方米的展台，一张桌子上放着一台电视和一摞产品说明书，后面坐着一两个厂家代表。耿晔挨个展台看过去，到了黎明微电子的展台，他停住了脚步。厂家代表正在打瞌睡，耿晔俯身问道："先生？"

矮矮墩墩的厂家代表被惊醒，擦去一嘴的口水，伸出双手来握。耿晔没有准备，手被握住，顿时一脸痛苦。那代表还要去握江晚，被耿晔扯着胳膊来到展台："这位先生，我们想了解一下你们的产品。"

这位代表是因为顾客太少才睡着，现在来了客户立即打起精神："好，要了解什么？"

耿晔不想引起怀疑，指着展示板中的内存说道："全面介绍一下。"

这名代表匆匆之间换了名片，将电脑连接到电视机上，将公司的演示文件展示给耿晔，其中有一页成功案例提到了鸿鹄技术的最新旗舰手机。这次侦察十分容易，厂家代表添油加醋，讲了大量的信息，耿晔临走还要来了报价。他离开展台，抽出报价展示给江晚，4G 内存报价 8 美元。耿晔估计得不错，如果那款手机的销量达到 800 万台，用一半低端内存，有人就能拿走大约 5000 万美元。耿晔打开手机，刚才那个厂家代表如约发出了邮件，他返回鸿鹄技术的展台，把自己关在二层的会议室中，连接投影机，研究起来。

耿晔直到中午才出来，开始张罗，将二层隔离成正规会议室，摆好各种颜色和尺寸的旗舰产品，还从别处买来上好的咖啡豆和杯子："我约好了，贝尔电信的代表会来。"江晚不知道他在等谁，问道："那个叫作 Letty 的女孩子？"耿晔摇头，断定来莱不会来："其他人。"

下午，一队挂着代表证的观众来到鸿鹄技术的展台，耿晔连忙出了展台，握手寒暄，带着他们在展区看了一遍，再引到楼上，向客人介绍："这是江女士，鸿鹄技术的 CFO，执委会的成员。"

江晚双手奉上名片，为首一位 50 岁左右胖胖的白人随手甩来一张名片，上面写着：贝尔电信采购部行政总监杰克。江晚表示欢迎："欢迎你们，有任何疑问，我们都乐于回答。"

"Nice Coffee。"胖杰克喝了一口咖啡："我们都有兴趣看，尤其想了解你们的旗舰手机，我们最近有些计划。"

江晚站起来打开投影机说道："我先介绍一下我们的旗舰产品？"

杰克同意，耿晔坐不住了，杰克说有些计划，江晚竟然不询问对方有什么计划，这根本不懂做生意。他将笔记本电脑送到江晚面前，下面压了一张纸条：问问杰克的采购计划。这本来应该是李屹东的工作，江晚临时替班，扫了一眼纸条，来不及反应，接着打开投影机说道："智能手机诞生十年，不同品牌彼此之间越来越像，同样的屏幕，同样分辨率的摄像头，同样的金属材质，外表没什么区别；同样的电池，同样的CPU，同样的内存，内部也一样。那么，我们怎么吸引消费者更换手机，他们为什么要花那么多钱买一部新的手机？"

江晚抓住了听众，几个美国人聚精会神地听着，耿晔坐不住，走到美国人后面，点点手表提醒江晚控制时间。江晚决定讲完再和耿晔沟通，继续说道："电信运营商需要一款产品，能够吸引消费者的目光，让他们眼前一亮，发出wow的一声，这是他们从来没有见到过的产品。6.1英寸全面屏，渐变极光色，科技美学潮品，4000万徕卡AI三摄！"

江晚轻叫一声，脚面被人狠狠踩了一下，是耿晔，江晚慌忙道歉，翻动PPT继续讲解，她的基本功是具备的，将新的旗舰产品的优势娓娓道来，30分钟后她意犹未尽地结束了介绍，向后一指："现在，这款产品就在这里，大家可以随意观看，我建议大家拿在手中来感受。"

贝尔电信的美国人礼貌地鼓掌，江晚大腿外侧生痛，差点儿喊出来，耿晔竟在自己腿上狠狠掐了一下。江晚暗暗忍了，请客人们去体验手机，他们拿起手机，划动屏幕，自拍，测试功能，江晚正要解说，耿晔来到她身边，狠狠说道："提问，懂不懂？"江晚注意力都在客户身上，不太明白耿晔的意思："等会儿再说。"

江晚耐心讲解，耿晔陪在杰克身边，时不时问上几句，看了半个小时，贝尔电信的代表们收集好资料满载而归。当江晚把他们送出展台的时候，耿晔站在二层栏杆示意她过去，江晚收起笑容，怒气冲冲来到二层与他对视："你有什么毛病？踩我就算了，掐我大腿，你变态吗？"她进了会议室，撩开长裙，雪白肌肤被掐的青紫，要不是和耿晔的关系非同寻常，早就控告他性骚扰了。

耿晔铁色铁青，站起来走了一圈，稍微平息情绪，问道："刚才谈得怎么样？"

"很好，他们参观了一个小时，我讲解结束的时候，掌声说明他们挺满意我们旗舰产品的。"江晚又把高跟鞋脱下来，把脚伸给耿晔看："你看，脚趾也被你踩红了。"江晚发誓不再迁就耿晔，要讨个说法。

耿晔不理她大腿和脚趾，双手撑在桌面上俯视着江晚说："那个杰克说，我们最近有些计划。"他用字正腔圆的英文复述了杰克的原话，又问："这句话你听懂了吗？"

"听懂了啊。"江晚回想起来，就是这句话之后，耿晔给了自己纸条。

"听懂了？计划是什么？最近是什么时候？他们为什么来到拉斯维加斯？他们这队人有五六个人，每个人都有什么职责？"耿晔一口气问出来："刚才那队人之中，关键人物根本不是杰克。"

江晚这才明白耿晔不断提醒自己的原因，看来自己真的疏忽了："谁是？"

耿晔心里骂了无数遍猪队友，打开手机调出几张照片："看看他们，脚尖的弧度，谁是中心？"

"啊，那个三十几岁的白人。"江晚知道耿晔擅长观察，察觉了自己的失误。

"他没有佩戴胸牌，没有交换名片，你的注意力被那个杰克吸引走了，火力全开，威猛无比，现在睁开眼睛一看，打错靶子了。"耿晔毫不留情地嘲弄着江晚，还不解恨："简直就是自以为是的猪队友。"

在登山的时候，两人也有争执，那时就事论事，江晚从来都会顶回去，回北京之后感情似乎变了，他们再也不是冒险的队友，江晚需要耿晔的体谅和包容。她哪儿受过这种待遇？江晚又委屈又痛恨自己，眼眶内聚满泪水，凝成一颗巨大而晶莹的泪滴，顺着脸庞滑下，滴落到地面上。江晚站起来说声抱歉，擦干泪水，跑出会议室。耿晔呆呆地看着她的背影，她是老板，是自己的主顾，是曾经同甘共苦的队友，为什么自己如此刻薄？他们在攀登雪山时齐心协力，共渡难关，回到现实世界后，屡屡发生争执，情感也不再单纯，到底哪里出了问题？耿晔不得不承认，自己工作时确实有些六亲不认。

八目相对

李屹东站在套房门口整整一个白天，肚子里叽里咕噜，杨妮不开门，他只能在这里罚站，隔门道歉，就是不敢提吃饭，这是经纪人的叮嘱："我不对，不该草率地扔了你的纸条？"

九层之下的楼道里，耿晔站在江晚门前，沉重道歉："我不对，不该踩你脚，掐你腿，的确太不好。"

李屹东得不到回应，继续说："代言协议请再考虑一下，我们已经发布了产品，你的代言广告已经覆盖全球，现在取消影响太大，我做错了事情就惩罚我吧，可不可以不牵扯公司？为了研发这款旗舰手机，几千名工程师加班加点干了整整一年，太不容易了。"李屹东说到感人处，鼻孔发酸："我们的另外一位轮值CEO郭厚军亲自主抓，天天熬到凌晨，老婆都要离婚了，闹到我这里，我把他骂了一通，最后还是把他老婆劝回去了。为了这款产品，我们都拼了，请看在这么多兄弟的面子上，原谅我吧。"

耿晔隔着门板向江晚说道："贝尔电信来拉展肯定有目的，你想想，苹果不参加拉展，三星也没有来，他们来看什么？贝尔电信是美国最大的运营商，是进入美国市场的关键通道。我心急如焚，给你暗示，踩你掐你都是我不对，下次再也不敢了。"

李屹东口干舌燥，道歉的话说了无数遍，杨妮就是不回应，他想转身就走,却不知道哪股魔力吸引住了他:"纸条我镶起来了,放在卧室里,提醒自己再也不惹你生气,太可怕了。"说到这里,李屹东忍不住轻轻笑起来,自己竟在一个小女孩门前道歉一整天,传出去谁也不信。

耿晔坐在房间门口道歉:"你总说我登山时沉默寡言,还记得有一次吗?你忘记带雪套,山上雪深,雪会进入登山靴,降温就会冻掉脚趾,我也说你猪队友了。山上风大,嘴巴上都有围巾,没办法说话,我们不是常碰胳膊踩脚吗?那时没掐你,登山服太厚,掐了也白掐。回到现实世界怎么就生气了呢?哎,我都自言自语胡说些什么啊?"

房门打开,杨妮颠倒众生地走出来,瞪大眼睛问道:"李总,您在门外站了一天?我在睡觉。"

"按照代言协议的第五条,解除合约的规定,除非不可抗力,比如地震火灾和严重疾病,否则就要赔偿损失,我相信您赔不起。"李屹东缓缓说道,看不出喜怒哀乐,其实他可以离开,让律师来处理,走法律条款,杨妮肯定打不赢官司。

"那么,您为什么不离开?"杨妮知道,自己玩弄的小小技巧上不得大雅之堂。

"不想离开的原因是,你到现在一口饭都没有吃,我担心你身体。"李屹东有进有退。

"邀请我吃晚餐吗?我控制体重,从不吃晚饭。"杨妮严肃地看了他十秒钟,笑起来说道:"您在门口等我一天,就破例啦,我知道一家馆子,味道特别好。"

冰山瞬间融化,李屹东就像玩火的孩子一样不可自拔,向外示意道:"走吧。"

"但是,我没有答应你不解除代言合约。"杨妮高高兴兴出了门,仍把那张纸条当成筹码:"除非陪我喝一瓶红酒。"她彻底扭转了局面,女人必须要学会控制男人,杨妮向来有自信。

"你絮絮叨叨有完没完？"江晚拉开门冲出来，靠门坐着的耿晔摔倒在地："走吧，吃饭去。"

耿晔跟在江晚身后说着："以前在雪山上与世无争，说话不经脑子，回到现实世界却费尽心思，你琢磨我，我提防你。"

江晚恍然大悟，耿晔掐腿踩脚确实是登山的习惯，山上风大，戴着口罩，声音难以传递，大家常常用手势传递消息，江晚回来之后就放弃了这些习惯，耿晔却经常使用。她很怀念那段时间，却不想放过耿晔今天的错误："以后不能再用那种态度对待我，即便我错了，你也要好好说。"

"以前我们直来直去，记得那次你忘记带雪套吗？"耿晔开始旧话重提。

"打住，唠叨一下午了，那时我们是平等的队友，现在我是你老板。"江晚走到门口，按了电梯，挽住耿晔的胳膊，轻轻说道："你得听我的，明白吗？"从云南返回北京之后，江晚对耿晔的感情快速升温，半年来积攒的爱情火焰却受到几次打击，她决定继续加把柴火。

电梯门打开，八目相对，耿晔看着李屹东，李屹东看着江晚，江晚看着杨妮，杨妮搞不清其中的感情纠结，笑着说："真巧，去哪儿？"

"晚饭。"江晚大脑短路，李屹东要和自己复合，怎么约了杨妮？这是好事还是坏事，他不会纠缠自己了吗？可是他怎么能这么渣，一边求复合，一边约会杨妮？

耿晔是四人中最轻松的一个："一起吃吧。"

这个提议被其他三人一起反对，江晚只想和耿晔单独度过在拉斯维加斯的最后一晚，抗议道："不饿，我不去了。"转身走回房间。李屹东追出去，走出五六步解释道："杨妮是代言人，不请她吃顿饭，说不过去。"

江晚心里五味杂陈，这结果挺好，正好断去他复合的希望，过程却很腻歪："那你还不回去陪她？耿晔，你出来。"

"你俩先聊，我是她粉丝，一会儿大堂见。"耿晔做个鬼脸，合上电梯门，向杨妮笑了笑。

"小晚，我只想和你在一起，结婚生孩子，过一辈子。"李屹东结结巴巴地解释，这的确是他的梦想，顺理成章地成为江远峰的接班人。

"好吧，我们四个一起吃饭。"江晚受够了这种话，李屹东偷偷单独约杨妮，显然动机不纯。

"你们去，我有工作。"李屹东无法同时面对江晚和杨妮，拔腿返回房间。

江晚下楼来到酒店大堂，耿晔和杨妮的桌前放着一瓶红酒，耿晔笑着说："来，喝一杯，杨小姐在我心目中是神仙般的存在，没想到这么平易近人。"他谈笑风生，心中无鬼。

"这么开心，在聊什么？"江晚对杨妮十分提防，没几个人能够抵御她的魅力。

杨妮即便当红，也知道江晚身份，不敢疏忽，乖巧地回答："在聊聋哑学校，我也想去。"她说完举起酒杯："拉斯维加斯的最后一晚，一次奇妙的旅行，干杯。"从商业角度来看，江晚既是耿晔的客户也是杨妮的重要客户。

江晚转念一想，如果李屹东此后不纠缠自己，也是好事儿，还不如撮合李屹东和杨妮，可是父亲肯定不喜欢他和娱乐圈的人混在一起，真是让人头疼。他们三人在酒店吃了晚餐，杨妮作为一个魅力无穷的电灯泡，与他们相谈甚欢，即将离开餐厅的时候，江晚说道："对了，要不要给李总带份吃的？"

当餐厅服务员准备好之后，江晚送到杨妮的手中，巧妙地支开了她："我们出去逛逛。"说完挽起耿晔胳膊，杨妮当然识趣，笑着说："郎才女貌，羡慕。"三人挥手道别，约好明天机场见。

"杨妮和屹东般配吗？"江晚说出了小心事。

耿晔板着脸没有笑出来，一旦笑出声来，以江晚的骄傲，再也不会向自己吐露心迹："好主意，箭囊比挡箭牌管用。"

江晚被逗乐了，自己的确把耿晔当作挡箭牌，杨妮如果成为收藏弓矢的箭囊，李屹东就再也不会纠缠自己了。耿晔取出手机，让江晚看手机照片："你看，这是杨妮今天在发布会上观看李总的眼神，这是她出席金鹰颁奖晚会遇到冯小刚的眼神，你看。"

江晚第一次遇到这种观察方式，竟然喜欢比对表情，一般人常常捕捉不到："很像。"

"杨妮是仰慕李总的。"耿晔说出了判断，像李屹东这样年轻，身居高位又相貌堂堂，大多数女孩子都会敬仰，他又说："我觉得，李总也是喜欢杨妮的。"

江晚表示同意，但江远峰不喜欢企业家与明星交往，他认为这是失去奋斗精神的象征。父亲在上市和拓展海外的策略上就和李屹东隐隐有了分歧，千万别在这件事上再惹父亲不高兴："嗯，那就麻烦你再当一阵挡箭牌，屹东最好暂时别和杨妮交往。"

耿晔听出来了江晚的意思，江远峰即将退休，李屹东接班，要和杨妮交往也要在接班之后。耿晔轻轻说道："老总让谁接班，天知道。"

"耿晔，你这是什么意思？"在江晚心目中，李屹东接班是板上钉钉的。

"你什么时候听老总说过，李屹东是接班人？"至少耿晔从来没听到过。

"如果屹东不接班，还有谁可能接班？"江晚反驳，两人在拉斯维加斯街头十分惬意。

耿晔突然转身，双手按着她肩膀："小晚，你问了一个特别好的问题，你应该好好想想。"

江晚怒气冲冲地质问："耿晔，你什么意思？你是不是想让我接班，然后委托你融资上市？"

耿晔愣了一下："小晚，你乱说什么？"

江晚早有疑心，一直忍着没有爆发，觉得压在心里并不好："耿晔，我们在雪山相遇，都不知道对方的身份、来历、家庭、学业、工作，我们只是因为单纯的吸引才走得越来越近，我不希望我们之间掺杂任何杂质，回到北京也是这样，你懂吗？"

耿晔万分为难，却不能说破心意，点点头。江晚又困惑起来："是我不好，或许我真的不应该把你当成挡箭牌，又把你请到公司做顾问。"

头等舱

江晚这次拉斯维加斯之行收获颇丰，不仅联络上贝尔电信，还成功地使用两道挡箭牌拦住了李屹东，似乎杨妮还能变成永久的防火墙，按照耿晔的说法，是箭囊。她在办理登机手续的时候犹豫很久，江晚和李屹东坐公务舱，杨妮在头等舱，耿晔在经济舱，两道挡箭牌都不在。换到耿晔身边？或者干脆把他升到公务舱，继续充当挡箭牌？她又觉得都不太好。她登机后跑到经济舱和鸿鹄技术的员工打招呼，看到靠窗位置坐着带着婴儿的妈妈惊叫道："哎呦，好可爱的宝宝。"

江晚喜欢孩子，坐下来和宝宝玩了一会儿，向妈妈说道："航班那么久，宝宝要休息的。"她向耿晔眨眨眼睛，掏出登机牌："我朋友坐这儿，我在公务舱，帮忙换个座。"她坐下叫来秘书说道："请耿顾问过来，我们要谈工作。"

耿晔早就看穿她的把戏，秘书还没转身的时候，就坐在她身边："叫我就直接说，好不好？"

江晚拉起座位间的扶手，甩了鞋子，微微一笑："我每天换袜子洗脚，不臭。"

耿晔无奈，这就是大小姐性子，登山的时候没看出来："哪儿敢嫌弃老板？"

江晚不继续开玩笑，说道："耿晔，我想直接进入贝尔电信。"耿晔大吃一惊，派遣铁三角寻找机会是既定方针，连江远峰都认可，如果要和贝尔电信谈合约机，动静极大，而且必须派遣重装旅，必然在公司内部遇到抵触："你们每年在拉展都遇到运营商的代表，贝尔电信每次都来，这很正常。"

"我直觉，这次不一样。"江晚其实没有太大把握，只是猜测："这个代表团专程来看手机，由贝尔电信主管营销的副总裁带队，级别很高，苹果和三星都没有参加拉展，那么他们来看谁？"

"派遣铁三角来美国是执委会定下来的，和贝尔电信洽谈肯定要动用重装旅，在现在贸易战的背景下，这件事必须通过执委会讨论。"耿晔极为慎重，如果大张旗鼓进攻美国市场，执委会肯定没人支持，而且这根本不是自己的工作范围，他的目标是鸿鹄技术的上市，不想被拖进一场漫长的毫无希望的美国市场攻坚战。

"好困，让我睡一会儿。"飞机正在跨越太平洋，江晚不和耿晔争辩，侧头倒在他肩膀昏昏睡去。周围是鸿鹄技术的员工，耿晔避嫌，轻轻扶正江晚，她睁开眼睛，哼了一声："以前都这样。"

登山的时候，两人困了累了，互相依偎着休息，甚至躺在他腿上，回到北京之后，两个人的关系默默地发生了变化。拉手和拥抱不行了，还不能依偎肩头休息，耿晔长叹一声："所以我喜欢登山，远离人群，只凭内心，不用担心别人。"

"哎，别人是指谁？那个 Letty？"江晚早想好好盘问一番。

"哈哈，我担心的是太子爷。"耿晔向前努嘴，暗示公务舱的李屹东。

李屹东被称为太子爷是有道理的，他是战功赫赫的元老，又与江远峰亲若父子，如果娶了江晚，根本就是铁打的接班人。他上了飞机，想换到江晚旁边，刚放完行李，就看到她的位置上坐着一位带着婴儿的妈妈。他只得打开电脑查看电子邮件，心思却难以集中。他走到经济舱，在耿晔旁边看见了江晚，她正香甜地睡着。李屹东找到自己的助理："那家顾问公司的资料，给我。"

鸿鹄技术的流程十分完善，对耿晔的公司做过详尽的审查，助理效率极高，找了几个同事，就拿到一个U盘，来到公务舱递给李屹东。电脑读出U盘，耿晔的资料出现在屏幕上，李屹东将他头像放大，仔细看着。忽然，旁边有人扑哧一声笑了。李屹东回头看见一张倾城倾国的脸庞，杨妮问："您为什么对着一个男人的头像发呆？"

李屹东合上屏幕，一脸尴尬，好一会儿才恢复常态，问杨妮："从这头像能看出什么？"

杨妮款款坐下，她昨晚和耿晔一起吃饭，印象颇佳："我看不出来呢，你能看出什么？"

李屹东看着耿晔的图片说道："土生土长的中国人很难有这么开朗的笑容，他应该长时间在国外住过，考虑到他的年纪，应该在国外读了高中和大学。"

李屹东就像一个算命先生,然后合上电脑,催促杨妮离开:"快休息吧,我们邀请了媒体来接机,不要有眼袋哦。"

"来,到我这儿来休息。"杨妮邀请着,乘务员曾和她合影,不会阻拦李屹东。

考虑到江晚随时会回来,李屹东不是一般人,绝不因小失大,笑着拒绝:"这里很奢侈了,出差要和员工同甘共苦。"

"嗯。"杨妮坐下时,伸个懒腰笑着说:"我也不是矫情的人,公务舱不错,我就在这儿了。"说完向空乘说道:"我可以换到这里吗?"

"当然可以。"空乘第一次见到从头等舱降到商务舱的客人,又是鼎鼎大名的明星。

李屹东昨晚和杨妮吃饭被江晚撞见,今天在航班上又和杨妮在一起,该怎么解释?可是又不能赶杨妮走,心里七上八下,好在江晚一直没有回到公务舱。他打开电脑处理工作,杨妮已经放平座位,戴上眼罩,向李屹东嫣然一笑,昏昏睡去。几个小时之后,杨妮睁开眼睛,发现李屹东还在做着文件,看了好一会儿,屏幕上是各种走势图和分析图表,大概是市场份额那些东西,她缠着李屹东讲了一会儿,就乖巧地继续睡觉,不去打扰李屹东工作。

飞机落地,李屹东快速收拾好行李箱,和杨妮从前舱出了飞机。等他送走杨妮再去找江晚的时候,就再也找不到她了。

上市

第 7 章

葡萄美酒夜光杯,欲饮琵琶马上催。
醉卧沙场君莫笑,古来征战几人回?

《凉州词》 唐 王翰

听力受损

我在医院里待了一段时间,被诊断为听力受损,不能再去原先的学校。我根本不想回去,他们听说了爸爸的事情,都以取笑我为乐。当医生要送我去聋哑学校的时候,妈妈痛哭流涕,我装作听不见,她是因为痛恨父亲才要改嫁吗?我不知道聋哑学校到底怎么样,但至少他们不会笑话我吧?校门打开,妈妈把我送进去,泪水沾满她的衣襟,我头也不回地进了学校,里面有篮球场,还有和我年纪差不多的孩子们,他们都朝我笑着,我能看出他们眼中的开心。

啊,好冷,这么冷的天气还冲冷水澡,我咬着牙,这算什么?我连爸爸和妈妈都没有了,新同学们看着我就像看怪物,他们大概都要烧了热水才会洗澡。我流着泪,挺着胸脯冲完,光着屁股冲出来,外面大雪纷飞,我像野兽一样狂吼,我被诊断听力损伤,声音却是正常的,几位老师冲进雪地,将大衣盖在我的身上,我拼命挣扎:"爸爸!爸爸你回来!"

从拉斯维加斯返回北京的第一夜,耿晔又陷入噩梦,回忆起小时候的事,在睡梦中泪流满面,醒来后他抱着儿子的照片小声说道:"小丸子,爸爸不能失去你,你也不会失去爸爸。"

大锅菜

聋哑学校是耿晔心灵的港湾,他从拉斯维加斯回来,忙完诸般琐事,就和江晚来到这里,给孩子们做饭。他拉来了满车的食材,还有成堆的水果,孩子们欢天喜地,脸上都是满满的喜色。耿晔换上厨师的大白袍,向江晚笑着说:"大锅菜比家里难做多了。"

他们刚准备好,杨妮也到了,只带了一个助理兼司机,老师和学生们都认出了她,涌出去欢迎。她进来看见围着围裙的耿晔:"嚯,耿大厨师,听说你很会做菜,我也做一道。"

"好,今天尝尝你的手艺。"耿晔取了围裙,交给江晚,为杨妮围上。

在登山途中和家里,江晚品尝过他的手艺,确实很不得了,这个男人无心于事业,却是个很好的生活家。香喷喷的饭菜很快摆在孩子们的小饭桌上,江晚和杨妮忙着给孩子们盛饭夹菜。耿晔坐在江晚身边,看着孩子们吃饭,眼角湿润。

"这是特殊的学校,我教你们手语好不好?"耿晔来了兴致。

"真的吗?你会手语?"杨妮做的菜很寻常,味道却也不错。

"学手语前,要先学会观察,用目光看,用心体察,没有语言,可以看到更多的真实。"耿晔轻轻地说。哪个孩子喜欢吃什么菜,从神色和动作上都能看出来。耿晔心里突然有了个想法:"来,我们比赛,只看孩子们的眼神和动作,猜测他们下一筷子要夹什么菜,我们就先夹到他们碗里。"

三个人热火朝天地比赛着,直到江晚喊停,孩子们吃得肚子滚圆,扶着墙走出食堂。江晚笑着说:"不能再夹了,孩子们都吃成这样了。"三个人看着孩子们走路的样子,情不自禁地笑出眼泪。

"咱们不能这样了,孩子们的胃受不了。"耿晔收拾碗筷,却看见杨妮和江晚正就着孩子们的剩饭剩菜吃得极香,大为惊奇:"谁能想到,江远峰的女儿,还有我们的大明星,会在这里吃孩子们的剩饭剩菜?"

江晚吃完放下碗筷,忽然说道:"手语可以提高情商。"

"还可以提高演技。"杨妮学了不少,江晚送杨妮上车,看着耿晔,请她来聋哑学校有深意吗?

薪酬福利

李屹东从拉斯维加斯返回北京,先向江远峰做了汇报,就开始主持日常工作,召开碰头会。江远峰执掌公司 30 年,三位轮值 CEO 经验丰富,没有什么不放心的,碰头会有时候来有时候不来。

碰头会向来随意,总部的几位执委会成员到场之后,李屹东取出一份文件,助理将文件传给执委会成员,这是一份日文的招聘启事。李屹东此举十分突兀:"为什么给日本大学毕业生付这个薪水?我们的薪水比苹果多一些,我可以理解,但真的需要多一倍吗?"

鸿鹄技术的用人策略向来是找到最好的员工,做出最好的产品,提供最佳的客户服务,李屹东主外,招聘属于人力资源,由庄雨农分管,他看完文件抬头说道:"这是日本分公司的决定,他们这么做是有道理的。"

"道理是什么?"李屹东追击不放。

"没有超出预算。"庄雨农继续辩解,分公司都有预算,每年执委会都会审核。

"这是预算。"李屹东有备而来,再抛出一份文件:"我们 18 万名员工,薪酬福利 100 亿,占我们收入的 33%,每人将近 100 万元,这就是你的预算。"

庄雨农独自抵抗着李屹东的质询:"如果执委会认为薪酬福利过高,我们可以讨论压缩,但是要经过董事会同意。"

李屹东微微一笑,这就是他的目标:"快到年底了,应该讨论薪酬和福利方案,控制开支,筹备粮草,准备开战,进军海外,达成老总提出的战略目标。"作为江晚助理旁听的耿晔极为吃惊,他看惯了表面一团和气,背后插刀,庄雨农和李屹东这是演哪一出?李屹东扫视执委会问道:"还有要讨论的吗?"

他是轮值 CEO，自有一股霸气。

江晚举手示意："我们在拉斯维加斯遇到了贝尔电信的代表团，或许有机会。"

李屹东那天在杨妮门口为了扔纸条道歉，没有去参展，不知道具体的情况，却知道贝尔电信是美国最大的电信运营商，每年采购大量合约机提供给用户，潜力极大，他问："什么机会？"

江晚没有把握，毕竟鸿鹄技术在美国市场已经撞得头破血流："是否可以调集一支队伍，试水贝尔电信。"

庄雨农率先反对："小晚，贸易战正在打，躲都来不及，哪能主动蹚浑水？"

郭厚军也反对："FCC 的态度很明确，反对运营商使用我们的手机产品，议员、FBI 和 CIA 都在施压，还是不要去的好。"

江晚看了一眼耿晔，他苦笑一下，江晚的请求被拒早在预料之内，他也不想蹚浑水，耸耸肩膀，示意自己也没有什么好主意。江晚向后一靠，不再争执。

黄袍加身

万成得到李屹东返回北京的消息，叫来苗紫，这个赏心悦目的女孩子有难得的智慧和观察能力，能看到难以发现的蛛丝马迹，产生意料不到的想法。万成对她态度大不一样，站起来迎到门口，为她泡了茶，请她坐下之后自己才肯入座，苗紫淡淡一笑，表示对万成提高接待待遇的感谢。

"我想今晚和李屹东聊聊。"万成将推动鸿鹄技术上市的希望都寄托在李屹东身上，他先用吃喝玩乐，后来又用资金池，都没有打动李屹东。

"我们的大明星有进展了吗？"苗紫喝着茶，不动声色。

"我得到消息，李屹东在碰头会上提出消减薪酬了。"万成没有回答，却间接证实了杨妮取得的进展。他派出杨妮，心疼加肉痛，不愿意多说："总之李屹东是希望上市的，不管现在还是未来江远峰退位，他都是关键。"

苗紫消化着这个消息，李屹东要消减薪酬福利，正是自己指出的上市之路，他要开始推进上市了吗？还是只是正常的商业行为？"接班有三种模式，第一种是隐忍，等老皇帝驾崩，清朝的嘉庆比较惨，父亲乾隆实在太能活，最惨的是朱元璋的懿文太子朱标，熬不过老皇帝，先一步撒手西归了。"

"我不想等。"万成否决了苗紫这个建议，他不喜欢夜长梦多。

苗紫又说出第二种接班方式："李世民不想等，搞了玄武门之变，赵光义也不想等，斧声烛影，痛下杀手夺了皇位。"

万成不喜欢这个办法："都什么年代了，还打打杀杀？李屹东和江远峰情同父子，我若是说了这个损招儿，人家肯定跟我急，见面都难。"

苗紫猜到了万成的反应，便端起茶杯品茶："万总，这茶过期了。"她向来在万成面前不卑躬屈膝，实话实说，万成受惯了奉承，很吃这一套，反而将她当作女诸葛，起身将茶叶扔进垃圾桶，急急问道："您就直说吧，马上就要见李总了。"

"第三种便是赵匡胤的黄袍加身，李总用的就是这招儿。"苗紫走到万成的书架旁，她第一次来就注意到他收藏了《二十四史》，翻到元朝丞相脱脱和阿鲁图主持修撰的《宋史》，取出赵匡胤、赵光义和赵普的列传，交给万成。万成惭愧，自己买了这套书是为了装面子，从来没有看过，却被苗紫用来给自己上课。他取来毛巾，把灰尘抚净，保证："以后我一定经常看，经常擦。"拘谨得像个小学生。

"可教也。"苗紫的年纪其实可以给万成做女儿，两人心情舒慰，相视而笑。万成这人也有优点，胸怀宽广，真把苗紫当成军师，乖乖坐在沙发上，找到赵匡胤发动兵变夺皇位的那一段，仔细揣摩起来，看了几页恍然大悟，看着苗紫说道："你以前太屈才，我跟人力资源部说，给你加 30% 薪水。"

苗紫就像没听见，说道："鸿鹄技术成立了内存混用调查小组，江晚牵头。"她负责鸿鹄技术一年多，建立了极深的人脉，消息源源不断。

"我们设置了防火墙，怕什么？"万成心里还是怕的，这件事已经过去一年多,天衣无缝,怎么又被翻了出来?

"防火墙看似安全,但是他们肯定能发现购买价格的异常,拿不到证据,心里一定会起疑。"苗紫见证了内存采购的经过,深知实情。

"江晚在调查内存,我们这里也有一个女诸葛盯着她,有什么好担心?"万成仰靠在沙发上,心思又转移到推动鸿鹄技术上市的计划中。

▎消失的利润▎

碰头会后,耿晔跟着江晚回到办公室,打开记事本,郑重其事地问道:"我既然是顾问,有些事就不能不说。"耿晔回到北京之后,从平等的队友沦落成江晚的跟班。

江晚侧头想想,消减福利薪酬?这种话题非常常见,她问:"看出了什么?"

耿晔不说想法,先自我解嘲来安抚她的惊讶:"我们这些顾问都有不好的习惯,哈哈,心理到底有多阴暗才要探查别人内心的秘密?"

"没关系,人总有职业习惯,说吧。"江晚转念一想,又问:"你会不会打探我的秘密?你好像有一种可怕的能力,能看见和洞悉,却不能停止使用这种能力。"江晚说到这里不由得心惊,有个人时时在身边洞悉自己,这种感觉不是很好。

"攀登雪山的时候,一个疏忽或者恶意,就能要了对方的性命,我们把命都交给对方,从来不曾怀疑。"耿晔不会向其他客户交底,可是江晚不一样,他们的友谊是经过考验的。

怀疑从江晚目光中散去,攀登雪山的时候,性命都在彼此手中,还有什么不能相信?她心里却仍然感到不安:"你必须告诉我,你拥有的那种能力,到底是什么?"

"这不奇怪,我具备的天赋和能力,李屹东也有,老总更远超于我,这也是他总和我聊天的原因。"耿晔有特殊的经历,通过肢体语言和表情看透情绪,并推断出别人的内心。"拿人钱财,替人消灾,能力只用在工作上。"耿晔既然拿了江晚的钱,有些话就不得不说:"我怀疑,消减薪酬和上市有关。"他的咨询公司帮助不少企业上市,套路都差不多,做好财务数据,拉升公司估值,消减人力成本是典型的做法。

江晚侧头想着,耿晔的怀疑不是毫无道理,公司上市前都要做好财务数据,盈利状况越好,越容易得到投资机构的认可,并在上市之后获得最大的估值:"嗯,晚上和爸爸说说。"江晚又想起那蓝,疑心大起,一年前她在投资峰会上见过那蓝,然后在登山时就遇到耿晔,这实在太巧。可是她对那蓝印象极好,很难相信她会和耿晔合谋欺骗自己,可如果真这样,自己该怎么办?

下班之后,耿晔又买了食材来到江远峰家中,大家一起大快朵颐之后就聚在书房。

"消减薪酬福利?"凡事都有动机,行为都有企图,江远峰吃完晚饭,听了江晚的简述,想了很久。江晚看看父亲再看耿晔,意识到了严重性:"曲线救国?明着控制成本,实际为上市准备?"

江远峰肯定了这个猜测:"消减薪酬,把利润做上去,拿出漂亮的财务报表,上市后都是百亿富翁。"他猛然拍了桌子:"我创建这家公司是为钱吗?江晚,你爷爷随解放军剿匪部队进入贵州山区,筹建民族中学,和你奶奶一辈子在山区,从没有为了钱!三年自然灾害那段时间,我们兄妹七个,一家九口全靠父母的工资,我们一天天长大,衣服一天天变短,每学期每人要交两三元的学费,妈妈到了月底到处借钱,常常走了几家都没有借到。到高中毕业我都没有穿过衬衣,多热的天都穿着厚厚的外衣,睡在稻草上铺着的一床被上。家里每餐实行分饭制,每人仅能吃上一口饭,我高考前在家复习功课,实在饿得受不了,粮食用敞口瓦缸装着,也不敢去随便抓一把。如果不是这样,就会有一两个弟妹活不到今天。我上大学时,穿走了你爷爷的皮鞋,他踏在泥里水里,冰冷潮湿,需要那双鞋子,现在回忆起来,我太自私了,愧对父母,没有好好照顾他们。"

江远峰在公司里憋了不少话,回家尽情释放:"我为什么愧对父母?因为父母告诉我，一生无愧于祖国、无愧于人民、无愧于事业！他们从没让我去赚钱，江晚，你要记住。"江晚擦擦泪水，她对爷爷奶奶只有模糊的印象。江远峰又说下去："30年前我借了两万元创建这家公司，从香港买了一台32门的小交换机，用赚到的钱厚着脸皮向香港商人连买带借，一点点儿滚动起来。我缺过钱，可是从来不在乎钱，我们18万名员工，有10万名持股，我把股份全分了。耿晔，这一点我们很像，千金散尽还复来，每年赚几百亿还不够吗？为什么要降薪酬福利，赚来的钱就是用来研发产品，培养团队的，不是用来分给公司那些官僚的。"江远峰长长吸了一口气，平复了刚才的悲伤："以奋斗者为本，就必须付出最大的回报，我的秘诀就是分钱分得好！不分钱，谁愿意跟咱们拼命！"

"不该消减的坚决不动。"江晚明白了父亲的意思，她管着财务，分量十足。

耿晔以前拿一分钱干一分活，绝不会多干，更不会拼命，只会耍花枪为自己升职加薪，他渐渐深入了江远峰的心灵深处，他思考着自己的父辈生活在什么样的时代？是什么样的精神让他们爆发出惊人的力量？自己不缺衣少食，是父辈奋斗的结果，自己有什么资格嘲笑他们只懂奋斗，不会享受？耿晔渐渐从感动中恢复了理智，拿出财务报表摊在江远峰面前，薪酬福利排第一，排在第二的是将近900亿的研发开支："如果继续消减运营成本，下一步应该是这一项。"

"研发？不行！"江远峰否决了消减福利薪酬的计划，话音一转，向江晚说道："你去和屺东好好谈，该消减的可以消减，不可以的坚决不能动。"

合约机

一架小型飞机从蔚蓝的天空中飞过，倒影映射在西雅图的太空针下，来莱搭上玩具般的小火车到达市中心，这里是贝尔电信的总部大厦。她进办公室倒了杯黑咖啡，压制困意。办公室堆积了各种信件和公文，邮箱中还有更多的邮件，她需要这些工作来缓解遇到耿晔的冲击。他又找到了自己？他真是有神一般的本领。来莱烦躁起来，思考自己该怎么面对？她端着咖啡提前来到会议室。几年前，来莱从总部派往中国，那只是两年的工作合约，期满之后就应该返回。但谁也不能预见自己将遇到什么人，她遇到了耿晔，她不后悔，他给她带来了太多的快乐，她还得到了上天赐予的礼物。

20 分钟后将是市场部门和采购部门的会议，她将汇报拉斯维加斯大展的情况。贝尔电信每半年采购一次合约手机，现在大概 5000 万部手机进入更换周期，苹果总在秋季发布新产品，上半年将是苹果的淡季，这次将大量采购安卓手机，这是她去拉斯维加斯的原因。

会议室里稀稀拉拉坐了五六个人，来莱打开投影机开始介绍："除了苹果和三星，几乎每个手机厂商都在拉斯维加斯电子消费大展发布了新产品。"来莱从小在美国长大，英文是她的母语，她一一展示厂家的旗舰产品，这些厂家包括华为、LG、华硕和 HTC。她的身体具有欧美人的线条和肤色，但面庞却有中国人的细腻，让人很难分辨她是亚洲人还是欧美人，这都源于她的美国父亲和中国的母亲。她摊开资料："现在我重点介绍 LG 和华硕的产品。"

"中国厂商在全球前十中占了八家。"杰克胳膊压在桌面上，整个会议桌几乎都要被他压翻，他在贝尔电信服务了 20 年，每年增几斤重量，已经变成了令人瞩目的胖子。

"杰克，你知道原因的。"来莱不排斥中国品牌，只是不愿意做无谓的努力，鸿鹄技术的产品早已遍布全球，唯独不能进入美国市场，原因不在技术和产品，而是政治因素。

杰克不笨，FCC 呼吁不要购买鸿鹄技术的手机产品，中美贸易战正酣，中国手机进入美国市场简直是天方夜谭，他却不同意删除中国厂商："我们执行部门，没有权利删除任何一个厂商，应该把所有的资料都提交上去。"

"如果选择了中国厂商的手机，董事会能批准吗？"来莱并不反对，只是想再次确认，她说完又觉得这个问题很多余，在这个时间节点，没人会选中国手机，尤其是鸿鹄技术的。

"我建议，主流的厂家，不管来自哪个国家都发出邀请。"居中而坐的罗杰斯终于开口，他是贝尔电信主管营销的副总裁，来莱的顶头上司，拥有最终的决定权。他一向不喜欢中国公司，这次态度让人十分意外。他笑着说道："中国公司来了，可能满载而归，也可能两手空空，这都由我们做决定。"他忽然扑哧笑出来，指着一条新闻说道："鸿鹄技术声称，要在三年之内超越苹果和三星，成为世界第一。那我们就请他们来，看看他们有多狂妄。"罗杰斯语气变冷，结束了会议。

诡谲之邀

江晚的提议被碰头会拒绝，却没有料到，拉展之后立即就收到了贝尔电信的邀请函，邀请鸿鹄技术洽谈合约机。在天机通信刚被美国政府的制裁令打成休克，FCC 劝阻电信运营商购买鸿鹄技术手机的当下，贝尔电信发出这个邀请让江晚十分意外，尤其是在贝尔电信即将宣布投资 400 亿美元扩张业务和建设 5G 网络的此时。

"诡异。"江远峰极关心美国市场，这次出席了碰头会，看了邮件之后说了这两个字。

"肯定有阴谋。"李屹东非常敏感，他被 AT&T 摆了一道，是他从未有过的奇耻大辱。

"什么阴谋？"郭厚军开始顺着这个思路想下去。

"不至于吧？就是个邀请函，小米和威鸥好像也都收到了。"一名负责芯片研发的执委插了一句，她和小米的供应链有很多接触。

"不至于？当初他们是怎么查天机通信的？就是间谍行为。"庄雨农发了话，外面传说美国政府和天机通信聘用的美国律师联手，拿到了很多秘密文件："美国人真狠啊，伤其十指，不如断其一指！这是把人往死里打。"

"必须谨慎，我们刚解雇了负责美国政府关系的高管，他们就发了邀请函，绝不是巧合。"鸿鹄技术在天机通信被美国政府封杀之后，立即解雇了五名美国员工，防患于未然。

"那么，邀请函怎么办？"江晚拿起打印出来的邀请函问道："我们在美国还有十几家分支机构，1000多名员工，难道就动也不动？"

"干脆解散美国分支机构，撤出所有员工！"庄雨农早就提过此事，江远峰一直没有答应。

"人家发个邀请函，吓得咱们立即关了美国分支机构？太怂了吧？"李屹东哈哈笑出来，他和庄雨农关系莫逆，没有什么避讳。

庄雨农板起脸来，众人很少看见他这么严肃："屹东别笑，不要大意，这是公司生死存亡之时。这次美国政府精准打击天机通信，我突然清醒了，中国厂商的核心技术还有差距，人家停止供货，你就必须停产，当场休克直至死亡，这是公司成立30年以来从来没有遇到的局面。人家有没有查我们？肯定查了，而且查得更严，至于能不能查出问题来？秦桧说过一句'莫须有'。现在伊朗被美国制裁和禁运，这个国家人口有8000万，如果有位伊朗人到欧洲旅游，碰巧买了一台我们的手机带回国内，被朋友拍下发到社交网络上，这就可能引起轩然大波。我们已经是美国政府的眼中钉肉中刺，此时此刻，我建议公司上下加强合规培训，绝不要违反承诺，度过这个贸易战的艰难时刻。在美国的商业活动也要减少，甚至美国分支机构关门也在所不惜！"

庄雨农此话一出，碰头会的风向立即转了，李屹东点头："我们即便放弃美国市场，也能成为全球第一。"

几名执委都看着江远峰，等待他拍板，江远峰低头思索，难以决断："贝尔电信冒着美国政府的禁令，敢于邀请我们，我们收到邀请函，不但不去，反而宣布退出美国市场，溜之大吉，这逻辑通吗？"江远峰自言自语地分析着："你们说其中必有阴谋，我同意，如果我们不去，就永远不知道这阴谋是什么，也无法粉碎这个阴谋。"

执委会知道了江远峰的态度，江晚安静地说道："十年前，丰田汽车油门和刹车故障，导致多起伤亡，当时美国国会举行听证会，邀请丰田的董事长丰田章男，这是不是阴谋？日本人敢去，中国人就溜之大吉吗？就像做了亏心事一样！"江晚声音越来越激动，站起来说道："我们回顾整个事件，丰田汽车的质量存在问题，我们呢？扪心自问，我们没做错什么，我们窃取美国政府和人民的数据了吗？当然没有，这美国政府都可以承认！那18名美国议员、FBI和CIA说价值观不同的产品可能危害国家安全，这完全是彻头彻尾的胡扯，说我们股份不透明，这是欲加之罪！但是如果我们不敢去，逃了，人家就会说我们做贼心虚！"江晚没有商人的圆滑和趋利，只是根据自己的感觉判断："我愿意去美国，坦坦荡荡，哪怕刀山火海，阴谋阳谋又能怎么样？如果我们哪里做得不对，我愿意向他们道歉，但是他们别想向我们身上泼脏水。"

江晚说出的这番话有理有据，正气凛然，碰头会沉默了一会儿，李屹东带头应和："我陪小晚一起去。"虽然没有掌声，但是耿晔在心里为江晚鼓起掌来，他发现，江晚从来没有精心的算计和炫目的技巧，她就像无畏的年轻人挑战着世界。与她相比，耿晔常常绊倒在自己的心计之中。

碰头会后，耿晔默默跟着江晚来到办公室，打算劝她几句："战场要死人的，商场也差不多，输了你要负责任的。"耿晔的目标是帮鸿鹄技术投资上市，现在却被江晚绑架到去往美国市场的战车上，越陷越深。

"前几天还说醉里挑灯看剑，梦回吹角连营。周道说你：昔日情侣、今日劲敌，两大高手决一雌雄之际，一个野心勃勃的年轻人背水一战。商场如战场，胜者王侯败者贼，必决输赢，情场似赌场，强者征服，弱者背叛，只有两败俱伤，那个年轻人不是你吗？现在怎么变得婆婆妈妈，只知道明哲保身。"江晚笑着反问，她喜欢与耿晔并肩征服高不可攀的雪山的感觉，这次出征美国，就是这样的机会。

▍贸易代表团 ▍

在秘书引导下，贝尔电信副总裁罗杰斯走进朋悦办公室，将公文包放在脚下，等了好一会儿，朋悦才笑着进来，握手时按着罗杰斯的胳膊，显得极为亲切，这是美国政客的典型握手方式。罗杰斯知道朋悦时间紧张，十分识趣，打开公文包，将邀请函交给朋悦。他并不理解为什么要邀请鸿鹄技术来洽谈合约机。朋悦戴上眼镜看了一阵，自言自语地说道："鸿鹄技术驻美公共关系首席代表被辞退了。"

罗杰斯知道，那人在美国替鸿鹄技术折腾十几年，毫无进展，政治形势越来越恶劣，也不知道该怪谁。朋悦将邀请函交给罗杰斯："我们的情报来源也中断了。"

罗杰斯顿时明白，美国政府、FBI 和 CIA 真是厉害："需要我们做什么？"

朋悦把眼镜取下来，在手上把玩："专利！"美国政府调查天机通信是从伊朗禁运入手，鸿鹄技术这方面没有把柄，朋悦便另辟蹊径，只要查出鸿鹄技术的产品侵犯美国的专利权，就可以证明中国侵犯美国的知识产权，便可以禁止美国公司与鸿鹄技术交易："我们需要他们产品的底层源代码。"

编程语言基于开发工具和平台，越来越先进、灵活和开放，光凭编程语言不可能侵犯专利权。但是底层的程序用汇编代码编写，容易抄袭和复制。大概十年前，美国思科公司就曾经控告鸿鹄技术抄袭路由器的源代码。罗杰斯半知半解，问道："鸿鹄技术抄袭了底层源代码？哪个部分？有证据吗？"

朋悦笑了起来，指着自己的脑袋："我不需要证据，只需要逻辑，鸿鹄技术做手机才几年？显示屏、电池、摄像头、存储、各种感应器，这么多元器件，需要开发底层代码进行控制，不抄袭怎么可能做出来？"

罗杰斯明白了，仅仅拿到产品还不够，他需要得到更全面、更深层的技术资料，证明鸿鹄技术侵犯了美国的知识产权："我懂了，我们已经得到了回复，鸿鹄技术的代表团将很快前来。"

"嗯，我也要去中国了，我想亲眼看看，那里到底发生了什么？"朋悦站起来，这是送客的意思，贝尔电信是他的阳谋，他还有更致命的招数，堡垒永远是从内部攻克的。

"中国？"罗杰斯很难相信，朋悦竟然会亲自前往中国。

"贸易代表团就要启程了,和中国人谈判。"朋悦不是贸易代表团成员,却是他们的智库和核心幕僚,甚至可以说,是他们的主心骨。

| 缓和 |

随着美国商务代表团来到中国,贸易战的战火有了熄灭的迹象,参加碰头会的执委们格外多,郭厚军兴冲冲地举着一份打印文件:"这是特朗普发布的消息,美国要重新调查天机通信的禁令,避免八万人因为制裁失去工作。"

鸿鹄技术和天机通信是30多年的竞争对手,但执委们都没有幸灾乐祸,而是为老对手开心,贸易战开打到现在,终于看到了缓和的迹象。江远峰笑着说道:"我得到了一些消息,咱们国家很重视这次谈判,对于美方合理的要求都可以谈。"

如果贸易战停歇,鸿鹄技术进军美国市场的希望必然大增,李屹东很开心:"好,我就和小晚再去一次美国。"

碰头会之后,江晚和耿晔选择了一家小小的餐馆,吃完饭找到两辆自行车,在街边骑行,不知不觉来到耿晔的公寓。房间里上次江晚搭起的帐篷还在原地,床头多了耿晔和儿子的合影——在一个巨大的湖泊前,耿晔躺在躺椅上,儿子坐在他肚子上大笑。江晚接受了现实,仔细看着他的儿子,小家伙脸盘比耿晔圆润,眼睛却是一个模子刻出来,五官更立体一些。

耿晔没有注意到这些,独自在白板前忙碌,喊道:"来,帮忙。"他将U盘插入电脑,打印机吐出一页文件,他在白板上贴上黎明微电子的标志,向上画了一个箭头,向江晚说:"钉上。"

江晚取来图钉,将打印文件钉牢,仔细去看。这是黎明微电子的股东构成,耿晔在其中一个大股东上画了一个红圈,这是一家注册在开曼群岛的投资管理公司,名叫末日投资。他说:"我本来怀疑,黎明微电子和鸿鹄技术的某位高管存在直接的关联,但事实不是这样。"

江晚抱着胳膊，看着末日投资的骷髅头标志："很好，证明我们没有腐败行为。"

"未必。"耿晔在看板上找到新的区域，将万成的头像贴上去，写出了他投资的六家上市公司，再画出一根长长的红线连接到那家注册在开曼群岛的投资公司："末日投资是黎明微电子的股东。"

江晚问："这我知道，说明什么？"

耿晔打印出更多的文件贴在看板，万成旗下六家公司之中有两家向鸿鹄技术供货，从数据线到手机屏幕疏油层，五花八门，这样看来，内存混用事件是偶然中的必然。耿晔标出了采购的数量和价格，鸿鹄技术今年至少采购了万成旗下公司十亿美元的产品，而且价格常常都高于市场价格。

耿晔打开另一份文件，这是鸿鹄技术的采购记录，有庄雨农在合同上的签名，他画了一个人脸轮廓，打上大大的问号，和末日投资之间连了虚线。耿晔退后几步远远看着，证据通过头像和文件标注出来，内存混用事件的背后是巨大的贪污，而贪污获利则被集中到了末日投资："显而易见，末日投资是一个资金池，万成在推动上市，内存混用的背后是他推动鸿鹄技术上市的阴谋。"

江晚难以接受，指着那个画着问号的头像问："这是谁？"

耿晔打印出来李屹东、郭厚军和庄雨农的照片，贴在问号旁边："我查了，当时采购部的张总被派去进修，他们三人都能做出决定。"

"太可怕了。"江晚目光离不开白板，证据揭示出了可怕的阴谋，李屹东、庄雨农和郭厚军是轮值CEO，如果是这样，鸿鹄技术就是从根儿上烂了，她惊慌失措地挡住白板面对耿晔："这没有任何证据，绝不能罗织罪名。"

耿晔点头承认："要不要继续查下去？"这需要调查当时采购的当事人，询问谁拍板买了质次价高的内存，但这便会打草惊蛇，引发摊牌。

江晚不想捅这个马蜂窝，断然说道："我们先去美国。"

耿晔略为失望，通过调查内存混用打击末日投资是既定计划，这是推动鸿鹄技术上市的唯一对手。耿晔走回电脑旁边，打印机吐出一张照片，露出额头的时候，江晚说道："好美。"耿晔笑着说："看了额头，就知道她美？"打印机渐渐呈现出一张妩媚和英气完美结合的脸庞，江晚不认识："这是谁？"

"我们刚回北京的第二天，老总让我见了万成。"耿晔回忆着，那时他就注意到了苗紫："她叫苗紫，当时老总、李总和万成都说了话，唯独她一句话没有说，我能感觉到，她一直在观察。"

"所以？"江晚问道。

耿晔取出照片，走回看板，贴在黎明微电子和万成之间："我查过采购部的文件和邮件联络记录，黎明微电子那边是她主导的。"这是一个重要却模糊的发现，苗紫参与了内存混用和万成的上市计划，是关键人物，她有什么来头？耿晔困惑地说："我通过经销商和厂家渠道去查，毫无所获，甚至她从哪个大学毕业都查不到，一年之前突然被聘到黎明微电子，就像从空气中冒出来的。"

"等等，内存混用发生在一年前，苗紫那时还没有进入黎明微电子？"江晚听出了令她意外的情况。

"她好像只参与了下半场。"耿晔点头，苗紫扮演的角色游移不定，似乎是核心人物。要调查内存混用，无非两条线索，一方面是鸿鹄技术内部，没有江远峰和执委会的点头，江晚不敢轻举妄动。另外一条线索就是从黎明微电子入手，这是耿晔调查苗紫的起因，他说道："黎明微电子与公司有交易，苗紫常来常往，不妨看看她是什么路数。"耿晔不能动鸿鹄技术，就从万成那边入手，如果黎明微电子故伎重演，便可以抓个现行。

江晚困惑极了，诧异地看着耿晔："我请你做顾问，不是做侦探的。"

耿晔耸耸肩膀，看来她起了疑心："我拿钱干活，向来口碑很好。"

调查范围逐渐扩大，似乎和上市牵连在一起，江晚想到这里，独自坐进帐篷之中，用手机发出邮件，没多久得到反馈，一条条看下去，找到了采购计划，读了出来："下个月，采购部与黎明微电子有个谈判，取消 eMMC 芯片购买计划。"

由于江远峰发话，鸿鹄技术取消了所有低端内存的采购计划，全部使用最高速度的芯片，内存混用的事态渐渐平息。可是鸿鹄技术已经签订了低端内存芯片的供货合同，厂家备了库存，这就需要双方协商解决，苗紫必然参与其中，耿晔说道："就会会这个苗紫。"

江晚被乱七八糟的情绪影响着，耿晔为什么不断调查内存混用，这显然是在打击万成的末日投资，末日投资又是耿晔在投资领域的对手，耿晔显然有所图，他真的是为了鸿鹄技术的上市而来吗？她躺在这顶帐篷之中，以往只要来到这里，她的心就会飞出高楼大厦，回到雪山之巅，自由自在，今天却充满怀疑和担忧，如果耿晔真是为了投资项目和自己结识，那就太可怕了。

耿晔看出了江晚的异样，她在帐篷里总会流露出轻松的神情，今天却不是那样，身体僵硬，若有所思，她一定在怀疑。耿晔想或许自己应该放弃那个投资项目，消除她的怀疑，然后就像周道所说，瞒着她直到七老八十，再当成浪漫往事讲给她听。

商业机密

李屹东喜欢日本料理，清淡、健康又隐秘，拉上帘子说话，不怕遇到熟人，再喝几杯清酒就有了氛围。他的酒杯与万成的轻轻一碰，回想起执委会中的情形，董事会将要换届，老总退居二线，他一直都很尊重江远峰的决定："不能压缩的肯定没戏，能压缩的也能压缩一些。"

这句话说得模糊，苗紫抓住了重点："能压缩多少？"

李屹东研究过薪酬福利，伸出一根手指，表示100亿，万成点头："聊胜于无，研发呢？"

李屹东又伸出一根手指，推动鸿鹄技术上市是为了获利，翻多少取决于估值，估值又取决于盈利能力，但是一切都要以鸿鹄技术愿意上市为前提，苗紫又问："老总反对怎么办？"

李屹东低头喝酒，然后说道："很多董事要一起退休，以往公司用几个亿买断股份,他们极为不满,如果上市之后公开交易,就会拿到上百亿。他们找我诉苦,我左右为难。"

万成本想等李屹东接班之后再推动上市,没想到有人比自己还急,乐得顺水行舟,李屹东起身说道:"老庄他们还在等我,我再喝一顿。"

万成知道他去做董事会的工作,摆手叫苗紫结账,向李屹东说:"你先走,我再坐会儿。"等李屹东离开,万成向苗紫竖起大拇指:"成了!他消减预算,开始为上市做准备了。立功的还是你这句话,回归商业本质!"

苗紫从来不居功,结了账陪万成来到车边:"万总,您付出那么大代价,哪儿是我的功劳?"

万成龇牙咧嘴,放出杨妮是不得已而为之,他真心心疼,点着苗紫说:"哪壶不开提哪壶,以后别提这事儿。"

李屹东从三环内来到三环外,进了一家茶馆,庄雨农和郭厚军已经到了,三个人都有同样的心事,庄雨农倒了茶说道:"屹东,和小晚谈得怎么样?"

江晚是CFO,李屹东一个数字一个数字和她协商,总算谈出了一个结果:"砍掉100亿。聊胜于无。"

"消减薪酬福利,不容易。"庄雨农脑子很快,如果按照20倍的估值,市值就能增加2000亿人民币,他有大约1%的股份,自己就净增20亿的资产。

"雄关漫道啊,一步步走吧。"李屹东喝了茶,他不敢在江远峰面前提上市,只好曲线救国。

"艰苦奋斗这么多年,都希望有个好结果,这种分红机制把咱们捆住了,干活拿钱,不干活就没分红,退休了怎么办?人总要过日子,谁能像老总那样干到七老八十?"庄雨农每年拿到几千万分红,一旦退休就没了。

"下一步消减研发开支,把财务数据做好,老郭,这是你的事。"李屹东先把枝叶弄掉,再动手砍树干。

"行吧。"郭厚军负责公司的研发,心里很矛盾,既希望公司上市,又不希望砍自己预算。

"砍掉几个基础研究,保住下一代旗舰产品,其他都可以压缩。"李屹东定下了方针，距离换届还有几个月，先把财务数据做好，一旦江远峰退休，便推动公司上市，成为中国企业家的领袖，他想到这里说道："先准备财务，慢慢说服老总。"

三人谈好，聊天喝酒，庄雨农瞅准时机说道："屹东，小晚查到了采购部，调走了采购内存的谈判记录和合同。"

李屹东皱起眉头："老庄，那个内存混用到底是怎么回事儿？"

"别问了，里面很复杂，不能再查下去了。"庄雨农近乎哀求："我先处理好采购记录，该封存的封存，该销毁的销毁。"封存采购记录之后，调查难度将大大增加，除非找当事人询问，这近乎摊牌，江晚会这么做吗？

"查了耿晔和小晚认识的经过了吗？"李屹东明白，重启内存混用的调查就是耿晔串掇的，就是要打掉万成的末日投资，最终取而代之。

"我找人去那个登山俱乐部查了，也找到了登山队长，他们都说，耿晔和小晚确实是在登山队认识的。我查了报名记录，耿晔报名还在小晚之前，基本排除登山队有内鬼。"庄雨农原先怀疑登山队有人把江晚报名的消息透露给耿晔，如果耿晔报名在前，这种怀疑就被打消了。

"能不能搞到小晚的行程表？看看她在登山之前那段时间接触了什么人，这些人和耿晔有没有关系。"李屹东与江晚的关系曾经处于兄妹和恋人之间，他知道她的习惯，她的行程表就在电脑中，并会共享到公司服务器中。

庄雨农掂量着，窃取江晚电脑中的文件？内部 IT 部门归他管理，这么做后果严重，一旦被江晚发现，跳进黄河也洗不清。他又想想那几十个亿，咬咬牙说道："行，我去调她的行程。"

新四大发明

美国大使馆与北京东三环只有一个街区之隔，环线内挺拔着一座豪华的威斯汀大酒店，是美国政商人士最喜欢的去处。朋悦站在落地窗前，看着下面的车水马龙，思绪万千。每来一次中国，就感受到一次变化，疑惑就越来越浓重，这次他又听到一个新词：新四大发明。这个国家凭什么发展这么快？他对新四大发明嗤之以鼻，高铁几十年前就出现在日本和法国，怎么能算是中国人的发明？移动支付？Apple Pay 美国早就有了。二维码最早出现在日本，共享自行车能算发明吗？网购是中国人的发明吗？朋悦曾为此在众人面前嘲笑中国的新四大发明。

朋悦打开门，叫来一个助手："去试试那个新四大发明。"他跟随美国贸易代表团来到北京进行谈判，他已经辞去公职，充当智囊的角色，但其实是背后的总指挥。

这40岁左右的助手是华人，名叫黄卫东，名为助手实为保镖，到了中国又是翻译，朋悦打量了他一会儿说："换套中式衣服，别总穿西装，也别带武器，北京很安全。"

朋悦先用手机叫了一辆专车，这时黄卫东换了一套中式对襟唐装出来，两人上了车，朋悦摇摇头说道："叫专车？这是抄袭 Uber。"

黄卫东坐在前排，一言不发，他一向话不多。朋悦望着窗外的高楼大厦，他十几年前来过北京，惊叹于天翻地覆的变化。出租车向城市中心钻，来到什刹海附近的小胡同，司机跳下车为他拉开车门，朋悦认真地用手机软件给了五星的评价，展示给司机看，司机十分高兴，连连竖起大拇指说 Thank you，朋悦掏出100元作为小费，哪知司机转身就上车了，将他和100元晾在了一边，出租车扬长而去。朋悦有些不解，问黄卫东："记得十几年前，司机拿了小费很高兴，现在怎么不要了？"

黄卫东对中国情况比较了解："因为那个打分软件吧，他怕你给他低分。"

朋悦不多问，凭栏望向什刹海，这是他很喜欢的地方："北京为什么盖那么多高楼大厦？这才是中国最美的景色。"

黄卫东四处张望，带着保镖的习惯，也没有搭理朋悦。朋悦踢了他一脚："回答我。"黄卫东认真说道："因为中国人多，只能盖高楼。"

朋悦扭头向小巷子里面走去，在一个中式四合院前停下脚步，用铜环当当砸门。大门一开，迎出来一位穿着民国老管家服饰的老头，双手抱拳："老爷来了，您请进！"

这是一个两进的四合院，两侧厢房和正房环抱着一个庭院，院中还有几棵大树。朋悦又向黄卫东问道："这是不是比三室一厅好多了？"

黄卫东机警地到处看着，这是他的保镖习惯，朋悦不理他，进正堂换了一套中式长袍出来："别看了，这是我家！"原来朋悦早就托人在北京买了这套四合院："坐，你今天是我朋友，顺便给我当翻译，你还没有回答我的问题。"

黄卫东不习惯坐在朋悦身边，双手后背回答："这比美国的别墅也好多了。"

朋悦哈哈大笑，连连点头，夸奖黄卫东回答得好。这时候，老管家又过来问道："老爷，您想吃点儿什么？老北京炸酱面我都给您备好了。"

朋悦是中国迷，他孙女还学了中文。他掏出手机："不用，我要体验中国的外卖，还下了英文版的。"他手指在屏幕上了戳了几下，点了两碗炸酱面，看看时间："看看，多久能到。"

朋悦对这院子很满意，这是买到手之后在这第一次停留。他向黄卫东炫耀："我买的时候 600 多万美元，现在涨到 5000 万美元！"喝了一口茶，看了正房看厢房，问黄卫东："听说，中国人正房住这里，侧室住厢房，是吗？"

黄卫东撇撇嘴："那是过去，现在早就一夫一妻了。"

朋悦迷恋旧中国，看不惯中国的进步，被黄卫东怼也不生气，来到四合院中间，拿出一本英文版《论语》，说道："孔子，三千年来中国最伟大的思想家，多好啊，为什么还要学外国的东西和理论！"他又抓起手机看看时间："非要搞外卖，时间到了也不来，这也算四大发明？给差评。"

朋悦这次来中国是充当美国贸易代表团的幕僚，他本人的兴趣却在于体验中国的高科技，到现在为止，高铁和移动支付让他惊叹，共享自行车有些小儿科，现在正在体验互联网购物，他故意打了差评。咚咚，铜门环被砸响，老管家开门取了外卖盒，外卖小哥却不走，在门外争执，朋悦喊道："让他进来？"

外卖小哥一脸汗水，急乎乎冲进来，从兜里掏出 60 块钱向桌上一扔："您的饭钱不收了，我请您吃。"

朋悦和黄卫东不懂，外卖小哥无缘无故，怎么会请客？小哥打开包装，取出不知道用什么做的，但看起来质地不错的餐盒："您看，面条还热乎的，没坨，把这些菜都放进去，您吃醋吗？"

"吃醋。"朋悦怔怔地回答，不明白这个外卖小哥安的什么心思。外卖小哥动作很快，两碗炸酱面已经拌好，放在朋悦和黄卫东面前。

"为什么请我们吃炸酱面？"黄卫东替朋悦问道。

外卖小哥将筷子递过去："趁热吃，吃完再说。"

黄卫东想要把钱还回去，朋悦却坐下来，用筷子挑着面条一边吃一边和小哥说话，问他一天能送多少份，能赚多少钱。外卖小哥一一作答，慢慢地就跑了题："您知道 KPI 吗？"

朋悦点头，外卖小哥拿出手机说："我接了您的单子，拼命向这边骑，您这胡同黑乎乎的，突然窜出几个小孩儿，我这么一躲，没撞到孩子，您的炸酱面都洒了，所以我回去重新拿一份，您就给了个差评，还打了投诉电话，是不是？"朋悦承认，外卖小哥又说："这就影响我的 KPI 了，我的满意度指标本来挺好，打一个投诉电话顶十个差评，我这个月奖金就没了，我送完您这顿，回去就辞职了。"

"你还懂 KPI，客户满意度指标？"朋悦吃完了，就和小哥聊起来。

"平衡计分卡您懂吧？"外卖小哥参加过培训，坐下与朋悦攀谈起来。

"嗯嗯，听说过，你还知道这个？"朋悦在哈佛读过 MBA，学过这种绩效考核的理论，他咬了口大蒜，辣的直吐舌头。

"我们公司用的是平衡计分卡，考核指标包括财务指标、流程指标、学习发展指标和客户满意度指标，我们送餐属于服务岗，您投诉影响客户满意度指标，占 60% 权重。"外卖小哥越说越难过，卷起裤腿给朋悦看，膝盖鲜血淋漓："您看，我腿都没包扎，就给您送面来了，真是对不起，耽误您用餐了。"

黄卫东都不忍了，朋悦招手叫来老管家，让他给外面小哥包扎："那你就一定要辞职吗？"

外卖小哥放下裤管，不让老管家包扎伤口："您要真心疼我，求您把那个差评删了，行不行？这样我就不用辞职，也不用和女朋友分手了。"

"和女朋友分手？"朋悦实在想不通，送餐迟到和他的女朋友有什么关系。

"那您先把差评删了，我就告诉您？"外卖小哥说着取出手机来让朋悦看他女朋友的照片，朋悦说："挺好看啊。"

外面小哥苦笑，又拿出一张放在朋悦面前："那个是修的，这是素颜。"朋悦看到两张差别极大的照片，哈哈大笑。外卖小哥说道："您知道亚洲新四大发明吗？"

朋悦来看中国新四大发明，第一次听说亚洲也有这个，立即摇头。外卖小哥要请朋悦删差评，尽力哄他开心："亚洲新四大发明又称四大邪术，即泰国的变性术、韩国的整容术、日本的化妆术、中国的修图术。"

朋悦心情大悦，笑得不亦乐乎，小哥又趁机请他改差评，朋悦却板起脸来："改差评也行，我问你个问题，答出来就改。"外面小哥点头同意，朋悦立即问道："平衡计分卡是哈佛大学哪位教授发明的？"

"我想想啊。"外卖小哥挠着头，猛地一拍桌子："考试考过，哈哈，叫作卡普兰！"

朋悦一脸惊讶，这个题目如果问100个美国人，大概99个回答不出来，没想到一个外卖小哥竟然也懂。他取了手机先改差评，又打电话取消投诉，把60块钱还给外卖小哥，将他送出门外，回来走到四合院里，沉思起来，慢慢对黄卫东说道："我太太经常抱怨美国的快递服务，他们通知你第二天上午十一点到下午四点在家，送货员随时都会来，第一次按门铃，如果没有人，贴个条子表示来过。送完货他们再来一次，如果还不在，再贴个条子，请你去机场货仓取，我们就得开车跑30公里到机场。可是中国人用了平衡计分卡，谁敢这样？一定千方百计送到。"朋悦又走了几圈："为什么我们的发明，自己不用，让别人学走了，又说中国人抄袭？"

黄卫东是华裔，对中国情况很了解："中国互联网公司请了美国咨询公司做咨询，这不算抄袭。"

"这个不算抄袭。"美国政府打贸易战的一个很重要理由就是知识产权，朋悦点头承认："我相信 DHL 和 Fedex 也都用了平衡计分卡，那么，我们的快递服务水平为什么比不上中国人？"

黄卫东笑着说："中国人勤劳勇敢，吃苦耐劳，美国人哪里比得了？我有个日本朋友曾经在一家中国企业的日本分公司做过，中国公司问，我们经常加班，您能适应吗？日本人说，加班到什么时候都行。"黄卫东似模似样地学着日本人，又说道："可是他工作三个月就辞职了，临走时向人力资源部说：'你们这样加班，是不人道的'。"

美国人的工作时间越来越弹性，常常三四点钟就都下班回家了。朋悦自言自语说道："中国发展这么快，到底是因为抄袭，还是因为他们努力勤奋？"

黄卫东听见了这句话，不知道该不该接，把桌上的餐盒收好说："您早些休息吧。"

"我还有客人，帮我在星巴克买些咖啡，再准备些茶。"朋悦坐下来继续想着心事，忽然笑起来："怎么都忘记了，可以网上下单。"

黄卫东从门口回来，说道："回答您刚才的问题，我觉得，中国人是很聪明的。"

这个答案有不同的解读，可以理解成中国人聪明，喜欢走捷径，那么显然侵犯知识产权就是最快的方法；也可以理解成中国人勤奋努力，再加上很聪明，所以发展这么快。朋悦听了，因为他孙女在学中文，他对中国文化和历史也知道一些："是啊，韩国人和日本人也很聪明和勤奋，只是他们的体量比美国小太多了，中国不一样啊。哎，不说了，让我们专心等客人吧。"

四合院

苗紫将李屹东送走，正要返回，万成匆匆忙忙走出来："你先回去，我去见个人。"说完抓起桌面上的钥匙向外走，苗紫跟在后面："您喝酒了，不能开车。"

"喝这么多，我担心您的安全。要不要把司机叫来？"苗紫追上万成，从手里取来车钥匙。

北京这么堵，司机赶来再开进二环，不知道要多久，万成将钥匙扔给苗紫："你开。"

苗紫如愿以偿，豪车向二环内开去。万成坐在后排，沉思了许久，叮嘱道："一会儿别随便说话。"朋悦极为忌讳自己的行踪，万成从来不带乱七八糟的人惹晦气，好在苗紫清清白白，又是自己的助手，心一横就带着她去了。

万成的汽车来到四合院，老管家抬手放行，车子停在四合院门口。寸土寸金的二环附近的四合院还有停车场，显示着主人的不同凡响。万成忐忑不安地走在前面，将苗紫甩出一步的距离，绕开雕梁画栋，抬脚进二门。热气炉旁边有个茶几和几个舒服的沙发，万成站着静待，苗紫陪在一边。过了大约五六分钟，朋悦缓缓走出，目光停留在苗紫身上，万成害怕被误解，连忙介绍："这位是苗紫，我的助理，负责鸿鹄技术上市的计划。"

朋悦坐下喝了口咖啡，目光一动，苗紫知道他们有话要说，立即起身："我去下洗手间。"

"不用，你负责鸿鹄技术的上市，留下来听听。"朋悦拦住了苗紫，语气和缓："万总，你投资生意越做越大，我替你高兴啊。"

这是一句开场白，万成心里知道，朋悦约见自己就是为了鸿鹄技术："朋悦先生，我虽然投资了几家企业，总觉得没有达到巅峰，回来后就一直在推进鸿鹄技术上市，但是中美贸易战爆发，大家都不知道该怎么办。"

朋悦早有两手准备，一手通过上市分化瓦解鸿鹄技术，另一手把鸿鹄技术引诱到美国去，他对万成有戒备，不愿意多说："贸易战中没有对手机产品征税，也没有禁止中国企业赴美上市，中国的拼多多马上就要在美国上市了，是不是？"他顿了顿又问："鸿鹄技术那边情况怎么样？"

万成原原本本把鸿鹄技术内部的分歧讲了一遍，只要江远峰退休，李屹东必然同意上市。朋悦对鸿鹄技术内部的情况不了解，极有兴致地问了很多细节，判断万成所说的真实性："万一江远峰不退休呢？"

这是万成担心的地方,苗紫出的主意是效仿宋太祖赵匡胤,万成故作深沉,说道:"黄袍加身。"

朋悦一脸蒙,半懂半不懂,几个人面面相觑,最后还是苗紫用英文解释了一遍,朋悦连连点头:"你们也要这么搞吗?"

"中国还有一句古话,皇帝不急太监急,那些元老最想上市,鸿鹄技术不想上市的就江远峰一个人。"万成喝好了茶,看朋悦不再细问,就要准备告辞。

朋悦是贸易代表团的核心智囊,虚心向万成请教:"关于中国企业侵犯知识产权,你同意吗?"

万成路子比较野,对企业还是了解的:"朋悦先生,我玩手游,英雄联盟和王者荣耀,您知道吧?"见朋悦摇头就说下去:"美国做了一个很受欢迎的游戏,名叫英雄联盟,腾讯花了两三亿美元把这家公司买了,还用得着侵犯知识产权吗?中国人有钱,不干偷鸡摸狗的事。说句公道话,中国那些高科技公司的程序员,每天朝九晚九,周六加班,你们优哉游哉,被超过了就说别人抄袭,即使我是美国人的朋友,都看不下去了。"

朋悦被噎得够呛,反驳道:"中国进步很大,我同意,勤奋努力我同意,但是鸿鹄技术的手机就没有一点点儿抄袭的成分吗?你能保证全部都是自己开发的吗?"

万成犯不着和朋悦吵架,双手一摊:"咱们推动鸿鹄技术去美国上市,那时候就是美国上市公司了,都是一家人,还有什么抄不抄?"

朋悦不认可这种说法,却也不想辩论下去,万成喝了几口红茶,起身告辞,刚到门口,被一个穿着夹克的男人拦住。万成在美国见过黄卫东,笑着说:"大黄,好久没聚,有空喝几口。"

黄卫东在朋悦前面极为驯服,此时突然变得凶狠,像极了凶恶的猎犬,伸手向苗紫胸口戳来。万成脸色一变,大喝一声:"大黄,做什么?"苗紫身体不动,大黄的两根手指在她胸口一拂,如电缩回,双手后背,死死看着苗紫。万成下不了台,正要出头,黄卫东右手一抬,将胸针送到万成眼前:"这是什么?"

万成脸色大变，苗紫常用微型摄像机录像被看了出来，只好仗着自己的身份说道："这是胸针，还用我说？"

黄卫东戴上手套，打开皮箱，用工具轻轻挑开，露出里面细微的电子器件，黄卫东走到朋悦身边给他看："微型摄像机。"

万成很够义气，回来解释："朋悦先生，这是苗紫佩戴见客户用的，没其他意思。"

"偷录谈话，知道后果吗？"黄卫东脸色如铁，掏出对讲机就要呼唤其他保镖。万成紧走几步来到沙发旁："朋悦先生，我拿性命发誓，这是苗紫平常佩戴的东西，我们刚见过鸿鹄技术的李屹东，就接了您的电话来这里，没来得及换衣服，都是我亲眼所见！"他回头看一眼苗紫，决心不惜代价救她："这是我让她戴的。"

朋悦继续喝茶，黄卫东取来电脑，连接胸针读取文件，快进迅速看了一遍，说道："里面的确是李屹东，没录这里。"

朋悦哈哈一笑，放下茶杯："大黄很敬业，尽心尽力，很好！"起身拍拍万成的肩膀，离开庭院，返回正房，黄卫东将胸针还给苗紫，深深鞠躬："刚才冒犯了，抱歉。"

携带微型录像设备进入朋悦住所，绝不是开玩笑的，万成哪敢怪罪，连声说道："大黄，我的错，给你添麻烦了，改日我登门拜谢，苗紫，还不谢谢大黄。"

苗紫接来胸针，恭敬回礼："我不好，给您赔礼道歉。"

"哈哈，大水冲了龙王庙，一家人不见外。"黄卫东变脸极快，笑容中没了阴冷，表情却难以看透。

补救措施

苗紫坐在鸿鹄技术的会议室中，今天的协商绝不容易，由于内存混用，鸿鹄技术取消了所有eMMC闪存订单，这就产生了严重的问题——黎明微电子备足库存，仓库里堆积如山，绝不是取消订单这一句话那么简单。更为难的是，这批芯片价格远超市场，吃到嘴的肥肉吐出来，还要承担损失，万成家大业大，几千万美元不会伤筋动骨，可是承担最大损失的不是他，而是今天来的这三位哭丧着脸的老板。万成做投资是虚的，帮公司上市，之后就在二级市场卖出股票退出，这三位却是做实体的，现在市场增长放缓，低端内存芯片生产饱和，厂家打起了价格战，利润低到流泪，可是水电煤气和房租人工，哪个不涨？这就让这家不大不小的企业步履维艰。严格说起来，黎明微电子不应该承担主要责任，鸿鹄技术设计产品时就采用了这种芯片，产品质量也没有问题，但是三个老板心里有鬼，问题出在异乎寻常的价格上，不能承认，只能硬顶。

当鸿鹄技术采购部负责人出现在会议室的时候，三位老板赶紧站起，苗紫起身，目光却看着他们的身后，江晚和耿眸果然来了，他们坐在采购部主管的身后旁听，没有介入的意思。但是，既然他们参加这次会议，就代表他们嗅出了这笔生意的异常。

鸿鹄技术采购部的负责人姓张，先开口说道："各位老总，内存混用的事情沸沸扬扬，我不多说了，咱们友好协商一下，把这件事情处理好，大家都有责任，就不用互相推卸了。"他的要求是退货，黎明微电子的三个老板开始诉苦，强调自己没有责任，仓库中还积压了大量备件，委婉建议将这些内存用在低端手机上，总之按照计划执行合同。这个建议是可行的，内存芯片质量没有问题，也与低端手机的标准兼容。采购部的老张一口回绝，低端手机也有库存，不容易消化。

协商陷入了僵局，采购部张总话锋一转指向苗紫："苗女士，你的意见是什么？"

苗紫极为低调，几乎没有说话，对方竟把目标对准自己，难道他们看出了上市和内存混用的关系？她想想答道："鸿鹄技术一直都很照顾我们，现在遇到问题，我们绝不逃避责任，只要您提出要求，我们全力配合。"她态度很好，话里却没有什么具体的内容，反而去试探鸿鹄技术的底线。

老张久经沙场，不被忽悠："还是请你们先拿出一个方案来。"

到现在为止，会议没有进展，几个人绕来绕去，鸿鹄技术每年都销售上亿台手机，足以消化这几百万库存，问题是这批内存价格远高于市场价，鸿鹄技术当然不肯吃明亏，采购主管寸步不让，江晚认真听着，想着利润去了哪里？谁在吃里扒外？

终于一名老板顶不住了："这样好不好？内存芯片市场价格一直在波动，既然货进了仓库，退回来损失巨大，我们按照最新的市场价格，让出折扣，对你们有利，我们也不会损失惨重。"

这老板并没有和苗紫商量就拿出了方案，苗紫似乎很超然，并不拿主意。采购老张双手交叉撑着桌面，说道："这个态度好，可以按照这个思路谈，那请给一个最新价格。"

这是一个合理却尴尬的要求，三个老板很识趣，不敢耍花腔，商量一下说："这样好不好？我们降价一半。"

采购部主管要在江晚面前立功，并不承情，笑着说："没想到，内存里面有这么大的水分？"

三个老板脸色由热转冷，吃到嘴里的利润全都落空，却有苦说不出，一人问道："降价一半您都不满意，您希望怎么样？"

"痛快，直来直去最好。"采购主管笑了，说道："我的要求不过分，以前采购的那些也按照这个价格计算，我绝不让供应商赔本做生意。"

三个老板咬耳嚼舌商量一会儿，又和苗紫碰头，一位老板起身："好，就这么解决！"说完双手伸出紧紧握住老张。至此，内存混用的处理全部完成，客户如果不满意，随意退换，公司又与供应商协商，恢复了正常的市场价格，鸿鹄技术还占了便宜，毕竟大多数用户懒得更换手机，内存的利润就进入了鸿鹄技术，想到这里，耿晔摇头，商人真精明，江远峰也不例外。

听心术

耿晔坚持将几人送出办公楼，江晚跟在后面，等车之际，耿晔莫名其妙地说道："小晚，今晚去射击吧，好久没开枪了，手痒。"

江晚从没有和耿晔玩过射击，不知道他什么意思，抬眼之时，却看见耿晔看着苗紫，苗紫冷不丁听到这句话，回头望来，与耿晔四目相对，传达着困惑和不解。听心术？耿晔似乎在刺探苗紫的反应，却又不多停留，转身和江晚一起返回办公室："这么多利润吐回来，不容易。"

江晚看出了耿晔的异样神情："哼，你的心思我懂一些。"

耿晔反问："看懂了什么？"

"我们靠技术和产品说话，不义之财我们不要。"江晚打开手机，查了一会儿说道："2015年的时候中国有2053所特殊教育学校，我将内存混用的利润全部捐出来，也为那些手机用户积福。"江晚替江远峰做了主，她相信父亲的三观。

耿晔大为感动，他的心灵是和这些聋哑孩子相通的："谢谢你替聋哑孩子们做的事情。"他异于常人的观察能力，就来自于与那些失去听觉和声音的孩子长期相处，他向江晚说道："我小时候在聋哑学校待过一年，我们不能用语言来交流，只靠手势和眼神，沟通从来没有障碍，一个目光一个动作，我们都知道其中的含义？"

"你耳朵舌头有问题吗？"这次轮到江晚吃惊，他怎么会在那种地方待过？

耿晔向江晚深深鞠躬："谢谢你帮助他们，小晚。"他抽出纸巾擦拭眼角流出的泪水，情绪好久才恢复平静。

江晚看出了他的感激，她是行动派，取出统计报表交给了耿晔："你看，这是数字。"

由于当时江远峰果断采取了措施，停止内存混用，但采用低端内存的手机已经卖出了一部分，每台多赚了大约12美元，总计约两亿四千万人民币，全国有2000多所特殊教育学校，每所可以得到110万元，耿晔计算之后，举着统计报表说道："我为北京这所学校买过被褥，给每个孩子各买了一个床垫、一条毛毯和一件羽绒服，100多名学生总共花了三万多元，这么多钱真的能解决大问题。"耿晔又一次鞠躬说道："谢谢你，小晚，如果没有你，我这辈子也不可能把全国的特殊教育学校都捐一遍。"耿晔想到自己的不择手段，更能衬托出江晚的单纯和善良："小晚，你真让我感动。"

"所以，你要说什么？"江晚看出了耿晔今天反常，笑着问："有心里话要告诉吗？"耿晔刚才差点儿将自己的图谋脱口而出，好在他久经商场，硬生生忍住，江晚见他不说，继续说道："我们出国前再去一趟，看看孩子们缺什么。"江晚受不了耿晔眼眶红红的，便不再看他。这些钱捐出去她才心安理得，无愧于那些不明不白的消费者。"刚才三个老板心知肚明，以前价格是虚高的。"江晚说出了自己的观察结果。在耿晔言传身教下，她的观察能力大增。

耿晔笑而不语，邮件里有记录，采购部老张那时被派出进修，显然是因为碍着某些人的手脚。江晚日理万机，不会亲自查找资料和分析数据。江晚端着茶水坐下，神情俨然是在盘问："刚才为什么要提射击？"

"我看不透苗紫。"耿晔极为困惑，她与那三个沾满铜臭气的老板格格不入，有时是他们的主心骨，有时又很超然。"她身上有一股英气。"耿晔从坐姿上看出了一些，她脊背笔直，要么练过芭蕾，要么出身军旅。

"所以？"江晚深入地询问道，这是她刚养成的习惯。

"我们对熟悉的词汇有强烈的反应，比如听到自己名字的时候都会下意识地抬头。"耿晔为他刚才做的试探解释着。

江晚没有注意到苗紫的表情："她的表情是什么？"

"我说射击的时候，她反应很快，立刻回头看我，眼神中含着闪电。她曾是军人。"耿晔越来越糊涂，这是商业场合，苗紫是黎明微电子的代表，这个推断太过匪夷所思："或许我看走眼了。"

"哈，你想多了。"江晚不相信，答案显而易见，内存混用的利润流入了末日投资，这个实际由万成控制的资金池。万成在推动鸿鹄技术上市，利润将被当作原始股份潜入，等待数十倍的增值，万成是布局的人，苗紫负责实际操作，就这么简单和明显。

西雅图

　　来莱沿着布满赤红枫叶的街头返回公寓，这是她每天必经的路线。她早晨在楼下的咖啡馆买来三明治和咖啡，下班后坐在海边眺望，听着波涛撞击沙石的声音。遥远的太平洋那边就是中国，妈妈成长的地方，那个与自己纠缠的男人也在那边。来莱在离婚前做了周密的安排，申请返回美国总部。这并不难，她的合约早就到期，调回总部是自然而然的。耿晔居然能在拉斯维加斯找到了自己，像守株待兔一般。直到现在，来莱仍然不明白，他们之间是爱吗？还是年轻时的冲动？他有超凡的洞悉人心的能力，自己在他面前好像没有隐私一样，这是极为可怕的。

　　如果那是年轻的冲动，来莱并不后悔，可是她认为自己应该彻底忘记他，用时间抚平伤痛，割舍思念。她充满淡淡的忧愁的身影，每天出现在这条海边小径上，成了一道独特的景色。耿晔要来美国了，来莱不相信拉斯维加斯的相见只是巧合。她从背包中取出一份商务确认函，上面有耿晔熟悉的签名，身份是鸿鹄技术的顾问，他居然正大光明地直接将邮件发到自己这里。来莱无法驳回，因为这是罗杰斯和杰克在拉斯维加斯发出的邀请，她可以辞职，继续逃下去，但这又有什么用？除非逃到月球。来莱被孤单包围，她今年28岁，拥有东西荟萃的美貌、硕士学位和一份体面的工作，没必要躲着他，她可以选择自己想要的生活。

　　该做了断了，不逃了，来莱要当面告诉他：我曾经爱你，我不后悔，但是一切都结束了。一个蹦蹦跳跳的小男孩见到了来莱，欢呼着冲来，抱住她的双腿，仰头大笑起来。来莱的忧愁立即飞到了九霄云外，说道："爸爸要来了，开心吗？"小丸子握起小拳头，脸蛋上乐开了花，大喊一声："Awesome！"

近战手枪

苗紫戴着耳机，将子弹压进枪膛，脑海中却对耿晔的目光挥之不去，这家伙眼神凌厉，自己露馅儿了吗？他怎么看出来的？苗紫断去杂念，扣动扳机，子弹呼啸而出。她收回枪靶，子弹偏离靶心。她知道自己的心神已经被耿晔的目光扰乱。自己受过专业训练，竟然被他看穿？她将手枪放在桌面，这不是普通的警用转轮手枪，而是一支92式，枪长199毫米，枪管长111毫米，采用15发双排双进弹匣供弹，具有精准强大的穿透力。这种枪不应出现在繁华的城市之中，而应现身战场，用于两军近战交火。

入股

杨妮戴着巨大的墨镜来到四季酒店，躲避记者是必备的技能，如果车直接开到酒店门口，常能遇到粉丝或者记者，而走停车场，从地下电梯直接到大堂会安全很多。司机停车，助理打开电梯，她压低棒球帽，进电梯来到大堂。四季酒店还算有档次，不会有客人涌过来要签名，这或许是李屹东不选私密的茶馆，偏偏要在酒店见面的原因。李屹东已经等在电梯口，自从拉斯维加斯电子消费展后，两人没有见过，并非忘了，而是等待正确的时机。杨妮坐下来，犹豫是否摘下墨镜，担心被认出来，问道："什么事儿？"

"我们在选择海外代言人方面有些犹豫。"李屹东坦率地说道，鸿鹄技术在上一代旗舰机选择了两位代言人，国外是"黑寡妇"斯嘉丽，国内是另外一位当红明星："我们在考虑，国内和国外是否只选择一位代言人，想听听你的意见。"

杨妮摘下墨镜看着李屹东，几位客人向她望来："我要问一下经纪人。""咔嚓"一声，也不知道是谁拍了一张照片。

"好的，我和他沟通。"李屹东不坚持，举起茶杯："那就不谈工作了。"

杨妮笑了，她其实要谈些工作的："你总那么忙，飞来飞去。"

"公司越大越忙。"李屹东极为放松,难得有人聊聊,面前又是颜如玉的美人。

"听说你们要上市?"杨妮问道,这是难得的机会,娱乐圈很多人都在企业上市过程中大赚一笔,鸿鹄技术实力雄厚,绝对大有回报,她漫不经心地问道:"你们比得上华谊兄弟吗?"

"听谁说的?"李屹东警惕起来,自己在偷偷运作,她怎么知道?

杨妮打开手机,指着屏幕上的一条新闻,李屹东看了一眼,鸿鹄技术上市的消息映入眼中,他略为放心,举例说道:"我们正在消减员工食堂的伙食费用,省下来的钱就超过了华谊兄弟的盈利。"

从员工牙缝里省出一些就超过上市公司?杨妮知道鸿鹄技术的规模远超华谊兄弟,却没想到大了这么多,又问:"比马云的阿里巴巴呢?"

"百度、阿里巴巴和腾讯盈利的收入总和不如我们一半。"李屹东心情大好,便多说一些。

"啊?"杨妮掩住嘴巴,轻问:"我可以入股吗?"

李屹东呆了一下,上市八字还没一撇,即便真上市,鸿鹄技术经营良好,资金充沛,也不需要向外募资,他很难解释明白,说道:"我想想。"

杨妮看出李屹东的意外,说道:"抱歉,我不太懂这些,冒昧了。"

李屹东看着杨妮,拿出股份赠杨妮?这在董事会上根本不能操作,他又不想让杨妮失望,便喝了几口茶水,顾左右而言他:"先确认海外代言的事情,如果成了,要再去一趟美国。"鸿鹄技术前两任海外代言人是《神奇女侠》的盖尔·加朵和斯嘉丽·约翰逊,杨妮在中国风头正劲,在国外却没有什么知名度,即便杨妮答应,他还要说服公司,好在江远峰不过问这些事情,庄雨农和郭厚军也绝不会和自己为难。

杨妮小心翼翼地看着李屹东,这是万成交给她的任务,她耐心等待时机,终于提了出来,李屹东会拒绝吗?如果拒绝,怎么向万成交代?但是,这个年轻人是鸿鹄技术的轮值CEO,一旦上市就将成为马化腾、马云这样的企业领袖,难道不是自己的最好归宿吗?

传言

　　江晚正在和耿晔争论关于食堂的伙食，耿晔坚持自己做的没有食堂好，至少种类就比不了，江晚不在乎种类，又不是集邮，拍着耿晔胸口说："还是你做得好吃。"说完脸就红了。耿晔本来没觉得什么，看见江晚神色不太对，以为她热了，向空调附近走去。这里有个屏风，很是僻静，江晚埋头吃饭，忽然隔着屏风听到几个员工议论："听说了吗？公司要上市了。"

　　"真的假的？老总说过很多次不上市。"

　　"刷朋友圈了，你哪年进公司的？"

　　"第九年。"

　　"你发了，上市怎么也有几百万身家。"

　　"几百万又怎么样，买得起房吗？"

　　"凑个首付，慢慢还呗。"

　　"也是呵，买房就指望公司上市了。"

　　江晚吃惊，自己怎么不知道公司要上市？她抓起手机刷了一遍朋友圈，看不见这个消息，拿起电话问助理，助理沉吟一会儿承认："我看见了，转给您。"江晚放下手机时，旁边的员工听到她的声音，早已消失。助理转发了一个公众号，是鸿鹄技术离职员工做的自媒体，里面有声有色地谈到了上市计划——消减员工福利和激励机制，砍掉几个基础研究，力争下一年度的利润达到1000亿元。权威投资银行分析，这是上市的前奏。文章不是捕风捉影，是从真实的资料做出的推断，江晚越看越心惊，她都不得不承认，虽然没有宣布，公司实际上正在向上市的方向前进。

　　文章的标题很有噱头：上市！买得起房了。江晚多看了几眼，鸿鹄技术的福利待遇是业内顶尖的了，仍然追不上房价的飞涨，很多三十几岁老员工还在租房，难以成家。如果公司上市，确实会产生一大批千万富翁，大概可以付得起首付。江晚苦笑，房价成了推动公司上市的最大动机，能在员工中产生巨大的共鸣。其实江晚不反对上市，甚至认为这是不错的选择，世界五百强中没有上市的屈指可数，鸿鹄技术是特例。

"小米刚宣布上市，估值千亿美元，很多人创业五六年就成了亿万富翁。"耿晔轻轻说了一句，人比人气死人，这篇文章出来，鸿鹄技术的元老对照小米，难免心里不平衡。

江晚把文章推送给江远峰，端着餐盘离开了餐厅。耿晔跟在江晚身后，由于江晚的原因，其他人都和他保持着距离。江晚心里明白，他也挺不容易，回到北京之后，白天是自己的顾问，晚上还要当挡箭牌，也是爸爸的聊友、妈妈的帮厨，连私人时间都没有，他也常常抗议自己连健身的时间都没有。

江晚拿出手机，寻找到耿晔公寓附近的健身房："今晚去这里吧。"

立场变化

李屹东用上了最新的旗舰手机，18∶9的全面屏用着十分舒适，他看了一会儿新闻便站起来，执委会成员都在A区办公，距离不远，他来到庄雨农办公室，打电话叫来郭厚军，将手机向桌上一放："这新闻怎么回事儿？"

郭厚军和庄雨农一起摇头，李屹东十分生气："消减福利薪酬，压缩研发开支，只是在讨论，需要到年底董事会批准，谁捅了出去？还和上市连在一起！"

三人心知肚明，消减福利成本就是为上市筹备，可是不能捅破这层窗户纸，这等于和反对上市的江远峰摊牌："干了十几年的老兄弟都买不起房，小米马上香港上市，谁心里舒服？"郭厚军十几年前买了房，工程师们没这运气："没房子不敢谈恋爱，谈恋爱不敢结婚，结婚不敢生孩子！"

"我懂，董事会年底换届，人走茶凉，一旦换届，没人替你们说话了。"李屹东明白他们急于上市的心理："心急吃不了热豆腐。"鸿鹄技术日常管理制度的核心是轮值CEO，任何重大问题要经过执委会的讨论，然而涉及股权、战略、组织的问题，则要在董事会上讨论通过。江远峰退休迫在眉睫，必然带动董事会换届，最后一次董事会非同小可，要推选下届董事会成员，确定退休后的股份和利益。庄雨农铁定要退休，郭厚军也有退意，这时候，李屹东必须对江远峰言听计从。

"屹东，这道理我们能不懂吗？真不是我们放的。"郭厚军很委屈，他不愿意将分歧公开化。

"我明白了，有人逼我摊牌。"李屹东稍一琢磨就明白，消减福利薪酬如果不是郭厚军和庄雨农放出去，就一定是万成，这事儿只有这几个人知道。

"老员工们看了那个文章都很期待，不知道老总什么反应。"庄雨农很乐观。

"老庄，老郭，咱们一起干了十几年，都是好兄弟，但是这事儿得讲清楚，我理解你们的退休待遇问题，但是老总反对上市，我坚决服从老总，绝不会在这种事情上和他作对。即便他退休，我们是否上市，也要征得他同意，消减薪酬福利和压缩开支，是正常的商业决定。"李屹东在碰了一次壁之后，就改变了立场，绝口不提上市。

▎辞退门槛▎

江远峰临时召集了一次执委会，将鸿鹄技术将要上市的文章发到群里，他接受新生事物的速度非常快，亲自建了执委会的微信群。大家低头看手机，上市是江远峰摸不得的"老虎屁股"，过了许久庄雨农说道："捕风捉影。"

"这篇文章头头是道，很有水平，消减激励和研发成本，审计财务，都是上市的节奏。"江晚充满怀疑，这些计划仅在内部讨论，明年才实施，谁捅了出去？

"文章很会抓人心，加薪永远追不上房价，很多员工奋斗十几年，连个家也没有，我心中有愧啊。"江远峰十分动情，被文章中一些感性的内容打动。

"我们的薪水在行业内是最高的了，买房不是企业的问题，是社会的问题。"

李屹东在江远峰面前向来敢说真心话。

"不能这么说，我们以奋斗者为本，自己住着大房子，要求没房子的员工冲杀，站着说话不腰疼。"庄雨农反驳着李屹东，直言不讳。

"以奋斗者为本，以客户为中心，是我们坚定不移的信条，不能当两面派。"江远峰敲着桌子想了一会儿问道："你们的意见是什么？"

江晚心思最单纯，说道："如果上市能够让一大批老兄弟买得起房，为什么不上？"

这句话就江晚敢说，庄雨农苦笑着说："一旦上市，中高层变成亿万富翁，谁还奋斗？但是话又说回来，这房价高的，上了市员工顶多付个首付，每月还要按揭，也必须奋斗！

"这篇文章影响很大，不少员工信以为真了，要不要辟谣？"李屹东把话题转了过来。

"我想想，屹东给我倒杯咖啡。"江远峰没做决定，这篇文章背后不简单："等你们从美国回来再议。"

庄雨农心里藏着事儿，不想开口就放炮，放缓节奏说道："上次谈到消减薪酬的事情，我拿出了一个方案，用老总的话说，福利薪酬就是分钱，老总向来胳膊肘向外拐，把利益分给员工，给自己留的少，我们还要兼顾长期和短期，不能把钱一下子都分了，咱们还要打天下，对不对？具体到激励机制，固定薪酬保障员工的基本生活，奖金鼓励员工努力奋斗，内部股权是长期激励。上次执委会谈到了控制薪酬，公司在赚钱，没有理由减薪，奖金不但不能减还要加，保护积极性嘛，那么从哪里省出钱来？"庄雨农把各种方案都排除了，才说出自己的办法："不少老员工有抱怨，30多岁了还在海外。没老婆的抱怨不能恋爱找老婆；有老婆的抱怨见不到，生不了孩子；有孩子的抱怨更大，孩子小的见不到孩子，孩子大了，教育不能在海外。我想了一个办法，将绩效考核一般的海外员工列出来，请主管做做思想工作，愿意奋斗的欢迎，如果想休息一下，我们也不拦着。"

"尺度怎么掌握？"江远峰向来认为企业不是家，人才必须流，流水不腐，户枢不蠹，老员工走了，新员工才有出头之日。

"35岁以上。"庄雨农划了一个门槛。一般来说，30多岁就要结婚生子，而且较难吸收新技术，跟上潮流。鸿鹄技术35岁以上的员工有好几万人，假设一个员工的薪酬和差旅费用一年100万元，砍下来一万人，便是100个亿，上市之后的估值便会大增。

江远峰皱起眉头，看看其他人问道："大家说说。"

"外面觉得我们家大业大，其实我们没钱，钱都用在产品研发和市场推广上了，公司不是福利机构，需要努力奋斗，我赞同老庄的做法，但大家都曾经是战友，要做好思想工作，不要强迫，自觉自愿。"郭厚军缓和这气氛，帮着庄雨农说话。

李屹东修正着庄雨农的方案，说道："海外市场是不是特殊一些？很多顾问和工程师都是从西门子、诺基亚、爱立信跳槽来的，年纪五六十岁，很有经验，年轻人还顶不上去。"

庄雨农点头，说道："国外与国内不一样，灵活掌握。"

江晚越听越不对劲，庄雨农计划裁撤老员工，消减人力资源开支，按照年纪劝退员工还是闻所未闻。她年纪最轻，比较沉默，又受了耿晔影响，先听再问少说，并没有发言。郭厚军负责产品研发，替自己人说话："年纪大了，吸收新知识的能力差，但是项目管理需要沟通能力，测试岗位也需要经验，不用裁撤测试和项目管理的老员工。"他不太参与公司运营和管理，对这个话题却有兴趣："我们做过研究，大多数科学家的成果都出在没有成名之前，年轻的时候最有创造力，取得成就之后，可以担任带头人，带领年轻人干活，确实不能按年龄一刀切。"

经过郭厚军和李屹东的修正，方案看起来很成熟，江远峰沉思了许久，决定不使用否决权："既然都这么说，我原则上同意，但一切必须在自觉自愿的前提下进行，不能伤了基层老员工的心。"

谈完这件事，江远峰脸上露出笑容，喝了一口咖啡说道："还有一个消息。"他一直和政府方面有密切的联系，这是李屹东和江晚都没有获得的资源："美国代表团到北京了，你们肯定听说了。"

"美国人提出了苛刻的条件。"这是人人都关心的话题，鸿鹄技术的生意覆盖全球，中美贸易战影响重大，自从特朗普连施重拳，对500亿美元的中国产品提高关税，又瞄准天机通信，导致这家拥有八万员工的中国高科技企业不得不停产，暂停股市交易。可是，美国财政部长、商务部长、贸易代表、白宫国家经济委员会主任、贸易顾问、美国驻华大使和白宫国家经济委员会幕僚，组成的贸易代表团来到中国，让人看到了贸易战停歇的希望。江远峰又说道："我们国家忍辱负重，几乎都照单接受了，我们的副总理马上就要率领中国代表团去美国了，如果不出意外，应该能够达成协议。"

这是众人期盼的结果，贸易战是两败俱伤的打法，损人不利己，好在中国政府没有随之起舞，将大变消弥于无形，郭厚军举起手机念道："嗯，有新闻报道了今天特朗普发的一条消息，针对天机通信的，我给大家念念：'我正在和中国领导人携手合作，为中国的天机通信提供一条快速重返经营正轨的道路，制裁使得太多工作岗位在中国流失了，我已经指示商务部尽快完成手续。'"

贸易战带来的阴云仿佛一扫而空，如果中美贸易战停止，针对天机通信的制裁解除，鸿鹄技术是不是也可以重新回到美国？众人收到了好消息，振奋起来，江远峰开心地说道："屹东，小晚，你们这次去美国，正好借着东风，扶摇九万里！"

碰头会在欢快的气氛中结束，耿晔跟着江晚出来，深深吸了一口气说道："有人为了上市，紧锣密鼓了。"

江晚："嗯，先去美国吧。"

耿晔："我们这一去美国也不知道什么时候能回来，天就要冷了。"

江晚："所以？"

耿晔："既然要决定捐了，不如就早些。"

江晚"哼"了一声："担心我赖账？"

淋浴设备

耿晔自从听说江晚要把内存混用的利润捐出来，便兴奋得像个孩子，他对这件事极为重视，多找了些聋哑学校调研，比工作还要上心。周末，耿晔和江晚来到聋哑学校，江晚又叫来了杨妮，三人跑遍了学校各个角落，和老师校长沟通，打着手语询问孩子们。杨妮的到来起到了意想不到的效果，学校非常配合，最终杨妮和江晚同意了耿晔的建议：改善淋浴设备。为了证明给她们看，耿晔跑进浴室，亲自测试水温，向外招手："进来。"

"嗯。"江晚走进去，这是他们的习惯，在登山有溪水的地方，他们都会搭个小小的淋浴间，轮流冲澡，那是极为难得的享受。两人就是单纯的队友，从来没有暧昧的感觉，江晚暖心地回忆着，隔着半截门去试水温，果然冰冷刺骨。

杨妮眼神有些异样，耿晔在里面冲澡，怎么随便进去？她便等在外面。没多久，耿晔穿好衣服，蹦跳着从淋浴间出来，淋浴的水忽冷忽热，极易感冒。他做足了准备，拿出了一个清单，这是淋浴设备的供应商，振振有词道："入冬了，孩子们真的急需。"

江晚哭笑不得，公司流程复杂，钱哪里会那么快？只好叹气一声，给秘书打了电话："聋哑学校的捐款，先通过我的慈善基金捐出去。"耿晔目瞪口呆，她竟垫了2000多万，江晚又说："别谢我，谢谢我们的手机用户，钱是他们出的。"

杨妮犹豫了一会儿说道："我也想为孩子们做点儿力所能及的事，可我没有那么多钱。"杨妮有些心疼，最终说道："我捐240万，晚姐的1/10。"

杨妮演戏赚钱，身家没办法和江晚比，耿晔也咬咬牙："我一个大男人，比你们年纪都大，捐24万吧。"

江晚吃了一惊："嚯，您捐24万，那不是天天要到我家蹭饭？"

"还要先请您垫一下，我拿到咨询费就转给你。"耿晔脸红了个透，受了不小的刺激："小晚，我不该到处游山玩水，应该好好赚钱。"

"我有钱就够了,你赚钱干吗?"江晚把耿晔弄了个大红脸,她赶紧说:"其实以你的个性,不应该来北上广。"

"北上广才有人出钱请我干活。"耿晔说了一个很好的理由,笑着说道:"订好淋浴设备,就可以安心去美国了。"

江晚"哼"了一下,不被他绕开:"从美国回来,去哪里?"

耿晔躲不过去,说出真实的想法:"我也不知道属于哪里,我好像迷路了。"

耿晔喜欢这份工作,不为薪水,而是兴趣。他有独特的天赋,在 IBM 做过很多咨询项目,其间无数次访谈开会,关在小屋子里分析数据。他不想成为那些高管,一心向上爬就永远爬不上去,工作是为了生活,何必拼命?他喜欢无忧无虑的日子,放弃炫目的技巧,追寻内心的平静,简单、直接、诚实地生活。可是,江远峰和江晚却为他打开了一扇窗户,江远峰的初心是"心系中华,有所作为",江晚毫不犹豫地将手机混用的利润捐献出来,他们都有着常人难以理解的情怀。

三人确定捐款购买淋浴设备后,杨妮搭车离去。江晚和耿晔开着车在北京郊区的旷野上狂奔,落叶纷纷,天气越来越寒冷。耿晔的心思转回来,鸿鹄技术内部矛盾重重,他闻出了浓重的斗争气氛,有人的地方就有江湖,耿晔从只言片语中不断拼凑,咀嚼出危险的味道:"在商场中,多少父子成仇,兄弟反目?"

"不要这样猜测。"江晚的心情被破坏了一些,她不觉得公司内部分歧有多严重。

寒风掠过,耿晔拉紧衣领:"老总步步退让,有人寸寸紧逼啊。"

江晚笑着说:"要去美国了,别管那么多。"

去美国是一次冒险的旅程,鸿鹄技术的重装旅反复冲锋,血流成河,凭着一个小小的铁三角,希望非常渺茫。耿晔干活拿钱,不会吃亏,江晚大为不同,一旦失利,即便是江远峰的女儿,也会在公司失去信用。耿晔不再劝说,江晚根本不关心职位,她就是这么简单和单纯。

"如果我们在美国输了，就干脆辞职去南极。"江晚笑着说，似乎很期盼着输掉。

"没钱，我要干活。"耿晔笑了，江晚绝不是轻易放弃的人，去了美国就会竭尽全力。

江晚伸手砸在耿晔胸口，南极十分危险，耿晔肯定不放心自己一个人去："切，跟我哭穷？谁不知道你在咨询界赫赫有名？"

▎末日投资 ▎

马上就要飞往美国，江晚极为憧憬耿晔公寓中的那顶帐篷，那里是她心灵栖息和平静的港湾，就像耿晔的聋哑学校。他们从聋哑学校回来，来到耿晔的公寓，耿晔指着指纹锁问道："把你指纹也录进去？"

江晚和耿晔泡在一起，录不录都能进来，却很喜欢他的态度："不怕我知道你的秘密？"

耿晔为聋哑学校捐了钱，心情好极了，拉着江晚的手指按在密码锁上，保存起来。他推门进屋，走到看板前研究起来。江晚倒了一杯红酒钻进帐篷里追剧，忽然听到耿晔的声音："奇怪，记录没有了。"

"没有了？"江晚钻出来，换了耿晔的位置，敲击键盘用时间索引查找，半年前的数据统统不见了。"我要不要问问？"她从来没有遇到这样的情况。

"不要。"耿晔不想打草惊蛇，答案显而易见，有人删除了数据，他走到看板旁边，虽然少些数据，脉络却十分清晰，内存混用带来的利润没有归于鸿鹄技术，而是辗转进入了那家注册在开曼群岛，由万成主导的末日投资。他走到电脑旁边，打印出这家公司的骷髅标志贴在看板上，又打印出万成和苗紫的照片。江晚的目光停留在苗紫的照片上，她当初不觉得，现在却感受到她妩媚背后的英气，再想想她的举止和坐姿，的确不同寻常，尤其混在商人之间，独特的气质难以掩盖。江晚向耿晔说道："我也觉得，苗紫有军人气质。"

自闭症

耿晔，生日：1986年11月26日，身高：180.5厘米，童年时有自闭症，曾经被误认为不能说话，因此曾经住在聋哑学校。

苗紫十分感兴趣地仔细研究着耿晔童年时的症状：无依恋感，不说话，不与父母对视，表情淡漠，喜欢用手势表达，对个别声音敏感、坐不住、莫名其妙哭笑。那是他父亲事发之后，苗紫猜到了其中的原因。耿晔的资料足有三大文件袋，甚至包括他本人都想不起来的过去。苗紫又打开一个文件袋，来莱是美国籍，也有不少资料，小丸子的资料极为稀少，出生在美国，只在中国生活过短短两三年。苗紫将三张照片贴在案头，中间是小丸子，两边是耿晔和来莱。

耿晔的资料十分丰富，但是他怎么突然来到鸿鹄技术？为什么参与内存混用的调查？苗紫仍然找不到答案。她打开江晚的资料袋，详细看着，看见一张攀登雪山的证书，立即再翻资料袋，耿晔也有个一模一样的证书，恍然大悟，并排贴出来。苗紫再去查看航班飞行记录，耿晔和江晚同一个航班从云南飞回北京，显而易见，他们是登山队友，大半年前才有了交集，耿晔只是碰巧进入这个局中？

苗紫贴出江晚的照片和航班记录，起身看着这四个人，耿晔意外看出了自己的底细，将导致严重的后果，这决不允许！苗紫倒了一杯咖啡，登录合力咨询的网站，将耿晔、那蓝和周道的合影打印出来，贴在看板上。她低头沉思，脑中似乎闪过一道闪电，她迅速跑到电脑旁边，用江晚和那蓝的名字搜索，一幅幅图片呈现在电脑屏幕上。终于，一张图片闪现出来，苗紫将这张图片全屏展现出来，图片上是江晚和那蓝在一个峰会上出席圆桌讨论！苗紫找到了秘密，将照片贴在中间，并标出日期，画出了人际关系：江晚认识那蓝，那蓝是耿晔的合伙人，耿晔与江晚在登山俱乐部的相遇是偶然的吗？

出征典礼

江晚的秘书定下了 W 酒店的室外烧烤，为鸿鹄技术出征美国的团队壮行。主力是李屹东率领的拉斯维加斯发布会的代表团，江晚率领宁佳佳和高盎组成一个铁三角，前往贝尔电信总部所在的西雅图，耿晔作为顾问混在大部队中。

周道强烈要求参加烧烤聚会，江晚很喜欢认识耿晔的朋友，当即答应。他们三人早早到来，旁边是宁佳佳和高盎，这是耿晔的小团伙，与其他人格格不入。耿晔不喜欢应酬，腻在江晚身边，江晚在耳边私语，好像回到云南的酒吧。江晚闭上眼睛享受这种痒痒的感受，耳边是轻柔的音乐，桌上有醇厚的白啤酒和美味的食物，周围都是朋友。

晚上八点整，江晚坐直身体，不倚靠向耿晔，李屹东准时出现，在众人的欢呼声中走到台上，向江晚点点头，对耿晔置之不理，他算不得重要人物。李屹东举起酒杯向四周喊道："即将出征美国的兄弟们，大家都知道，我们在中国是老大，全球却是第三，后面还有一批中国"小兄弟"，前有虎后有狼，要么向前冲，要么一退千里。在激烈的市场竞争中，咱们一口气都不能松！我们必须出击，客户在哪里就冲到哪里！"

十几名员工爆发出了掌声，W 酒店的烧烤区在酒店下陷的地下一层，与自助餐区域隔离出来，中间有个舞台，舒适安静又独立，李屹东毫无顾忌地讲出商业计划，不用担心被窃听："我们要在中国的每个城市，每条街道，每个店面销售我们的产品，还要雄赳赳气昂昂跨出国门，决战境外，我们将在伦敦、巴黎、迪拜、东京、曼谷，争夺每一位客户。我们将直捣最大的海外市场——美国，在拉斯维加斯、洛杉矶、西雅图、芝加哥，将我们的产品海报铺满每个连锁店，将品牌植入美国人心中。这将是一座丰碑！意味着中国人从耻辱中站立起来，我们不用坚船巨炮，不用杀戮，我们用完美的产品、有魅力的品牌，为客户创造价值。我们将用古往今来最文明的方式进行征服，证明自己的强大，这一切重任将落在你们的身上。"

在掌声之中，邻桌的高盎低声说道："至于吗？不就是去卖手机吗？和鸦片战争有什么关系?"他和宁佳佳同去美国,自然而然泡在一起。

李屹东没听见,继续说道:"你们在美国将有一段艰难的岁月,因为我们必然会遭遇挫折,但请你们相信,鸿鹄技术将是坚强的后盾,绝不让远征军孤军奋战!"

鸿鹄技术的员工一起欢呼,这种激励正合时宜,江晚和耿晔都欢呼起来,相互一笑。耿晔偷偷问:"不在公司,也不可以鼓掌吗?"几个95后实习生没有那么强烈的家国情怀,略显冷漠,其中还有个日本实习生,一脸懵,也不知道要不要附和欢呼。李屹东走到舞台边缘说道:"现在,请每位成员上来做个自我介绍,我拍照!"他拿出新款的旗舰手机,左手举起一个巨大的单反:"兄弟们,用哪个?我们的人像摄影大师,还是巨大沉重的单反?"

"我们的!"众人一起呼喊。

李屹东将单反相机高高举起,向地面砸去,相机粉碎成零件,将誓师大会推向了高潮,宁佳佳翻着白眼儿,和高盎碰了酒杯说道:"好好的相机摔了干吗?"

穿着套头衫的郭厚军跳上舞台,举起酒杯一饮而尽:"我是郭厚军,为了这款摄影系统挖空了心思,前置摄像机,后置双摄,每个厂家的旗舰手机都这样,怎么做出差异?我忽然想起了朱元璋,他登基后,要画像,连着几幅都不满意,画师呢?当然被斩首了。这时候,一位年轻的画师被带到宫中,他家人害怕极了,担心他回不来。他胸有成竹,画了一幅送到朱元璋面前,所有的大臣都觉得不像,就怕朱元璋震怒砍他脑袋。朱元璋看了哈哈大笑,连声称好,给了这个年轻画师大大的奖励。"郭厚军突然停下历史典故,问众人:"谁知道秘诀?"

这段话激起了高盎和宁佳佳的兴趣,郭厚军继续说道:"这就是我们新旗舰中使用的技术,没人能够想到,没人能够超越,我们称之为人像摄影大师!"

"像素越来越高,CCD越来越大,产品就厉害了,错!无论发朋友圈还是送给恋人,我们都希望拍得好看——更瘦,皮肤更白皙,鼻子更挺拔,不用去整容也很漂亮。这就是那位年轻画师的秘诀,不要最像而要最好看,这也是我们新旗舰的设计哲学！"郭厚军对用户需求分析得极为透彻，拍照不是需求，好看才是刚需。

人才啊，耿晔极佩服，高盎和宁佳佳也是万分钦佩："就是把 PS 术做到手机相机里了吧？"之后，美国团队逐一上台自我介绍。李屹东的拉斯维加斯发布会阵容强悍，包括郭厚军的技术团队和市场宣传团队，当然还有旗舰手机的代言人，大明星杨妮，不过她当然不会来这里。他们大都在鸿鹄技术工作好多年，互相介绍之后，立即亲近起来。

"我提醒大家，美国市场对中国公司是有歧视的，Sprint 和 AT&T 的项目我就不多说了。"郭厚军没有下来，举起杯中的红酒，突然念道："葡萄美酒夜光杯，欲饮琵琶马上催。醉卧沙场君莫笑，古来征战几人回！"

这首诗虽然应景，最后一句却极为晦气，大伙儿愣了一下，纷纷涌上去将露天烧烤变成了卡拉 OK。宁佳佳和高盎一脸不屑。高盎从西餐说到新近上映的电影，宁佳佳的回答都差不多："那家吃过了，海胆不错的，其他嘛，嘿嘿。"

高盎郁闷，谈起草原音乐节，宁佳佳早看透了："别套路我了，我有主了。"

弓弩打坦克

郭厚军和庄雨农碰了杯，他连续两次从美国败回来，还没缓过劲儿来又要去美国开发布会，其实他是不想去的。"老总要反复冲锋，攻打美国市场，这是送死啊，给人家填牙缝儿去了。"郭厚军指着宁佳佳和高盎："年轻人哪懂这些，还庆祝喝酒。我们得提醒他们一下，项目输了，要有人承担责任，这两个实习生就是替罪羊啊。"

"用弓弩打坦克，哎，可怜的孩子。"庄雨农也是从年轻时过来的，心里突然一酸，同情高盎和宁佳佳的命运。

"到时候看吧，说什么也要保护一下。"李屹东叹气，但是商场如战场，谁也没有办法，这么一想，郭厚军那首诗的确很形象："喝了，醉卧沙场君莫笑，古来征战几人回！这就是这两个孩子的命运。"

三人喝着酒，庄雨农看着江晚和耿晔说："你和江晚到底怎么回事儿？那耿晔天天和她在一起。"

"他们是登山的队友，出生入死。"李屹东对江晚十分顾忌，不敢轻举妄动，干了杯中啤酒："我和江晚谈了，福利薪酬能砍出 100 个亿。"这是一个不大不小的数字，鸿鹄技术向来增加薪酬，减少还是第一次，不知道会引起多少风言风语。

庄雨农叹气一声："老总常说要敢于分钱，落后的理念。"

"研发那边的预算出来了吗？"李屹东不附和，人心隔肚皮，绝不能背后说江远峰的坏话。

"50 个吧。"郭厚军拿出手机，屏幕上是一份财务报表，每年 700 个亿的研发费用，比全部 A 股上市公司研发费用总和都要多，消减却不容易，要不是为了上市，他才不会向自己动刀子。

"上次砍激励，这次砍研发，老总会不会有意见？"庄雨农在会上察言观色，江远峰在执委会没有发言，没有反对，但是也没有赞同。

"好好沟通吧，不管怎么样，要把明年的利润做到 1000 个亿。"李屹东久经思考，砍掉费用，利润突飞猛进，江远峰退休之后，凭借业绩推动公司上市，市值超越阿里巴巴和腾讯，开辟新局面，不活在江远峰影子中，如果按照现在这个利润，市值也就是 3000 亿美元，跟阿里和腾讯差不多。

"也不少了。"庄雨农有 1% 的股份，上市后也值 30 亿美元，比现在每年几千万人民币的分红多了不知道多少倍。

▎感情转移▎

夜深人静，江晚一袭紫色长裙，长发从耳边拂过，低眉垂目间神色迷人，她没有惊天动地的美丽,却有耐人回味的优雅,她浅酌一口,依偎在耿晔身边,这是她的习惯,刚认识的时候就这样,攀登雪山后筋疲力尽,忍不住靠在他肩头歇息,这在登山队中再正常不过。在北京这样的城市,这种动作只有情侣间才有,但江晚原封不动地保留了下来。耿晔难以自抑,拉起她纤纤手指,这也不是第一次,在登山途中,互相伸手协助他人攀上斜坡和悬崖,不仅正常而且必须,身体悬空攀登便会将全部都交给对方,代表着百分之百的信任。现在的感觉和登山时大不一样,没有了厚厚的登山手套,手掌相触,眼神相接,爱意无可抑制地快速滋生。江晚相信,感情的萌芽在登山的时候已经开始,虽然两人那时都没有想到这种可能。

但耿晔判断不清自己对江晚究竟是什么感情。喜欢是肯定的,大半年前登山时,就喜欢和她在一起,越走越近。但现在是不是比喜欢更进一步?喜欢她的声音,喜欢她淡淡的香味,喜欢她微微翘起的臀部和好看的背影,喜欢和爱的界限在哪里?自己能忘记来莱吗?她远走美国,自己是不是该开始新的感情,走入新的生活?可是投资项目怎么办?哎,要去西雅图了,这是缘分吧,想到这里,他拍拍肚皮:"我再取一杯红酒。"

周道举着酒杯来到耿晔面前:"你和江晚到底怎么回事儿,早该瓜熟蒂落了。"

耿晔内心一直在挣扎,喝了口酒说道:"江晚为全国的聋哑孩子捐献了热水器,可是我呢?干的那些事儿就不说了,如果还利用这个谈恋爱,过不了自己这一关。"

周道一直为此着急,计划天衣无缝,耿晔遇到了江晚,调查内存混用也有极大进展,搬掉李屹东,江晚肯定接班,上市便是水到渠成,可是耿晔在关键时刻动摇,打乱了计划:"耿晔,男女之间就那些事儿,我能看出来。小晚喜欢你,你俩就差捅破那层窗户纸,感情到了就别犹豫。"

耿晔不搭理周道,取酒回去,这时江晚从人群中走回来,四处寻找着耿晔。

周道举着啤酒到江晚旁边,递给她一杯,坐在耿晔的座位上,看着他的背影:"他是我最好的朋友,想帮助他走出来,却无能为力。"周道的话极为突兀。

"帮助他什么?"江晚渴求了解耿晔,尤其是他的过去。

"几年前,他遇到一个女孩子,事情很复杂,她名字叫作来莱,父亲是美国人,母亲是中国人,从小在美国长大,后来派到贝尔电信中国代表处,那时候他们很年轻,认为彼此间的感情就是爱,结婚了。我不详细讲了,总之后来他们分开了,耿晔觉得一切都毫无意义,变得消沉,离开过去的朋友,去云南攀登雪山时遇到了你。"周道犹豫着,说出耿晔的过去,弄得好是助攻,弄不好就是帮倒忙,出卖朋友。

来莱就是在拉斯维加斯通信展上遇到的女孩子,江晚知道后面的故事,只要耿晔不把过去带到现在,江晚决定并不介意他的过去:"我知道,他说了,说了小丸子,很可爱。"

周道喝着啤酒,认真地说道:"嗯,他回来了,但是没有完全恢复,他应该能重新振作起来。"

"怎样帮他?"江晚心里好像猜到了什么。

"你们是很完美的一对。"周道提议。

江晚心里有说不出的滋味,帮助耿晔走出上一段情感,她内心里并不反对,可这算怎么回事儿?自己是疗伤的医生?如果情伤痊愈了,自己该怎么样?她说道:"对不起,我没法帮你。"

"为什么?耿晔哪里不好?"周道着急起来。

"请原谅我的自私,我做不到。"江晚如果那样做,算是倒贴还是引诱?为了自己和耿晔的未来,也决不能答应这种事情,她站起来礼貌地告辞,心里对周道有一丝不满。

"难道你不喜欢他?"周道站起来,语气中充满紧张。

"我不想把工作和感情搅和在一起,这让人分辨不出。"江晚快速说道:"感情应该很单纯,两个互相喜欢的人在一起,我不要其他人和事情也进来。"江晚皱起眉头,焦虑和不安的情绪从心底涌出。江晚在感情方面十分小心,她很担心被蒙蔽，很多人更爱她的金钱和权利。所以她特别喜欢与耿晔认识的方式，那是非常单纯的感情。

"男人分手后难过三天，就去追下一个了，但耿晔不是这样。"周道仍在劝说。

"所以？"江晚没有得到太多的信息，她想知道更多的细节。

"新的感情才可以让他走出来。"周道终于说出来。

江晚再次摇头拒绝："对不起，我没法帮助你。"

"看不上他吗？耿晔虽然颓废，却是很棒的顾问。"周道着急了，说出了不该说的话。

"请原谅我的自私。"江晚要保持女孩子的尊严，只会爱自己喜欢的人，而不能为拯救耿晔而动情，成为她人的替代品。

"我们这批人挺自卑的，耿晔也是。"周道喝着啤酒，既为耿晔解释，也为自己抒怀："我们都毕业于最好的大学，进了最好的公司，出入最好的酒店。忽然一夜之间全变了，国企发展起来，把跨国公司打得落花流水，我们失业了，受不了国内企业条件艰苦，又找不到更好的位置，高不成低不就，心里很不好受。说出来，不怕你笑话，我好几个朋友都在家带孩子，他们都曾是外企的高管。"

江晚更理解耿晔的所作所为："他也一样，醉心于烧菜做饭。"

周道点头："他更惨，他连孩子都带不了，老婆、儿子和房子都没了。"

周道这批人曾是天之骄子："落地凤凰不如鸡，当时进了外企就什么都有了，谁能想到，外企哗啦啦就倒了，无论以前多厉害，现在什么都不是了。"

江晚远远地看着耿晔，周道说道："他在你面前极不自信，一个男人，拿着记事本跟在你后面参加各种会议，沦为你的助理和顾问，还要被别人嘲笑，所以他很被动，你明白吗？"

江晚眼中的耿晔十分美好，却不知道别人的看法："谁嘲笑他？"

周道用酒杯指指人群，高盛和宁佳佳肯和耿晔说话，其他人都把他当作空气："你听，他们在劝酒，哪句话不是奚落？"周道话音刚落，就看见一群鸿鹄技术的员工拿着酒杯向耿晔走来,这十分奇怪,他们平常根本不搭理耿晔。

耿晔被一群鸿鹄技术的员工包围在中间,他们都是郭厚军手下,有人说道:"耿顾问,以前在哪里工作?"

"IBM?软蛋,招投标那么多次,只会一件事,就是输。"

"手下败将给我们做咨询,笑话。"

"混吃混喝混车混工作,咱们还真比不了。"

"顾问,别听他们瞎说,他们嫉妒你什么都不用做,靠女人就行。"

在一阵大笑声中,江晚冲进人群把耿晔拉出来,众人一哄而散,李屹东过来拉着江晚的胳膊,江晚大喊:"屹东,你弄疼我了。"

鸿鹄技术的员工又围过来,连庄雨农和郭厚军也举着酒杯过来,周道远远地看着,李屹东指着醉醺醺的耿晔:"小晚,看上他什么了?"

江晚看出今晚的送行酒会别有用意,说道:"不用你管。"

李屹东红着脸质问:"他工作都没有,凭什么配你?一个男人,开着你的车,成天跟着你,知道公司里怎么议论吗?骗吃骗喝骗车子骗工作骗感情!小晚,他们不仅说你,也议论老总!这男人一无是处,什么蒙住了你的眼睛?连婚姻都失败了,连儿子都不跟他,他的爸爸,现在还被关在监狱里!"

江晚吃惊极了:"他爸爸在监狱?你在调查他?"

李屹东又喝了一口酒,转身面对众人:"不是我调查,是他瞒着你,他根本就是欺骗你。"李屹东从西服口袋中掏出一张照片,向众人展示:"小晚,记得这张照片吗?"这是在一个投资峰会上,江晚参加圆桌论坛,没有什么异常,江晚问道:"这怎么了?"

李屹东又掏出一张照片,是耿晔和一个气质相貌绝佳的女人的合影,耿晔认了出来,这是自己的合伙人那蓝。庄雨农早已明白了怎么回事儿,故意给李屹东搭话:"这张照片没什么啊?"李屹东一左一右举着两张照片:"看看,两张图片有什么联系?"鸿鹄技术的员工们围拢过来,只有周道和耿晔站在五六步之外,宁佳佳和高盎也远远地看着。终于有人看出了问题,交头接耳起来。

李屹东又掏出一张惊艳的照片:"就是这个那蓝,她是耿晔公司的合伙人,在这个投资峰会上遇到了小晚,一个月之后,小晚登山时就巧遇耿晔!"李屹东趁着酒劲大爆发,将长时间的愤怒发泄了出来:"这么巧吗?都是套路!骗吃骗喝骗车子骗工作骗感情的套路!"李屹东转向江晚,将三张照片放在她面前:"小晚,我就问你,在那次峰会上,有没有向那蓝说过要去攀登雪山?"

江晚侧身看着耿晔,泪水模糊了双眼,她曾经欺骗自己,相信耿晔不是故意接近自己,现在看来,没人相信这个鬼话,她走到耿晔面前:"耿晔,到底怎么回事儿,为什么我把登山的消息告诉那蓝之后,你就报名了登山队?"

耿晔哇的一声,吐出了酒水,踉踉跄跄,宁佳佳和高盎过来扶住他,江晚走到耿晔面前:"你认识我,是不是为了投资项目?"

耿晔无法否认,江晚已经将一系列事情联系在一起,吼道:"耿晔,说话!"

"哪来那么多偶遇?根本就是精心安排。"郭厚军极其讨厌耿晔,在一边帮腔。

"我参加登山队的时候,根本不知道小晚在。"耿晔心里乱成一团,却无法解释,这是那蓝的安排,她知道江晚在,又将自己送入登山队,促成了自己和江晚的邂逅。

"哦,还撒谎?"庄雨农带着一群鸿鹄技术的员工,将耿晔包围在中间:"既然那蓝知道,你怎么会不知道?"

耿晔拒绝回答,江晚早有怀疑,今天既然捅破,就要问清楚:"耿晔,请你说清楚。"

"她没有告诉我,只是帮我报名了。"耿晔步步退让,已经退无可退。实际上,耿晔早就知道了江晚的身份,谁让她拥有极大的名气,普通人可能没有听说过,但是耿晔怎么可能不知道?

"她为什么帮你报名?"江晚一句句戳向要害。

"不知道。"耿晔掩饰着,他在登山期间和江晚极为默契,经过那次登山遇险,两人渐渐往情侣方向走。江晚把咨询生意给自己,这时耿晔才发现自己居心如此不良,密谋与江晚认识,骗取她的感情,再拿到生意,自己正是江晚痛恨的那类人。

"和我认识,推进鸿鹄技术上市,拿到我们的投资生意,对不对?"江晚的怀疑一点点验证,心也越来越凉。

耿晔向周围看看,高盎和宁佳佳正惊异地看着自己,周道也躲了起来,他只好孤军奋战:"我没想利用你,那个校园招聘和赋能的咨询项目是你让我做的。"

"知道骗子和强盗的区别吗?"李屹东嘿嘿冷笑,面向众人,拆穿耿晔:"骗子是让别人主动送给你,强盗才动手抢,所以我们没说你是强盗。"

庄雨农嘲讽着:"而且是个高明的骗子,骗吃骗喝骗感情,骗钱骗工作,什么都得了,还说我从来没有主动,您心甘情愿倒贴啊,呸!"

"骗吃我是亲眼看见了,天天在我们食堂里晃,骗了多少顿,付过一分钱吗?"很多人见过耿晔在食堂吃饭,立即有人出来证明。

"开着晚总的跑车在公司嘚瑟,我亲眼看见了。"一个女生从后面钻出来说道。

"骗工作就不用说了吧?在这儿混吃混喝,还要和我们一起去美国,我就想不通了,他是我们手下败将,怎么就摇身一变,变成我们的顾问了。"又有人说道。

宁佳佳困惑极了,问高盎:"他们说的好像很有道理,耿顾问真是骗子吗?"

"耿顾问不是骗子,这是误会。"高盎悠然喝着啤酒,就像什么事情都没有发生。

"为什么?"宁佳佳是耿晔亲手招进来和培养的,有着很深的师徒之情。

"骗吃骗喝骗感情,我不是当事人,说不清楚,但是耿顾问肯定没有骗工作,我们经过招聘,参加过赋能,心里应该很清楚。"高盎的心是清明和透彻的。

"既然有误会,就应该讲清楚啊。"宁佳佳替耿晔着急。

"很多事情是讲不清楚的。"高盎想起了自己的委屈:"那天你爸爸住院,我回家取钱,你知道,北京的交通比较堵,我晚了一步,小胖先把钱送到了,我怎么解释?解释有用吗?"

宁佳佳点头,即便解释清楚了,事实也不能改变,她也确实是在那时下决心和小胖确定恋爱关系的。

耿晔就像被包围的猎物，无可辩驳，这一切都是那蓝的安排，让自己遇到江晚，再拿到咨询项目。自己早就明白，先拿到咨询项目，再启动内存混用的调查，打击李屹东、庄雨农和郭厚军，公司一旦决定上市，投资项目便是囊中之物。他稍微缓缓神情，向江晚说道："是不是骗吃骗喝骗车，骗工作骗感情，你心里应该最清楚。"

江晚并不在乎骗吃骗喝骗工作，她只在乎感情，她一直认为，两人不因为家世和名利在一起，才是真爱，江晚珍惜和耿晔的偶遇，但这其实只是一场安排，她想象的感情基础并不存在，这让江晚十分伤心："耿晔，我只问你，你是不是蓄意认识我？"

耿晔不知道该怎么回答，自己的确没有，但这出自那蓝的安排，他猛然推开人群，跌跌撞撞冲出酒店，身后爆发出欢呼。高盎十分着急地说道："糟了，明天就要出发去美国，耿顾问能去吗？"

江晚茫然，她不相信耿晔在欺骗和利用她，可是事实摆在眼前，自己的确向那蓝说过要去登山的事情，可世界上哪有那么多巧合。她还想找周道问问，可他也早已消失不见。

童年

"爸爸！"耿晔从床上坐起，梦越来越频繁和猛烈。与其说是梦，不如说是往日情景的再现：校长拉着童年时的耿晔，上了一辆汽车，翻山越岭来到郊区戒备森严的监狱，这是耿晔爸爸所在的地方。爸爸出来时，耿晔猛然扑上去大喊："爸爸！"那个苍老陌生的男人泪流满面，抚摸着儿子幼小瘦弱的身体："小叶子，过得好不好？"他不能说太多，这才能克制住声音中的哭腔。

耿晔向爸爸说："我被送进了聋哑学校，每天晚上都梦见你，妈妈也不要我了。"

爸爸抱着他,只有泪水可以倾泻:"小叶子,妈妈没有不要你。"

耿晔哭泣的声音更大了:"妈妈再也没来看过我,妈妈就是不要我了。"

校长吃了一惊,耿晔因为听力受损才被送到这里,在聋哑学校一年一句话没说,现在却能正常和爸爸说话。很快,耿晔被转出了聋哑学校,回到正常的小学。聋哑学校或许治疗了他的自闭,聋哑孩子们不能说话,却有自己的沟通方式,大段复杂的交流用手语,但是吃饭游戏打篮球,却都用动作和表情来交流,好奇、欣喜、愤怒、不耐烦、心动,情绪都写在脸上,那么清楚。人类有了语言,便懒得关心人了,语言常常产生欺骗,但是动作和表情却显露出真实。这种与生俱来,但被很多人遗忘的观察能力,被称为读心术,实在是挺可笑的,聋哑学生们早已都是读心术高手了。

耿晔放下小丸子的照片,泪流满面,心想:儿子,不管怎么样我都要找到你。

▍角逐▍

清晨,电话突然响起,传出那蓝着急的声音:"耿晔,昨晚情况我知道了,你打算怎么办?"

耿晔昨晚喝了不少酒,头还在疼,把电话开了免提,到水龙头前冲了头,对着手机吼道:"都是你的主意,你说我怎么办?"

那蓝理解耿晔的反应,并没有生气:"告诉我,你的感受是什么?"

耿晔对着镜子看着面目可憎的自己:"我故意与江晚认识,到她家里吃喝,用她的车,人家还给我2000多万帮助那些孩子。"想到孩子,耿晔热泪盈眶:"你知道,那些孩子对我的意义,小晚给我咨询项目,给我工作,我做了什么?骗吃骗喝骗车骗钱骗工作。李屹东没有说错,我做的一切都是为了拿到鸿鹄技术的上市项目,我和李屹东比算个什么?人家设计制造伟大的产品,卖到全球各地，我算哪棵葱？"

那蓝不理耿晔的抱怨，直接询问最核心的问题："你爱小晚吗？"

耿晔哭着回答说："爱，猎人爱上了猎物！我无法扣下扳机。"

"那请你立即出门，去机场和小晚汇合，去美国。"那蓝声音严厉，丝毫不受耿晔的情绪影响："你既然爱小晚，就要陪她去美国，美国政府要像打击天机通信一样打击鸿鹄技术，你必须在小晚身边保护她，检查鸿鹄技术提交的每一份文件，确保没有任何涉及专利的机密。"

耿晔没有完全听懂："保护鸿鹄技术的技术资料？"

"美国发动贸易战，一方面抬高中国产品的税率，还要重点打击中国的高科技企业，毫不留情地制裁鸿鹄技术，说鸿鹄技术威胁国家安全，却没有任何证据，现在他们打算从知识产权入手。"那蓝不和耿晔争辩那些狗血的情节，而是将讨论上升到贸易战的高度。

"呵呵，国家大事和我有什么关系？我就是一根韭菜。"耿晔进入了颓废的循环阶段，怒气冲冲地向电话吼道："我在他们眼中就是骗子！我的信用已经破产了，我不去！我不想面对她。"

那蓝深呼吸，对耿晔的感情用事感到很烦躁："你要顾全大局。你帮助小晚启动了内存调查，威胁到那些想要上市的元老，小晚聘请你做顾问，招募和训练销售队伍，准备出征美国，这影响了李屹东的接班人地位。他非常聪明，消减薪酬，裁撤35岁以上员工，准备上市，不惜和老总摊牌，现在的局面错综复杂，但李屹东找出了你致命的缺陷，你明白吗？"那蓝缓和声音，笑着回答："你在美国一定很难，但只有你才能保护小晚。"

耿晔被绑架的情绪豁然贯通："致命的缺陷？"

那蓝洞若观火，思路清晰："对，在你、小晚和李屹东之间，你是最脆弱的，他拿出照片，证明你预谋认识小晚，摧毁你们的感情基础，内存调查就会无疾而终，小晚没有你的协助，很难打开美国市场，小晚对你伤心失望之余，便会答应和李屹东复合，全盘皆输。"

耿晔呆了，他真的没有那蓝看得远。

那蓝继续鼓励耿晔："你和小晚同生共死，征服高不可攀的雪山，你们的感情经过考验，非同一般，一定要有信心，不能放弃，必须忍辱负重。"

耿晔嘿嘿冷笑："笑话，小晚是江远峰的女儿，需要我帮什么忙？"

那蓝停顿了一下，慢慢说道："鸿鹄技术成立30多年，正处在生死攸关的关键时刻，美国政府千方百计地铲除鸿鹄技术，天机通信就是前车之鉴。更严重的是，堡垒往往会从内部被攻克，在鸿鹄技术内部，有人不择手段要夺取接班人位置。即将退休的元老希望公司尽快上市，拿到百亿资产，一向杀伐果断的老总困于父子亲情不可自拔，宁可驱逐女儿也要让李屹东接班。小晚的班子被驱除出了执委会，她孤掌难鸣，自己都放弃了接班的念想，只有你才能帮助她。"

耿晔仍然固执："李屹东接班有什么不好？"

那蓝苦劝耿晔："大厨，你要明白，在古代，太子是国本，现在也是这样。一旦李屹东接班，鸿鹄技术将转向上市，不再积极进取。"

耿晔越来越不明白那蓝的立场："我们是投资咨询公司，是帮助企业上市的，这有什么错。"

那蓝看看时间，再晚耿晔就要错过航班，命令道："大厨，这些稍晚说，你相信我吗？"那蓝是耿晔为数不多的可以相信的人，他"嗯"了一声，那蓝说道："现在去机场，保护好小晚。"

《拼（下）》预告

江晚和耿晔率领铁三角来到美国，
面临的不仅是激烈的商业竞争，还有错综复杂的政治和情感危局。
在江晚和耿晔被卷入中美贸易战风暴旋涡中心、正需要携手对抗的危急关头，
他们的感情却产生了一道危险的裂痕。